中國科幻志怪譚

白羽 著
千淼 南霜 绘

中国文联出版社

图书在版编目（CIP）数据

中国科幻志怪谭 / 白羽著；千淼，南霜绘.
北京：中国文联出版社，2025. 2. -- ISBN 978-7-5190-5648-3

Ⅰ．I247.7

中国国家版本馆 CIP 数据核字第 2024EW1188 号

著　　者	白　羽
绘　　者	千　淼　南　霜
责任编辑	徐国华
责任校对	秀点校对
封面绘图	千　淼
封面设计	千　淼
版式设计	梁雅杰

出版发行	中国文联出版社有限公司
社　　址	北京市朝阳区农展馆南里 10 号　　邮编 100125
电　　话	010-85923025（发行部）　010-85923091（总编室）
经　　销	全国新华书店等
印　　刷	北京顶佳世纪印刷有限公司

开　　本	710 毫米×1000 毫米　1/16
印　　张	19.5
字　　数	258 千字
版　　次	2025 年 2 月第 1 版第 1 次印刷
定　　价	89.00 元

版权所有·侵权必究
如有印装质量问题，请与本社发行部联系调换

序　言

英国女作家玛丽·雪莱的《弗兰肯斯坦》被视为"世界上第一部真正意义的科幻小说",是因为它充满了"硬科幻"成分,实际上在古代中国,具有硬科幻元素的短篇小说并不少,如晋人张华《博物志》、干宝《搜神记》、王嘉《拾遗记》,唐人段成式《酉阳杂俎》、沈亚之《秦梦记》,宋人沈括《梦溪笔谈》、洪迈《夷坚志》、李昉等所编《太平广记》,清人蒲松龄《聊斋志异》和李汝珍《镜花缘》,都有科幻元素强烈的篇目,只是这一类作品有另外一个名称:志怪。这些故事的脑洞很大,有一些今天已经实现,比如飞行器与航天器;有一些还需要科学家继续努力,比如头颅移植、意识脱离肉体独立存在。

《博物志》卷二《外国》篇中记载:"结胸国,有灭蒙鸟。奇肱民善为拭扛,以杀百禽,能为飞车,从风远行。汤时西风至,吹其车至豫州,汤破其车,不以视民。十年东风至,乃复作车遣返,而其国去玉门关四万里。"早在《山海经》中,就有关于"奇肱国"的记录。《博物志》中说奇肱国距离玉门关四万里,其人善于制造"飞车",商朝君主汤统治时,有一次刮西风,一辆飞车迫降到了豫州,汤破坏了这辆车,让车中人滞留了下来。过了十年,吹起了东风,那个人重制车,驾车离去。这段文献很短,但是很完整,包含的信息也非常丰富。飞车，毫无疑问是一种飞行器，借助于风力，受人操控，神奇的是能够进行超长距离的飞行，它是运用的什么原理呢？令人浮想联翩。

唐人段成式《酉阳杂俎》卷一记载："大和（唐文宗李昂年号）中，郑仁本表弟，不记姓名，常与一王秀才游嵩山，扪萝越涧，境极幽夐，遂迷归路。将暮，不知所之，徙倚间，忽觉丛中鼾睡声，披蓁窥之，见一人布衣，甚洁白，枕一襆物，方眠熟。即呼之曰：'某偶入此径，迷路，君知向官道否？'其人举首略视，不应，复寝。又再三呼之，乃起坐，顾曰：'来此！'二人因就之，且问其所自。其人笑曰：'君知月乃七宝合成乎？月势如丸，其影，日烁其凸处也。常有八万二千户修之，予即一数。'因开襆，有斤凿数事，玉屑饭两裹，授与二人，曰：'分食此，虽不足长生，可一生无疾耳。'乃起，与二人指一支径：'但由此，自合官道矣。'言已，不见。"这是一个典型的与外星人接触事件。郑仁本的表弟和王秀才游嵩山，黄昏时迷路了，听到草丛里有打呼噜的声音，原来是个白衣人在睡觉，叫醒问路。那人告诉他们，自己是月亮上负责修月的工人，他的言辞中包含了一些令人震惊的信息，首先是月亮的成分，即七宝。《无量寿经》中说，七宝是指金、银、琉璃、水晶、砗磲、珊瑚、琥珀七物，根据现代登月研究，月亮上的确存在金银等贵金属，而琉璃、水晶的主要成分是二氧化硅，砗磲、珊瑚的主要成分是碳酸钙，琥珀则是碳氢化合物，这些物质同样是月球的重要构成元素。其次，白衣人说月亮是个球体（月势如丸），月亮上有凸凹，反射太阳的光，有八万二千户负责修月。月球真的是一个人工天体吗？在我们所不知道的角落，生活着数量庞大的族群吗？这些人是负责对月亮保养和维护其运行吗？他们是地球人飞上去的，还是外星生命？

由志怪进一步联系到神话，传说中的"嫦娥奔月"，是毫无依赖地飞升到月亮上的呢，还是驾着某种航天器飞上去的呢？秦始皇、汉武帝追求的长生不老之药，算不算是人类最早的生命科学探索？这些伟大的脑洞，展现了东方人奇诡的想象力，是对生命与宇宙的最古老的追寻。那些短小精悍的传世文献，犹如吉光片羽，为我们开出更大的脑洞提供了线索，我所写的十篇小说，灵感即来于此，是对神话、历史与科幻的接续。

在我所写的故事里，尽管赋予了各种脑洞，但是在书写上，仍然尽可能用更符合逻辑的方式叙事，比如我不会让"基因"这个现代的词，出现在古典语境里。科幻作家威廉·吉布森在《重启蒙娜丽莎》一书中曾说："要用形态神话的术语来描述。"当然，我的写作并不只是在"科幻"这一个层面上展开，好的作品，应该是复化的、多维的，是对人性的观察与思考。

奇幻故事的本质，是对现存世界的突破，是寻求另外一种可能。这种寻求，是人类能够不断进步的内在动力。

是为序。

白　羽

2024 年 3 月 24 日

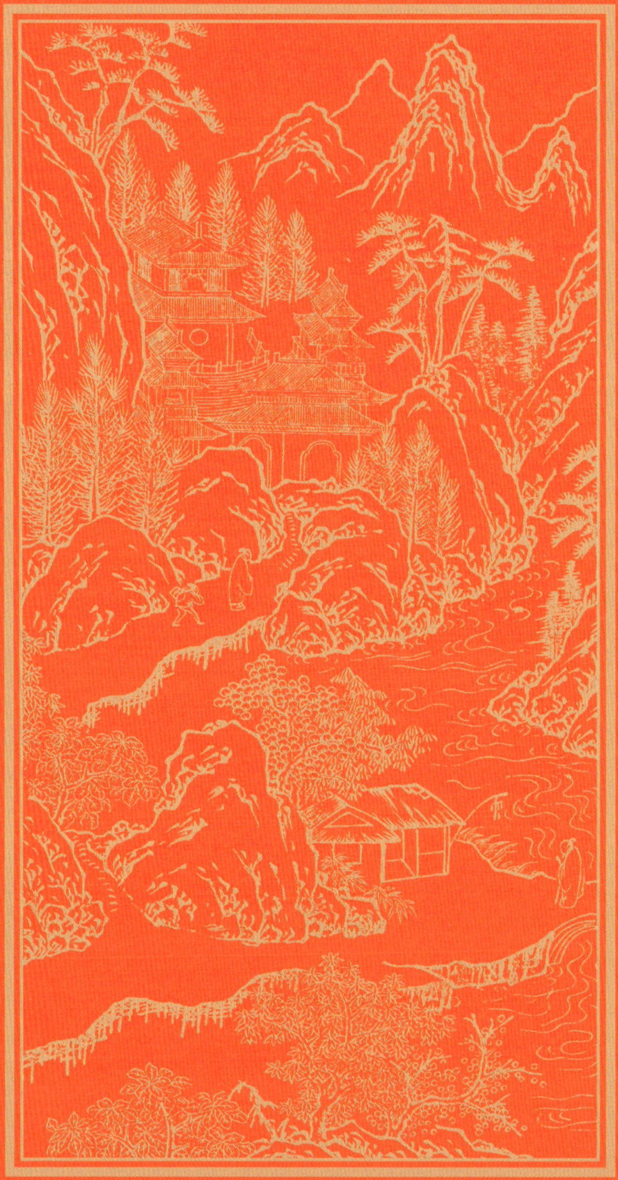

目录

通往天界的塔 001

群山和点点星空 041

夜梦奇记 063

幻术师 097

兰陵王 131

传国玉玺 ……………… 155

伏魔记 ……………… 191

徐福渡海记 ……………… 215

歌吟者之死 ……………… 249

掠剩使 ……………… 285

通往天界的塔

1

荒凉的原野上，寂静无人，偶尔有一只兔子跳跃。

大河转弯处，一座宏大的城，废弃多年，残垣隐没于荒草。五根巨大的石柱矗立在风中，仿佛坚守脚下土地的武士，肃穆而庄严，倒塌的石质横梁上镌刻着精美的浅浮雕，诉说着昔日殿堂的辉煌。废墟的周遭，是密密的灌木和高大的树木，昔日的宗庙、府邸、民宅、商市、酒楼、谷仓、驿站、水井、营盘等建筑和设施全都消失不见，唯有台基和柱础隐现于深草中。如果不是那些巨石柱，人们甚至不会相信这里曾经有过一座大城，一座真正的帝王之都。

传说中，颛顼是上古大帝黄帝之孙，他的父亲昌意是黄帝的次子，没有继承帝位，被封到若水流域，成为那里的部族首领。颛顼少年时，他的伯父玄嚣，也就是少昊，在东方建立了一个强大的王国，代替黄帝摄行国政。颛顼聪明颖悟，辅佐伯父少昊治国有功，获封大片土地，在穷桑山下的大河流域建造了一座宏伟壮丽的城市——高阳城，这也是他号为"高阳氏"的由来。传说中，高阳城是人与神共同建成的，施工的时候，力量之神夸娥氏曾经负土，海神禺京和禺䝞父子俩曾经运水，太阳之神保持了三百多个晴天，文字之神仓颉还写了一篇长长的诗歌，赞颂这场盛事。少昊死后，颛顼统领天下所有部族，成了真正的万王之王。他和他的父亲、伯父一样，都从黄帝那里继承了神族的力量，既是大地上的王，同时也是天界诸神的王。当时天界和大地之间并无明确的界限，天界的神经常跑到人间来，和人族的女子恋爱、偷情，在大地上留下一群又一群神族的后裔；人族的英雄也跑到天界，向神学习神通，和女神恋爱，甚至将她们诱拐到人间，结婚生子。人神能够互通，依赖的是建木和天柱。建木是一种高大的神树，已生长数百万年，根系深植于大地，树枝伸向天界，是天地间的桥梁。有些建木非常古老，比诸神还要古老，天地开辟以来就已存在，神在庞大的树枝间建造宫殿，人类在树下建设城市，精灵们则在黑暗的树根下挖掘洞穴而居，成了三界生灵的依赖。《淮南子》中说"建木在都广，众帝所自上下"，指的就是它。天柱，指的是一根连接天地的巨柱，事实上它是一座塔，一条沟通天界和人间的通道。不过，"绝地天通"事件之后，这条通道就断了，人们甚至忘了它的存在。

"绝地天通"发生在颛顼主政的第三年，有个名叫共工的天神挑战颛顼的权威，两人大战，导致星辰坠落、山岳崩塌、河流枯竭，无数天上的神陨落人间，人间的英雄也相继死去。颛顼击败共工之后，将他流放到了蛮荒之地，这位大帝对天地间人神不分的混乱状况早已十分不满，他趁此机会，进行了一次彻底整顿，命令风神禺强将大地上的所有建木全部折断，就连那些长得太高的巨树也不放过，再也没有一棵树的枝叶能够触摸到苍穹的边缘。颛顼还下诏给重羲、黎和两位天神，让他们毁掉天柱，彻底断了人族进入天界的可能。重羲不断长高，推动天空继续上升；黎和不断按压大地，让大地继续下沉。这可能是盘古开天辟地之后，天与地的第二次大演进。这样还不够，颛顼又任命重羲为司天之神，让其守住天界的入口；任命黎和为司地之神，守住大地的出口。从此之后，人神断掉了直接的联系，只能依赖祭司充当媒介。但是，曾经上达天界的记忆一直留在人们的脑海里，有些会法术的人，总是想尽办法试图去天界。为了将最后一丝痕迹也抹掉，颛顼决定迁都，离开这座人与神共建的城市，他下令废弃高阳城，所有的人全部迁徙到中土。

千百年之后，再也无人记得天界的往事。

②

黎诺，人们都说他是天神黎和的后裔，然而他的身上看不到任何神族的影子。五岁时，他的父亲去狩猎野猪，死在了一头大公猪的獠牙下，一年后他的母亲也在哀伤中辞世,名叫巫彭的祭司收留了他。十年后,祭司巫彭也死了,临终前祭司留下遗言:"去寻找。"

至于寻找什么,他未明言。也许是没有来得及说出来,只是手指着北方。

他十六岁了,收拾简易的行囊,穿上草鞋,带上铜刀和弓,和比他小一岁的伙伴巫咸出门了,离开了他生活的村庄。

巫咸有时候喊祭司巫彭"爹",有时候直接喊"老头子",但他并非巫彭的儿子,他和黎诺一样,都是巫彭收养的孤苦无依的孩子罢了。他们跟在贩卖皮毛和山货的商队后面,向队伍的头儿请求加入,获得了允可,就这样成了牵马人。那时候正是晚暮时分,太阳金黄的光洒落在屋顶上,家家烟囱冒着炊烟,牛羊从山上下来,挤挤挨挨地进了狭窄的巷子,一切都沐浴在回家的温暖氛围中,就连牛拉的屎也冒着热腾腾的气息,仿佛有醉意。

商队夜晚不休息,牵马人一声不语,像一队夜色中游荡在平原上的幽灵。经过一夜的跋涉后,他们到了河边。摆渡人是个上身半裸的老人,佝偻着腰,只披着一块脏污的破布,露出臂膀上发达的肌肉,头发仿佛收割过的大地,只剩下一截短茬,全都直竖着,刺向天空。他用浑浊的眼睛看着黎诺,指着河流对岸说:"所有的路,也包括这条,走过去容易,回头就难了,你应该留下来。"黎诺望着老人,他在老人的眼中发现了和死去的老祭司相似的东西,伙伴巫咸看出了他的心思,笑着问:"你想留下来?"

黎诺点了点头。

巫咸说:"这里还不是真正的北方。"

黎诺说:"也许我已找到了要找的东西。"

就这样,黎诺留在了此岸,巫咸则渡过了河,跟随商队远去。黎诺成了老摆渡人的助手,很快就掌握了驾船的方法。每天早晨,他都和老摆渡人一起守候在渡口,将第一个渡河的人送过去;每天晚上,又将最后一个归来的人载回来。日升月落,风吹雨淋,一切都雷打不动。老摆渡人是一个好船夫，准时守信，童叟无欺，坐船的人无论是达官显贵，还是乞丐妓女，都能在他浑浊的眼里找到浅浅的笑容。摆渡船像一把锁，将他锁在了河流上，他渡过了无数人，却从未踏入过对岸的那片空旷而广大的土地。两年以后，他更老了，腰弯得更厉害了，终于有一天体力不支，晕倒在了摆渡船上，他打算结束自己的摆渡生涯，将自己的一切，渡船、低矮的小屋，还有他攒了一辈子的钱，都留给黎诺。他什么都不需要，他做了一辈子的摆渡人，这一次他要做渡河人，他让黎诺将自己送到对岸去，他想看看河流对岸为什么吸引人。

"也许，你也该跟我去看看，我不该将你留在这条河上。"老摆渡人说。

黎诺笑了，他将老摆渡人扶下船，又回到了船上。他的笑容温暖而透明，仿佛老摆渡人年轻时的样子。此刻的他，已经理解了这个老人，他决定坚守这条船，就像自己的信仰一样，在河流上度过一生。

黎诺的摆渡工作日复一日年复一年，他的生活被彻底锁在了船上。不过既然有锁，总会有一把开锁的钥匙。那把钥匙是一个女人。像以往一样，太阳还未升起，黎诺就到了岸边的船上，那天岸上只有一位渡河的客人，她身穿黄色的衣裙，细细的眉毛，杏核眼，黑色的眸子仿佛深夜的寒星，略施粉黛的脸上挂着一抹浅笑。

"老家伙呢？"黄衣女子问。

"走了。"黎诺说。

"死了？什么时候的事儿？"女子问。

"没有，他只是，只是去了那边儿，他想去看看……"黎诺指了指对岸。

"你怎么不走？不想走吗？"女子连续问了两个问题。

"不。"黎诺坚定地说。

"我让你跟我走呢？"女子好像在下命令。

黎诺听了这话，望着女子的眼睛，女子依旧在笑，秀发披散着，耳边插了一朵粉色的小花，穿着窄窄的裙子的腰肢轻轻扭动，像一棵柳树。

"我喜欢你。"女子说。

"好。"黎诺重重地点了点头。

黎诺带上老摆渡人留给他的全部钱和家当，跟黄衣女子走了。

他丢下了那条船。

女子名叫阿罗，她和黎诺到了北方一座名叫陶唐的城市，一座真正的繁华大都市，这里白天车水马龙，夜晚灯光璀璨。这是一座祭司城，来自天下各个部族的祭司都在这里的"火焰宫"求道，有男有女、有老有少，有的骑着神兽在天空飞翔，有的骑着虎豹在地上驱驰，有的背着剑，有的则背着说不出名目的法器，神气极了。此外，这里还云集了天下最好的工匠，他们将自己的奇思妙想付诸实践，造出了能够飞上三天三夜的飞车、不吃草料也能跑的铁马、不会被大风吹灭的灯。只要你有足够的钱，他们能造出一切神奇的、你绝对想不到的东西。这座城市的统治者名叫祝融，他坐在一辆由九条巨龙牵引的车里，车身是黑色的，车轮油漆成火红色，车辆的前方，是一队举着华盖、团扇、大纛的仪仗队，车辆的后面，跟随着一支盔明甲亮的骑士军团。在这里，他说一不二，无人能够反驳，就连那些神气得不可一世的祭司们，也对他恭恭敬敬。

黎诺被这座城市迷住了，他决定留在这里。和阿罗结婚后，他把所有的钱都交给妻子管理。阿罗喜欢漂亮的衣服，他就给她买漂亮的衣服，阿罗喜欢吃甜食，他就给她买甜食，他尽自己所能，满足阿罗的需求。老摆渡人留给黎诺的钱不少，足够他过很长一阵子安逸的生活。但阿罗并不喜欢这种安逸，她希望黎诺结交城中的达官显贵，成为真正的上流人。黎诺为了满足她，买下了城中的一座酒楼——杏花天。夫妇二人一人主外，一人主内，由于黎诺的诚实加阿罗的聪明，生意越来越火，不久杏花天就成了城中最有名的酒楼，那些沉迷于美酒的祭司们成了他们最大的主顾，就连这座城的统治者祝融，也曾为他的美酒而赏光。

自从祝融光顾过黎诺的酒楼后，顾客中的显贵明显增多了，为了拥有更多的好酒，黎诺盘下了一座又一座酿酒作坊，亲自酿制美酒。他喜欢酒，尤其喜欢那透明的液体散发出的迷人香味。最初的时候，他还经常回家，但他越来越忙，只好隔三岔五回家，后来干脆几个月都住在酒坊里。他的确是一个聪明人，酿出了这座城里无可替代的美酒，祝融府邸的内史频频来酒坊，将他的酒作为特贡。

不知过了多久，黎诺忽然想起自己还有一个家，家里有一位美丽的妻子。他从酒水浓烈的、让人沉醉的香气中挣脱，仿佛从一场梦中醒来。回到家后，他发现阿罗不见了，仆人们被遣散，锅是冷的，一点食物都没有。桌子上沉积着厚厚一层灰尘。黎诺走进卧室，看到了一架织布机，织布机旁边的墙角堆积着一匹又一匹丝绸，一直码到了天花板上。黎诺踮起脚尖试图从最顶上取下一匹，未拿稳，那丝绸一下子滚落，散了开来，仿佛一座开满花的山倒了。丝绸上织满了图案，有鸟兽、虫鱼、凤凰、龙、山河……阿罗的手那么巧，她学会了最高超的织花技艺。她想开一家刺绣店，但黎诺总说有酒楼就够了，酒是他生命中最美好的东西，不需要再增加别的东西了。黎诺打开了一匹又一匹丝绸，也打开了他与阿罗过往的生活，阿罗将他们一起生活的点点滴滴，全都织进了丝绸的经纬里，包括他们在渡口的初次相见，绸缎上的河流仿佛有浪花的声音，纤小的两个人儿，低声说笑，仿佛有声。

邻居告诉黎诺，阿罗已经离开了这座城市，她是跟着一个男人走的。黎诺想起了老祭司巫彭的话——"去寻找"。也许，老祭司巫彭已经预言了这一切，去寻找——寻找失踪的妻子和离散的伙伴。

要到很多年之后，黎诺才会发现，对岸的世界和他生活的地方并无区别，人生的本质就是在一条河上摆渡，在白昼和黑夜之间往复，守住了那条船，就是守住了一切。不过此时他无暇思考这些，因为他的肚子很饿。回到酒楼后，他胡乱吃了些东西填饱肚子，告诉事务总管，那个办事非常妥帖的人，自己要出一趟远门，让他照顾好这里的一切。城市的灯火在他身后一盏一盏熄灭，他走出城市，踏上了原野，就像当年离开村庄那样，他在夜色中赶路，然而这次他是一个人。他走过了一座又一座城市，一个又一个村庄，在大车店、酒坊、陶器作坊、打铁铺、飞车坊、商队工作……他当过牧羊人，当过牵骆驼的驼夫，也干过飞车试驾员，甚至还当过一段时间骑兵，凡是需要人的地方，他都干过，终于，他在一座名叫朝歌的城市停了下来，因为他有了阿罗的消息。

阿罗身穿黄衫子，还像从前一样，胳膊上挽着漂亮的篮子，停留在一个卖胭脂的铺子门口，当黎诺正要上前相认的时候，一辆马车停在了女人跟前。从马车上下来个年轻人，头戴金冠、身穿红袍，那是一个王族。阿罗朝那年轻人撒娇，牵着那人的手上了马车。就在登车的一刹那，阿罗看见了他，她的眼中闪过一丝慌乱和欣喜，还有一些不知是哀愁还是别的什么东西。总之，她给了黎诺一个含义不明的笑容，便一头钻进马车离去了。

黎诺用了好几天时间，才打听清楚，马车上的少年是这座城的主人宋太甲的儿子宋小乙，也就是这座城的少主。黎诺在朝歌住了下来，暂时在一家酒店当伙计，当他得知城主家需要杂役时，赶紧去应征，然而只是在外门打杂，无由接近阿罗。

半年过去，机会终于来了。有一天宋太甲过生日，所有外门杂役都进入内院清理杂芜，黎诺看见阿罗正在后花园的亭子里弹琴，他假装剪花木，慢慢靠了过去。

"阿罗。"

阿罗吓了一大跳，"嘣"的一声弹断了琴弦，但随即就镇定了下来，冷淡地说："你认错人了。"

"我没有认错，阿罗，你忘了我为你做的一切吗？我为了你，放弃了那条船，你还记得吗？"

"你的确放弃了那条船，但你又上了另一条船……你看到我织的那些丝绸了吗？"

"我看到了，阿罗，你的手真巧，人们一定会喜欢的。"

"我的手一点都不巧，我只是寂寞，再说，我也不在乎人们是否喜欢那些丝绸。"

"跟我回去吧，阿罗。"

阿罗摆弄着裙带，低着头，半晌不作声。清风吹过花园，柳丝飘动，花枝颔首，吹皱了一池碧水。

"黎诺，我们回不去了。"

"阿罗……"

阿罗打断了黎诺的话，说："这里不是说话的地方，明天巳时来神农庙吧。"

黎诺早早来到了神农庙，距离和阿罗约见的时间还很早。他想起了和阿罗在陶唐城的那些日子。陶唐是一座大城，凡事都需要钱。老摆渡人留给他的钱不少，但总有坐吃山空的时候。为此，他们开始经营酒楼，他们有了仆人，结交了达官显贵，也越来越忙碌，但阿罗脸上的笑容也越来越少。其实他很清楚，阿罗并不是走丢了，而是离开了他。

就在他胡思乱想的时候，阿罗来了。他高兴地迎了上去，却看到阿罗冷若冰霜的脸，她将一袋金子扔在地上，冷淡地说："这是我从你那里偷走的钱，还给你。我们两清了。"

黎诺没看地上的钱袋，而是牵住她的手说："阿罗，你跟我走吧。"

阿罗甩开他的手，冷哼一声说："凭什么？"

黎诺说："你忘了吗，你说过我们要永远在一起。"

阿罗哀怨地望着他，声音冰冷地说："我那是骗你的，只是为了偷你的钱。现在，连同利息都还给你。别再来烦我了，我也不会再见你，那不是你该去的地方。"说完，阿罗头也不回地走了。

黎诺望着阿罗消失的背影，想起了那天在集市上的情景，她脸上浮起的慌乱、欣喜、哀愁、意义不明的笑容，与刚才那冷若冰霜的诀别混合在一起，似乎其中有什么东西是缺失的，没有彻底解开。总之，在那日意外的偶遇和今日的分别之间，留下了一个谜团。也许，只有重新回到某个点，才能解开这个谜。

3

黎诺像以往一样，在夜幕中离开了城市。不知走了多久，他发现自己迷路了。不论走多远，他总会回到一个十字路口。为了确定自己没有错，他在十字路口用石头做了个标记，当他又一次回到十字路口时，他没有看到标记，而是看见一个人，一个扛着石弓的人。那人脸上的独眼闪烁着幽光，就连脸颊上长长的伤痕仿佛也在闪光，穿着皮袍子，赤着脚，仿佛捕食的夜枭。他用石弓指着黎诺说："你，小子，要么跟爷走，要么爷了结你的小命。"就这样，黎诺跟着那独眼汉子到了鸟鼠山一座极深的、不见天日的洞穴，一个真正的土匪窝。

独眼匪首的名字叫"吴镇"，他原本是陶唐城的将军，新王即位后，委派了残暴的祝融来管理城市，不断增加赋税，致使民怨沸腾。吴镇不满祝融的统治，举兵起义，可惜起义很快被镇压了下去，吴镇被光刃击中，失去了一只眼睛，但同时也唤醒了更多的反抗者，他们成了吴镇的追随者，一起逃进了鸟鼠山。祝融残酷地镇压了反抗者，连同情者也不放过。为了躲避祝融的统治，人们逃入鸟鼠山。人越来越多，有老人、妇女，还有小孩，这里成了一个反抗者的山寨。黎诺初到鸟鼠山时，一开始在厨房里干活，他也曾想逃走，然而厨房里的另一个土匪看得很严，他一次机会也没有。后来，吴镇不再让人看管他，还委派他下山采购物品。这时候，他却不打算逃了。黎诺发现，自己和反抗者们在一起很开心，他有了真正意义上的朋友。

黎诺的任务是每隔10天下山采购一次东西，他总是能够用最少的钱买到最实惠的东西，这可获得了独眼人吴镇的不少夸奖，每次被夸奖，黎诺都很快乐，毕竟这老家伙并不经常夸人。吴镇让名叫承影的驭剑者教黎诺剑术，承影告诉黎诺，陶唐城的祭司分为三等：最低等的祭司是夜行者，他们能在夜色中隐身，化身为飞鸟，刺探消息，为主君提供情报，但是他们的攻击和防护能力都非常弱，一个好猎手，就能将伪装成飞鸟的夜行者击落；二等祭司是断刃者，他们是冷酷无情、失去全部私人情感的刺客，随时准备执行刺杀任务，不达目的不罢休，除非刀断身死；祭司中段位最高的是驭剑者，他们能够驭剑而行，来去如风。

黎诺高兴地说："原来你是一个祭司，那你是最厉害的那一类吧！"

承影面带忧色地摇了摇头说："像我这样的祭司，在陶唐城至少有三个，当然那还不是最厉害的，最厉害的祭司是祝融，他是一位控火者，他的武器是光刃，那不但是天下最厉害的武器，也是他施展绝技'九擎雷火'的法器。"

黎诺并不因承影的话而气馁，他很高兴有人愿意教自己剑术，他学得很刻苦，也学得很快。养育他长大的巫彭也是一位祭司，却从来不教他和巫咸法术，甚至在他们面前不提"法术"这两个字，以至于很长一段时间，黎诺以为祭司不过是掌管占卜的普通人罢了。直到跟着阿罗到了陶唐，他才知道祭司们都是身怀神技的法术高手。老祭司巫彭经常说的一句话是："法术不重要，我们只是时间的浪花罢了，记住每一个刹那。"在他的眼里，老家伙的这句话和那些神神道道的咒语并无区别。

日子一天天过去，黎诺学会了承影的全部本领。承影将佩剑赠予他，告诉他这把剑名为"龙雀",是铸剑大师薛蒙子所铸。薛蒙子往崆峒山访仙人广成子,在弹筝峡见赤龙与神鸟银雀相斗,天地昏暗,日月为之变色,恶斗了九个昼夜,最后龙、雀同归于尽,整个河谷都流淌着鲜血。薛蒙子不忍赤龙与银雀曝尸荒野,就地掘穴,准备将之安葬,谁知地坚如铁,竟挖不动一寸。他向广成子请教此事,广成子告诉薛蒙子,赤龙为至阳之兽,银雀为至阴之鸟,都是千年灵物,它们的血入石,凝结为铁中之精,用此地之铁铸剑,必为世间罕有的神兵利器。薛蒙子大喜,当即在弹筝峡起造铸剑炉,经过八十一日的铸造,有五色烟气从炉中升起,剑铸成了,被命名为"赤龙银雀",也就是这柄龙雀剑。黎诺不肯接受赠剑,这剑实在太贵重了。承影却告诉他,每把剑都有它的使命,就像每个人都有他的使命一样,只有在他的手里,这把剑才能完成使命。

黎诺只好接受了。

山上的日子大部分时候是平静的,黎诺以为他将终老于洞穴。

有一天他从山下采买物品归来,没有听到巡逻者的口哨声,甚至到了洞口,预警的口哨声也没有响起。他情知不妙,丢下背上的竹筐跑进洞里。这是他第一次哭,号啕大哭,就连和阿罗分手的那天,也没像这样哭过。洞里到处都是被光刃袭击和狼兵的利爪抓伤的尸体,大火肆虐,独眼人吴镇死了,驭剑者承影死了,所有人都死了。他们都是被祭司的光刃杀死的。

黎诺在一块大石头上看到了缉拿自己的通告,上面还有祝融的火焰标记。黎诺埋掉了所有人,每埋一个人,身上似乎都有一部分死去。他意识到,山上的生活和船上不同,船上的生活是流水,一波接一波,好像应接不暇,但不过是一种陌生的相似。从船上离开的时候,他的内心也曾有过一丝惆怅,然而那是很淡的东西,很快就被新生活的风吹散了。山上的人则不同,他们固然是一群冷酷的暴徒,然而却都流着热血,他们不是流水,而是石头,是撞击在一起会冒出火星的那种石头,是他们唤醒了他的内心,告诉了他一个他从未思考过的问题：我们为何而活着。

黎诺最后埋葬了承影，他发誓要为他复仇，为所有死去的人复仇。

④

陶唐城还是那么繁华，并且陌生，黎诺和阿罗在这里的生活仿佛前尘梦影，已经在他的心里荡不起一丝涟漪。他的心被仇恨填满了，他的血被仇恨点燃，他只想杀了祝融，为死在鸟鼠山的人报仇。此刻，他紧握着龙雀剑的剑柄，匍匐在祝融府邸银安殿的殿顶上。祝融坐在大殿正中台基的一张宝座上，两厢站着十几个身穿各种服色的祭司，黎诺瞅准了宝座，连人带剑宛若一只飞鸟般扑了过去，祝融猛然见空中赤龙与银雀交互袭来，赶紧翻身从宝座滚落，一声巨响，剑气将宝座劈得粉碎。两厢的祭司们反应过来，各持武器迎击，黎诺轻轻一挥剑，祭司们就仿佛被大风吹飞的树叶。

门口的狼兵们闻听殿内动静，化身为青狼奔了进来，黎诺想起山洞里那些布满狼爪抓痕的尸首，顿时怒从心头起，将龙雀剑舞动得犹如转轮，刹那间整个大殿都笼罩在剑影里，一片狼嚎和哀鸣，地上倒下了十几匹狼的尸首。从后门逃出银安殿的祝融一面命夜行者去拿他的光刃，一面喝令祭司们向黎诺发起进攻，一个污头垢面的青衣祭司手持铁杖朝黎诺打来，黎诺挥剑格挡，只觉宛若泰山压顶一般，心中不由一惊，心知必然是高手来了，若非"断刃者"，便是驭剑者级别的高手。两人你来我往，交手十几个回合，黎诺便发现了对手的弱点，铁杖祭司虽然力大，招式狠辣，每一招都是要人命的路子，但是反应迟钝。他幻化身形，舞起一片剑影，绕到铁杖祭司身后，一剑结果了他的性命。他正欲寻找祝融，忽然感到脑后一阵刺痛，心中连说不好，反手挥剑格挡，见一个戴面具的白衣人驭剑而飞，如同一只灵巧的燕子，一手持软鞭，一手持剑，鞭影重重，剑气十分凌厉，他心中一凛，心知必定是驭剑级的高手。两人交手三十余回合，黎诺竟然完全找不到对手的弱点，他不由得焦躁起来，这时夜行者已将光刃取来，有了光刃的祝融仿佛老虎插上了翅膀，他晃一晃手中布袋，从袋口滚出一只球形的闪电，戴面具的驭剑者一见，身体竟然抖了抖，逃也似的离开了大殿。黎诺不知凶险，挥剑劈了上去，一声霹雳响，整个大殿被轰塌了半边，黎诺只觉眼前闪烁一片刺目的白光，一股巨大的气浪便将他掀飞了出去。他刚一落地，十几个狼兵便扑了上来，他正欲挥剑反击，却发现右臂已折断，不得不勉强用左手持剑格斗，只一会儿，锋利的狼爪和狼牙就在他身上留下了十几处伤口，几十个断刃者也围了上来。承影曾告诉他，一个只懂得拼命的驭剑者，并不算高手。驭剑好手，首先懂得怎样保护自己。他自知托大，心中懊悔不已。眼见性命不保，忽见一道鞭影，离他最近的几个狼兵哀嚎着跳开了，他被一支软鞭席卷而去。

黎诺细看救自己的人，竟是那个从背后偷袭自己的戴面具的驭剑者，那人的速度极快，很快便挟持着他逃到了城外。他们越过城墙，到了一座偏僻的桥下，那人将黎诺放在地上，为他查验伤情。黎诺拔出剑，冷冷地说："你是何人？"

那人缓缓摘下面具，露出白皙清瘦的脸颊，似乎在哪里见过，然而一时想不起来了。那人淡淡一笑说："二十年不见，不认得故人了吗？"

黎诺心中一喜，说道："巫咸，是你吗？"

那人微微颔首，忽然神色一变，摸出一把金芒针向桥洞边打去，"扑通扑通"几声，五六只乌鸦坠落到了地上，全都变成了黑衣人。巫咸望着消失在空中的一个黑点说："可惜了，跑掉了一个，此地不宜久留，我们速去。"

巫咸简单处理了黎诺的伤口，为他接上右臂，背着他驭剑而飞，见数里之外，涌动起一片黑点。黎诺心中大惊，知是祝融的杀手们来了。巫咸的驭剑术虽快，然而背着黎诺，速度终究还是慢了，不到一炷香的工夫，便有一高一矮两个断刃者追了上来。两人只得奋力迎战，好在祝融未到，以二打二，并不落下风。斗了十余个回合，巫咸将那高个儿刺死，又与黎诺合击，将另一矮个子诛杀。黎诺心中暗暗佩服，自从和巫咸在渡口一别，二十年不见，不知他都经历了些什么，竟已成了祭司中的顶级高手。只是此时时间紧迫，不容他细问，二人甫将那一高一矮两个断刃者解决，便驭剑向东奔去，向东过了河，是一片连绵的深山，山中林木茂密，只要逃到那里，便不易被追捕了。

刚到了河边，黎诺和巫咸便被几十个人拦住了，原来祝融早料到他们会过河，派人在此埋伏。二人不多话，拔剑迎击，甫一交手，二人便都感到强大的压力，这群人中竟然有两名驭剑者，其他断刃者也都是顶级好手，加上十几个狼兵在外围偷袭，可谓险象环生。黎诺抖擞精神，奋起神威，将其中一名驭剑者刺死，另一名驭剑者惊骇地逃出战圈，巫咸趁机杀死另一个断刃者，拉起黎诺便往南逃，但未走几步，巫咸便跟跟跄跄，似欲摔倒的样子。黎诺见他脸色惨白，神情极为凄然，也顾不得刚接上不久的断臂，背上他向一片黑色的森林逃去。适才二人与多位高手交手，身上又增添了不少伤口，他猜巫咸定是受了重伤。

尾随于后的杀手们见他二人进了黑森林，远远地停住了脚步。黎诺将巫咸放在一棵树下，巫咸微微张了张嘴，吐出一个字："水。"黎诺侧耳倾听，果然听到了流水声，他循着水声找水源，很快就在一人多高的草丛里发现了一泓溪流，装了满满一葫芦干净的泉水，飞奔回树下。巫咸双目紧闭，歪歪地倾倒在地上。黎诺将他扶坐起来，准备喂水，却发现这位多年未见的伙伴早已气绝身亡。"啊呀！"黎诺丢下水葫芦，差点昏死过去。二十年不见，未曾料到，才刚刚见面，巫咸就死了。这一刻无数的念头瞬间涌入他的脑海，然而这一切都没有答案。

就在黎诺悲伤欲绝之时，天空响起了一片噪鸦的叫声，他知道，那是祝融带着更多的杀手追来了。他安葬了自己的朋友，不得不再次踏上逃亡的路。然而，祝融和杀手们只是守在森林外，并未冲进来。黎诺明白了，他走进了祭司的禁地：黑森林。再往前走，大约就是那恐怖的地方——大沼泽了。传说大沼泽中有巨魔，即便是最高等级的祭司，在这里也会丧失法术。所以，驭剑者们追到这里，也就不追了。在他们看来，黎诺进了黑森林，也就意味着死了。

⑤

大沼泽弥漫着一层灰色的雾气，泥沼里堆积着腐烂的树叶，倒伏的巨大树干仿佛死亡的古兽留下的骸骨，覆盖着暗绿近乎黑色的苔藓。藤蔓缠绕着直立的林木，无数的触手编织成了一张大网，一切都黯淡沉沦，没有生机，仿佛将时间截留在了这里。只有那片灰色水域晃动起一道长长的波痕，然而也是无声的，水下游动的巨蟒露出一段背脊，鳞片闪烁幽光，很快又消失在了林木的深处。黎诺握紧手中的剑，小心地走近沼泽，他的脚在成年累月积成的腐物上留下一个又一个浅浅的坑洞，当他距离沼泽越近，越感觉有一种奇怪的力量在牵引着他，那是一种召唤。

他在沼泽边缘逡巡，试图在光线微弱的林木间找出一条通路，一只红尻马脸的猴子探头探脑地望着他，与他的视线相交后，一转身跑了。他灵机一动，朝着猴子消失的方向慢慢摸索前进，尽管地面湿滑，但勉强看得见一条隐迹，显然是猴子留下的。他小心地一步一步向前摸索，林间一片死寂，忽然响起几声怪鸟的吟唱，仿佛划过黑暗夜幕的诡异烟火，很快又被黑暗吞没。他立刻停下脚步，拔剑出鞘，迎接那似乎在慢慢靠近的危险，然而除了无尽的死寂之外，一切又都变成了令人怀疑的虚无。他归剑入鞘，继续向前走，不知走了多久，毫无征兆地，那吟唱声再次响起，像断气的人咽下了最后一口气，他再一次拔出剑来，停驻于原地。那声音如此反复，但似乎也无害，他悬在半空中的心回到了腔子里，他决定专注于走路。

林中没有黑夜，也没有白昼，那泥迹像一抹轻烟一样，经常飘散或消失，每当那泥迹消失，他的思绪就陷入一片空茫中，为了避免迷路，他努力将思绪集中在过去发生过的事上，然而他却想起了阿罗，她那窄窄的裙幅下，有一双又长又白的腿，每当他深夜归来，那双长腿缠在他的腰间，发出低低的呻吟，总是令他陷入一片闪烁着白光的空茫，就仿佛迷路般的空茫一样。他不知道，自己走进了一片泥潭中，浊恶的气体包裹住了他，泛着绿色泡沫的水像浓稠的汁液，慢慢涌动，没过了他的膝盖，又漫到了他的腰间。他继续向泥沼深处走去，一张看不见的巨网正慢慢收紧，当他醒悟过来的时候，吞噬一切的力量已经匍匐到了他的脖颈下，扼住了他的咽喉。他绝望地挣扎着，但越是挣扎，下沉的速度越快，泥沼彻底将他吞没的瞬间，他看到了巨蟒，鳞甲闪烁着光泽、头上有角的巨蟒。

黎诺被一阵强烈的轰鸣声吵醒了，发现自己躺在一个巨大的圆环形的屋子里，四壁有圆形的窗子，他伏身窗边朝外窥探，几乎魂飞魄散，原来这是一辆飞车，车身四周被燃烧的火焰笼罩，正朝一道悬在天空的金色拱门飞去。这时，一个面无表情的人推门而入，见他朝窗外窥探，似乎并不意外。飞车距离金色拱门越来越近，他发现那并不是真正的门，而是一条衔着自己尾巴的巨蛇，蛇眼熠熠生辉，如同两轮巨大的太阳，贴近巨蛇的飞车就像一只飞舞的蛾子一般渺小。

"我死了吗？"

"没有。"

"那是什么？"

"道之蛇。"

"那是什么动物？"

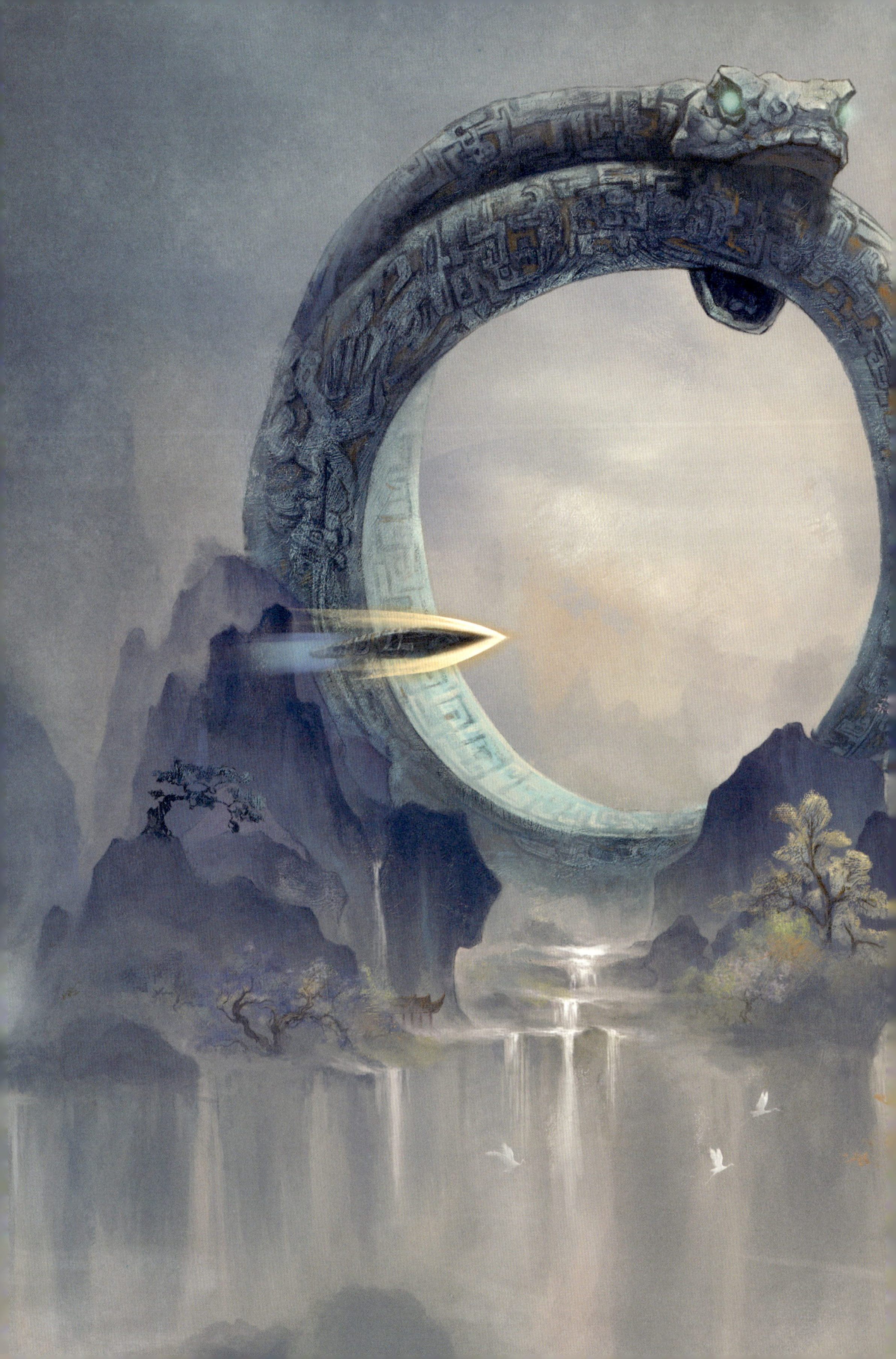

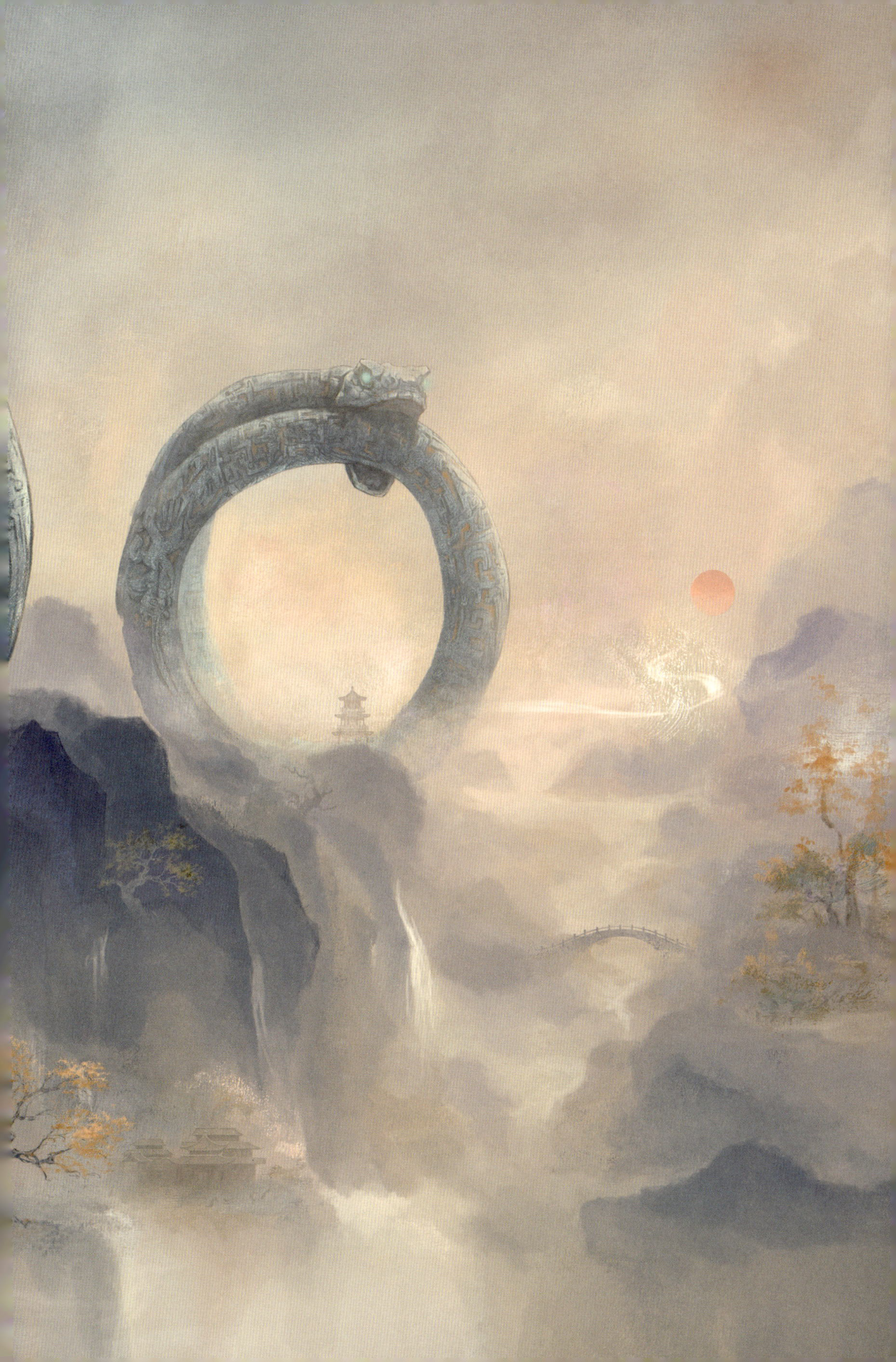

"有物混成，先天地生。寂兮寥兮，独立不改，周行而不殆，是为道之蛇。道之蛇，又被称为循环之蛇。"

听着那人咒语般的话语，黎诺回到了最初的问题："我为何没死？"

"因为你进入了循环之蛇的领地，生即是死，死即是生，无生无死，循环不息。"

黎诺听不懂那人的话，用极其躁急的语气说："别故弄玄虚，快告诉我是怎么回事，不然我就从车上跳下去。"

驾车人说："你跳下去，也不会死，只是循环的另一部分。"

黎诺见那人始终冷静、沉着，似乎不像装神弄鬼之辈，便十分恳切地说："我被陶唐的大祭司祝融追杀，慌不择路进了黑森林的沼泽，几乎被淹死，是你救了我吧？"

驾车人摇摇头说："我并未救你，循环之蛇的领地，没有死亡。"

黎诺说："那林中的枯树、枯草，不也是死的吗？"

那人露出一丝笑意，说道："那不是死，那是新生。你见过蛇蜕皮吗，蛇到了一定年月，会像脱衣服一样，将身上的皮蜕掉，开始新的生命。"

黎诺猛然心中一动，说道："我也像蛇一样，脱离了原来的肉体吗？"

那人没否认。

黎诺不觉一阵战栗，低声饮泣着说："原来我已经化身为鬼了，果然是死了。"然而泪水滴落到手臂上，分明有温热的感觉。

那人说："你的确是抛弃了原来的肉体，但你又生出了新的躯体。"

黎诺惊疑不定地说："那是如何做到的？"

那人说："你看到道之蛇了吗？道之蛇衔着自己的尾巴，从头到尾，并不是结束，而是新的开始。大到宇宙天地万物，小到蝇虫芥子，都是永恒不灭的，你所看到的死，是另一种生。建构与陨落往复，生与死交替。道之蛇只有吃掉自己的尾巴，才能活，你只有脱掉原来的躯壳，才能生。"

黎诺还是听不懂驾车人的话，但是他隐隐觉得，那人并没有骗自己，至于那究竟是怎样发生的，他也无从知道。飞车穿过循环之蛇的衔尾巨环，如同穿过了一面镜子一般，缓缓降落在一片平原上，他下车回眼望去，发现黑森林已经不见了，一条大路出现在前方。

"这是什么地方？"

"你寻找的地方。"

"你是谁？"

"我们还会再见面。"

⑥

日影西斜之后，光洒落在高阳城废墟的五根石柱上，影子仿佛一只长长的手，指向了穷桑山。黎诺走到大路的尽头，一座通天巨塔出现在眼前。这是一座蓝色的巨塔，晴天的时候，它甚至会和天幕融为一体，隐藏起自己的身形。黎诺到了塔下，反而看不见塔，他只看见了一座山。他知道，四面延伸的山脉，就是塔基，被流水和重力构造出的沟壑，同样是塔基的一部分。也许，这正是它迷惑人的地方。他顺着一条山脊向上爬，一直爬到了顶峰，青灰色的巨大岩体出现在眼前，很明显被人加工过，平整、光洁，岩体上有城门洞般的入口。他没有迟疑，朝那门洞走去，洞内空间很大，但不够明亮，适应了其中的光线后，他看清了路，顺着门洞内的路向前走，几个时辰后，他意识到自己进入了通天巨塔。路一直在抬升，绕着一个巨大无比的螺旋上升。塔内的光线似明似暗，无法判断昼夜，为了尽可能多走些路，减少食物的消耗，他只能吃个半饱，甚至忍饥挨饿，然而干粮最终还是吃完了，路依旧没有尽头，这让黎诺更加确信，前方的路通往天界。

人可以欺骗肚子，肚子却不会欺骗人，黎诺终究还是在疲劳和饥饿的双重折磨下昏了过去。饥饿达到极致，人会出现幻觉，他嗅到了美食的味道——烤乳猪，他此生唯一一次吃烤乳猪，是和阿罗举行婚礼的那一天。事实上，这些年他几乎已经忘了阿罗，却没有忘记烤乳猪的味道。此刻，那香喷喷的味道就萦绕在他的鼻尖。他循着那股香味走去，赫然在路边岩体上看到一扇圆形敞开的门，门内一片光明，他冲进门内，看到一桌子的饭食，桌子中间摆放着一道烤乳猪。他饿坏了，忽略了桌子后面那位鹤发童颜的老人，抱起烤乳猪就啃了起来，一阵狂嚼之后，他才意识到原来这里有人。不过随即明白过来，有人才符合逻辑，不然食物从哪里来？他放下肉，朝老人施了一礼说："在下实在是饿坏了，请老丈海涵，我会付钱的。"他翻检腰间的钱袋，却发现早已不知去向。老人看出了他的窘迫，伸出一双蒲扇般的大手，拍拍他说："不要紧的。"

老人告诉黎诺，他来自黄帝时代一个名叫彭祖氏的部落，那是一个以长寿著称的部落，有的人能活八百岁，有的人能活一千岁，传说最长寿的可以活到八千岁。至于他自己活了多少岁，他已记不清了。颛顼大帝主政的第三年，天上坠落了一颗星星，随着星星的坠落，出现了无数火鸟，全都像马那么大，伸开两翼如同飘荡的云，嘴里不停地喷吐火焰，森林、城市、稻田都燃烧了起来，颛顼大帝命令祭司们抵抗坠星带来的火鸟，并下令重羲和黎和两位大祭司建造通天塔，欲向天界寻求消灭火鸟的法器。通天塔建造了很多年，火鸟一直在恣肆，四处摧毁人类的居所，高阳城也在烈火中彻底毁灭，剩下的人们只好全部迁居到塔内，他是迁居到塔内后出生的。

老人的话完全颠覆了黎诺脑海里的那个传说，传说中是颛顼与共工大战，撕裂了天空，导致大火与大洪水发生，原来真实的情况是坠星。但他又充满了疑惑，如果只有塔内的人活了下来，那么自己是谁？塔外那个世界的人，是谁的后裔？

老人无法回答黎诺的问题，几百年来，他从未走出过这座塔。塔内的人相互告诫，塔外的世界早已尽毁，只剩下一片死亡，除了死亡，没有别的。颛顼大帝将他祖父黄帝的"种玉秘法"传授给了幸存下来的人，只要将美玉种植在五气调和的山坡上，就能长出玉髓，服食这种东西，能够长生不死。穷桑山正是罕见的五气调和之地，人们没有玉髓，就用同样的办法将黍、谷、稻种了下去，后来发现还可以种鸡、鸭、鹅、猪，他们像农民收割庄稼一样，既收割植物，也收割动物，包括黎诺刚才吃的烤乳猪，也是用种玉法种出来的。黎诺对老人的说法持怀疑态度，老人便带他去参观"庄稼地"，他在墙上轻轻一按，开启了一道窄门。穿过门，展现在他眼前的是一座平台，台上有几十个方形的透明柜子，每个柜子里都铺着厚厚一层蓝色的土。果然，这些土壤里不但生长着植物，也生长着动物。老人告诉他，这些柜子名为"混元秤"，他们不但在"混元秤"里种植小动物，也种植其他大东西，至于那是什么，黎诺并没有听清楚，因为他被另外一个发现震惊了，从平台上望去，四周是几乎可以触摸到的云朵，云层的缝隙里，可以看见山脉，几条纤细的山脊，被一片荒凉的沙漠淹没了，河流像细细的线，被烧成白地的庄稼地和森林依旧冒着烟，一只巨大的红色鸟儿掠过。他几乎不敢相信，塔外的世界，是他生活过的那个世界。

老人似乎看出了黎诺的困惑，他平静地说："上千年来，火鸟从未被消灭。"

黎诺说："你们不是去天界借法器了吗？"

老人依旧平静地指了指上方，说道："塔还没有建成。"

黎诺大吃一惊，说道："你是说千百年来，人们还在一直建塔？"

老人点了点头，轻轻地"嗯"了一声。这时一只火鸟从平台边缘飞过，它的脸像一张剥了皮的马脸，锋利的牙齿从鸟喙中露出来，两只巨大的翅膀污秽极了，狮子般粗壮的腿上裹着一层黑色的毛，爪子仿佛烧红的铁钩，更惊悚的是，它拖着一条细长的、蛇一般的尾巴。黎诺倒退几步，差点吓得晕

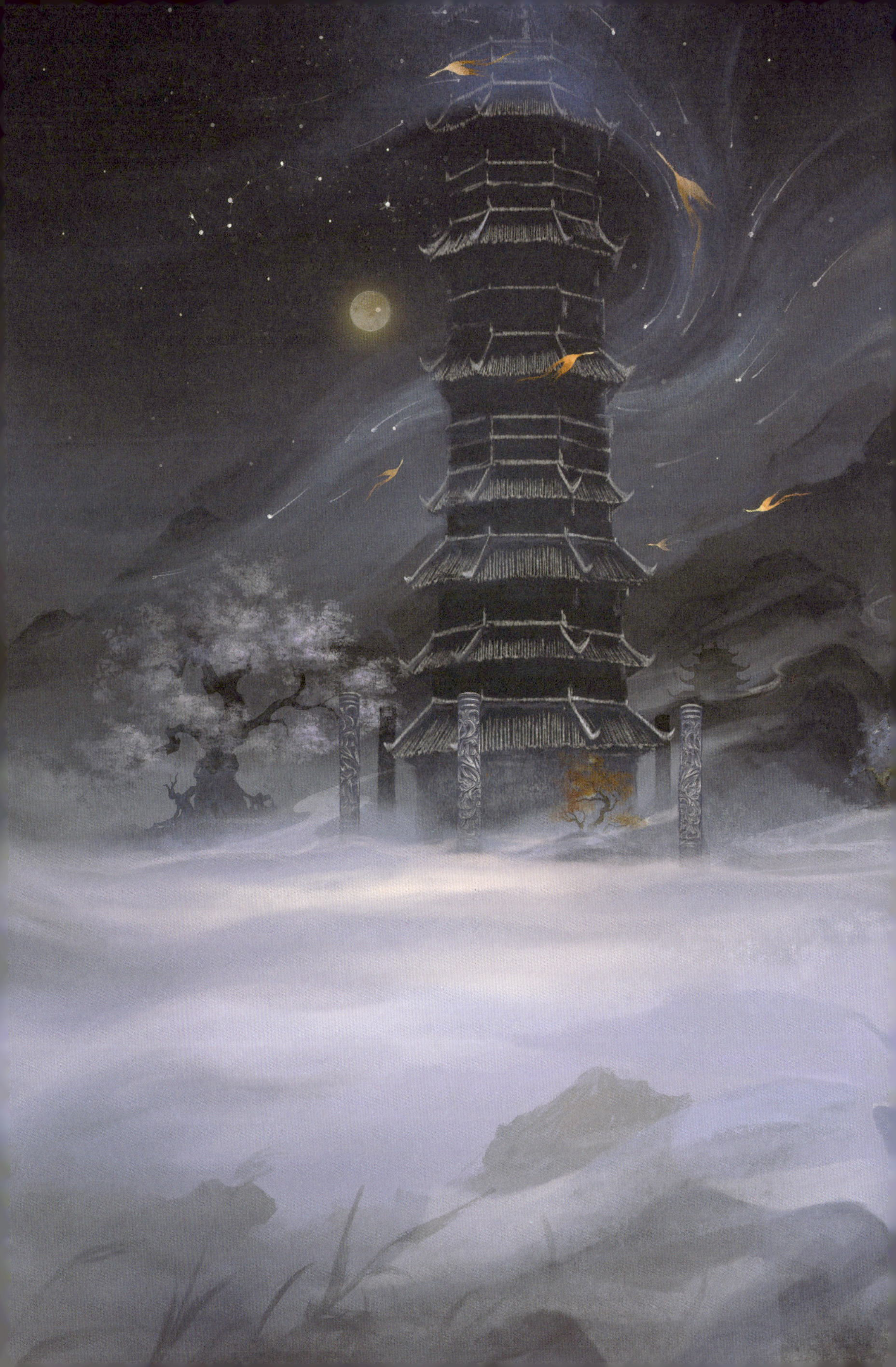

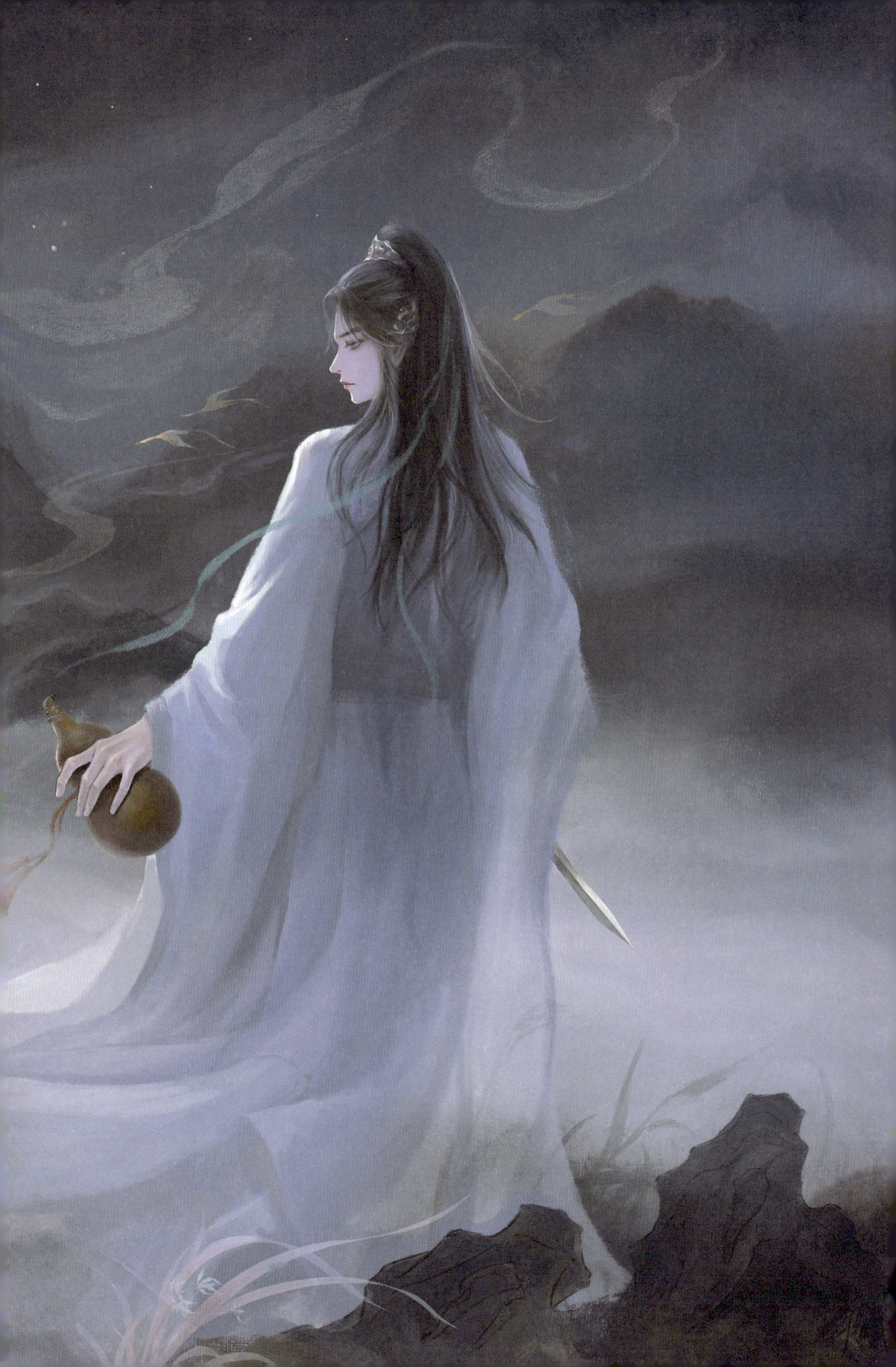

过去。老人从后面扶住他，说道："不要害怕，它看不见我们。"原来，平台外面有一层透明的墙，名为七宝伞，坚韧无比，即便是火鸟的利爪和喷吐的火焰，也无法攻破。另外，墙外的火鸟，看不见平台上的人，而里面的人看得见外面。看着那只火鸟细长的尾巴在空中划过一道弧线，越来越远，最终消失在天际，黎诺的心依旧狂跳不止。

"塔建造了多高？"黎诺迫不及待地问道。

老人说："每建成一百层，我们会小庆祝一次，建成一千层，会大庆祝一次，我最后一次当代表去塔顶参加大庆祝是第三十次，已经过去很久很久了，我再也没有力气参加庆祝了。"

黎诺脱口而出："这里是第几层？"

老人伸出了两根手指。

黎诺一下子瘫坐在了地上，原来走了那么久，才只到达第二层。

老人看着他的样子，大笑了起来，说道："用两只脚，就算是走一辈子，也到达不了塔顶。"

他这才想到老人刚才的话里似乎有玄机，赶紧问道："你是怎样到塔顶的？"

老人指了指另一边，带着黎诺到了塔另一侧的平台，这里的柜子比起刚才看到的柜子大几十倍。老人推开其中一个柜子的门，他吃惊地发现蓝色的土壤里卧着一匹马，马全身被一层乳白色的薄膜包裹着，仿佛正在喘息，老人不知从何处抽出一柄小刀，小心地划开薄膜，一声嘶鸣，一匹火红缎子般的马儿跳了出来，它的眼睛是蓝色的，仿佛跃动的蓝色火苗。老人抚摸着湿漉漉的马毛，对黎诺说："这就是你的坐骑了，它虽然刚从土囊里生出来，但依旧跑得飞快。"

黎诺带着老人赠送的食物，骑着马顺着塔内的坡道向前方奔去，他一会儿想起死去的巫咸，一会儿又想起那些巨大的柜子，不知其他的柜子里孕育着何物，尤其是那只目测足有十丈的巨柜，更不知孕育的是何物了。每到一层，黎诺都会受到热烈的欢迎，尽管每一层都只有一个人。然而，越往前走，他内心的疑问越多，他发现塔里遇到的每个人，都长得一模一样，而且只有男人，没有女人，这意味着什么？这意味着不但粮食、烤乳猪、马是从土里种出来的，人也是从土里种出来的。因为他们没有女人。

他终于到了第一个一百层，与以往的粗陋的、象征性的大门不同，这里有一座真正的门，朱红色的门扉上装饰着密密的金色门钉，门框上方挂着一块金色的匾额，上书"小庆宫"三个籀文大字。为他开门的是两个身材纤长的人，身穿白衣，头戴高冠，蒙着白色面纱，看不清容颜。入门之后，一人将马牵走了，另一人引导着他到了一座圆顶的红房子内，屋内的墙上装饰着枝形灯烛，四周陈设着各种家具，靠墙的地方有一张象牙色的床，床上坐着头戴金色高冠、身穿红衣的人，同样遮着面纱。黎诺有了前面的经验，又见这里的人气度十分不凡，赶紧上前一步，深深地施了一礼说："鄙人从下方来，多有打扰。"

红衣人俏声说道："无须客气，多年未见下方来人，是稀客呢。"

这一开口，黎诺才发现对方是个女子，就连刚才那两个为他开门的白衣人，也是女子，无怪乎身材修长，步态绰约。这样看来，他之前的推测错了。红衣女子为他提供了十分丰盛的食物，还有酒，这与先前所经过的地方大不相同。此外，还有一种不同，那就是之前在塔内遇到的所有人，仿佛都隔着一层看不见的墙，与这个女子，却似乎什么都不隔。而且这女子说话的声音、面纱后的笑容，还有那双眼睛，都似乎在哪里见过。究竟在哪里见过呢？现实中似乎并没有，那好像是一个久远的、早已被遗忘的梦。

黎诺休息了半日后，准备继续前行，那红衣女子却说："何必急在一时，不如多休息一日。"他只得暂时住下，第二天再赶路。

百层之上，有了昼夜之分，塔四周有巨大的窗，外界的光照了进来。红衣女子引着黎诺到了一座扇形的大厅，看起来足够容纳五六百人，大厅中央有座巨大的鼎炉，高达八九丈，炉中闪烁着红色、黄色、青色、绿色和白色的火焰，炉边同样站着两个高冠白衣的女子，手中持着一根细细的水晶长管。红衣女子走到近前，问道："时机可是到了？"

左边的白衣女子说："尘外烟霞吟不尽，鼎中龙虎伏初驯。是时候了。"

红衣女子一挥手，鼎炉转动，盖子飞到了一边，火焰中出现一颗赤红的蛋。她在蛋壳上轻轻一弹，蛋壳出现了一道裂纹，一声霹雳响，黎诺只觉得眼前划过一道闪电，眼睛都被刺得短暂失明了。空中发出"啾啾"声，仿佛什么东西在喘息，一股浓烈的腥气扑面而来，他慢慢睁开眼睛一看，一条八九丈长的螭龙，正张大嘴巴望着他，空中飘荡的龙须，几乎能碰到他的脸。

红衣女子看着他畏惧的神情，轻轻一笑说："昨日未让你走，是螭龙出世的时机尚未成熟，现在，你有新的坐骑了。"

黎诺骑上螭龙，心中暗想，那座鼎炉，大概是"种龙"的地方吧。不同的是，这条螭龙是从龙蛋里孕育出来的，而不是直接从蓝色的土壤里种出来的。龙在巨塔坡道内慢慢升起，开始加速，他回头看那女子，螭龙已飞过塔内的转角，视野里只有灰色的岩壁。驭龙而飞，何止一日万里，最初黎诺还感觉在一个旋涡中飞行，有一股强烈的眩晕感，然而速度越来越快，最后眩晕感消失了，他彻底丧失了方位感，只感觉身体被拉扯着在无尽的黑洞中穿越，现实中曾拥有过的一切全都涌入了他的大脑，在船上的日子、和阿罗一起生活过的短暂时光、一年又一年的流浪，然而此刻这些都丧失了具体的形态。他感觉自己挣脱了尘世的一切坐标，在不确定性中探索世界，获得了一种意义。

一片金色的屋檐闪光，那是第一千层，也就是"大庆宫"所在。螭龙徐徐落在被五色云气环绕的金色庭院中，院中的一棵桂花树开得正盛，袭人的香气扑鼻，树下放着一口棺材。他并未太注意那口棺材，只管迈着轻捷的脚步，从树下走过，穿过水晶般的门，一条河流出现在他的眼前，他上了船，看到驾船的老摆渡人。

"你回来了，我的孩子。"老人慈祥地看着他。

"是的，我回来了。"

"你找到了你想要的东西吗？"

"我想我找到了。"

"那是什么，我的孩子。"

"在不确定性中活着，活在每一天，活着就好。"

"你也曾寻找过吗？老家伙。"

"是的，我也曾寻找过，只是我到老年时才懂得寻找，而你年轻时就学会了寻找，最终我们又都回到了原点。"

老人将手中的船桨交给了黎诺。

数年后，老摆渡人去世了，他是在摆渡船上死去的，黎诺安葬了他。他像老人一样，在河流上摆渡一生，最后也死在了船上。新来的摆渡人安葬了他。很多人出席了他的葬礼，不少人还流下了眼泪。

黎诺猛地醒了过来，他发现自己正躺在桂花树下的那口棺材里，身上穿着下葬时的衣服。棺材边站着一个面无表情的人，准确地说是一个没有脸的人，他像是问自己，又像是问那无面人："我是做了个梦吗？"

无面人拍了拍棺材板说："不，你死了。"

"那我现在在哪里？"

"在你活着的另一个地方。"

黎诺疑惑地看着那人。

无面人说："作为摆渡人的黎诺，也就是你，在塔下世界过完了一生，死了。"

黎诺仍然似懂非懂地说："我和他是一个人吗？"

无面人说："是一个人。"

黎诺瞪大了眼睛，像看疯子似的看着那人。

无面人说："你照过镜子吗？镜子里的你还活着，镜子外的你已经死了。"

黎诺说："你是说此刻的我，是那个镜子里的影子？"

无面人说："可以这样理解。"

黎诺说："可是，人离开了，影子不应该一起消失吗？"

无面人说："那是很浅层的认识，照镜子时闭上眼睛，镜中人也许正在看着你。你刚才看到的一切，摆渡人的一生，正是镜中人对镜外人的窥视。"

黎诺说："那镜中人有影子吗？"

无面人说："当然，因为镜中人也会照镜子，镜子里还有镜子。"

黎诺对无面人的话似信非信，从棺材里爬出来，飞一般地朝刚才那道水晶门奔去。

⑦

门"吱嘎"一声开了，屋子里闪烁着油灯的光，正在织布的阿罗看见他，像小鸟儿一样欢呼着，冲进了他的怀里。阿罗告诉他，她今天卖掉了两匹布，他不用晚上再去碾米坊了，白天在酒坊干活，晚上一定要回来。黎诺点了点头，接过了阿罗递上来的热布巾，擦了擦脸。他闻到了阿罗身上那股令人迷醉的幽香，伸出手臂轻轻一揽，就将她拉入了怀中。

阿罗的织品卖得很好，不久就攒了一笔钱，黎诺用这笔钱盘下了一家酒坊，开始经营酿酒生意，他为人实诚，又头脑聪明，酿制的酒人人都喜欢，很快就成了陶唐城最出名的酒坊，人们都叫他酿酒人黎诺。阿罗生了个大胖小子，那孩子极聪明，又伶俐，继承了黎诺的酿酒手艺，娶了一个当地姑娘，并给他生了个孙子。随着时光的流逝，黎诺和阿罗都老了，阿罗先他而死，他哭了很久，然而并不特别伤心，因为岁月已经磨尽了那些和温柔有关的东西。黎诺活了八十多岁,寿终正寝。

当他再一次从桂花树下的棺材里醒来时,他又看到了那个面无表情的人。

"我又做了个梦吗?"

"不,你死了。你又过完了一生。这一生,你有遗憾吗?"

黎诺没有回答,他想起了那道神奇的水晶门,再一次爬出棺材冲进了那道门。他发现自己身处荒野,跟着一群人在夜色中前进。他超越过每个人,在队伍的最前方发现了独眼人,没错,是吴镇。

"我们要去哪里?"黎诺问。

"乐土。"吴镇说。

"那是什么地方?"

"我也不知道,人们说那里与世隔绝,没有君王,没有狼兵,也没有律令和赋税,在那里人人自足,没有尊卑,人人都按照自己的意愿活着,不干涉别人,也不被别人干涉,每个人都很快乐。"

"那的确是乐土。"

黎诺和独眼人吴镇带着众人们到了大海边,他们打造了一艘大船,最终在海上找到了传说中的乐土,那是一座人们从未踏足过的岛屿。吴镇和反抗者们在这里建造房屋,挖掘水井,开始了新的生活。他们再也不必躲在黑暗的洞穴里,每天都拥有阳光。他在这片乐土活了很久很久,久得忘记了自己的年龄,然而他最终还是死了。

黎诺又一次从棺材里醒来,有了上次的经验,他直接朝无面人吼道:"我又死了一回吗?"

那人依旧面无表情地说道:"没错。"

黎诺说:"那究竟是怎么一回事?"

"打个比方,人生就好像走在一条有很多岔路的路上,你走入任何一个岔路口,那条路就是你的人生。"

"你是说我可以把每条路都尝试一遍？"

"大概是这个意思。摆渡人黎诺、酿酒人黎诺、寻找乐土者黎诺、复仇者黎诺，也许还有别的什么身份的黎诺，每一条路都是一种可能，每一条路都是一种人生。"

"你能否将所有的答案都告诉我？"

"大部分人，都生活在一种生活中，直到他们死去，依旧如此。只有极少数人能够将每种生活都体验一遍，去过想过的生活，这就是镜中之镜。"

"如果我没有留在渡口，和巫咸一起走，他还会死吗？"

"那是另一条岔路，对于一个塔行者来说，只有走了才知道。"

"塔行者？"

"塔行者，就是能穿梭于时间之塔的人。"

"什么是时间之塔？"

"时间之塔，又被称为通天塔，它能使你回到过去，也能去到万年之后，还能打破镜中之镜，进入循环之门，成为永生者。"

"循环之门，你怎么会知道那个地方？"

"你忘了吗？我说过，我们还会再见面。"

原来无面人正是那个在环形飞车中遇到的人。

"你是神族吗？"

"我并不认为有神族存在，但我能突破时间与空间的限制，出现在任何地方，能够回到过去，也能到未来，超越生死。如果将这称之为神，那我就是神。"

"我也能突破时间和空间的限制吗？"

那人点了点头。

"神的生活是怎样的？"

那人没有直接回答黎诺的问题，而是说："坚持认为只有自己的生活方式、一种生活方式是好的，而不曾想象另外一种人生，不愿迈出探索的脚步，就好像活在俗世那个狭窄的棺材里。神的生活，就是拥有无数种可能。"

黎诺没有再冲进那扇水晶门，人生究竟有多少种可能，那不过是镜子外的世界，也许是一个无解的题目。他乘上螭龙，决定去寻找终极答案。呼啸而起的巨龙突破了千层塔界，直奔向万层之门，一个巨大的银色的球出现在他的视野里，然而并无灼热感。在进入球体的一瞬间，螭龙消失了，就连他自己也消失了，但分明有什么东西依旧存在。对，是他的意识，他游荡在一个纯粹意识的世界。他明白了，他已到了塔顶。不，是天界。原来天界是没有具体物质的世界，是一个纯粹意识的世界。在这里，意识高于一切，意识洞悉一切，不依赖任何物质而存在。通天之塔，是镜子中的镜子，空间中的空间。

黎诺想起了过去的生活，摆渡人黎诺、酿酒人黎诺、寻找乐土者黎诺……然而，仍然有一些谜团未曾解开，巫咸曾有过怎样的生活，阿罗为何离去（在酿酒人黎诺的一生中，他们确曾白首到老，然而那似乎只是个渺茫的梦境，也许人生本就是一场梦），她与那少年城主度过的一生可曾幸福？他又想起了死去的吴镇、承影、巫咸，他好像还未曾替他们报仇，是的，复仇者黎诺，他不应该忘记这个身份。

⑧

黎诺的脑海里显出陶唐城的轮廓，他从未像现在这样清晰地看见陶唐，那是一座帝王之城才能拥有的气度，他知道，这是上古大帝唐尧建立的城市。瞬息之间，他从意识的世界拟形而出，骑在了螭龙的身上，就像他想起陶唐的时候，螭龙已经落在了陶唐城中央的大广场上。然而，眼前的一切都是陌生的，他从未见过这样的城市。所有的人都穿着白色的仿佛泡沫般的装束，在离地三尺高的地方行走。他们没有嘴，用眼睛进行交流。黎诺拦住一个行人，准备问他现在陶唐的君长是谁。

那人与他对视了一眼，黎诺内心忽然浮起了答案。他暗暗心惊，原来那人竟懂得"读心术"和"渡心术"，只是两目对视，便已经知道了他心中所想，并且将答案传导给了他。那人名叫摄梦，他说："陶唐城的王是澄镜。"

黎诺问："他和祝融是什么关系？"

摄梦仰着脸，望着天空，似乎在搜寻什么，过了一会儿，他告诉黎诺："三万年前，曾有个名叫祝融的人统治过陶唐。"

黎诺大吃一惊，三万年前，难道自己来到的地方，是三万年后的陶唐吗？也就是说，祝融已经死了三万年了，不只是祝融，所有他知道的一切，都"死"了。

"祝融……是怎么死的？"

摄梦说："祝融统治陶唐时非常残暴，有个叫黎诺的刺客刺杀了他，虽然幸而没死，活了一百多岁，但后半生是在床上度过的。"

原来，刺杀者黎诺的确复仇了。

"黎诺后来怎样了？"

摄梦仰着脸，似乎在天空寻找什么。过了一会儿，他摇摇头，告诉黎诺，他找不到答案。黎诺属于"天人族"。数万年前，曾发生了一场大战，天人族几乎灭绝了，不过一部分人在战火中活了下来，他们重新演进自己的生命，新人类"飞族"诞生了。一万年来，飞族之间从未发生过战争，因为对于他们来说，不需要战争。他们能变成任何看见的东西，他们的知识全部在天空之幕上，在那里能无偿获得一切。最重要的是，他们的生活方式变了，吸风露就能活着，因为不需要争夺食物，所以不再发生战争；因为不需要言谈，所以连嘴巴也消失了，不再发生争吵和误解，他们只要彼此看着对方，就知道对方心里的想法。摄梦看着黎诺说："你的样子很像从前的天人族。"很多飞族十分崇拜天人族，他们经常装扮成天人族的样子，如果不仔细看，几乎看不出来。摄梦将自己的信息传给黎诺，他的脸开始慢慢变化，仿佛融化的冰块，不一会儿竟然有了嘴巴，而且模样和黎诺一模一样，仿佛和他从一个模子里刻出来的一般。摄梦笑着说："是不是很像？这就是我们变身天人族的样子，只要愿意，我们可以变成任何样子。"

黎诺和摄梦告辞，骑上自己的螭龙，飞离而去。

祝融已经死了，虽然不是被自己亲手杀死的，但已经死了三万年了。对于一个三万年后的人来说，三万年前的仇恨还有意义吗？不只是仇恨，那个世界连同仇恨一起，都已经彻底消失了。再强烈的仇恨，在三万年的时空中都烟尘散尽了。然而，他的内心依旧残余着一些滚烫的灰烬，既然能够来到三万年后，那也能回到三万年前。黎诺回忆起他与巫咸在渡口分别的那一天，那天他们走了很长的路，已经快垮了。牵马人牵着马儿，一个一个被摆渡人渡过了河，他和巫咸是最后坐船的人。不知为何，鬼使神差地，他竟然被那条破船，还有那个愚痴鲁钝的老摆渡人吸引了，那是一种苦行僧式的生活。当他逆向穿越时间的河流，他才理解了其中的意义，也许大多数人的一生都只是庸常，但并不妨碍有的人从庸常中突围。

黎诺的耳边传来一阵铜铃声和赶马人的吆喝声，商人们把马匹停在渡口，一匹一匹地牵着渡河，而他和巫咸，也站在渡口边上。是的，他回到了渡口的起点，和他的伙伴在一起。这个渡口，正是他们生命的分水岭。

像命中注定那样，黎诺与那老摆渡人目光交汇在了一起。只是这一次，黎诺没有让巫咸一个人上路，他朝着老人微微一笑，便不再看他。他们的商队走走停停，每到一座城市，就停下来兜售货物，然后再购入当地的特产。就这样，他们到了阳翟。阳翟城是一座大城，商业极其发达，到处都熙熙攘攘。商队只用了两天就兜售完了货物，领队带着黎诺和巫咸二人到城中最大的商市采购货物，准备到别的地方去出售，在一家售胭脂的店门口，黎诺看到了阿罗,她穿着淡黄衫子,用一根明黄色的发带束着头发,鬓角插着一枝花,花枝细细,似乎是他第一次见到阿罗的样子。黎诺不由得一恍惚,为何会在这里遇到阿罗,不应该在渡口相识吗?

黎诺看到阿罗的那一刻,竟然在阿罗的眼里看到了似曾相识的东西,那是涌动的泪光,那是故人相逢。他虽然改了自己的生命轨迹,但终究还是遇到了阿罗,只是换了一种方式。阿罗微微敛衽,算是见了礼。黎诺正欲上前搭话,听到有人大声喊:"阿罗。"一个中年男子从店内出来,手中捧着胭脂盒。黎诺细看那男子,形貌略近似他曾见过的朝歌城少城主,只是朝歌城的少城主身形高大,而此人则矮而且胖。看着阿罗和那个男人相偕而去,他心下顿时凉了半截,原来另一个世界里,没有遇见自己的阿罗,有另一种人生。

黎诺准备留在阳翟,打听阿罗的下落。他很快就打听清楚了,和阿罗在一起的男子名叫灵敖,是阳翟城城主的侍卫,一个夜行者,白天在城主府上,晚上归来,居住在城西。黎诺隐身于一条窄巷,见那人出门后化身为一只灰雀,消失在了天际,这才上前去敲那座小院的门。开门的正是阿罗,她先是吃了一惊,随即便流露出故人相见的欢悦,轻声说道:"你真的来了。"

黎诺惊讶地说:"你知道我会来?"

阿罗说:"你忘了吗,我们每天晚上都在梦里相见,你说你会来找我的。"

黎诺吃惊地说:"梦里,每天晚上?"

阿罗肯定地点点头说:"是的,梦里,你说你会来带我走。"

黎诺认真地看着阿罗的眼睛,他想找到一些另外的东西,然而那双澄澈的眸子充满了天真无邪,完全不像在说谎。他想起通天塔中那无面人说过的话:"当你踏上那条路之前,你永远不知道会发生什么,就好像你打开盒子之前,永远不知道盒子里有什么,只有打开,盒子里的东西才存在。"

黎诺仿佛在那个名叫灵敖的、将被背弃的男人身上看到了自己曾经的影子。

"我带走了你,你的夫君怎么办?"黎诺说。

"夫君?"阿罗笑了起来。她告诉黎诺,灵敖并不是她的夫君,而是朝歌城城主的侍卫。她原本是青河城城主的妃子,城主曾与她盟誓,一生一世一人。未曾料到,她未能诞下子嗣,青河城城主便又娶了一位侧妃,其后数年,竟又娶了四五位侧妃。这时候,侍卫灵敖走进了她的视线,在她的怂恿下,他们私奔了。后来灵敖投效于阳翟城城主门下,他们便安身于此了。对于灵敖来说,阿罗是他的神,可谓百呼百应。可是她很快就意识到,她不过是从一个监狱到另一个监狱。青河城城主冷落她,然而给了她繁华、耀眼的生活;夜行者灵敖爱她,给了她激情,然而激情褪尽之后,只剩下一潭死水。对于她来说,花心的男人让她感到于心不甘,而长情的男人又未免让她感到平庸,她喜欢的是那种在大风大浪中忽高忽低的感觉,是疯狂。

黎诺决定不再循着这条路走下去,尘世对他而言,已经丧失了意义。

无面人曾告诉黎诺,他是突破循环之门的塔行者,达到了最高果位,能够突破时空和生死限制,存在于任何时间,到达任何空间,能将自己的意识寄存于一尊神佛的雕像,也能托体于一根小草,能获得一只蝴蝶的视角,还能化作一片云或者一阵风,总之,他可以是世间的一切,无所不在,无往不利。他能同时存在于任何空间,可以无形,也可以有形,他如同循环之蛇,自足圆满,永恒不灭。

黎诺并未带阿罗离开,他拒绝了她,对于他而言,阿罗曾是他生命中最重要的人;对于阿罗而言,他不过是一个梦中人,一个能给予她另一种可能的人。他和巫咸在阳翟创立了一家商号,他看着巫咸娶妻生子,子孙绕膝,幸福地度过一生,最后寿终正寝。

对于一个永生者而言,普通人的一生,只不过是一眨眼的工夫,就是一个王朝的建立和灭亡,也只是下了一盘棋而已,然而曾与他的生命纠缠过的一切,巫咸、阿罗、吴镇、承影,还有鸟鼠山的那些人,并不是数万年前的烟尘，而是切肤之痛，当他想起在另一个生命里巫咸死于黑森林，被埋进土地的时候，痛苦依旧像闪电一样袭遍全身，他战栗了起来。万古光阴，对他而言不过是一刹那，然而爱与痛苦却能够跨越时空，就算是天地宇宙俱毁，依旧无法消散。

继续上路。

象群般涌动的群山，廓大永恒，占满心灵，也刺伤眼睛。在时间的驿路上，没有始，也没有终。蛇盘踞于龟背，扭动着柔软的身躯，啸叫于北方闪光的永夜。世间无恒物，一切都在不停地运转，即便是脚下的大地，一块石头，一粒沙子，内部都酝酿着一座火山，律动、爆发、死亡、重生。

他不会停下来，他会继续完成自己的使命。

灵感来源

"绝地天通"的故事见于多部典籍记载。《尚书·吕刑》记载："乃命重黎，绝地天通，罔有降格。"这句记载，说阻断了天地间的通道，使人神无法往来，但阻断的究竟是什么，并不明确。有的学者认为，重黎是一个人，也有人认为是重、黎的合称。汉代学者孔安国解释说："重即羲，黎即和。尧命羲、和世掌天地四时之官，使人神不扰，各得其序。"《山海经》中也有关于绝地天通的记载，《大荒西经》云："颛顼生老童，老童生重及黎，帝令重献上天，令黎邛下地。下地是生噎，处于西极，以行日月星辰之行次。"按照这条记载，重不断拱天，使之升高，黎不断按压大地，让大地下沉，从而使天地间的距离越来越远，失去了人神互通的可能。这条记载还明确了重和黎是两个人，并且都是颛顼之孙。

《国语·观射父论绝地天通》中对绝地天通的记录更为详尽，其文如下：

昭王问于观射父，曰："《周书》所谓重、黎实使天地不通者，何也？若无然，民将能登天乎？"

对曰："非此之谓也。古者民神不杂。民之精爽不携贰者，而又能齐肃衷正，其智能上下比义，其圣能光远宣朗，其明能光照之，其聪能听彻之，如是则明神降之，在男曰觋，在女曰巫。是使制神之处位次主，而为之牲器时服，而后使先圣之后之有光烈，而能知山川之号、高祖之主、宗庙之事、昭穆之世、齐敬之勤、礼节之宜、威仪之则、容貌之崇、忠信之质、禋洁之服，而敬恭明神者，以为之祝。使名姓之后，能知四时之生、牺牲之物、玉帛之类、采服之仪、彝器之量、次主之度、屏摄之位、坛场之所、上下之神、氏姓之出，而心率旧典者为之宗。于是乎有天地神民类物之官，是谓五官，各司其序，不相乱也。民是以能有忠信，神是以能有明德，民神异业，敬而不渎，故神降之嘉生，民以物享，祸灾不至，求用不匮。及少昊之衰也，九黎乱德，民神杂糅，不可方物。夫人作享，家为巫史，无有要质。民匮于祀，而不知其福。烝享无度，民神同位。民渎齐盟，无有严威。神狎民则，不蠲其为。嘉生不降，无物以享。祸灾荐臻，莫尽其气。颛顼受之，乃命南正重司天以属神，命火正黎司地以属民，使复旧常，无相侵渎，是谓绝地天通。"

周昭王问观射父："《周书》中说重、黎让天地不通，是为什么？如果这件事没发生，人真的能登上天吗？"

观射父的回答比较长，但归纳起来也很明确。上古时期，人神之间并不相杂，也就是没往来。人和神之间通过一些身份特殊的人传达消息，男的叫觋，女的叫巫，也就是祭司或巫师身份的人。少昊的统治衰落，九黎崛起，人神才开始没了界限。当然，这里说的"民神杂糅"，也不是人可以到天界，神可以到人间，而是指家家都有巫觋，也就是所有人都成了能通神的人。祭祀不再作为一种特权，掌握在最高统治者手里。这可能是九黎族巫风比较重的缘故，导致中原部族也受到影响。颛顼上台后，对这种局面不满，下令取缔普通人中的巫觋，只有经过他任命的祭司才有资格进行祭祀活动，他掌握了神权的解释权。从此，与神的沟通重新回到了最高权力者手中。《国语》的这段记载，其实已经不是神话，或者说是神话的终结。颛顼，也就成了神话的终结者。《国语》作为儒家色彩比较浓厚的典籍，更符合逻辑，也更加理性，让我们看到了"绝地天通"的真相。

群山和点点星空

1

　　师父去世了，把一切都留给了欧冶子和师弟灵均，冶炼炉、锻造锤、磨剑石、没有铸造完的剑，还有师妹舜华。

　　欧冶子的师父薛陆离是著名的铸剑师，他为楚王、吴王铸造过十几把名剑，这些剑能切金断玉、吹毛立断，拥有它们的人在战场上所向披靡，是相剑大师风胡子唯一推崇的人，被称为"大匠"。不过，薛陆离却从未向自己的弟子欧冶子传授铸剑技艺，他铸剑的时候，欧冶子添木炭、拉鼓风囊、打水……总之，干的都是粗活。欧冶子也曾动过向师父学艺的念头，然而每次他打算开口时，师父总会说："注意看火候，别想太多。"

　　师父死了，欧冶子想拥有师父的一切，不止他的铸剑技艺，还有他的名声。他走进了师父的冶炼坊，拿起了锻造锤，然而眼前的一切令他茫然，他不知该从何处下手。师父虽然被称作"大匠"，但对家庭却鲜少顾及，包括他唯一的女儿舜华，从小便缺少父亲的关心照顾，他的生活中只有一件事，那就是铸剑。欧冶子回忆着师父说过的每句话，思考他铸剑时所做的一切，但这只是徒劳，因为师父从不让他参与铸剑，有一次他看到师父在磨剑，想为他打下手，也遭到了拒绝。不过，就眼下来说，这并非最重要的事。师父去世后的半年里，他们师兄妹的生活表面上还像往常一样，但欧冶子很清楚，师弟灵均早就想离开，之所以一直守着没走，是因为舜华。他们三个一起长大，欧冶子和灵均虽是师父收养的孩子，但是饮食用度，并无厚薄之分。欧冶子体格强壮、性格敦厚，灵均瘦弱但聪明，这大约也是师父让欧冶子干粗活，却让灵均打下手的原因。对此，欧冶子并未埋怨过。

　　惊蛰，天气晴爽。历书上说，宜出行。师弟灵均多日前就告诉欧冶子，他准备离开。他们都喜欢舜华，在准备离开的前一个晚上，灵均已经向师妹表白，舜华没有答应他，但也没有拒绝。他们自小就在一起，也许是因为欧冶子年长，更懂得呵护人，所以舜华与他更亲近。当然，这究竟是爱情，还是亲情，懵懂的舜华并不清楚。灵均对欧冶子说，他想做一个像师父那样的铸剑师，锻造锤是师父的荣誉象征，如果舜华选择了师兄，他希望能将师父的锻造锤带走。

舜华选择了欧冶子，灵均便带着锻造锤离开了。

师父曾说，铸剑师铸造的并不是剑，而是他自己。铸剑师最高的成就，并不是铸造出天下名剑，而是在铸剑中发现自己，找到属于自己生命的方向。欧冶子想，师父没有向他授艺，也许是希望他自己去发现属于自己的路。

灵均离开后一个月，欧冶子与师妹舜华结婚，他邀请了师弟，但他没来，不过礼物倒没少，是派人送来的。不久后，欧冶子听说灵均在城里的"烛庸子巷"开了一家铸造坊，灵均以前经常给师父打下手，人又聪明，开坊铸剑，是再正常不过的了。可奇怪的是，师弟并未做铸剑师，他的铸造坊是专门打造农具的作坊。一想到师弟挥舞着师父的锻造锤敲打农具，欧冶子的心里就感到一阵隐隐的钝击，仿佛那柄锤砸在他的胸口。他不能让师父的荣誉湮没无闻，他必须成为"大匠"。他再次走进师父的冶炼坊，点燃了火炭炉，等待着炉火纯青，达到最佳温度，这些是他从师父那里学到的东西，这属于粗活。看着青色的火焰在炉中跳跃，他的内心生出了一股希望，他将拣选好的孔雀石敲碎，放进熔炉内灼热的炭上，不断地挤压鼓风囊，大量气体通过风管进入熔炉底部，炭火的温度不断上升，熔炼出铜。几个时辰以后，他熄灭了熔炉，从熔炉底部取出了混杂着炭的一大坨硬物，尽管还没有冷却，但是杂质间隙里带着温度的纯铜已闪烁着光泽，他兴奋地跑出了冶炼作坊，告诉舜华，自己成功了。

尽管那还只是一大坨不规则的、混杂着各种杂质的金属，很难把它和一把剑联系在一起，舜华还是高兴地流下了的泪水，她相信自己没选错，师兄欧冶子才是继承父亲事业的那个人。欧冶子将自己炼出的那一大坨东西放进了坩埚，他记得师父也是这么做的。经过几个时辰的烧灼，坩埚里的粗铜块变成了铜水，他小心地将铜水倒进制作剑条的模具，等到冷却后，初具形态的剑条就出现了。这也是师父活着的时候，少有的、允许他参与过的"细活"。接下来的一切，就要靠他自己了，他从师父的工具箱里找了一把重量适中的锤子，锤子的木柄很新，看起来装上后从未用过，仿佛是专门留给他的。他将剑条放在砧子上，用锤子开始敲打，很快一柄薄刃剑的雏形就出现了，这令他欣喜若狂。他决定先造一把小剑，不论这把剑是否合乎师父的规矩，他决定先造出来。锻造、打磨、装柄……就这样，他将一把有模有样的剑放在了师妹，也就是妻子舜华的眼前。舜华简直不敢相信自己的眼睛，她握住剑柄，轻轻挥舞，剑锋划破空气，发出嗖嗖的声音。

舜华带着笑声说："师兄，这是一把好剑。"

欧冶子从妻子手中接过剑，刺向木柱，顿时傻眼了。剑并未刺入木头，而是弯曲成了弧形。他的剑太软了，简直像面条一样，不要说打仗了，切肉也不够格啊。他随手一丢，一屁股坐在了地上。舜华捡起那把"剑"，走到他跟前，挨着他坐了下来，把头靠在了他的肩上，轻轻地对他说："父亲的房间里有一些竹简，也许你可以看看。"欧冶子顿时为之一震，他顾不上对妻子说感谢的话，就跑进了师父的卧室。自从师父去世后，那里的一切都保持着原来的样子。师父的床边放着一个木架，上面塞满了竹简。他一卷一卷地拿下来，没日没夜地看。终于，他明白了，原来孔雀石炼制出来的铜是纯铜，纯铜非常软，要加入铅和锡，才能增加硬度。

经过四个多月的锻造，欧冶子又制出了一把剑。他再一次将剑交给了妻子，舜华手握剑柄，迟疑地看着他。他笑了笑，望着妻子的眼睛，鼓励她试一试。舜华犹犹豫豫，不敢用剑刺木柱，她走到院子的东侧，那里挂着一件坏掉的破烂牛皮甲，父亲曾用来试验新剑的穿透力，她略一用力，剑穿甲而过，她的眼睛顿时亮了起来。这副皮甲虽破，却是吴国官造的铠甲，用了三层牛皮，柔韧性很好，一般刀剑不能轻易穿过。欧冶子不放心，从皮甲上抽出剑，仔细检查剑锋，完好无损。剑不但是击刺的武器，也是近身格斗的兵器，这件皮甲放置日久，风吹雨淋，金属甲片早已掉落大半，适才舜华用剑刺穿的，是没有甲片防护的地方。他打算亲自试一次，挥剑斩向皮甲的肩部，那里有一大块裹着牛皮的铜护肩。只听一声脆响，欧冶子手中的剑只剩下半截，这一次剑没有弯曲，而是断掉了。肯定是哪里不对，他再一次钻进了师父的房间，一部破烂的简牍上密密麻麻写满了鸟篆文，那显然是师父的笔记。他终于明白剑为什么断了，是因为自己加入的锡太多。锡加得太少，剑条虽然韧性强，但是硬度不足，易弯曲，而且无法磨出锋利的剑锋；锡加得过多，剑的硬度增大，但是韧性不足，大力击打，就会折断。只有铜、铅、锡的配比恰到好处，才能铸造出坚韧又锋利的剑。可惜，师父的书中并没有记录。

他再一次从模子里倒出翻造的剑条，放在炭火上加热，挥舞锻造锤，一锤一锤地敲打着。师父曾经说过，人一生只能做好一件事，锻打剑条也是一样，心中要怀有虔诚，不能有杂念，就像金属中不能有杂质。他集中精神，一锤一锤地锻打在铜剑条上。时间又过去了四个月，当他的又一把剑呈现雏形的时候，他发现剑锋上出现了一条很细微的纵向裂纹，起初他并未在意，以为继续锻打可以弥合，但那条裂纹越来越长，变成了横向裂纹，他明白，再锻打下去，剑条就会断裂。他只好将它扔进了坩埚，重新化成了铜水。就这样，他锻造、回炉，回炉、锻造。两年的时间过去了，一柄成形的剑也没有完成。第三年的时候，他的女儿出生了，恰好那天师父的老朋友风胡子来访，为他的孩子起名玄英。风胡子得知他想继承铸剑大师薛陆离的遗志，非常高兴，亲笔写了一封信，引荐他到晋国铸剑师赵云间门下学艺。就这样，欧冶子告别了妻子和刚出生的孩子，踏上了去晋国的路。

2

欧冶子离开越国的三年间，吴国和越国发生了几场大战，越国连战连败，这是因为吴王的铸剑师铸造出了真正的天下名剑——吴钩。吴王野心勃勃，志在灭越，因而在列国重金招募铸剑师。有个名叫摩勒的铸剑师，得到了一块玄铁，在熔炉中灼烧三个月也未能融化，他的儿子吴鸿与扈稽眼见父亲铸剑不成，一起跳入熔炉，以身相殉，结果铸成两把锋利的弯剑，号称金钩。摩勒将两把剑进献给吴国宫廷，因装饰粗陋，遭到了吴王和众臣的轻视，摩勒请求当庭试剑，吴王允准。摩勒将两把剑放在几案上，后退百步，轻声呼唤："吴鸿、扈稽，还不速速飞来。"两把剑像生了羽翼一般，径直飞回了摩勒的掌中。吴王大喜，重赏了摩勒，并留下了他的剑。摩勒不愿得到封赏，只求吴王能用他儿子的名字为两把剑命名。吴王允诺，将这两把剑视为至宝，须臾不离身。

吴越为了争锋，到处聘请铸剑师。欧冶子刚一回到会稽的家中，吴国和越国的使臣便先后到了。欧冶子拒绝了吴王的使者，留下了越王使者送来的美酒和肉，还有越王花重金从列国购买的精铜。越王希望欧冶子铸造五柄宝剑，他接下了这个任务。尽管刚和妻子、女儿见面，他还是将自己关进了师父的房间，在这里，他似乎理解了师父。一个顶级的铸剑师，意味着要过孤独的生活，他没有朋友，远离亲人，忽略了生活中的一切，只执着于铸剑。他甚至忘记了季节的变化，不知道窗外有美丽的山川、流淌的河流，他不知道花为何而开，天为何下雨。总之，在他的世界里，只有铜与火，只有不停地锻打……

又一个夏天过去了，欧冶子连续几个月都将自己关在锻造间里。每天，他的小徒弟将饭菜从门底下挖出的一个小洞塞进去，就像狱卒将饮食交给犯人。没错，门的确是锁着的，从里面上了锁，欧冶子为了避免干扰，将自己变成了一个囚徒。好几次，舜华走到门口，听到室内传来有规律的锻打声，又离开了，她很想和他说说话，可是究竟要说些什么，她也不知道，她只是想和他说说话而已。她已经几个月没和他说过一句话了，不对，是四年零八个月又三天。她觉得自己再也坚持不下去了，无论如何，她必须让他放下手中的锤子，她拍打着那扇从里面锁住的门，听到的依旧是不间断的锻打声。她明白，如果今天她不能让他停下来，这样的日子将永无止境。她不停地拍打着门，然而那扇门后的人仿佛丧失了听觉一样，没有任何回应。这让她一度怀疑，她的丈夫是否还活着，他是否早已不在这个世界，去了一个只有锻打的世界。在她的生活里，那种锻打声以一种非生命的方式传来，就像流水的声音、风吹的声音，唯独不是人的声音。好几次，小徒弟从门下的小洞送进去的饭菜都没动过。舜华从父亲的房间找到了一柄锋利的铜斧，她只轻轻一挥，那道看起来无比坚固的、将自己与丈夫分隔在两个世界的门，就成了碎片。

锻打间内黑乎乎的，简直像个地窖，散发着浓烈的臭气，黑暗中，一个身影挥舞着锤子，不断捶打着砧子上的剑条，火星四溅。她的丈夫不洗澡，不换衣服，也不修剪头发和胡须，完全看不出他是一个人，简直像一个没有灵魂的毛团。舜华走到近前，他停下了锤子，用一双如炬的目光看着她。舜华拥抱住了他，将自己的脸贴在他那浊污的后背上，大声哭了起来。她需要丈夫，孩子需要父亲，但她将几乎要脱口而出的话，咽了回去。

欧冶子凝视着妻子，不带感情色彩，虽然他的目光像炉中的火一样热烈，但只是燃烧而已，无关乎这世间的一切。这时候，一个小小的身影出现在门口，一蹦一跳地跑了进来。她用怯怯的眼神望着炉火前的怪人，又看了一眼母亲舜华。

"玄英，叫爸爸。"

孩子没有叫，转身跑掉了。

3

欧冶子走出了锻造间，沐浴、更衣、修剪头发和胡须，换上干净的衣裳，他将已铸成的湛卢、纯钧、胜邪、鱼肠四柄剑献给了越王。越王大喜，赏赐万钱，还有大量的丝帛、酒肉以及奴仆供他差遣。他答应了舜华的请求，决定先停下来。他和舜华遍游会稽名胜，还去了会稽山上的大禹祠，在越王赏赐的湖边别墅住了好几个月。他沉浸在世俗的生活中，仿佛忘记了自己是一个铸剑师。他像初生的婴孩，第一次睁开眼睛，看世间的一切都是那么新鲜，他和女儿玄英一起捉迷藏、趴在地上看蚂蚁，有时候盯着一朵盛开的花，能够看一天。他觉得时间过得很快，从早到晚只是一瞬间的事，他似乎还什么都没做，年轻的时光就已经过完了。他迫切地感到，自己还从来没有活过，自己想做的事还没有完成，就像一个将死的人。他舍不得睡觉，害怕睡着后，最珍贵的时光忽然溜掉。

他必须铸造出第五柄剑，那是终极之剑。他答应妻子，这是最后一柄剑。

欧冶子再一次进了锻造间，舜华以为丈夫会像之前一样，从里面锁上门。然而才只过了小半天，丈夫就放下了锻造锤，带着女儿去湖边游玩了。连续几天，都是如此，甚至整整一个月，他都再未踏入锻造间的门，甚至带着女儿去了一趟邻国吴国的都城姑苏。也许，丈夫和自己的父亲不同，他不会像父亲那样，痴迷于铸剑，彻底陷入苦行的生活。当年母亲去世，她甚至没有在埋头铸剑的父亲脸上看到一丝悲伤，母亲被掩埋后只过了一个时辰，父亲就又进了锻造间。

她不想重复母亲的生活，她也不想孩子重复自己童年的遭遇。

眼看着上元节就到了，欧冶子又突然钻进了锻造间，将门从里面锁了起来。舜华的心又悬在了嗓子眼，好在当晚丈夫就开了门。他在饭桌上宣布了一个消息，他要把家搬到白云山去。舜华知道白云山，小时候，她曾跟着父亲进山寻找铜矿。那是一座人迹罕至的山，山高林密，终年云雾缭绕。她问丈夫："城里不好吗，为何要搬到山里去？"

"我在城里静不下来，我需要一个能看到群山的地方。"欧冶子说。

舜华答应了丈夫，只要能和欧冶子在一起，她不在乎住在城里还是山里。

欧冶子尽管只铸成了四柄剑，但已名满天下，得到了他想要的名声，他要完成的，是最后一柄剑，属于他的生命之剑。

他们的居所在一个山坳里，方圆三十里内没有一户人家。欧冶子亲自动手，建造了卧室、厨房，当然还有冶炼坊、铸造间、打磨室。他遣散了越王派遣的奴仆，只带着家人和唯一的小徒弟搬了过去。最初的时候，他每天晚上都能回到妻女的身边，但这种日子很快就结束了，他再一次将自己关了起来。当舜华试图用斧子劈开门的时候，她发现那是一扇用铜铸造的门，她发疯一般，用斧子劈那扇门，一次、两次、三次……斧子崩了口，她的虎口也被震裂流血了，铜门却纹丝不动。那是一扇隔绝了一切的门，就连锻打声也听不见。她渴望看着他，和他说话，说什么都行。她渴望得到他的拥抱，抚摸他的胡须，看着他的眼睛。然而，那扇无情的铜门拒绝了这一切。到了送饭的时候，她亲自将饭篮塞进了门下的洞，但除了看见一只被烟火熏黑的手之外，什么也没看到。连续几天都是如此，无论她说什么，都得不到回音。她哭、她闹，她辱骂他，将他家祖宗八代统统问候了一遍，依旧得不到任何回音。舜华决定离开白云山，回到城里的旧居所去。她太孤独了，她要带着女儿一起走，再不走，她会疯掉的。

第五把剑铸造好了，当小徒弟告诉欧冶子师娘和师妹回城的消息时，他的脸色十分平静，一点都不惊讶。他将剑进献给了越王，越王将剑命名为"巨阙"，并再一次赏赐他。不过，他拒绝了赏赐，他说这并不是真正的"第五把剑"，第五把剑应该超越古今名剑，是真正的天下第一剑。越王非常赞赏他的

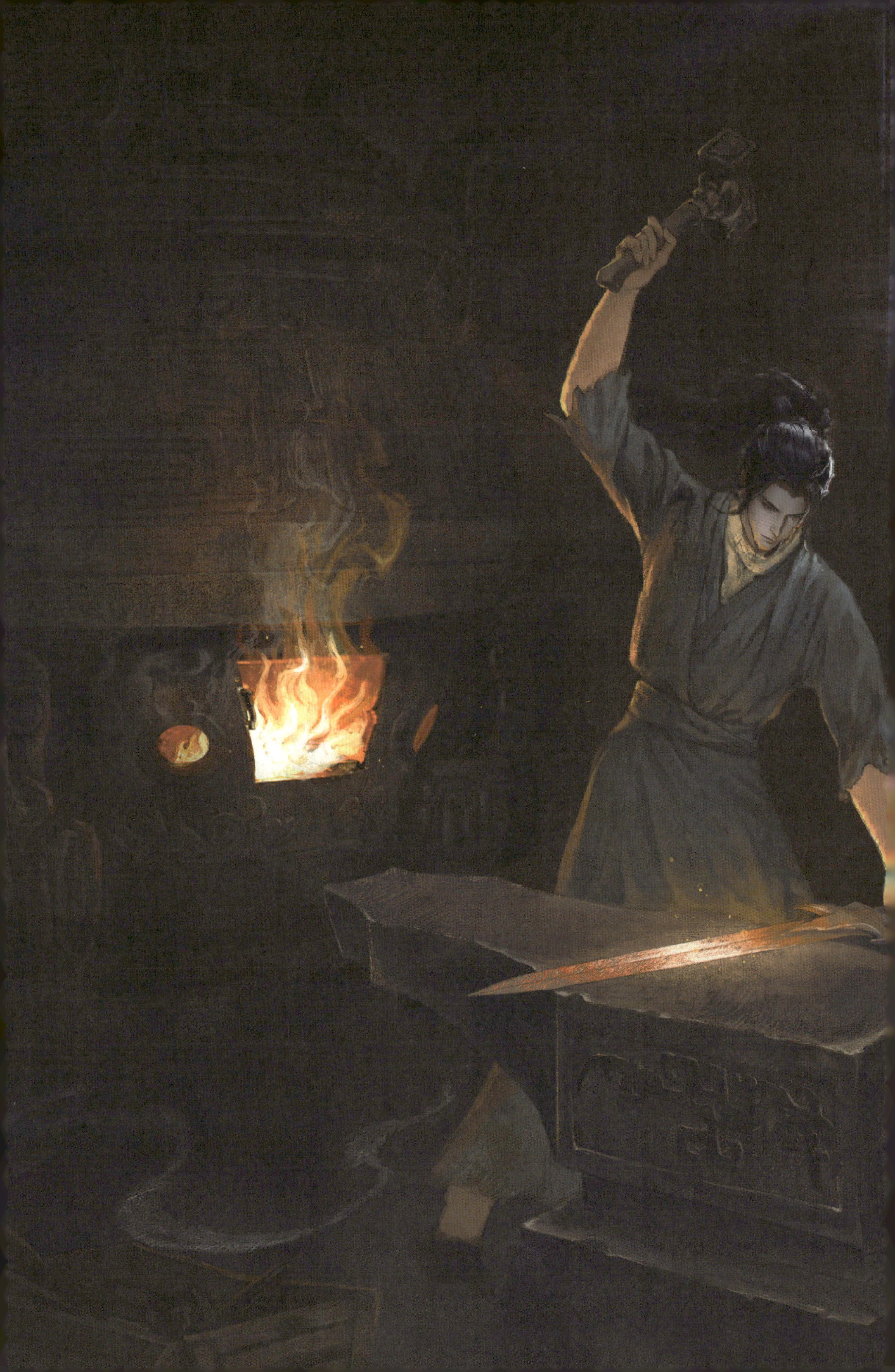

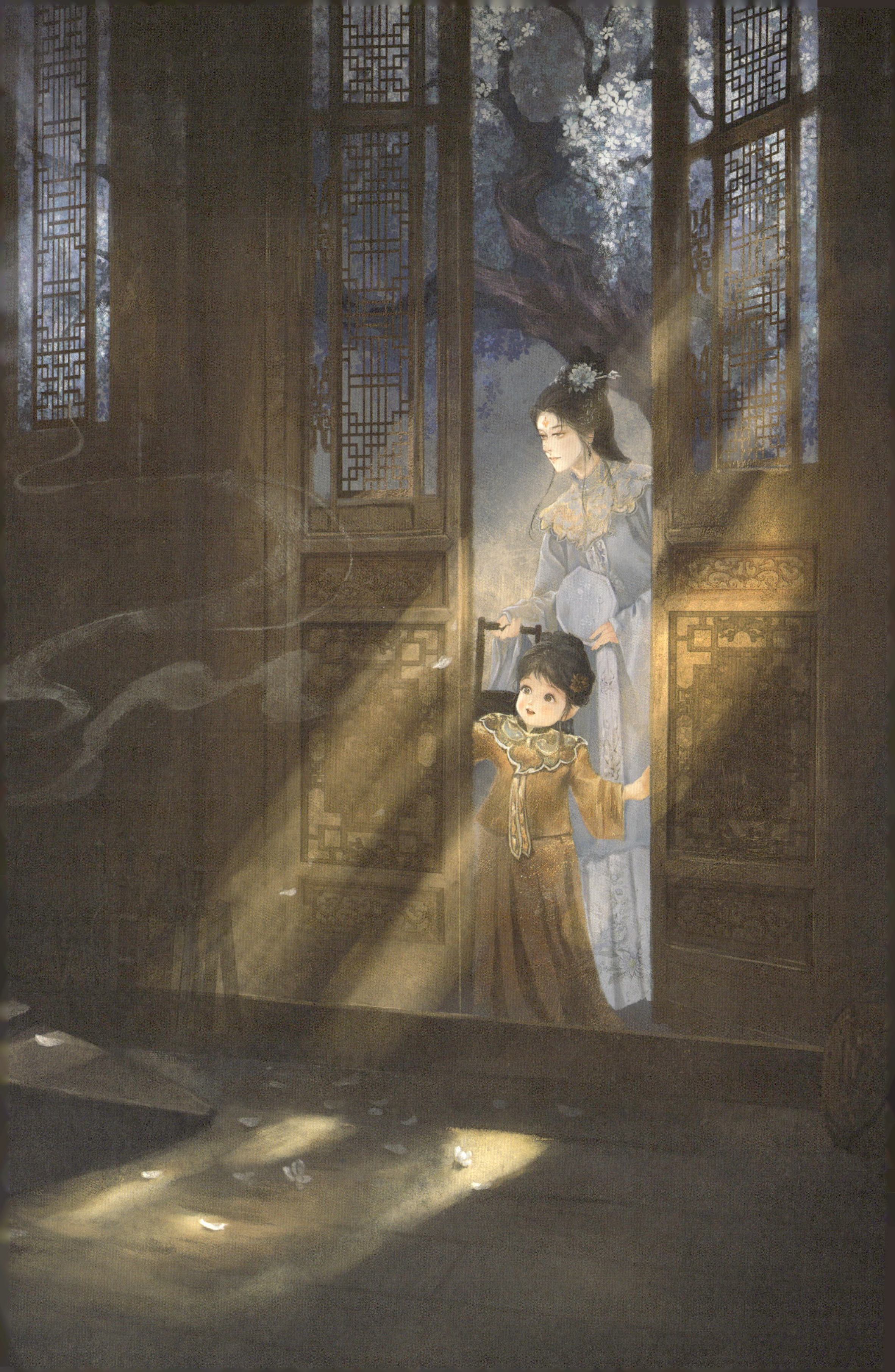

想法，却未当真，他认为这不过是一个铸剑师为了获得更多赏赐夸下的狂言罢了。

小徒弟告诉欧冶子，师娘和师妹回到城里的旧居后，不久即来了一个人，据说是城里最大的铸造坊"天平坊"的主人，他将师娘和师妹接走了。欧冶子想了想，才想起来，那人是自己的师弟灵均。不过他并没有多想，又回了白云山，这一次他连小徒弟都没有带，只是嘱托他看守好城里的旧居所。他会回来的。

欧冶子之所以继续铸剑，是因为在越国的驿馆见到铸剑师干将，让他对自己获得的荣誉产生了怀疑。干将也是越王请来的铸剑师，但他并没有带什么名剑，而是两手空空来的，他告诉欧冶子，天下汹汹，诸侯相争，皆以铸造利器名剑为能事。现今天下的铸剑师们所铸造的剑，虽然锋利，能够切金断玉，但都不是终极之剑。欧冶子向他请教，什么是终极之剑。干将说，终极之剑，制以五行，论以刑德，开以阴阳，持以春夏，行以秋冬。此剑直之无前，举之无上，案之无下，运之无旁，上决浮云，下绝地纪。

欧冶子与干将讨论了五天五夜，从此成为至交。他决定重回白云山，铸造真正的终极之剑，就像当年那个初学者一样，他放弃了一切铸剑的方法，决定从头开始。他遍游列国，走遍了名山大川，寻找铸造终极神兵的金属。他记得，师父曾经说过，世间存在一种金属，名为陨铁，是从天上坠落的星星中获取的，星星坠落时被天火冶炼，坚硬无匹，非青铜可比。此物极为罕见，往往藏在荒山之中。他游历到齐国的即墨时，收到了相剑大师风胡子的邀约，信中说，楚王想铸名动天下的剑，列国的铸剑师们都到了郢都，希望他也能赴约。欧冶子赶到楚国时，干将已经在这里了。最终，楚王选择欧冶子和干将莫耶夫妇为自己铸剑，他们在郢都西郊的山上起造冶炼炉和铸造坊，花了三年时间，为楚王铸成龙渊、泰阿、工布三柄神剑。风胡子品评后，声称三把剑雄于列国国君的藏剑，为天下宝剑之冠。一时间，欧冶子和干将莫耶夫妇的声名再次震动寰宇。不过，欧冶子并未接受楚王的赏赐和任命的官职，交付宝剑后立刻离开了郢都。他听说秦国境内的太白山附近坠落了一颗大星，整个夜晚亮如白昼。也许，那是终极之剑降世的征兆。

太白山孤高峥嵘，山顶终年积雪。欧冶子进山时才八月，山中已是寒气逼人。他在一处避风的山洼搭建了茅屋，悄悄打探陨星坠落的地方，据猎户说白鸺谷中去年曾经发生过一场大火，烧坏了很多林木，那地方十分诡异，就是冬天也炙热异常，就连动物都绕着走，人就更不敢靠近了。

白鸺谷并不难找，顺着大夜海东侧的崖壁下去，行走一天的路程就到了。那场火灾虽然过去一年了，但恐怖的迹象仍然令人触目惊心，很多树木被烧成了木炭，还保持着挺立的姿态。很显然，大火燃烧的时候，下了一场暴雨，奇诡的是雨水浇灭了外部的火，树木的内部还在燃烧，很多树木因此碳化。越靠近燃烧场的中心，温度越高，碳化的树木也不见了，留下一堆又一堆洁白的灰土，烧得干干净净，仿佛中心有一座大熔炉在那里。

欧冶子小心地往燃烧中心靠近，闻到了一股剧烈的、烧灼金属的气味，那似乎是铸剑炉里才有的气息，然而这只是他的错觉，他从未闻到过这种气味。翻过一座小山丘，他差点刹不住脚滑下去，斜坡的底部，形成了漏斗形的坑，足足有一丈方圆，坑中泛动着红色的火焰。但那并不是火山口，他曾跟随师父去火山取岩浆，从中提取金属。如果没猜错的话，这就是那颗从天上坠落的星星。坠地如此之久，也没有熄灭，真是令人称奇。欧冶子将星星坠落处命名为"星漏"，四处勘察地形，见北面的山坡上有一眼泉，只是泉水都流到山沟里去了。欧冶子灵机一动，决定筑一座坝，将水倒灌进"星漏"里。这项工程用了一年多的时间，泉水终于被导引过去，当水脉涌入"漏斗"时，几乎引发了一场地震，飞溅的水变成了热气，白茫茫的气体弥漫山林，整座山都在轰鸣。

欧冶子获得了冷却的陨铁，那是铁中之英，他在"星漏"旁边起造了铸造炉，这里将是终极之剑诞生的地方。那块乌亮的金属非常沉重，也极其坚硬，用最硬的石头也无法刻出划痕，这是一种与青铜完全不同的材料。欧冶子并不需要烧制木炭，那场星星坠落的大火在这里制造了大量木炭。可是无论炭火的温度多高，那块黑色的金属都没发生任何变化。这是不可能的事，只要温度足够高，就算是石头也会融化的，更何况是金属。

欧冶子日夜守在炉边，目不转睛地凝视着火焰的颜色，这是他生命里最熟悉不过的颜色了。他在这里搭建了几座茅屋，放燃料和工具，还开垦了一小片农田，种上了蔬菜。他在屋子的窗台上撒了一些植物的种子，经常有鸟儿飞过来啄食，那是一种名为白顶溪鸲的小鸟，飞行的姿态轻灵极了，鸣叫的声音很清脆，见了人也不怕。不过，偶尔窗台上也会留下几行小动物的足迹，至于是什么动物，他就不知道了。

欧冶子坐在菜地边的草坡上，忽然感到大地在抖动，莫非发生了地震？他抬头看四周，西边的天空红了，红色的雾气涌动得很快，裹挟着所有的云，漫天绯红。红色的中心，有一片巨大的赤黄色圆圈，初始看像月亮，不过一直在下降，像缓缓坠落的陀螺，发出"嗡嗡"的声音。陀螺砸中地面后，翻卷起大片烟尘，一只纤小的银色狐狸朝他跑了过来，绒毛摩擦着空气发出"嗖嗖"的声音，一下子钻进他的怀里。他惊骇地跳了起来，才发觉做了个梦，熔炉中的火焰已成青色，但那块金属仍没有任何熔化的迹象。突然，有一些异常的声音传来，这不是梦里的声音。他警觉起来，拔出了剑。铁中之英，是每个铸剑师都窥伺的至宝，也许有人早已盯上了自己。那是非常轻的足音，一个穿着青布衣裳的少女，看样子只有十八九岁，提着红纸糊的灯笼，朝他走来。

欧冶子将剑入鞘，问道："你是谁？"

"阿紫，我是阿紫。"

她是附近猎户家的女儿，口音和附近的猎户完全一样，衣裳也是秦人的装束，尤其是那盏纸糊的灯笼，看起来十分粗陋，竹骨架上糊着红纸，外侧贴着一片圆形的黄纸，仿佛红色天空里的黄月亮。这倒让他想起了刚才的梦，不过他并未介意。那姑娘带了一些吃的东西给他，他本想将越王所赐的一块玉佩给她，但转念一想，将这么贵重的东西给那姑娘，对她只怕不是好事，所以只掏出了几枚刀币。阿紫几乎每天都来，偶尔也消失一段日子，一来二去就和他熟悉了。她告诉欧冶子，她小时候母亲就去世了，父亲去年也亡故了，是被当地的县吏抓进监狱打死的，因为没有交够征收的猎税。她和哥哥相依为命，可是几天前哥哥出门打猎时也失踪了，她去打猎的地方寻找也没找到，她很害怕，不敢回家。她问欧冶子，能不能暂时住在他的茅屋里。

欧冶子答应了她。

阿紫照旧是天一亮就消失，到处找哥哥，有一天她慌里慌张地跑了回来，告诉欧冶子，哥哥被关了起来，就在亭长家的后院，听说那里关了很多人，最近要全部押往县城的官廨，只怕到了那儿，就和父亲一样没命了。她请求欧冶子帮她救出哥哥，欧冶子想都没想就答应了她。欧冶子是铸剑师，同时也是一流的剑客，他的授业恩师赵云间本就是名闻燕赵的剑侠，他虽不能与师父相比，但对付亭长和几个士兵绰绰有余。阿紫的哥哥被救了回来，但已奄奄一息，他望着阿紫，想说些什么，只张了张嘴，便气绝了。阿紫将哥哥安葬在了父亲和母亲的坟墓边。

欧冶子捣毁了冶炼炉，决定带着阿紫立刻逃走。他杀了亭长和几十个士兵，很快就会引来大批秦国的官兵，他可不想落入秦国的圈套。

回到白云山后，那块从太白山带回来的陨铁，还是老样子，无论怎样，都没有变化。阿紫和欧冶子一起生活了三年，有天她忽然换了件月白衫子，修饰妆容，郑重其事地对欧冶子下拜说："我本是青丘山的狐族，我们一家游历太白山，被那里的方士设置的结界所困，母亲早逝，我与父兄三人化身为猎户谋生，父兄先后死于方士之手，你为我报了仇，那日你所杀的亭长和士兵，其实是方士。这三年来，我追随着你，与你同吃同住，虽非夫妻，实已无异。你铸剑不成，是因为陨铁乃是至阳之物，必须以至阴之物相融，阴阳相济，龙虎伏驯，方能成绝世名剑。十月十五月圆之夜，我将助你铸剑，只是此剑绝于古今，不可落入独夫民贼之手，不然流血千里，生灵涂炭。君当善加守护，使之为仁者所有。"

欧冶子隐隐觉得，宝剑铸成之日，就是阿紫离开的日子。这些年来，他流离各地，对铸造终极之剑的想法已经不那么执着了。他收起了那块金属，也许那根本就不是什么铁中之英，不过是一块没有什么用的顽铁而已。距离十月十五还有半年，阿紫再未提过铸剑。他们每日挑水灌园，日出而作，日落而息，像白云山中那些生活了上千年的山民一样。

半年的时光，悠长得好像一生。欧冶子从未体验过这样的生活，他以前将自己关在锻打间里，一锤一锤地锻打着青铜，将其中的杂质锻打干净。他的生命里充满了锋利、简单、纯洁的东西。那些东西看起来无坚不摧，但其实很容易被污染，是名利和权力的捷径。那种日子，无论有着怎样的声誉，获得了多少赏赐，都是短暂的、缺乏底色的，没有回忆的价值，倒是和阿紫在一起的这些看起来简单的生活，每天都闪烁着异样的光彩。

阿紫是个聪明、勤快的女人，她改造了铸造间门前那一大片荒废的空地，用竹筐将大堆炉渣背到山谷里倒掉，将土里面的石块全都拣出来扔掉……在她的努力下，那片看起来毫无生机的废地成了一片菜地，她种上了豌豆、莴苣、荠菜、油菜、香椿、马兰头、瓠瓜，当然还有到处缠绕着蔓的南瓜和丝瓜。在她的手里，不论什么菜，就算是从山坡上采摘来的野菜，也能变成美味。欧冶子与阿紫一起时，连天气都是好的，白天他们在后山瀑布下的潭水中游泳，夜晚则躺在屋顶上沐浴着凉风。那是从未有过的平静，那种平静与锤炼金属不同，它不需要从重复性的工作中去寻找真谛，那不是一种忘我的存在，而是一种血肉在烟火气的世界里得到舒展的感觉。一个人不需要做修士，他在尘世就可以获得无上的修行，一个人必须经历过爱恨，否则谈不上修行。他终于明白，对于一个伟大的铸剑师而言，爱才是终极之剑。

可是这样的日子，说结束就结束了。他不做铸剑师太久，丧失了对生活的警惕。

④

十月十五的晚上，明月如昼，地上洒满了清辉。

欧冶子又做了一个梦，他梦见自己抱着一只银狐，那只银狐从他的怀里跳到了地上，围着他转了几圈，明亮的眼睛里坠落了一滴眼泪，便掉头朝门外跑去了。他追了上去，看到了燃烧着烈焰的铸剑炉，银狐纵身一跳，跃入了炉火中。他感到怅然若失，猛然惊醒了，伸手摸了摸，阿紫不在身边，他呼唤了几声，也没听到任何回应。空气里弥漫着一种奇怪的气息，他嗅了嗅，这是铸剑炉火散发的气味。他朝后院跑去，夜色中弥漫着烟气，熔炉间里仿佛着了火，从门窗里不断飘出五色云雾，他冲进屋子里，一柄寒光闪闪的剑，悬在烈火之上。他心念一动，剑便飞了过来，落在了他的掌中。一种久违的狂喜荡漾在他的心头，终极之剑炼成了。

他想起来了，半年前，阿紫曾说要助他铸剑。今夕正是约定之期，他竟然给忘了。

欧冶子呼唤着阿紫的名字，里里外外找了一圈，也没有找到。她究竟去了何处？不告而别了吗？她是狐族，以前也会偶尔消失几天，欧冶子从来不问。也许，过几天她就会回来吧。他心中有一些悲伤，然而铸成绝世名剑的喜悦冲淡了这一切。他手持那柄剑，剑锋上仿佛有一万颗星星在闪烁，他在剑投下的光影里看到了自己的一生，那是一些他曾为之自豪的东西，也是他

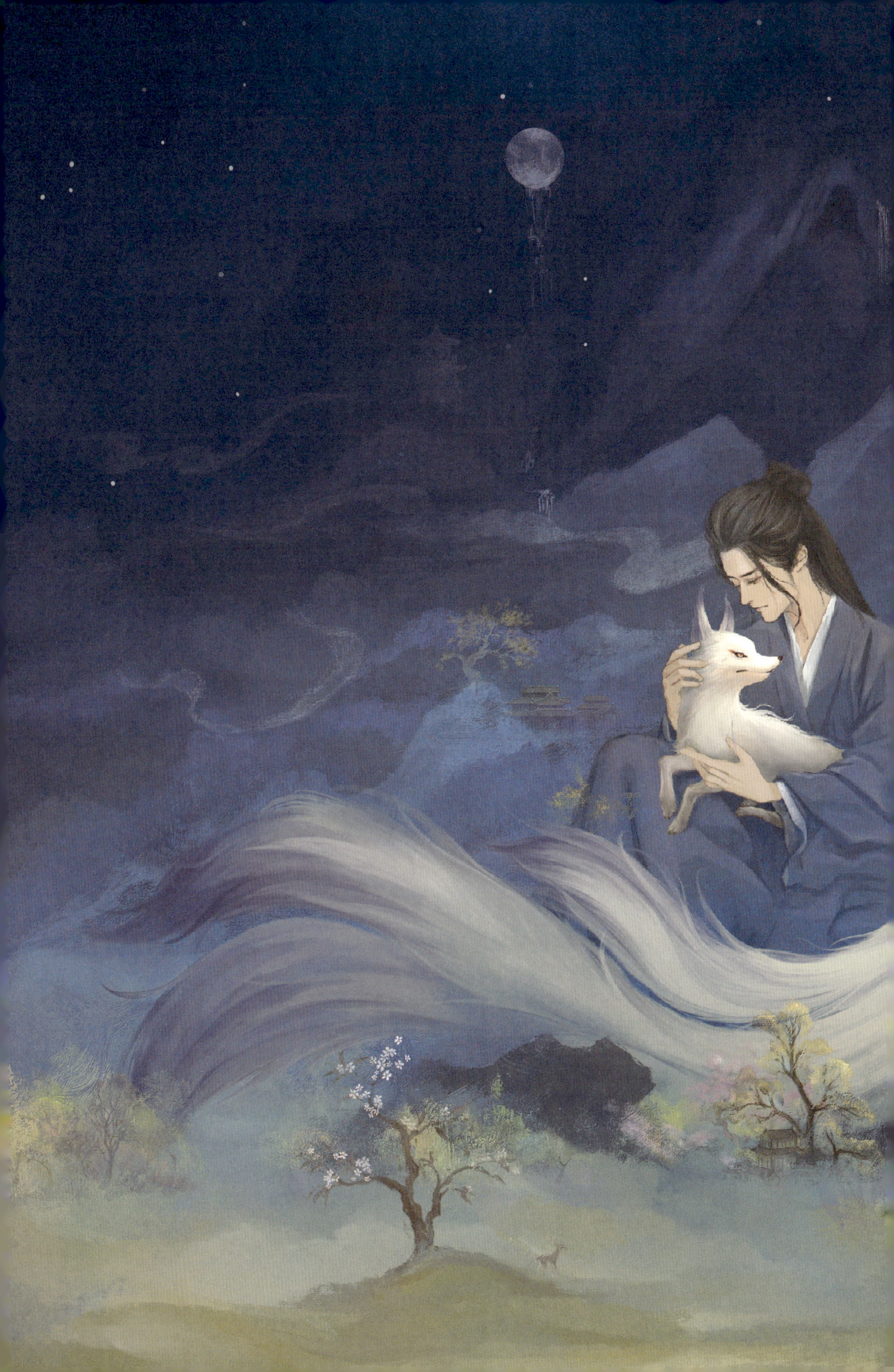

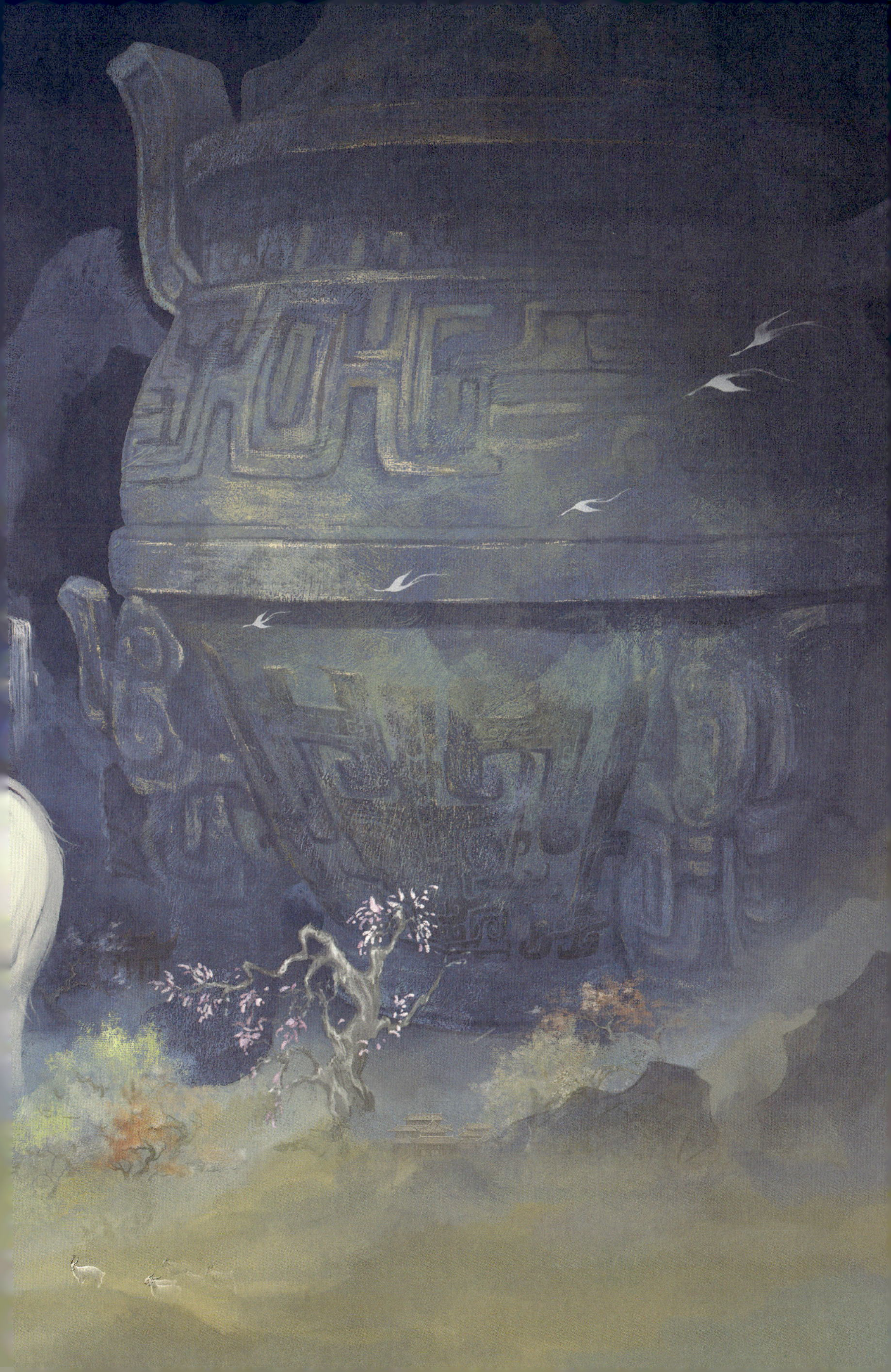

作为一个铸剑师的生命价值所在。他整夜都没有休息，用玄玉做成剑首，选择乌木为材，制作成剑鞘，又用黑漆涂装，为这把剑制作了朴素的剑鞘。他觉得这样一把剑，不应该配上花哨的剑鞘，它像天空的繁星一样，只有黑夜才配得上它。

连续工作了好几天，他困倦极了，怀里抱着剑，脑袋刚一沾枕头，就睡着了。

他感受到了阿紫，她的头挨着他的肩膀，尽管半闭着眼睛，但他知道她在。他高兴极了，原来她回来了，是什么时候回来的呢？

快天亮的时候，他又梦见了那只银狐，她跳上了床，注视着他，抖动着蓬松的尾巴，慢慢变成了阿紫。他从梦中惊醒，发现自己满脸都是泪水，阿紫就是那只银狐。他依稀记得，阿紫曾说过，狐狸是世间至阴，而那块陨铁则是至阳之物，阴阳相济，龙虎归位，原来她是以自己的生命铸剑。他拔出剑来，轻弹剑锋，顿时响起龙啸虎吟之声，剑音的余韵里传来一阵悦耳的呢喃，似乎是阿紫的笑声。她已化为剑灵。

他不断弹剑，在剑啸中倾听温柔。

剑锋割破了他的手指，飞溅的鲜血洒满了衣裳，但他依旧不停地弹着。

欧冶子不知道自己是活着，还是死了。他几乎每日都大醉，他的十个手指上全都是剑伤，他倒持剑锋，仿佛弹琴一样，不停地拨动琴弦，企图用这种方式留住逝去的东西。只有在梦里，他才能感到一丝安慰。因为在梦里，他才活着。这样的日子不知过了多久，有一天早晨，他伸手去摸酒葫芦，发现酒葫芦空了，他去酒窖找酒，发现所有的酒都被他喝完了，越王赏赐给他的上百坛好酒，一滴也不剩。他走到了锻造室的门口，看到一只白肩的小鸟跳来跳去，对着他唱歌，它那小黑豆般的眼睛里，闪烁着一层波光。不知为何，他的心中再也没有了悲伤。他想起来了，阿紫在的时候，总是在这窗台上撒下一些谷物，引得鸟儿们飞来飞去。他进屋找了半天，终于找到了一些谷粒，便将其撒在了窗台上。他看到了倚在床头的剑。如今天下纷乱，诸侯争霸，哪位君王，配得上这柄剑呢？他决定将这柄剑送回降世的地方，也就是太白山，她应该和家人们在一起。他将剑埋在了狐族的墓边。百余年后，汉高祖刘邦崛起于汉中，在涧水中得到了这柄剑，建立了大汉王朝。

欧冶子彻底变成了一个农夫，他隐居山林，只有每年的十月十五，才会进一趟城，买一些东西，祭奠阿紫。他购买了香烛，还买了一枝花，他记得阿紫喜欢花。在人群里，他看到了一个人，一个女子，他望着她，那是一双他熟悉却又陌生的眼睛。终于，他认出了她，那是玄英，自己的女儿。他哭了起来："我的孩子，是你。"他哭了，又笑了。人生曾经如此黑暗，他以为生命里所有的光都熄灭了。

欧冶子见到了舜华，她已经嫁给了师弟灵均，"天平坊"的主人。灵均从不亲手打造农具，他将师父的锻造锤供奉在家中最显眼的位置，他的房间里挂满了铸造失败的剑，他一生都执着于铸剑，可惜一次也没有成功。他不肯向师兄低头，请教铸剑的知识，就像他不肯放弃对师妹的爱一样。就算她不肯嫁给他，他也始终固守着这份爱，最终打动了她。面对师弟、舜华和玄英，欧冶子感到非常愧疚，后悔这么多年来未参与过他们的生活。为了虚名，他让妻女忍受孤独和痛苦，这是多么荒唐和可笑，在冰冷的刀剑和家人之间，他竟然选择了刀剑。师父当年不肯传授他和师弟铸剑的技艺，其实是对自己生活的反省，希望他们不要像自己一样。可是两个弟子都执迷不悟，一个在成功的牢笼里，一个在失败的悔恨中。

欧冶子辞别了舜华和灵均，离开了会稽，从此再也没有离开过白云山。那里不只有群山，还有点点星空。无尽的群山，暗藏时光的秘密，幽深的夜空，有无限的仰望。

灵感来源

《吴越春秋》记载:"干将与欧冶子同师,俱能为剑。"《越绝书》记载:"欧冶子、干将凿茨山,泄其溪,取铁英,作为剑三枚,一曰龙渊、二曰泰阿、三曰工布。"《博物志·器名考》载:"宝剑名,钝钩、湛卢、豪曹、鱼肠、巨阙,五剑皆欧冶子所作。"欧冶子铸剑的事,散见于古代各种典籍,虽是只言片语,但犹如匣中剑光,令人目眩神迷。这一类资料,成为古代小说家的素材,其中《列士传》《搜神记》记录的眉间尺复仇的故事,最为精彩。《列士传》载:"干将、莫耶为晋君作剑,三年而成。剑有雄雌,天下名器也。乃以雌剑献君,留其雄者。谓其妻曰:'吾藏剑在南山之阴,北山之阳,松生石上,剑在其中矣。君若觉,杀我,尔生男,以告之。'及至君觉,杀干将。妻后生男,名赤鼻,具以告之。赤鼻斫南山之松,不得剑,思于屋柱中,得之。晋君梦一人,眉广三寸,辞欲报仇。购求甚急。乃逃朱兴山中。遇客欲为之报,乃刎首。将以奉晋君。客令镬煮之头三日,三日跳不烂。君往观之,客以雄剑倚拟君,君头堕镬中,客又自刎。三头悉烂,不可分别,分葬之,名曰'三王冢'。"《搜神记》里的故事大同小异,只是为之铸剑的对象变成了楚王。鲁迅先生以之为原型,创作了小说《铸剑》(初名《眉间尺》),收录在他的小说集《故事新编》中。本篇故事既以古代文献为素材,同时也是向鲁迅先生致敬。

夜梦奇记

1

淳于生是东平郡人，出身于将门世家，他的父亲曾经为边帅，在他十岁时率军与边地胡人作战，失踪了。他十七岁时，父亲的好友、同为边将的申屠高向朝廷禀奏，让他以将门之子的身份荫补，在营中担任裨将。申屠高驻扎于沙州，那是大隋朝边塞最重要的前沿城市。淳于生性情豪迈，喜饮酒，每次作战都饮烈酒，披三层铠甲，执长槊，斩将夺旗，从而成为申屠高帐下最年轻、最优秀的将领。常年的边关生涯使淳于生厌倦了这一切，他讨厌战争、讨厌杀人，但边帅们为了建立军功，经常无故袭扰胡人，从而引发冲突，流血事件频发。战争消磨了岁月，也改变了淳于生的性情，他经常纵酒使气，与同袍的关系也越来越糟糕，只因申屠高庇护，才未被逐出军营。

没有战争的日子，边塞的城关在白昼时经常开着，奚族人、鲜卑人、铁勒人以及说不清来自何方的深目高鼻的胡人驼队穿过关隘的门，他们带来了各种器物和水果，琳琅满目，令人目不暇接，过了沙州之后，他们将一路穿过酒泉和张掖，到达凉州，那是整个河西走廊最大的商贸市集。淳于生对这些人充满了好奇，或者换一种更加接近他内心的说法，他好奇的是这些人所来自的那个世界。胡人带来的金器、锡器以及地毯都精美无比，丝毫不比大隋最优秀的手工匠人制作的逊色。在城墙之外，大漠的另一边，也有像大隋一样的国家吗？他经常在夜幕降临时，穿上短甲，外罩常服，腰悬一柄短刀，骑着马远远地跟随在交易结束后离去的胡人驼队后面。他喜欢边地被积雪覆盖的群山、单调的沙漠和北方冷酷的月色，硬朗的瀚海一望无垠，仿佛是世界的尽头，再往前，似乎是无穷的空间。这里的夜空更加清澈，星星更加明亮，仿佛镶嵌在夜幕之上的巨钻，又像无数凝望着大地的眼睛，充满了千万倍的温柔力量，揭示了道法自然。

驼队过了鸣沙山之后，那边经常有胡人的骑兵出现，淳于生也就不再跟着了，他策马上了山右侧的台地，台地顶端有座石窟，岩穴中居住着一位隐修的胡僧，法号昙华，是他的朋友，他尊他为昙华上人。昙华者，昙花也。《妙法莲华经》中说："佛告舍利弗，如是妙法，诸佛如来，时乃说之，如优昙钵花，时一现耳。"美好的事物刹那一现，便消失了，大抵人生也是如此。看到岩穴中一灯如豆，倾泻出温暖的光，他想起了自己在东平的家，也想起了少年时的生活。父亲曾教他练剑、骑马，他们还曾一起趴在草丛里捉蛐蛐，然而随着父亲的失踪，一切都改变了，家道中落，母亲改嫁……他所记得的事，是每天赶着一群羊到草滩上放牧，草滩的尽头是一片暗红色的山崖，山崖三丈高的地方布满了大大小小的洞，俗称"打儿岩"，传说谁能将石头扔进洞，就能生儿子。不知有多少人向洞内投石，累积的石子已经到了洞口，再扔进去新的石头，就会滑落坠地。无聊的淳于生也向那洞里投石，每次投进去都会掉落，有时候用力过大，击中了堆在洞口如同累卵的石子，还会"哗啦啦"地下一场"石头雨"。羊群里有几只调皮的山羊经常爬到山崖上去，个别爱冒险的羊儿，越爬越高，在绝壁上进退失据，绝望地"咩咩"地叫着，他不得不攀上崖顶，在崖顶的大树上系上绳子，顺着悬绳到羊儿受困的绝壁，将它绑在自己身上，再顺着绳子攀缘回去……往昔的清苦生活令人怀念，又令他惆怅不已。就在他胡思乱想的时候，马儿已经到了洞窟前，他下马解下马笼头、马肚带、马鞍，抱着这些漂亮且考究的马具进了洞窟，任光背的马儿自由地在附近游荡。

洞窟的入口很低，进门后是一段三十步长的廊道，到了廊道尽头，圆形石门现于眼前。淳于生将马具放在石门右侧，轻轻叩击石门，小沙弥开了门，向他施礼，口念阿弥陀佛，他将鞋子脱在门外，光着脚走了进去，门内是一丈八尺方圆的石窟，石窟为覆斗形，窟正中背靠石壁是释迦牟尼佛雕像，左右为阿难和迦叶二位尊者。石窟穹顶正中安放着一块银色的盈尺圆镜，圆镜外有两重同心圆环，一环晶莹如玉，一环红如朱砂，圆环外切方形，总共五重，每一重都遍布人物、鸟兽、花草图案。穹顶衔接梯形坡面，坡面与四墙为一体，周遭都饰以彩绘。石窟的两侧，各有一座小小的耳室，是昙华上人和小沙弥的静修室。此时，昙华正坐在佛前的蒲团上诵经，他的晚课尚未结束。昙华是个年近七旬的老年僧人，身量中等，穿着灰色的缁衣，腰间缠的腰带上绘制双鱼图案，一侧腰间挂着墨绿的玉牌，同样镌刻双鱼。须发皆白，但面庞红润如同婴儿，两只眼睛低垂着，充满了慈祥。淳于生轻轻走到佛像前，焚香礼佛，又向昙华上人顶礼，安静地坐在一旁。

石窟中的一切都令淳于生着迷，尤其是窟顶上的那面巨大的镜子，好似透明的一般。淳于生耳闻昙华诵经声，仰面看着镜子，透过镜子，竟然看得见星星和月亮，甚至连月亮上的山脉也看得清清楚楚。

过了半个时辰，昙华的晚课结束了。淳于生问道："请问上人，这面镜子为何物，竟能看见月亮上的山？不知那山是真山，还是幻境？"

昙华回答说："此镜名为窥天镜，是大汉太史令张衡所制，流传至今已五百年，将军所看到的月上之山，并非幻境，而是昊宇环山。"

淳于生又问："不知月上世界有多大，是大如圆盘，还是像我们的世界一般？"

昙华说："一沙一世界，一花一天堂。须弥山乃是一个大世界，一粒种子是一个小世界，在一粒种子里，放得下一座须弥山。月界之大，远胜于一粒种子，也是一个大世界。"

淳于生说："昊宇环山距此处多远，不知能一游否？"

昙华大笑着说："昊宇环山距离老衲此山约七十六万八千里，便是日行千里夜行八百的汗血宝马，不饮不食，日夜不休，也需跑四百余天方能到。"

淳于生叹息着说："如此之远，恐怕飞仙也不能至。"

昙华摇摇头说："非也，非也，对飞仙而言，在鸣沙山和昊宇环山之间往来，不过是一刹那而已。"

淳于生吃惊地说："上人去过吗？"

昙华说："出家人不打诳语，老衲不是神仙，但也曾去过。"

淳于生大为惊喜地说："不知上人能带晚辈一游吗？"

昙华说："这个自然不难，只是今日机缘未合，将军可于八月仲秋夜再来。"

淳于生大喜，当即起身唯唯而退。

②

是年八月仲秋当夜，月华如银，碧空万里澄澈。淳于生夜访昙华上人，见昙华端坐于蒲团上，垂下的长眉几乎遮住了双睛，充满了立体感的面孔闪烁着睿智的光芒。昙华两手放在膝盖上，掌心朝上，每只手里放着一件铜制的器物，外形似鲤鱼，鱼口中突出一枚尖刺。淳于生顶礼毕，坐于其对面，问道："不知上人掌中是何物？"

昙华神秘地一笑，说："天机不可泄露，你且挽起袖子。"

淳于生依言露出小臂，伸到了昙华的面前，昙华拿起一枚铜鱼，用尖刺猛然刺进了他的小臂，他悚然一惊，直觉小臂剧痛，随即发现自己身处一片奇特的山峰顶上。想到刚才小臂遭刺，此刻竟然毫无痛感，便撸起袖子查看，皮肤完好，何曾有一丝刺伤的痕迹，不由讶然。忽听身后有人说："将军可是在找刺痕？"

淳于生听出是昙华的声音，回头问道："不知上人用何物刺我，我们又身在何处。"

昙华说："那件器物名为玄鱼梭，是一件魂器，能承载元神，你我凭借魂器，已到了太阴星，也就是月亮上了。"

淳于生茫然地问道："何为魂器？何为元神？"

昙华说:"打个比方,我们的肉身就是一间房子,也就是婆娑世界的魂器,元神寄托在肉身中,就仿佛人住在房子里一样。既然元神能住在甲地的房子,也能换一个房子住在乙地。"

淳于生大吃一惊,说:"此时此刻,你我是没有肉身的游魂吗?"

昙华笑着说:"这是世俗的理解,在婆娑世界,元神脱离了肉身魂器,力量会慢慢减弱,思维渐渐混沌,最后神识尽丧,烟消云散。但有了那件玄鱼梭就不同,我们暂时脱离肉身魂器,能够瞬时神游八极,行程数十万里。"

淳于生依旧茫然地说:"上人先前曾说,地月之间相隔七十六万八千里,如何瞬时便能到此?"

昙华说:"我且问你,世界上跑得最快的是什么?"

淳于生说:"当然是产自西域的汗血宝马。"

昙华一边向前走一边说:"你错了,世界上跑得最快的是神识,也就是人的意识,当你心中想到月中的昊宇环山,你便到了,还有比这更快的吗?"

眼前的昊宇环山,是一座碗状的山脉,四周高峻,内侧十分陡峭,外侧较为平缓,青灰色的山石从四周逶迤而下,拖着长长的余脉,向远处的大平原延伸而去。淳于生跟着昙华沿山脊继续向前走,说道:"可我先前念头到了昊宇环山,为何不曾看到此等景象?"

昙华笑着说:"心念盘桓,只是停留在心中,元神并未真正移动。没有玄鱼梭,元神无法突破时间。你所看到的世界,其实是神识看到的世界,神识不到,这个世界就不存在。"

淳于生说:"如此说来,我们的元神是乘着玄鱼梭飞到这里的吗?"

攀上环形山最高处的一片相对平整的峰顶,昙华上人盘膝而坐,对淳于生说:"我们的元神寄于玄鱼梭,但玄鱼梭并未动,准确地说是它打开了一扇门,也就是弯曲时间的门。"

淳于生依着上人席地而坐,问道:"什么是弯曲时间的门?"

昙华说:"我们生活的婆娑世界,被称为三相世界,时间是三相世界的第四相,在三相世界,时间是一条直线,只能一路向前,不能回头,是不可逆的。打个比方,从洛阳到长安七百余里,一匹良马不停地奔驰,从早上到晚上才能跑到,跑了五个时辰,与其说它是跑了一条路,不如说它是跑了一段时间。如果时间能够折弯曲,两头相接,处在直线两端的洛阳和长安就如同在一张纸的两侧,捅破纸的瞬间便从洛阳到了长安。正是玄鱼梭弯曲了时间,元神才能突破时间障碍,来到这里。"

淳于生恍然大悟,同时也为看到的一切目瞪口呆,那是一些几乎会令人疯狂的风景。一颗巨大的蔚蓝色的星球,悬挂在虚空中,似乎要将人的胸膛压碎,昙华上人告诉他,那就是他们生活的婆娑世界,一颗蓝色悬浮于宇宙中的球。月亮上遍布着一座座环形山,有的环形山很小,也许不过十余里,有的环形山则很大,宽阔的圆环延伸开去,消失于视野尽处,看不清另外半个环,只看见玫瑰色的天空下,深蓝色的山脉投下幽暗的影子。说不清太阳是升起,还是落下,它点亮了整个山顶。更远处,大平原的尽头是一片无声的海域,那里仿佛闪烁着海浪的亮光。昙华告诉他,那片海域名为"静海",然而那片海中并没有真正的水,而是一片荒凉的戈壁。至于那些蓝色的海浪,其实不过是沙子反射的光而已。

太阳在环形山顶上出现了四次,也许意味着已经过去了四天,第五天的时候,淳于生和昙华决定到山下中央的平地去。昊宇环山是一座年轻的环形山脉,内侧塌陷的山脊如同锋利的刀刃,又像是一只张大了嘴的凶猛怪物,随时准备用尖利的牙齿撕碎侵入者。淳于生和昙华顺着一条不算太陡峭的山脊,找到了下行的路,太阳长久地挂在天空,直到落日躲藏于山后,夕阳的光芒依旧使天色亮了很久。当最后一抹夕阳消失,淳于生和昙华终于到了山下,在不太引人注目的一片台地上,看到了一座小小的宫殿,如果不仔细看,会以为那不过是一片阴影。

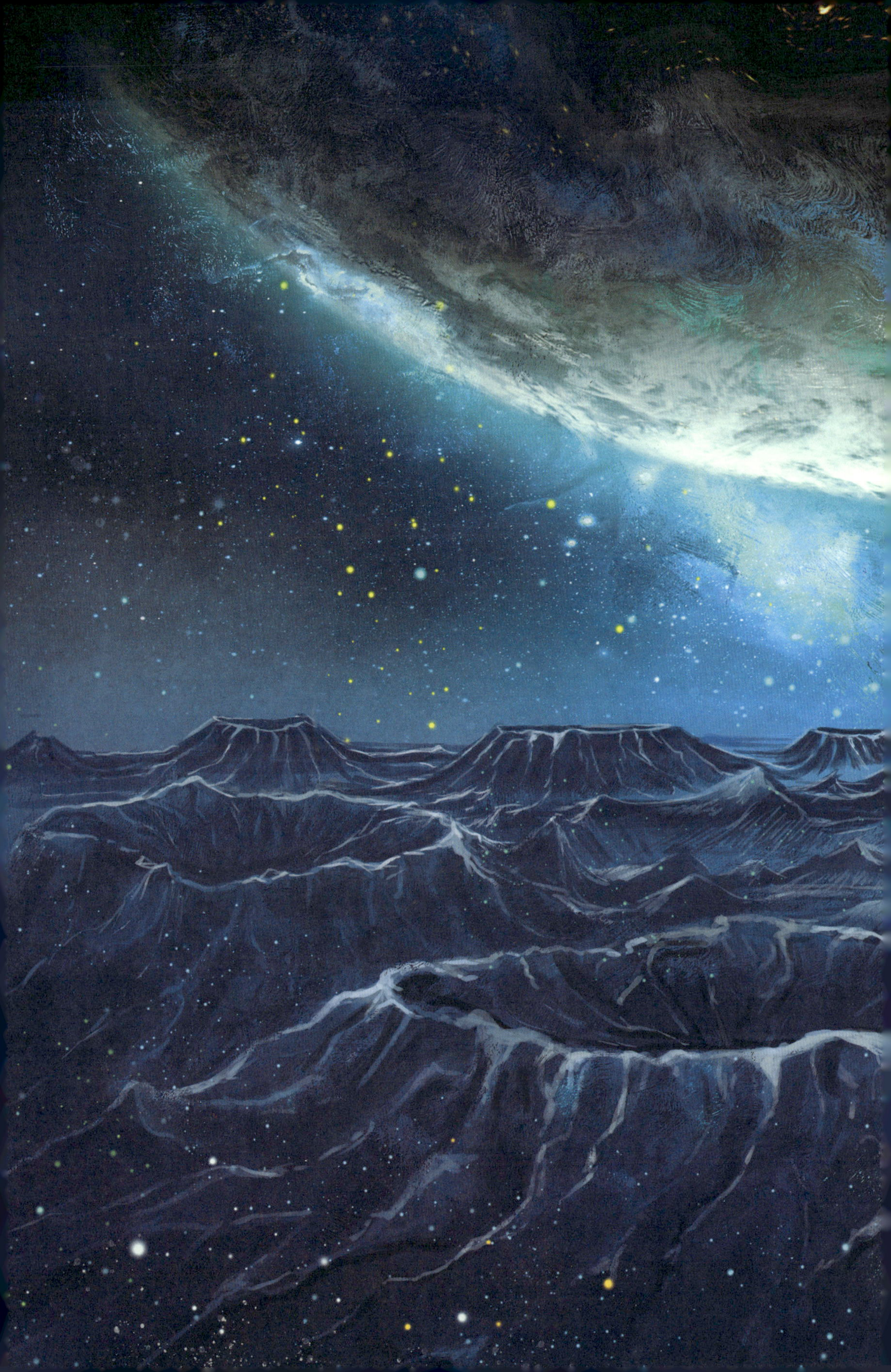

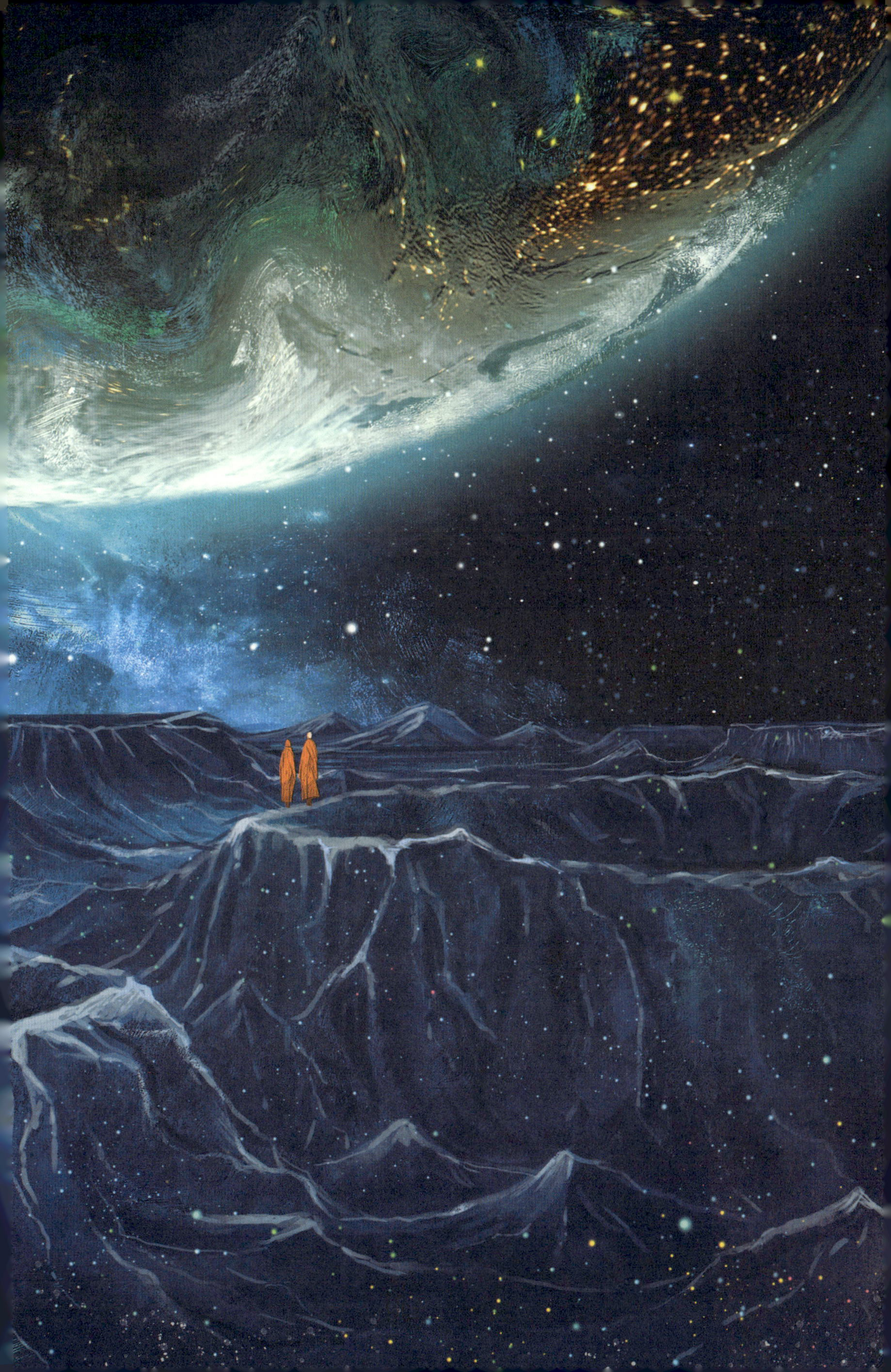

淳于生对昙华说:"幼年时曾听家母说,月亮上有广寒宫,嫦娥仙子和玉兔居住其中,还有吴刚和桂花树,如今看来,不过是虚幻之说罢了,月亮上竟然是不毛之地。"

昙华笑着说:"恐怕不尽然。"

淳于生不解地说:"难道真有嫦娥仙子和广寒宫不成?"

昙华说:"人往往用自己的偏见来定义这个世界,看不见可能的存在。月界也和婆娑红尘世界一样,共有十相,你所看见的,不过是三相世界罢了。广寒宫位于五相世界,仅凭肉眼自然不可见。"

淳于生说:"何为十相世界,何为五相世界?"

昙华说:"初相世界,又称虚空世界,没有厚度,没有体积,如同飘浮在空中的一个圆点,没有进入它的门,至今不得而知。二相世界,又名芥子世界,存在于每一粒种子中、每一个沙砾中,其中也有山川、河流、飞禽走兽和人君。只是二相世界的时间与三相世界的不同,二相世界以刹那为一天,十二个时辰已经算是无数量年了,它是一个平面的世界……"

淳于生笑着说:"那我们的一天,岂非就是他们的千万年了?"

昙华点点头。

淳于生说:"那五相世界呢,他们如何计时?"

昙华说:"五相世界,又称飞仙世界,他们的一天,便是婆娑世界的一年。他们过去一年,人间已经三百余年矣。所谓天上才一日,人间已千年便是如此。"

淳于生说:"上人可否带在下到五相世界一游?"

昙华说:"你我有缘,何况近日广寒仙子制成《霓裳羽衣曲》,邀请群仙共赏,你随我来吧。"

二人走到小宫殿前,昙华低声宣了一句佛号,小宫殿门前慢慢涌动起云气,仿佛掀起了一张帷幕一般,荒凉的环形山从中间一分为二,帷幕背后,显出琼楼玉宇的世界。他们的身后，那面帷幕慢慢合拢，荒凉世界不见了，淳于生跟随昙华走在一条华灯闪烁的街市上，桂花浮玉，夜凉如洗。往来人群，或驭龙、或骑凤、或驾着玄豹拉的车，一派仙家气质。越往前走，越觉得露下沾衣，寒气逼人，不远处一座水晶琉璃牌坊，牌坊上五个大字"广寒清虚宫"。过了牌坊，显出一座大庭院，庭前有桂花树，高及云端，树荫覆盖了整个宫殿群，不知几千里，树枝间有群星闪烁。桂花树下，两班鼓吹，奏鸣仙乐，百余名身穿白衣的仙子翩翩起舞，对淳于生和昙华的到来，视若无睹。再看树荫下，峨冠博带者有之，披发者有之，飞仙、地仙、天仙俱列坐于席。

仙乐行空，诸神起舞，淳于生如同饮了醇酿，如痴如醉，这时候一轮明月当空，照得如白昼一般，就连仙子们的鬓发、睫毛也看得清清楚楚，简直是纤毫毕现。凌空而舞的仙子们如同白色的鸾鸟，在桂花树的枝丫间上下翻飞，羽衣轻若烟雾，隐隐可见她们白若凝脂的肤色，音乐声也仿佛钻入了地下，整个世界安静极了，悄然无声。随着仙子们落地，乐声又响了起来，花瓣如细雨一般纷纷而下。

淳于生跟随昙华饮了琼浆玉液，又吃了世间罕有的果品，并捡了几枚坠落在自己席子上的花瓣藏在袖子里。他们依照原路返回，重新回到了环形山中央。淳于生似有不解地问昙华上人："我们已身在月中，刚才天空的月亮又是何物？"

昙华说："当然还是月亮，那是广寒宫的月亮，或者换一句话说，是五相世界的月亮。每一世界，不论是须弥山那么大的世界，还是芥子般小的世界，也都有日月。"

淳于生说："上人先前曾说，世界共有十相，不知六相世界是怎样？"

昙华说："六相世界，又名天元宇宙，其中的'人'以太阳为左眼，月亮为右眼，以婆娑世界的一亿年为一年，如今也不过才四十五岁罢了。与六相世界相比，我们还不如蜉蝣，也就只能算是朝生暮死而已。"

淳于生说："我明白了，相位越高，他们的空间越大，空间与时间成正比，在那无量的时间与空间里，有着永恒的生命存在。"

昙华摇摇头说："世间并无永恒之物，即便是十相世界的人，在度过万万亿年之后，依旧会陨落。山川万物、日月星辰，全都是有限的，只是他们的时间与人类的时间不同罢了。人以百年为一生，山川以百万年为一生，日月以百亿年为一生。为何人类挖掘山脉，山不会觉得疼痛，是因为人类挖掘山脉的行为，仿佛菌虫在人体内的活动。山脉不知人的存在，就好比人不知菌虫也有国度一样。当然，与我们短暂的一生相比，十相世界的一切，无异于永恒。同样，对于朝生暮死的小虫而言，人类的一生何尝不是永恒呢？由于时间概念不同，朝生暮死的小虫不会觉得自己的一生很短，十相世界的神灵也不会觉得自己的一生很长。你终有一天会彻悟，你彻悟的那一天，我会在夜梦之国，罗浮山下等你。"

二人说着已经走到了一座八九丈高的小山下，从一座石窟入口走了进去，淳于生惊讶地发现，窟内的一切和鸣沙山的石窟完全一样，格局、佛像、四壁的彩绘，乃至于穹顶上那面镜子，都一般无二。淳于生恍恍惚惚，仿佛是在梦中。

3

淳于生醒来的时候，四处黑暗，他的大脑里一片混沌，他想起自己和昙华上人去了月界。他摸了半天，终于摸到了火折子，晃了晃点亮佛前的灯烛，发现洞窟中只有自己，一起身玄鱼梭掉落在地，身上的衣衫也分崩离析，如同粉尘一般。他在洞窟中好生一顿翻找，才找到一套僧人的缁衣，勉强还能穿上。他捡起玄鱼梭，装进僧衣的衣袋，想出去，发现洞口不知何时已被石头砌上。他用力推了推，石头显然砌得并不够结实，很快便轰然倒塌。他走出洞窟，沿着自己熟悉的路朝沙州城走去，然而到了关城之下，却愣住了，眼前的关城并非他熟悉的那个关城。他记得沙州城的关城箭楼是三层，而且城墙上常年挂着有申屠高名号的旗子。然而眼前的关城箭楼却是五层，猎猎飘扬的旗帜上写着一个斗大的"张"字。难道是自己走错方向，到了另一个州吗？他继续向前走去，一直走到关城入口，城门匾额上分明写着"沙州"二字，那面旗子的旌带上则写着"大唐沙州防御使张"。"大唐沙州"是何意？究竟发生了什么，他进了关城的一家酒店，向上了年纪的店主人打听："请问老丈，此处可是沙州城？"

店主人的目光在他身上停留片刻，见是个年轻僧人，点点头说："没错，没错，正是沙州地方。"

淳于生说："城中最近可是发生了大事？"

店主人警惕地看了他一眼，摇了摇头。

淳于生又问："此城的主事大人，可是申屠高？"

店主人诧异地看了他一眼，摇摇头说："没听过这个名字，现今主持地方的，乃张议潮张大人，他赶走了胡人，是我们沙州的大英雄。"

听到店主人的话，淳于生更加迷惑不解了。他辞别了店主人，往城东的"兴教寺"走去，他记得昙华上人曾说过，该寺的方丈智度大和尚与之素有渊源，也许他能给自己想要的答案。兴教寺并不难找，他也曾去过几回，只是山门也已变了样貌，不知何以自己在石窟中睡了一觉，一切都改变了。山门前的小沙弥见来了个带发头陀，以为是游方人，便迎了上去，稽首说："师父从何而来？"

淳于生施礼说："敢问小师父法号，烦请通报，就说淳于生拜见贵寺的方丈智度大师。"

小沙弥笑着说："小僧法号净明，您怕是走错了地方，我师父就是方丈，但并非智度，乃是上慧下慈的慧慈大和尚。"

淳于生抬头看了看寺庙匾额，的确写着"敕建兴教寺"五个字，便灵机一动，改口说："在下拜见的就是慧慈大师。"

小沙弥扑闪着一双大眼睛，看着这个奇怪的客人，蹦蹦跳跳地朝一级又一级台阶上跑去了。不一会儿，有个青年和尚带着他到了方丈室，一位须眉洁白的老僧正在蒲团上等候。淳于生向老僧施礼，询问道："大师可是慧慈大和尚？"

老僧点点头说："正是老衲。"

淳于生问道："大师可知本寺的住持和尚智度大师？"

慧慈大师微微一笑，说："老衲任住持凡三十年，并不曾听过智度大师这个名字。"

淳于生更加迷惑，说道："三十年，您做住持已经三十年了吗？"

慧慈大师说："三十年前，我的师父善因大和尚将法脉传给了我。"

淳于生说："贵寺可曾有过一位名叫智度大师的住持？"

慧慈大师迟疑了一下说："藏经阁有本寺《法脉图册》，倒可一查。"

兴教寺的《法脉图册》很快就找到了，是用牛皮绳编在一起的象牙板，若非其洁白的颜色，会误以为是竹简呢。根据图册所记，寺中的确有过一位名叫智度的方丈，圆寂于隋开皇二十年。智度大师的法号旁边，还有一处朱红色镌刻的鱼形图案。

慧慈大师说："智度大师圆寂距今已二百五十年，不知小师父和他是何渊源？"

淳于生大吃一惊："什么？智度大师圆寂已经二百五十年了？"他清楚地记得，自己进入昙华上人洞窟的那天是开皇四年的仲秋，难道时间已经过去这么久了吗？真的是"洞中方一日，世上已千年"吗？那自己就是二百六十多年前的人，这个世界上，已经没有自己认识的人了。慧慈和尚见他面有异色，一会儿红一会儿白，豆大的汗珠不断地从额头上滚落下来，关切地问道："行脚人，哪里不舒服吗？"

淳于生用袖子擦了擦汗，一阵穿堂风吹过，他不由得打了个寒噤，赶紧掩饰说："此处凉，小僧略感不适。"慧慈大师赶紧让青年弟子将《法脉图册》放回原处，命小沙弥净明搀扶着淳于生离开藏经阁，回到了方丈室。淳于生急切地想知道，自己进入洞窟之后都发生了什么，便与慧慈大师聊了起来。他适得知，隋仁寿四年，皇帝驾崩，谥号为文帝；新即位的皇帝十分残暴，在位十四年后，被群雄赶下了台，也就是那位大名鼎鼎的隋炀帝。替代隋王朝的新王朝国号为"唐"，现在在位的是第十七任皇帝李忱。

淳于生将玄鱼梭奉于慧慈大师，问他可曾见过这件东西。慧慈大师端详甚久，说道："这是一件承载了巨大力量的物品，小师父虽身着缁衣，恐非我佛门中人吧？"

淳于生点头承认，自知再不能得到更多信息，便拜别了慧慈，跌跌撞撞地离开了兴教寺。"一定是哪里搞错了。"他心中一遍又一遍地想着。他努力回想着昙华上人说过的话，试图从其中找到破解之道，然而一切都想不起来了，他只记得昙华上人将那个铜鱼刺入了自己的小臂，细看小臂上，依旧有个浅浅的印痕。在这之后发生了一件令他震惊的事，他发现自己逐渐忘记了过去的事，这种遗忘并非记忆力下降，而是好像擦桌子的抹布一样，不知不觉间抹掉了他进入洞窟以前的生活记忆。他明白了，他已经是这个时代的人，时间不允许他同时拥有两个时代的记忆。为了避免彻底忘掉过去的自己，他决定回到故乡东平去，将往事记录下来，名为《拾遗录》。东平县令林贤看了他写成的部分书稿，对他文章的赅博十分惊讶，聘请他为幕僚。

东平县的公廨十分残破，县令林贤以民生为己任，对居所并不太在意。淳于生居住在衙署后院东侧的厢房，这里原来是堆放杂物的地方，墙上有几个破洞，他用碎砖进行了填注，再抹上灰泥，勉强可以住人，但经常有老鼠来光顾。天下大雨，他百无聊赖地躺在舍内床上，把玩着玄鱼梭，鱼嘴中的尖刺划过手掌，留下一道白色印痕，他心念一动，若是将此物刺入肌肤，是否能回到开皇四年的仲秋呢？他毫不犹豫地将那尖刺刺入了小臂，眼前闪过一道白光，一瞬间他看见了屋梁上的一条蛇，而蛇也盯着他。四周一片灰暗，迷迷茫茫，能看到一小片光亮，他不知发生了什么，随着光亮的移动，他大吃一惊，自己的神识并未回到过去，而是进入了蛇的身体，也就是说，他正通过一条蛇的眼睛看着这个世界。他有些慌乱，昙华上人没告诉他，人的神识还能通过玄鱼梭进入动物的躯体，他以为玄鱼梭就像一辆车，只是神识的载体。未曾料到，它还能将人的神识转换到动物身上。他心中害怕极了，若是蛇被人发现且杀死，自己的神识是否就涣散了呢？就算侥幸活着，自己将永远停留在这条蛇的身上吗？怎样才能离开蛇的身躯？他小心谨慎地在房梁上游动，时而盘踞起来，时而游动，时间不知过了多久，他感觉"自己"快要冻僵了，他看见了杂物堆中的那张床，还有双目紧闭的自己。他贴着柱子游到了地上，扭动蛇的身躯上了床，他发现那具躯壳还有温度，赶紧缠绕在玄鱼梭上，试图将梭子拔下来，但是它失败了，对于一条蛇来说，铜梭实在太重了，它一次、两次……十次，弄得遍体鳞伤，终于将梭子拔了下来。然后奋力撞击那尖锐的刺，一瞬间，他的神识回到了床上的躯体里。

淳于生抚摸那条蛇，发现它已经死了。

不久，淳于生就无师自通地能将自己的神识转换到动物身上，他曾将自己的神识寄于狼身上，他学会了用狼的眼睛看这个世界，此时他的神识不是寄于狼身的人之神识，而是纯粹的狼的意识，因为他看到的母狼不是狼，而是一个女人，一个漂亮的女人。狼的洞穴，也不是土穴，而是广阔华丽的宫殿。他搞清了这种意识转换的秘密，人的意识在动物身上寄托越久，就越像动物，即便是意识重新回到人身上，仍然还会保留着动物的时间观念和思维方式。如此看来，同样在三相世界，人和动物们看到的世界、感触到的世界，也十分不同。人眼里的腐肉，却是狼口中的美食。不过换一种想法，人之与狼的区别，与人和人的区别并不大，在有些人的眼里权力如同美食，在另一些人眼里何尝不是腐肉。

　　冬至天寒，淳于生打了一壶酒，打算自酌自饮。不过才走到半路，他就将葫芦中的酒喝完了。前面一片松林，露出一角茅屋，飘扬着酒旗，原来是酒肆。走到屋前，见一靓装女子，姿容绝世，身边还站着一位穿绿衣的俏丽侍女。淳于生与那女子搭话，只觉馨香袭人，神气为之一振。两人相谈甚为投机，一起进入酒肆，侍女频频为二人斟酒，淳于生不知不觉间又喝了几大盏。那女子自称"梅姑"，见识广博，言谈十分不凡。淳于生将玄鱼梭取出，问她这是何物。梅姑把玩着梭子，告诉淳于生，这是一件"占卜神器"，将它佩戴在胸口，盘膝结印，就能预知将要发生的事。淳于生感到十分寒冷，起身去叫酒家温酒，顿时醒了，原来是酒后睡在大梅花树下，做了一个梦。满树的白色花瓣，犹如粉妆玉砌，一只绿色的小鸟在树枝间飞来飞去，"啾啾"地叫个不停。是时，气和风清，月落参横。他伸手去袖中摸玄鱼梭，才发现酒醉误将梭子刺入肌肤，原来玄鱼梭不但能将人的意识转换到动物身上，还能使人与草木交流。他按照梦中梅姑，也就是那棵老梅树的说法，将玄鱼梭佩戴在颈部，贴在胸口，然后两掌仰置脐下，右手叠于左手上，两大拇指相触，果然能预知将发生的事，且一再应验。这棵梅树，只怕也是经历了千年时光、见多识广的生灵吧。

④

　　淳于生在东平生活了四十年，鬓发皆白，但是耳不聋眼不花，他总觉得自己似乎忘记了些什么，有种痛楚的东西在内心涌动。究竟是什么搅动着他的内心呢？他失眠了。他孤身一人生活了四十年，不曾娶妻，无儿无女，这究竟是怎样度过的？就好像一段音乐跳过了中间的一部分乐章，产生了一大段突兀的空白。淳于生发现自己的生命里同样存在这样的空白。他想不起自己是哪里人，父母是谁。就像将一块高山上的石头扔进了枯井里，彻底隔绝了石头与大山的一切，断绝了所有联系。

有一天，淳于生发现自己来东平后写过一本名为《拾遗录》的书稿，虽然保存不善，丢失了不少篇章，但这些片段性的记录依旧帮助他回忆起了过去。尤其是和一个女人的生活。文字没有记录那个女人的名字，他只记得那个女人有张鹅蛋脸，用暗红色抹额包裹着头发。那时候他在一座边塞城市当将军，人虽不够帅气，但轮廓还算俊朗，得到不少酒家女的青睐。他的上司申屠高外表敦厚，实则野心勃勃，经常发动对边地胡人的袭击，用斩来的首级数量向大隋天子邀功，他早已厌倦了激烈的厮杀生活，甚至可以说深恶痛绝。为了避免内心的剧烈冲突，他经常流连于沙州城的酒家，与那些流落边地不得志的诗人们痛饮狂歌。他经常一醉就是一天，有时候甚至连续好几天都在醉乡里，总之，酒醒以后，那种痛楚的感觉还未袭来，但是影子已经在某个看得见的地方闪动，他就立刻拿起酒杯，让自己醉起来。有好几次，他醒后发现自己在陌生女人的床上，当然，每次都是不同的女人。他似乎已麻木于这样的生活，丢给她们一吊钱，看也不看一眼转身就走。这样的生活，他过了有好几年，直到他遇到那个头上裹着暗红抹额的女人。

那是一场本不该有的败仗。隋军骑兵击溃了进犯的胡人前锋，俘获了五百多人，可是申屠高贪恋漫山遍野的牛羊，竟然命令骑兵下马，去归拢牛羊，很显然，这根本就是一个圈套。贪婪蒙蔽了他的双眼，他不肯接受淳于生的劝阻，执意骑兵下马。果然，下马后的骑兵东一个西一个，人人都恨不得牵十头牛羊，这时候胡人的骑兵从山后冲了出来，淳于生拼死厮杀，才将主帅申屠高从重围中救出来。这一仗，他们损失了几乎一半的人马，他最好的两个伙伴，张步和李一行，也为了掩护他死在了沙场上，关城的门整整半年都不曾开放。淳于生的胸口好像塞进了一大坨冰，寒冷、坚硬、沉重，吐不出来，敲不碎，又融化不掉，那比战场上的刀伤和箭伤更令他痛苦，也许只有醉酒，才能在那一大坨东西上包裹起一个虚幻的外壳，让他暂时忽略了身体里有一块本不该有的东西。

酒醉本身并不能解决任何问题，除了彻夜的头痛、充斥于胃部的恶心之外，还有无穷无尽的悔恨。每一次酒醉，固然提供了短暂的遗忘，但这之后痛苦的触角会更加敏锐。然而，他没有更好的办法。每一次半夜醒来，那坨冰冷生硬的东西便活了过来，带着刺，在他体内翻滚、撕咬、怒吼，他不得不寻求一种方式将之压制住，不然他说不定会把腰刀捅进自己的肚子。像往常一样，关门落锁以后，淳于生骑上马来到了城西，踏进了一座名为"夜来香"的酒家，他没有点菜，只要了一大坛酒，自斟自饮。按惯例，边城在二更之后实行宵禁，不过自开皇年间，这项制度就从未真正落实过。沙州城西这片地方，酒家林立，彻夜灯火通明，所以就算是三更的梆子敲过了，淳于生依旧没有离开桌子，打了半天盹的酒保早已在柜台后睡熟，再说整个店里也只剩下淳于生这一个熟客，也懒得去侍应。不过，淳于生虽然酒没少喝，却未醉到一塌糊涂的程度，他知道有一双眼睛已经看了他半天了，是坐在角落里那个裹着暗红抹额的人，从窈窕的身段来判断，那是个女人。

四更的梆子响过后，淳于生决定离开，不过他也知道，此刻的自己固然思维清晰，但身体已经和一摊烂泥无异。这时，一只秀美的手伸了过来，是从角落里走过来的那个女人的。他趁势将手搭在了她肩上，在她的搀扶下下了楼梯。出了大门，被风一吹，顿时腹中翻江倒海，强烈的酒气冲袭嗓子眼，他控制不住地呕吐了起来，他不知自己呕吐了几次，也许食物的残渣堵住了鼻孔，他剧烈地咳嗽着，那女人轻轻拍打他的后背，好像照顾孩子一般。

这也许是淳于生醉得最厉害的一次，他完全忘记了醉酒之前的事。醒来时，窗外金红色的夕阳已经落山，天空只剩下一片红色的晚霞。他当然还没忘记自己是谁，只是努力回想着自己在什么地方，在他怀里沉睡的这个女人是谁。他依稀记得自己去了"夜来香"，喝了不少酒，之后的一切便都无从想起了。和往常一样，他决定立刻脱身。他尽可能小心地不将睡在自己身边的人弄醒，但这并不容易，因为那女人不但枕着他的胳膊，而且另一条胳膊竟然抱着他，那是一个很自然的拥抱姿态。不知为何，半生刀头舔血的淳于生内心涌动着奇怪的感觉，那并非情欲的火焰，而是冰块在裂开，发出一串串碎裂的声音。这女人和之前那些同榻而眠的女人并无区别，是不需要名字的陌生女人，但这个拥抱的姿态，是独一无二的。昨夜他们或许曾说过些什么，也许她整夜都在照顾他，不过此刻他已忘得一干二净。某种程度上，此刻她的拥抱也是一种言语。只是这究竟是睡着后摸索出来的舒服睡姿，还是一种内心深处的表达，就无从知道了。淳于生不打算叫醒她，当然也不再打算离去了，他拥抱着她，思绪从清晰变得模糊，又睡着了。

"喂，喂，你醉得可真够厉害。"有人在耳边说。

淳于生从梦中醒了，这一次他没有从酒醉前开始回忆，他知道自己在一个陌生女人的房间。那女人头上依旧裹着暗红的抹额，不过很显然不是前一晚那条，因为这条抹额上用金线绣着西番莲图案。她趴在他的胸口，几缕黑亮的长发垂了下来，弄得他的脖子痒痒的。她的嘴唇很薄，闪动着光泽，嘴角微微上弯，天然地带着笑意。他吻了吻她的嘴唇，一股说不出的香气从她白皙的脖子下的衣领口飘了出来，钻进了他的鼻子，她的舌头像一条灵巧的鱼儿，钻进了他的嘴巴，在他的唇齿间探索着。他把手伸到她的腰间，她的腰肢十分纤细，皮肤光滑极了。她丝毫没有抗拒，褪掉了衣裙，贴着他的身体。一切都完美极了，默契的律动，翻滚的曲线，仿佛骑着马在月色下奔驰，越过了田野，越过了高坡，翻越山丘，直奔顶峰，轻快的风从肩头滑过，马蹄踏过开遍鲜花的草地，夜色中四溢着花香，沁人心脾。

一夜无眠。天快亮的时候，他们就这样赤诚地拥抱着彼此，陷入沉睡中。他隐隐地感觉到，填塞在胸腔里的那一坨生冷的东西慢慢地消失了。他不再沉迷于饮酒，但沉迷于另外一种东西，而她就像一个天生满足他需求的存在，能够不断地给予他热切回应。他不再半夜醒来，每天早上醒来，他都发现她拥抱着他，这是一种语言，他读得懂。有时候就算不是在床上，她也会跑过来坐在他的怀中，用胳膊抱着他的脖子。他们大多数时间都待在一起，在温柔的缱绻中，用目光进行交谈。他从胡人那里买了一条镶嵌绿松石的赤金项链，送给了女人，看着她如此喜悦，他决定将自己的一切都给她。不在军营的日子，他就和女人在一起。大帅申屠高发现了淳于生的变化，这个年轻的将领不再纵酒使气，重新得到士兵们的爱戴。他无意追究这种变化的原因，只要他是最犀利的战场利器就好。

　　对边塞那个女人的思念，完全占据了淳于生的身心，他无法想象自己离开后，女人是如何生活的。当然，那已经是将近三百年前的事了，所念之人恐怕早已成了灰土。一念至此，内心剧烈的痛楚再次袭来，他必须回去，对命运做出改变。他记得，那女人曾说要跟他生个大胖小子，和他共同度过一生。他无法想象，究竟是自己陷入了一个长久的无法醒来的梦，还是这一切只是自己的臆想。或许是因为读了一本不知什么人写的书，就以为自己是前朝之人。

⑤

　　淳于生逐字逐句阅读着初到东平时所写的那部《拾遗录》，自己一定是忽略了什么，所以才会在漫无边际的生涯里流浪这么多年。他翻到了自己初从洞窟中醒来，去兴教寺拜访的那一页，上面写道：

大中四年，至兴教寺，见住持大和尚慧慈，询问智度大师所在，方知其圆寂于二百五十年前。藏经阁《法脉图册》载其事，法号下有双鱼图，平生之事，历历在目。

淳于生反复看着这段自己记录下的文字，目光停留在了"法号下有双鱼图"这一句上，为何要写这么一句呢？这显然是一个事实性记录。那么，《法脉图册》上智度大师的法号下为何会有"双鱼图"呢，是每个住持和尚都有，还是只有智度大师有？或者还有别的含义？他反复琢磨着，不得要领，也许只有重新看看那个图案，才能有所获。他当夜即整理行囊，第二天向东平县令告假，想到河西礼佛，讨了个路引。县令已经换了好几任，但每一任县令都将他留了下来。县令几乎是毫不犹豫地为他签发了路引，虽然从东平到河西非常遥远。

是时正是大唐王朝的第二十个皇帝李晔换了"大顺"年号的第一年，但是年岁一点也不顺，曾经的大唐早已日薄西山。自从淳于生来东平后，已经换了几个皇帝了，宣宗李忱之后，懿宗李漼、僖宗李儇，一代不如一代，如今的皇帝李晔更是权臣朱温手中的棋子。天下汹汹，旧的时代即将结束，新的时代还未来临，数百年的黑暗时代将笼罩于大地。从东平到河西的路上，到处是饥民和饿殍，林立的藩镇各自为政，盗匪四处劫掠。淳于生小心谨慎，尽可能不引起不必要的麻烦。不过，有时候人不想招惹麻烦，麻烦会自己找上门来。当他到沙窝岭时，见远处有一彪人马，他正欲躲进路旁的丛林，却已被前哨骑兵发现，淳于生见近身只有一骑，便用弹弓将之击落马下，骑着马向林中逃去，但很快就有四五十骑围了上来，将他带到那支军队的主帅军前。将军见淳于生虽一身布衣打扮，但形貌魁伟，气度昂然，问道："你是何人？"

淳于生施礼说："草民东平人淳于生，在县衙幕中，往河西兴教寺礼佛。"

说着，拿出东平县令钤印的路引。

那将军看了路引，对他说："当今天下大乱，我看你是一位壮士，不如留在军前效力，也好拼杀出一番功业。"

淳于生摇了摇头说："草民无意功名事业，恐怕为将军做不了什么。"

一个牙兵怒斥道："大胆，你知道将军是谁吗，竟敢拒绝？"

原来，这位将军正是梁王朱温麾下最得力的大将——左厢都指挥使朱珍。淳于生被他强留在军中，任命为"哨长"，负责刺探军情。当时魏博内乱，节度使乐彦贞被哗变的士兵们囚禁了起来，朱温命令朱珍率领五万人马前去平叛，大军攻破黎阳、临河，一路势如破竹，但到了临黄陷入重围。原来叛军首领魏豹子打算自为节度使，但知道朱珍骁勇善战，故而令守军一败再败，引他孤军深入三面都是沼泽的临黄，企图一战而聚歼，令掌控了朝政的梁王朱温胆寒，认可他替代乐彦贞为节度使的事实。

朱珍大军陷入重围后，多次向外发动攻击，骑兵陷入沼泽，突围失败了，而正面之敌军是己军的数倍，几番强攻，双方互有死伤，如果继续硬碰硬，势必全军覆没。只得暂时结营固守，命淳于生率领哨骑继续寻找合适突围的地方。淳于生被强留于军营，实则无心军旅，但朱珍对他十分器重，他不忍心数万大军覆没，亲自带哨骑探路。沼泽边上长满了芦苇，一只鹰蹲在老柳树的枯枝上，用冰冷的眼光注视着通过的哨骑。淳于生发现了鹰，顿时灵机一动，他命士兵们去别的地方，自己找了个隐蔽角落，当鹰的目光再次与他相遇时，他将玄鱼梭刺入了手臂。他成功了，成功地将自己的神识寄托在了鹰身上，这是他第一次从高空俯瞰大地。叛军的营地和双方的战阵，尽收眼底。东边的沼泽地里，有一片十分浓密的芦苇荡，其中隐藏着一条狭窄的路。

淳于生回到军营后，将探查到的情况告诉了朱珍。朱珍大喜，任命淳于生代为都虞侯，将一万人马交于他指挥，负责正面佯攻，朱珍则率领四万人马从芦苇荡中的小道绕到叛军的背后，双方约定太阳落山的酉时向敌营突袭。叛军没有防备，遭到腹背夹击，顿时大乱，互相践踏，死伤无数。朱珍一战威震河朔，迅速平定了叛乱，梁王朱温对他更加器重。此战淳于生立有大功，被朱温亲自任命为都虞侯，协同朱珍作战。

淳于生觐见了梁王朱温，接受了他的任命，回到军营后劝大帅朱珍早日隐退，因那日回府后，他佩戴玄鱼梭，突然生出预卜未来的念头，只见一座新的宫廷建造了起来，朱温端坐其上，头部笼罩在一层看不清楚的阴云中。也许，这意味着一个混乱的、不会长久的王朝将要诞生。事实上，这一切已不必占卜，朱温权倾朝野，篡位之心路人皆知。

朱珍立下大功，引起了朱温的猜忌，派李唐宾担任朱珍的副将，实际上是监视他。为了博取朱珍的信任，李唐宾经常以送礼为由上门，朱珍胸怀坦荡，便留下他一起饮酒。有一次淳于生也在酒宴上，他见李唐宾态度恭谨，但言语谄媚，便将玄鱼梭佩戴在胸口，在帷幕后卜兆，见李唐宾周围尽是光芒，状如刀锋，闪烁着杀机。宴后，淳于生告诉朱珍，李唐宾恐怕是梁王派来试探他的间谍。朱珍大怒，立刻骑着马追了上去。李唐宾以为自己酒后失言，远远看见朱珍的影子，用力鞭策马匹，逃回自己营中去了。自此之后，李唐宾虽然仍到军中议事，但每次都带着几十个披着铠甲的武装亲兵，不敢再与朱珍亲近。

朱珍的大军驻扎在萧县，朱温亲临营中观兵，朱珍命令李唐宾负责礼仪，却出了差错，朱珍大怒，借这个罪名杀了他。潜伏在朱珍营中的探子赶紧去向朱温汇报了消息，朱温听闻朱珍擅杀大将，火冒三丈，下诏命朱珍入帅府议事，但当时天晚了，朱温的谋主敬翔害怕朱珍哗变，劝朱温将李唐宾在京城的家人收捕定罪，同时派人去安抚朱珍，先将他稳住，再做权衡。

朱珍杀了李唐宾后，也觉得自己过于鲁莽，心中慌乱，问计于淳于生。淳于生暗暗用玄鱼梭卜兆，见朱珍浑身血迹，倒卧在泥地里，便劝他立即举兵造反，去投靠与朱温有仇的李存勖，不然有杀身之祸。

朱珍对淳于生的建议充满疑虑，犹豫不决，派人悄悄去探查朝中的消息，得知李唐宾的家人被收捕后，就打消了背弃朱温的念头。第二天早上，敬翔突然来营中宣梁王口谕，朱温亲率十万大军，行营扎在三十里外，命朱珍一人一骑前去议事。淳于生知道这位骁勇的名将性命不保，便逃走了。果然，朱珍到朱温的行营后，就被武士缢杀。

朱珍死后，淳于生作为其余党，遭到通缉，缇骑四处追捕他，他一路奔逃，到了京兆郡鄠县，见山坡上的田野下有座寺庙，便躲了进去。寺名"金峰寺"，由于战乱，寺中僧人多已逃亡，殿宇也损坏大半。只有东首残殿中有一老一少两位僧人，老者目盲，腿脚不便，少者体弱，面有菜色，显然都已多日未进食。淳于生虽身在险局，仍将自己所带的干粮分给二僧，请求在寺中躲避。老僧告诉淳于生，西首禅房墙下有块碑，碑后面有一小石窟，那是前代僧人闭关的地方，可去那里躲藏。淳于生听得山门外一阵人喧马嘶，来不及道谢，朝西首禅房跑去，禅房尽皆倒塌，靠山石的地方果然有一块碑。碑与山石挨得非常紧，不仔细看，完全不知碑后有个洞，他侧身钻入缝隙，进了洞。洞窟很小，四壁光滑，仅能容一人盘膝而坐。他枯坐无聊，也不知追捕的军士们走了没有，便掏出玄鱼梭，佩戴在脖颈上，为自己卜兆。只见眼前金线交织，五色澄明，一片祥光，直觉心中清净无比。他不由暗自赞叹，此处必定为前代高僧修行之处，故而能感受到慈悲的力量。不知在此修行的是哪一位大师，想到此处，淳于生将玄鱼梭从颈上解下，将尖刺刺入右臂。

一阵清风响，吹得树叶上的雨水落了一地。禅堂的蒲团上，一位面容俊美的年轻僧人望着淳于生，吃惊地说："无怪乎我昨夜梦见了白鹤，原来是你。"淳于生向年轻的僧人顶礼，问道："敢问大师，法号如何称呼，今年是何年？"

年轻僧人微笑着说："贫僧一行，今年乃开元五年。"

"啊。"淳于生几乎颤抖起来。到东平后,为了填补自己从隋开皇二年之后穿越来的空白,他读遍了官修史书。开元五年是玄宗皇帝的年号,而一行大师更是为玄宗所崇敬的大师,这就是说,自己从时间上倒退了190年。既能回到开元年间,那么必定也能回到开皇年间吧。

一行大师见淳于生只顾低头深思,抚摸着他的头颈说:"你是一位时空的游走者,你是如何做到的呢?"

淳于生双手奉上玄鱼梭,说道:"在下是靠这个来的。"

一行大师接过梭子,用手抚摸着说:"汉太史令张衡有书名为《天藏书》,记载有此物,世间多以为不过是稗官野史,殊不知世间真有此物。善哉善哉。"

淳于生惊喜地说:"在下虽使用此物来此,但实在是凑巧,并不知此物如何用法,大师既知此物,还请赐教其用法。"

一行大师面有愧色地说:"贫僧也是听家师所述,实也未曾读过《天藏书》。"

淳于生不肯放弃,追问道:"不知何处可以看到这部《天藏书》?"

一行大师说:"名士刘言史为当世藏书大家,或许在他处也未可知。只是此君有名士气,凡所藏秘本,绝不肯示以外人,只怕难得一见。"

淳于生说:"如此甚好,我囊中也有一部奇书,与之交换,必定能让我等一览《天藏书》。"

一行大师平静的脸上绽露笑容,当即陪同淳于生去拜见刘言史。

淳于生隐瞒了自己撰写《拾遗录》之事,只说负有奇书。刘言史翻阅之下十分高兴,但他告诉一行大师与淳于生,自己的确有《天藏书》,只可惜此书遗失多年,只留下一个书轴。他将书轴奉上,见纸签上楷书"潭州欧阳氏所藏"七个字,并钤有"信本书室"的朱印。一行禅师说:"此必定是我朝书家欧阳询旧物。"盖因欧阳询籍贯潭州,字信本。

刘言史点点头说："大师熟知我朝掌故，此物的确是我从欧阳氏子孙手中所得。"

淳于生未能得见《天藏书》，但刘言史为了表达谢意，请他们看了张衡所著的另一部书——《灵宪书》。该书中说，天地万物从混元之气中诞生，清浊二气互用，清气所成的天在外，浊气所成的地在内。宇宙并非亘古不变，而是不断地产生变化。"未之或知也，未之或知者，宇宙之谓也。宇之表无极，宙之端无穷。"他说，在人可观测到的地方，宇宙是有限的，而在人所不可见的地方，时间与空间都是无限的。他还说，日月、五星都是在虚空运行，并不是悬挂在所谓"天球壁"上。"月光生于日之所照；魄生于日之所蔽。当日则光盈，就日则光尽也。"他说月亮自身并不发光，而是反射太阳的光，月盈月缺，也是光照产生的。所有这些，都与自己跟随昙华上人到月亮上时看见的一样，这就是说，玄鱼梭承载着他的神识到月亮上并不是梦，这一切都是真的。

淳于生将《拾遗录》留给了刘言史，带着《天藏书》的书轴与一行大师回到了寺庙。自己是在一行大师闭关的石窟中穿越而来的，那个石窟中有一行的力量。如果石窟能留下人的力量，前代名家的法帖中一定也能留存这股力量，那么这个残存的书轴中，是否暗藏了欧阳询的力量呢？一行禅师辟出一间静室，供他使用，他将玄鱼梭戴在胸口，盘膝结印，果然看到书轴周围闪烁着紫金般的光芒。他请求一行将玄鱼梭刺入自己的手臂，如他所料，已身处于一座宏大的府邸中。

欧阳询听说淳于生来自百年后，连说"无稽之谈"，并命令管家将他轰走。淳于生不慌不忙地念道："徘徊俯仰，容与风流。刚则铁画，媚若银钩。丽则绮靡而清遒。若枯松之卧高岭，类巨石之偃鸿沟。同鸾凤之鼓舞，等鸳鹭之沉浮。仿佛兮若神仙来往，宛转兮似兽伏龙游。"欧阳询大吃一惊，这是他《用笔论》中的句子，这篇文章他拟成腹稿虽久，但尚未落笔。事实上，这篇文章直到晚年才面世。一篇尚未写出来的文章，此人如何得知，莫非他说的是真的？

淳于生告诉欧阳询，在他身后几百年的岁月里，这篇文章被每一个大唐学书法的人奉为圭臬。面对这个自称来自百年后的年轻人，不论是真是假，欧阳询都让他看了《天藏书》，那是写在一张卷轴上的文字，总共也不过三千字，记载了玄鱼梭的使用之法，还记录了很多不可思议的事。书中说，万物产生于弦，金、木、水、火、土、风，称为六种弦力，是世界的基本构成。包括人的思想、精神、灵魂，都产生于弦，弦凝聚成具象，就诞生了一切。大到星辰山海，小到人和所有的生灵，乃至一粒灰尘，无不是弦力的凝聚，弦力聚成之物，名为弦膜，人就是弦膜的生命化。弦膜并不是独立的，每件事物、生灵之间，看似是独立的，其实有无数的弦线联结着。人的念力、灵力不会随着肉身，也就是弦膜的消失而消失，而是永恒地存在于弦上，被称为弦力，前代人所留下的书籍、信札、书画、印章、刀剑、盔甲、衣物、茶器乃至最普通的碗筷中，也有强烈的存在，越是汇聚了巨大心血之物，其存留的时间越长，只要弦力够大，就能够穿越无量的时空，重临世间。当然，弦并非一根线，弦膜也不是一层薄膜，它是不可定义的。你只能用非言语的神识去感知它，而不可立于文字，不可尽于言语。一成文字和言语，便谬之千里。书中的文字证实了他的猜测，要到某一个时代，必须拥有那个时代的一件物品，如果要寻找那个时代的人，更是需要那人的一件充满强大弦力的物品，这被称为"时空的路标"。幸好他带了这么一件"路标"——一行大师的佛珠。他是从过去的过去穿越来的，如果没有路标，他将永远迷失在时间的迷宫里，无从返回。

淳于生告别了一行禅师，回到了初穿越时的那个破落寺庙，一老一少两个僧人已不知去向，但他确信，这就是那个时代，山门上张贴的追捕他的文书依旧崭新。他将玄鱼梭的鱼尾掰开，将藏在其中的铜信子连同一根长长的丝线抽出，插入自己的耳朵，他看到一天前追捕自己的官兵到处搜索，最后抓住了两个僧人，并在山门上粘贴了海捕文书。获知了这件宝物更多的用法，他将洞悉时空的秘密，过去与未来，都将呈现在眼前。

⑥

淳于生历尽千辛万苦，终于到了兴教寺，当年的小沙弥净明，已然成了这座古寺的住持。当他发现眼前人就是幼年时拜访师父的那个行脚人后，久久注视着他说："施主驻颜有术，你当年来拜访我师父，迄今已一甲子岁月，竟然容颜未变。"

淳于生这才意识到，这些年自己的确未变，当年的小沙弥都成了老人，而自己并未感到年老体衰，恐怕这也是长期佩戴玄鱼梭的缘故。好在他深居简出，极少引起人们的注意。他向住持净明说明来意，净明和尚亲自带着他又看了一遍《法脉图册》。只有智度大师的法号下有个双鱼图案，其他的住持和尚并没有，他隐隐约约记得，在别的地方也看到过这个图案，但怎么也想不起来在哪里见过。他反复摸索图册，发现记录智度大师名号的这块象牙板比别的厚出许多，他用手指轻轻弹了弹，原来是空心的。翻转图册，这块牙板后面有个细细的裂隙，他将小刀插进缝隙，轻轻一撬，掉下一块楔子。牙板果然是中空的，里面有一根纸捻子。淳于生当着净明和尚的面打开纸捻子，只见上面写着四句偈子：

混沌如斯，缘何而生？
枯骨能新，缘何而逝。

淳于生并不知道智度大师是昙华上人的弟子，但他知道，这就是昙华上人留给自己的信物。穿越数百年光阴,他再一次听到了那位智者的声音。净明和尚让淳于生带走了纸捻子,并赠予他一串念珠,他说:"我们还会见面的。"匆匆忙忙离去的淳于生,并未将这句话放在心上,他迫切地想回到无数次出现在梦里的那个女人身边。

沙州城楼的样子并未变,这一次他确信自己来对了时间,不过在昔日的酒家,他并未找到自己要找的人。经过一番打听,他找到了女人的居所。城西的一座破窑洞里,眼前的女人,身穿残破的衣裳,满脸皱纹,头发大半已经白了,当她看到淳于生时,两眼并无神色,待她认出淳于生时,转过身哭泣了起来。淳于生晚来了三十年,这是大业十二年,大隋的天下大厦将倾。人与人之间,错过了就是错过了,纵然能够回头,一切也像这繁华的王朝一样,已然颓废得不可收拾。时间的坐标就是这样,来得太早或来得太晚,甚至差一刻都不行,这并不关乎命运,一切都是有轨迹的,有来处,有去处。很显然,问题出在那张纸捻子上,昙华上人写这张偈子的时间,恐怕便是此时吧。

当年,他是从昙华上人的石窟中去月界的,那里才是解开一切的纽带。只有原路返回,才会丝毫不差。时空的往返,就好比一辆马车,必须在同一条路上奔驰,只要多绕一个弯,多耽搁一刻钟,回去的路径就变了。生命本身具有往返的力量,只是从未有人窥破。昙华上人的洞窟依旧在,几乎已被移动的流沙淹没。他从城里买了一个簸箕,清理洞中的沙子,在洞中找到了一件仅存的故物,那是一根竹简,准确地说是一块碎简,上面用墨笔写着三个字:司空山。他相信,这是昙华上人留给他的东西。

沙子清理完后,淳于生搬来一些大石头,从内部将石窟的门砌死,然后手握残简,盘膝坐在佛前,将玄鱼梭刺入了小臂。

眼前是一座宏大的寺庙,蒲团上坐着一位身材极为高大的和尚,然而并不是昙华上人,当他看着门前拥挤的檀越们古怪的衣装时,他知道自己又来

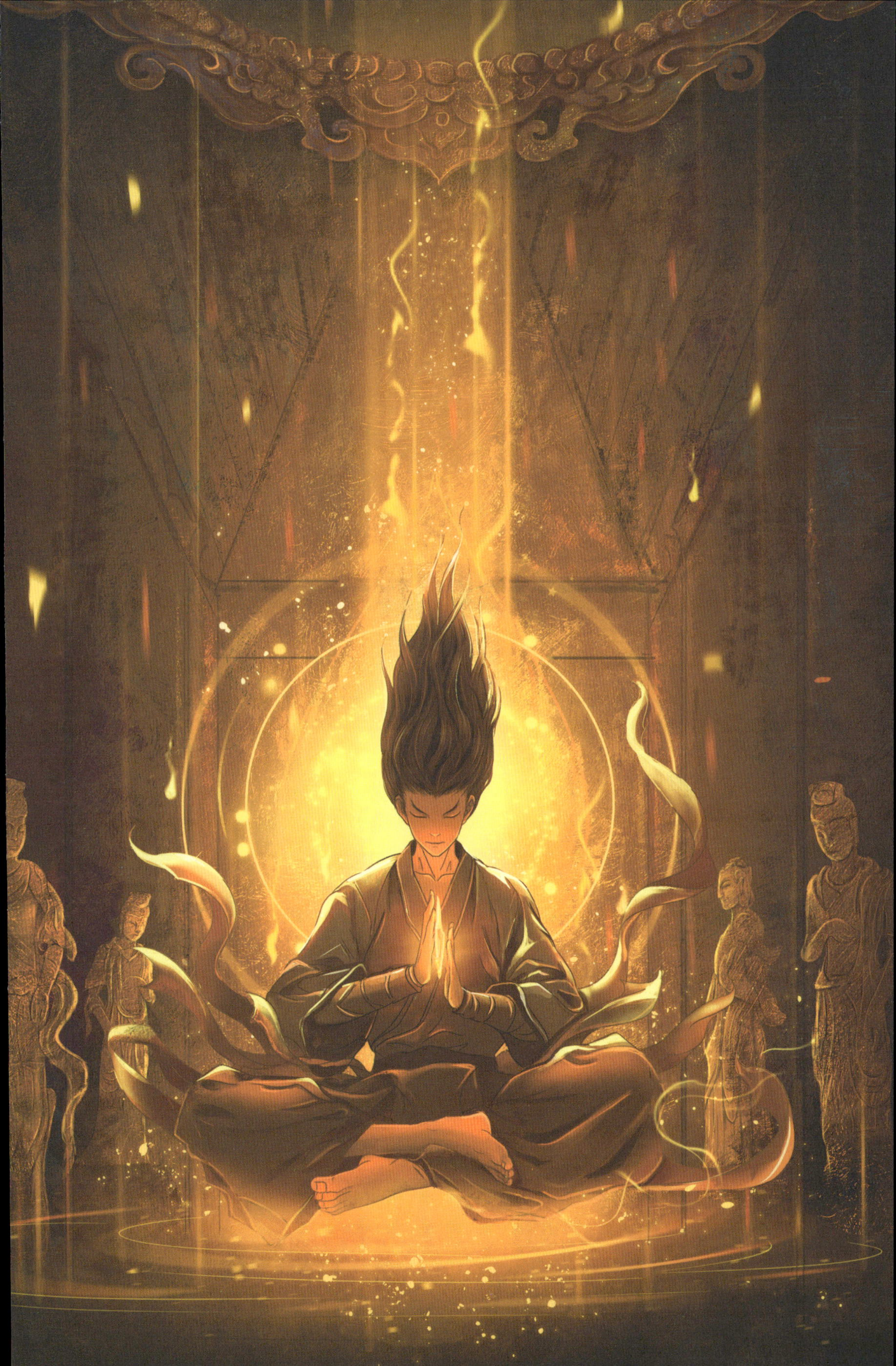

错了时间，来错了地方。

小沙弥见他一身行脚僧打扮，问道："师父可是挂单？"

淳于生施了一礼说："小师父，不知可与贵寺方丈相见否？"

小沙弥看了他脚面上厚厚的尘垢，犹豫了一下说："你且等着，我去向师父通报。"

不一会儿，小沙弥跑了出来，脸上挂着笑容说："你真是好运气，我师父这几天刚主持了法会，明儿就要闭关了呢。你再晚来一天，可就等到三年后才能见了。"

接待他的大和尚名叫僧璨，并不是昙华上人，和尚似乎知晓淳于生要来。一见面劈头就问："施主走得辛苦吗？"

淳于生喃喃地说道："感念师父，实在是辛苦。"

僧璨说："苦是苦，只是早了。"

淳于生灵光一现，急忙问道："不知今夕何夕，今年何年？"

原来此时是北周建德三年，自己提前了十年，到了舒州的司空山中。无疑，他的时空坐标又一次错了。他从行囊中找出写有"司空山"三个字的残简，交给了僧璨，并将自己的遭遇和盘托出。僧璨一点儿都不惊讶，高声诵道：

影由形起，响逐声来。弄影劳形，不识形为影本。扬声止响，不知声是响根。除烦恼而趣涅槃，喻去形而觅影。离众生而求佛果，喻默声而寻响。故知迷悟一途，愚智非别。无名作名，因其名则是非生矣。无理作理，因其理则争论起矣。幻化非真，谁是谁非？虚妄无实，何空何有？将知得无所得，失无所失。

淳于生若有所悟，叩首顶礼膜拜，说道："还请大和尚明示。"

僧璨说："毫厘有差，天地悬隔。欲得现前，莫存顺逆。一如体玄，兀尔忘缘。万法齐观，归复自然。"

原来，我们自己，就是自己的时空坐标。

终于，他见到了昙华上人，他似乎一直在等他。

淳于生回到了开皇二年，所有的一切好像只是酒醉后的一个悠长的梦。醒来后，女人枕着他的胳膊，她侧卧着，长长的睫毛，仿佛花蕊。他想起了她的名字，绾儿。他娶了绾儿，他知道三十年后，必会天下大乱，因而带着绾儿一路西行，到了天竺国。他们在天竺国买地建屋，生了三男两女，他决定再也不碰玄鱼梭了，因而将它藏了起来。绾儿老了，他也老了，他们度过了平凡且普通的一生。绾儿去世后，他又在世十余年，那已经是唐初了。他留下遗嘱，让儿女们将自己与妻子合葬，将玄鱼梭也放进棺材里。

⑦

这是一个奇异的世界，山岳悬于虚空，海浪奔流于罗浮大地，却没有风涛。人们不为衣食奔忙，天然的一切都是具足的，遍地都是金玉，但无人聚敛，山海之间，到处都是花果草木，人与动物各自取食。昙华大步走来，巨大的脚趾在地上留下印痕，却未伤害一物，淳于生上前稽首。昙华发出洪钟般的声音，大笑着说："老朋友，你来了，我说过，我们还会见面的。"

淳于生望着他，他明白了，眼前的大和尚是昙华上人，也是三相世界的净明和尚，这是夜梦之国，是另一个时空的世界——十相世界。诞生万物的弦不会灭，世界万物都不会灭，包括生命也是如此，他们只是在不同的世界里重生。只是，在这一世里，他并未与绾儿同行。但他相信，久别之后，仍会有相见之日。

灵感来源

僧璨的记载，见于《楞伽师资记》《历代法宝记》两部经典。僧璨为禅宗三祖，其师为禅宗二祖慧可。禅宗自天竺僧菩提达摩创立，南梁普通年间始，达摩从印度航海到广州，与梁武帝相谈后不欢而散，北上传法，传说在嵩山少林寺洞穴面壁九年。有僧人名神光，在洞外求法，但达摩只管面壁，对神光不加理睬。有一天，大雪纷飞，积雪一直埋到了神光的膝盖，他依然不肯离去。

达摩问道："汝久立雪中，当求何事？"

神光说："惟愿和尚慈悲，开甘露门，广度群品。"

达摩道："诸佛无上妙道，旷劫精勤，难行能行，非忍而忍。岂以小德小智，轻心慢心，欲冀真乘，徒劳勤苦。"

神光听完达摩的话，突然拔出利刃，斩断了自己的左臂，顿时血流满地，雪地上一片殷红。达摩为其坚毅之心所感，说道："诸佛最初求道，为法忘形，汝今断臂吾前，求亦可在。"为他改名为慧可，慧可继承了达摩的法嗣。北周时期，为了避开周武帝的迫害，慧可到了舒州司空山（今属安徽省岳西县），在这里将法脉传给了僧璨，是为禅宗三祖。作品中所引文献，"影由形起"篇，传为僧璨向二祖慧可问道时所作，偈子则出自其《信心铭》一文。

幻术师

①

周成王姬诵年幼时，他的父亲、那个征战一生的伟大君主周武王驾崩了，他甚至没能与父王见上最后一面。年幼的成王登上了天子之位，但他太小了，无法处理政务，故而由他的四叔周公旦摄政，代行天子之职。父王临终时，留给他一口上了锁的箱子，遗诏中说，只有成王亲政，也就是能够实际处理政务的那一天才能打开。

周公摄政七年后，成王长成了一个魁梧的青年，在漫长的君主实习期中，他已经对典章制度烂熟于心，然而他最迫不及待的，还是打开父王留下的那口箱子，他想知道箱子里究竟有何秘密。在亲政大典上，周公将青铜大钺交到他手上，这是天子权力的象征，但他心中挂念着那口箱子，典礼一结束，他就将黄钺扔给召公姬奭，在群臣诧异的目光中朝后宫跑去，他甚至没有去向母亲邑姜请安，就先朝放置箱子的偏殿跑去了。

那是一座空旷的，甚至已荒废的旧宫殿，除了放置在殿堂正中的箱子，再无长物。成王走到箱子跟前，才发现自己忘了带钥匙，他对侍卫长南宫昊说："南宫，你去寝宫，把寡人的钥匙拿来。"

南宫昊是周王朝的开国名将南宫适(kuò)的儿子，他打小就进了宫廷，既是成王的伴读，也是他的贴身侍卫。现在，他又成了掌管宫廷安全的侍卫长。总之，他是成王最信任的人，是他的心腹。南宫昊去了很久，眼看日头都要落山了，也没返回，成王有些恼火，派人去催促他，南宫昊这才慢腾腾地回来了，空手而归。他告诉成王，钥匙不见了。成王这才意识到，自己已很久没见过那把钥匙了。那是把青铜铸造的钥匙，钥匙柄上有火焰形图案，焰心镶嵌着一小块红宝石，使得整把钥匙像枚小小的火炬。

没有钥匙，就打不开锁。不过这难不倒这位年轻的天子，他对南宫昊说："南宫，你给寡人将锁劈开。"

南宫昊拔出佩刀，看准锁头劈了下去，一声脆响，火星乱溅，大家以为锁被砍断了，但其实锁上连一点痕迹也没有，倒是佩刀的刀刃被崩了一个小口。南宫昊虽然心疼这口家传宝刀，仍然又奋力劈了两次。锁依旧丝毫未损，若再劈下去，只怕这口宝刀会断为两截。成王见南宫昊心疼那口刀，脸都变了色，便叫停了他，叫人去找锁匠。

锁匠是个须发皆白的老人，他只看了一眼箱子，就对成王说："禀报大王，老臣打不开这口箱子。"

成王很不高兴地说："寡人贵为天子，连个锁都打不开吗？去叫两个力士，用斧子劈开它。"

老锁匠一听，慌忙跪下说："大王，万万不可。"

成王满心狐疑，问道："为何不可？"

老锁匠指着箱子上的火焰形标记说："禀报大王，这口箱子是幻术师所造，箱子内部有多组锋利的转轮，如果强行开箱，转轮就会自动开启，将箱子内的所有物品绞碎成渣。只有找到钥匙，才能不破坏里面的东西。"

成王听了锁匠的话，提高声音问道："就没有别的办法了吗？"

老锁匠说："要么找到钥匙，要么找到造这个箱子的人——幻术师。"

"钥匙不见了，那就为本王找到造箱子的人。"成王说。

寻找幻术师，是成王亲政之后下的第一道谕旨，这是一道密旨。他心里十分清楚，父王留下这么一口怪异的箱子，里面一定藏着秘密。因此，他并未大张声势地发布寻找幻术师的诏令，而是将这件事只交给了南宫昊一个人。

没人知道幻术师的真实身份和姓名，人们只知道他制作的器物上有个火焰形标识。南宫昊调查了几个月，都毫无头绪，他沮丧极了，每天回到家中，就将自己关在书房，茶饭不思。要知道，他虽然是成王的仆臣，但也是南宫家族、开国公府的少主人，整日不吃不喝，可吓坏了阖府老小。府中上下都知道他在给天子办大事，不敢来叨扰，看着他长大的贴身老奴黑浑终究

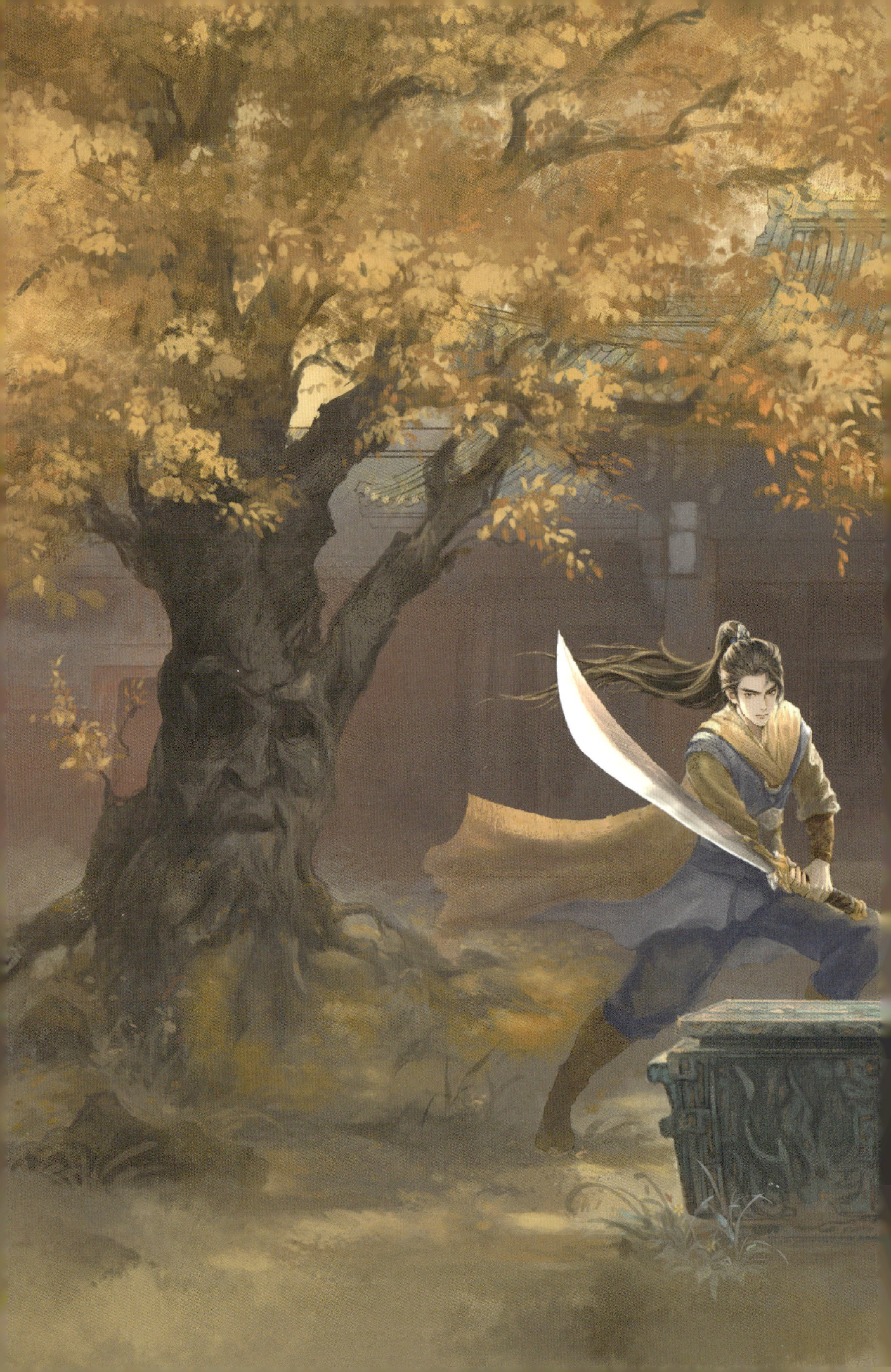

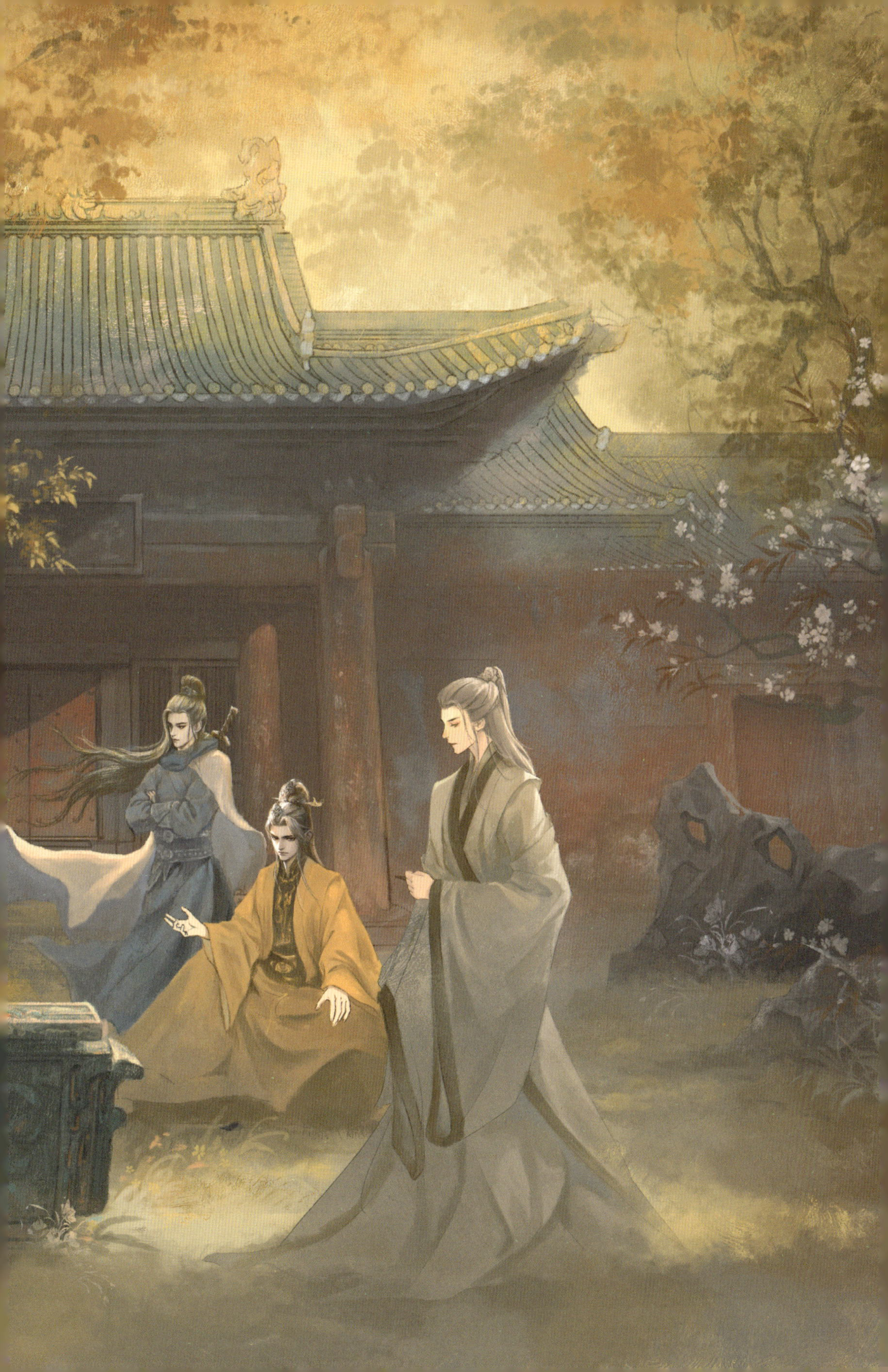

是放心不下,拎了一个食盒,拿着一壶酒,给少主人送了过去,推开了书房的门,地上摆满了散乱的简牍,有些新竹简上画有火焰形标记。

黑浑试探地问道:"小国公,你找什么呢?"

南宫昊随口说:"找带火焰标记的人。"

黑浑说:"容老奴多嘴,这像个手艺人的标识哪。"

席地而坐的南宫昊一听,高兴地跳了起来,拉住黑浑的手说:"大伴,你知道他吗?"

黑浑说:"我不知道他,但我似乎在哪儿见过这个标记。"

南宫昊顿时有了胃口,狼吞虎咽地吃完了饭菜,要求黑浑立刻带他去找那个标记所在的地方。

主仆二人上了马,穿过一大片贵族们的居住区,往沣河西岸去了,这一带居住着大量的手工艺人,有陶坊、砖瓦坊、木器坊、竹器坊、漆器坊、铜器坊、丝绸坊、马车坊……琳琅满目,囊括了都城镐京的衣食住行各行业。两人骑着马七拐八折,进了一条狭窄的巷子,巷子口长着棵老槐树,树干一丈多高的地方有个碗口大的树瘿,像一张长在树木上的人脸,南宫昊瞅了一眼,树瘿上的模糊面孔似乎朝他眨了眨眼睛。他虽然感到吃惊,但也只是当作自己的幻觉,没有细究。树下有个青砖小院,门口挂着一块匾,上书三个鸟虫篆大字:碾玉王。

南宫昊心里冷笑一声,暗暗想到,这人真够大胆,居然也敢称王。又转念一想,此处为市井小民杂居之地,所谓"碾玉王",说不定是一个姓王的碾玉匠人,或者是这一行里的好手。民间往往将那些行业顶尖人物加个"王"字相称,比如"打铁王""种瓜王""掏粪王"之类,想到此处,他不由得笑了,这世上竟然连掏粪的人也觉得自己够格称王。老仆黑浑不知少主人笑些什么,只管牵着马进了门。院子里有个学徒模样的少年,见南宫昊衣冠不俗,赶紧过来牵了马拉到马厩去了。南宫昊听见屋子里传来磨玉的声音,三步并作两步跳上了台阶，黑浑赶紧追了上去。

屋子里到处摆着完工的玉器和半成品，手持玉环的匠人抬起头，放下手中的工具，拍拍身上的玉屑，向南宫昊施了一礼说："贵人，鄙人这厢有礼了。"

南宫昊抬了抬下巴，算是还了礼，却不说自己找人，只是四处看。他见那碾玉人形貌寒碜，衣装鄙陋，颇有些轻视。碾玉人见南宫昊头戴玉冠，身穿宝蓝色缎子长袍，脚蹬短靴，眉宇间英气勃勃，骄傲不羁，显然是位王公贵族。他恭敬地跟在身旁，不多言语。

南宫昊东看看，西看看，见木架上有座大玉山子，山子上镂雕着山水瀑布、亭台楼阁，还有不少人物和动物，就连树枝上的小鸟也栩栩如生，翎毛闪光，眼珠滴溜溜地转动。更令他惊讶的是，玉山之麓的松下坐着一位美人，双手托腮，注视着石头上的淡绿大琉璃瓶。瓶子腹大口小，一群鱼儿在其中游来游去。

碾玉人见南宫昊对这件玉山子看得十分入神，便说："这是武成王府定做之物，还没有来得及送过去。"

南宫昊指着玉美人注视的瓶子说："这游鱼倒是新奇，是放进去的鱼苗儿吗？"

碾玉人哈哈大笑，说道："贵人您请细看。"

南宫昊仔细地盯着那瓶子，原来这些鱼儿是刻在瓶子内壁上的，并非真的鱼儿，当人看它的时候，光影摇晃，才仿佛在动，加之瓶子里装上了水，就更以假乱真了。

南宫昊十分汗颜，对这匠人顿时肃然起敬。

碾玉人命学徒给南宫昊主仆二人奉茶，询问他有何需求。

南宫昊不欲透露自己此行的目的，顾左右而言他，指着架子上的一件制作精美的手杖说："玉匠也做木工吗？"

碾玉人走过去取下木杖，双手递给他。南宫昊接在手里发觉分量极沉，顿时一惊，这哪是木杖，分明是一根玉杖，只是玉石的颜色如同木头，又加上碾玉人高明的手艺，在玉杖上刻画出了木质的纹理，才有了这般效果。他再也不敢轻视这位碾玉人了，遂以极诚恳的口吻说："大师，您是如何学得这般手艺的？实在是巧夺天工啊！"

碾玉人谦卑地说："惭愧、惭愧，何来巧夺天工，只是熟能生巧罢了。"

南宫昊大笑，不过他很快就不笑了，他看到碾玉人身后的木架上有半块玉片，玉片上赫然刻着和那箱子上一样的火焰形标识。他的表情变化落在碾玉人的眼里，但碾玉人依旧不疾不徐地说："切莫小看了这个'熟'字，高明的碾玉人对玉质烂熟于心，他只需用手摸摸玉，看到玉石的颜色、形状，就知道从哪里下刀最合适。他并不是要雕琢一件东西，他只是将多余的东西去除掉。"

听了这番话，南宫昊更加坚定了对方的身份，便整肃衣装，伏身下拜说："晚辈唐突了，您就是幻术师吧？"

碾玉人赶紧躲到一边，将南宫昊扶了起来，说道："鄙人只是一介粗陋的手艺人而已，并非幻术师。"

南宫昊指着碾玉人身后的玉片说："那岂非幻术师的标识？"

碾玉人转身拿起玉片说："这是钧天阁之物，据说是摔坏了的，拿来请我仿制，可惜我手艺粗浅，不敢动手。"

南宫昊接过玉片，难以置信地说："如此简单之物，竟无法仿制吗？"

碾玉人摇了摇头说："贵人莫要轻视这半截玉片，这玉片造型简单，但玉质却是极为罕见的昆仑增城玉，负有灵力，不是普通的宝玉可比。磨制得犹如一片羽毛般轻盈，实非陋俗手笔。"

南宫昊说："钧天阁的主人是谁？"

碾玉人摇摇头说："回禀贵人，鄙人也不知。"

南宫昊说："我有一个请求，不知可否？"

碾玉人说："贵人请讲。"

南宫昊说:"我想借这玉片一用,并请先生带我去拜会那位阁主。"

碾玉人点点头说:"敢不从命。"

南宫昊主仆二人上了马,与碾玉人一道朝钧天阁走去。离开小院的时候,他又回头看了一眼,那棵树上的"人脸"似乎又眨了一下眼睛。

②

南宫昊未料到,钧天阁的主人竟然是个女子,而且凭声音判断是一位年轻的女郎,她有一头浓密而光滑的黑色长发,闪烁着光泽,袖子的边缘有些破旧,似乎是磨损得过头了,以至于露出一丝丝的线头,让人看了不免哀伤。袖口露出的一双纤纤玉手实在太白了,白得与她手中所持的羽扇的象牙扇柄几无二致,透出一股细腻的温暖。她的头发束了起来,在头顶挽成高高的发髻,发髻上斜插一根黄金步摇,只可惜看不见她的脸,她的半张脸遮着面纱,只露出一双黑亮的眸子。也正因如此,她的身上散发着一股神秘的力量。

南宫昊上前施礼,说道:"晚辈拜见大师。"

女子笑着说:"公子认错人了,叫我灵儿吧,我是这里的琴师。"

灵儿接待南宫昊的地方大约是一处琴室,摆放了很多琴,有伏羲式、神农式、伶官式、神龙式、文王式等十余种,除此之外,尚有钟、磬、鼓、笙、筝等各种乐器,似可组成一个乐律大组。南宫昊用小锤子轻轻敲了一下铜钟,说道:"姑娘一定深通琴艺。"

灵儿说:"只是学了些皮毛,尚未深通呢。"她在乐器间绕来绕去,脚步轻灵,绿色的裙子在钟鼓和各种乐器的架子间时隐时现。这些乐器间的空间极为狭小,但她行动自如,可知平日经常在这里走动。

南宫昊见她抱了一张伏羲式桐木琴,便说:"不知能否听姑娘弹奏一曲?"

灵儿点头说:"敢不从命。"

其时天色已晚，灵儿未点烛火，屋子里的光线十分微弱，她在黑暗中抚琴，两只晃动的皓腕仿佛黑夜的闪电，每一下都打在南宫昊的心房上，琴声如流水行云，高妙极了。

弹罢半晌，余音犹自绕梁。南宫昊、碾玉人、老仆黑浑都禁不住鼓掌，南宫昊说："姑娘的琴实在妙不可言，尤其是……"

"尤其是什么？"灵儿问。

"尤其是黑暗如斯，竟能挥弦自如，堪称神技。"南宫昊说。

"倒也不算神技，不过是熟能生巧罢了。剑道大师能遮住眼睛，凭声音刺中空中的蚊蝇，弈棋高手能一个人与十个人同时对弈，都是一个熟字。铁百炼而成精钢，事百练则能生巧，成千上万次地练习，智生其中，道亦在其中。"

这是南宫昊今天第二次听到"熟能生巧"这个词，尤其是听她这番话，似乎暗藏玄机，更加肯定她就是幻术师。他打起十二分精神，试探着说："姑娘的话充满智慧，犹如暗夜烛火，令人眼前一亮。"

灵儿说："暗夜无灯，就看不见一切了吗？"

南宫昊说："不点灯，怎么知道不会碰上对面的墙呢？"

灵儿不语，从桌案上拿起一个青玉球，蹲下身，将手中的玉球向墙滚去，黑暗中发出"骨碌碌"的声音，球撞在墙上，发出轻微的撞击声，停了下来。她淡淡地说："用它，你就知道了。"

"若是那堵墙很远，也许球根本滚不到那地方，你又怎么办？"

"你果然是个聪明人，这世间有很多东西我们看不见，但又无法用简单的方法验证，这时候，我们就需要'琴弦'。"

"琴弦？"南宫昊疑惑不解。

灵儿又笑了，她命侍女点亮了灯，起身对南宫昊说："公子请跟我来。"

碾玉人和老仆人黑浑留在了外间，只南宫昊一人跟着灵儿进了后院。院子里长满了树木，每棵树上似乎都有一片丑陋的树瘿，奇怪的是那些树瘿似乎被人用刀斧剜掉过，但依旧消除不掉那些模糊的面孔，在明明暗暗的灯光里挤眉弄眼，看起来诡异极了。树木间一条鹅卵石铺成的小路，每隔一小段距离就有一盏石灯，闪烁着昏黄的光，后院有座八角形亭子，亭子顶上的攒尖顶极高，像一根尖刺指向天空，亭子四面都挂着竹帘，看不见里面的情形。灵儿掀起竹帘，请南宫昊入内，随即立刻放下帘子，似乎是怕人偷窥似的。地板正中陈放着一面巨大的圆盘，也许是青铜所制，圆盘上镶嵌着一块块透明的琉璃，呈环形规律排列，琉璃上刻着不明其意的符号。圆盘正中树立一根青铜圆柱，铜柱直通向亭子的顶部，亭子的顶上开了一个圆形的洞，铜柱伸了出去。原来适才看到的攒尖儿，就是这根伸出去的铜柱。铜柱上每隔一尺，就有一面相似的圆盘，总共有九个之多，从下往上，逐次缩小，仿佛一座盘状塔。灵儿点亮了所有的灯，南宫昊才发现圆盘上有很多小孔，细如蛛网般的细丝穿过小孔，将九个圆盘勾连为一体。

南宫昊问道："这是何物？"

灵儿将手指放在面纱嘴唇的位置，轻轻"嘘"了一声，然后从宽大的衣袖中掏出一面小鼓，将小鼓挂在亭子的柱子上，那面鼓竟然能自动发出声音，好像有一只无形的手在敲击。

南宫昊十分不解，但又不便问。

灵儿似乎知道南宫昊心中的疑问，说道："这面鼓名为绝音鼓，鼓声响起，便无人能听到你我二人的谈话。"

南宫昊明白了，这是件防止有人偷听的神器。他再次指着地上的器物，问道："灵儿姑娘，这就是你说的琴弦吗？"

灵儿说："不错，此物名为'九机弦'，你可以把它理解为一架琴。"

南宫昊说："它有何用？"

灵儿说："有了它，你就能验证那些看不见的事物。"

南宫昊说："我心中所思所想，也能看到吗？"

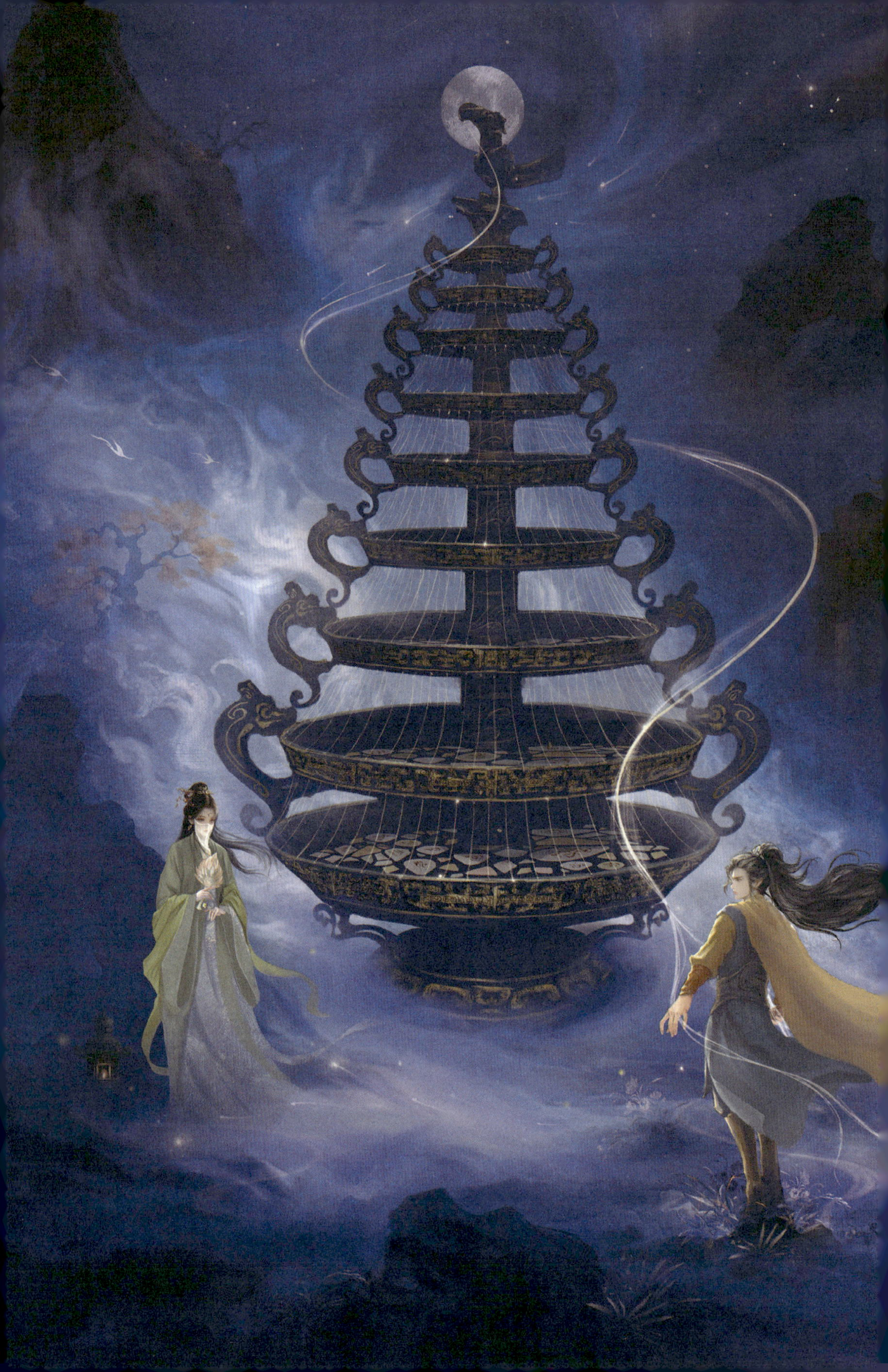

这时一阵微风吹过，略略掀起了面纱，南宫昊看到灵儿笑了，她嘴角两个浅浅梨窝中盛满了笑意，这使她的脸在半明半暗的光线下显得更加动人。

灵儿说："不妨一试。"

南宫昊问："如何试？"

灵儿从身后拿起蒲草编织的垫子，请南宫昊就座，让他将右手放在圆盘的边缘。甫一接触，南宫昊不由一惊，那圆盘并非铜制，似乎是某种蠕动的生命体，能感受到活体的律动。仿佛有人弹奏了那几乎看不见的细弦，空气中响起了奇妙的乐声，那是一种倾诉。

南宫昊慌忙从圆盘上缩回了手，那琴声是他的心声，任何人都能听懂。似乎在说："真是个美丽的女子，不知她与我有缘否。"

琴声戛然而止，灵儿抬起了头，她并未因害羞而避让，而是用一种奇怪的方式面朝着他。南宫昊这才意识到，她是个盲人。一种强烈的力量震撼着他，泪水夺眶而出，他不得不用衣袖擦拭了一下。

好在灵儿看不见。

一只黑色的蚂蚁不知何时爬了进来，围绕着蒲草垫子徘徊，用触角碰碰这里，又碰碰那里，偶尔触及那圆盘，也会发出声音来，只是南宫昊不甚听得懂。南宫昊抓起蚂蚁，对灵儿说："蚂蚁的世界，也能通过琴弦看见吗？"

灵儿没有说话，伸出了手掌，她的四根手指修长极了，手掌白里透红，手指仿佛葱尖儿一般。南宫昊将蚂蚁放到她的手心，她将一卷蛛丝般的细线系在了蚂蚁身上，拿起灯笼，走到门口的蚁穴处，这一切动作都与正常人无异，以至于南宫昊一度无法肯定自己的判断：她是否真的看不见。灵儿将蚂蚁放在了蚁穴的入口，蚂蚁带着细线钻了进去，丝线不断散开，深入蚁穴两三丈长，便不再动了。灵儿将丝线的另一端穿过圆盘上的小孔，打结。从圆盘中取下一块弧形的透明琉璃，琉璃上也衔接着细丝，与圆盘勾连。她将那块琉璃交给南宫昊，让他握住。

南宫昊一个激灵，倒吸一口冷气，他的眼前出现了一个奇异的世界，或者说是一个恐怖的世界。每一只蚂蚁都像牛一样大，抖动着长满绒毛的触角，在崎岖不平的巨型洞穴里奔来奔去，奔过的时候，风驰电掣，尘沙飞扬，不亚于狂奔的怒马，他赶紧躲闪到了一个角落里，避免被踩得稀碎，不过他立刻意识到，自己并未进入蚁穴，这件器物打开了他的另一双眼睛，或者换句话说，放大了蚂蚁的世界。

蚂蚁们远比人们想象的聪明，它们像人一样，在地底建造了自己的庞大王国，而且分工明晰，每只蚂蚁都有自己的身份，有的是农民，有的是士兵，还有君主，那是一只身穿黑色铠甲的雌性蚂蚁，肥大得像一座小山，是普通蚂蚁的几十倍。

灵儿用一把精巧的银剪刀剪断了连接蚁穴的丝线，轻声说道："公子所看到的一切，并不是蚂蚁看到的一切。我们仍然在以人的视角看它们。师父曾告诫我，深入虫豸的世界太久，人会迷失，所以此物不可轻易尝试。"

南宫昊轻轻叹气，将手中的弧形琉璃放进铜盘，拍打着脑门，望着亭子的顶部说："九天之上的事，也能看到吗？"

灵儿走到柱边，转动柱子上的方形机括，一阵"咔嚓嚓"的声音，亭子的顶棚分成了八块，向四周移动，露出了一片天空。原来亭子的顶部并非瓦片铺设，而是用木板拼接而成，木板之上再铺上木瓦，用木销固定，涂抹青色的油漆，看起来与普通的亭子无异。亭子的整个顶部由轮轴与连杆衔接，转动机括，亭子的顶棚可随意开合。

亭子的顶完全打开后，灵儿吹灭了所有的灯，顿时漫天星辉洒落在九机弦上，星光在那些细细的弦上闪烁着光芒，仿佛眼前有一小片星河。南宫昊伸手去拿圆盘上的弧形琉璃，灵儿立即制止了他，她搬来一架小梯子，从最顶端的圆盘中取下一块连接着丝线的弧形玉片，玉片上也有火焰形标记，与他从碾玉王处带来的半块玉片十分相似。

灵儿说:"接地之盘,名为地轴;衔天之盘,称为天枢。切不可倒置而用,不然神识涣散,人将迷失于虚空之中。"

南宫昊试探地说:"你怎知我要拿地轴之盘的琉璃?"

灵儿说:"看不见的人,心里会有另一双眼睛。"

南宫昊将灵儿递过来的玉片握在手中,发现自己身处一片幽暗的世界,好一会儿,他才意识到,自己在虚空之中,周围有很多闪光的云,还有明亮的球体,看起来距离很近,但实际上非常远。有的是红色,有的是蓝色,还有的裹挟着云团,最令他震惊的是,他看到了横贯天宇的星星,那是一柄巨大的扫帚。他明白过来,那些球体,就是在大地上看到的星星,难道说,所有的星星,都是悬浮在虚空之中的吗?他朝一颗青色的球体奔去,刚一接近,便落在了地上。这是一片荒漠,看不到任何生命的迹象,也看不到任何建筑,没有任何河流。

南宫昊任意遨游,转眼间游遍三万多颗星,在这里,一切都极快,他想到什么,就会出现什么,就能到达那里。忽然,他听到一声断裂的声音。他知道,灵儿又剪断了那根弦。

南宫昊说:"那究竟是什么地方?"

灵儿说:"我师父说,那是宇宙。"

南宫昊说:"什么是宇宙?"

灵儿说:"宇是时间,宙是空间,时空交汇,遂成诸相,有的我们看得见,有的我们看不见,看不见的永远比看见的多。"

南宫昊这才想起来,还没有问这姑娘的师承,便问道:"冒昧地问一句,不知尊师是何人?"

灵儿的师父名叫叶念萱,是陆压散人的弟子。当年陆压散人与姜太公邀请众仙,击败了纣王身边的幻术师们,建立了大周王朝。功成之后,周武王要封陆压散人为国师,但他不愿做官,只愿穷究宇宙大道,遂炼制成了这架九机弦，并将它传给了唯一的女弟子叶念萱。叶念萱执着于宇宙之学，和师父一样沉迷于各种神器的炼制，未尽天年便早逝了。临终前她告诉灵儿，千万不可让外人知道这件神器的存在，并告诉了她一个天大的秘密。

南宫昊得知灵儿是陆压散人的徒孙辈，顿时心生敬意。这是因为，当年陆压散人与群仙协助大周灭商，他的父亲南宫适中了幻术师的法术，几乎丧命，幸亏陆压散人用仙丹相救，性命才得以保全。南宫昊与灵儿谈起陆压散人的往事，总觉得谈话里灵儿似乎隐藏了什么，越发觉得这女子神秘不可测。忽然发觉一阵劲风袭来，灵儿惊呼一声，一道黑影出现在眼前，迅捷如同利箭。南宫昊拔出佩刀向那影子刺去，两人过了几招，那人从怀中掏出一物，向地上一扔，"砰"的一声巨响，升腾起一片淡蓝色的烟雾，一股奇异的芳香弥散开来，那人在烟雾的掩护下消失了，南宫昊用右手捂住口鼻，左手从怀中掏出仙人云中子赠送的窥魂镜，四周一照，见那团影子已在墙外十余丈，他暗叫一声不妙，便翻墙追了出去，然而四下什么也看不到，赶紧转身返回钧天阁，见亭子内的九机弦翻倒在地，镶嵌在铜柱上的琉璃散落一地，原来他中了调虎离山之计。适才的暗影故意吸引他追出去，另一个人则破坏了九机弦，并暗算了灵儿。灵儿双目紧闭，脸上的面纱也不知丢到哪里去了。侍女吓得面无人色，抱着灵儿六神无主地哭泣着。

南宫昊也顾不得太多，将手指放在灵儿的脉搏上，见她脉象怪异，时而清醒时而昏迷，似乎是受了"锁魂术"。他从怀中掏出琉璃瓶，倒出一枚南宫家族炼制的醒魂丹，让侍女给灵儿灌服，不一会儿，灵儿幽幽醒来，她告诉南宫昊，当年炼制九机弦的人，除了陆压散人，还有一位幻术师。九机弦的天枢盘中有两件法宝，一件名为"天河仪"，另一件名为"乾坤晷"，传说是幻术师所制。陆压散人当年将此件神器传给了唯一的弟子叶念萱，但数十年后，天河仪被人盗去，仅剩下一片残缺的构件，叶念萱一生执着于重炼天河仪，执念太重，导致她神思枯竭，最终神识涣散，早早就仙逝了。灵儿虽无心重炼天河仪，但也曾勉强尝试，她送往碾玉王玉坊的半块玉片，就是天河仪上的那块构件。适才那人使用分身术，先将南宫昊引诱出去，又故意踢翻九机弦，趁灵儿慌乱时将她击昏，盗走了乾坤晷。南宫昊一听，赶紧在一地碎片中寻找那件法器，果然已不见踪影。

灵儿叹了一口气说："此物被盗抢，只怕也是天数。九机弦被毁，又丢失乾坤晷，师父托付的那件大事恐怕是难以实现了。"

南宫昊不知灵儿说的"大事"是什么，将她抱到闺房，让侍女伺候着歇息，灵儿虽然服了丹药，但依旧神志反常。很显然，盗宝之人蓄谋已久，他能突破钧天阁设下的层层结界，并且将法力不弱的灵儿击昏，必是高手无疑。南宫昊一面命老仆黑浑拿着自己的令牌调兵保护钧天阁，一面向灵儿的侍女讨来笔墨，在简牍上写了一封信，让碾玉王持信去捕盗司，派人缉拿盗宝贼人。

3

捕盗司的捕盗使辛环原是南宫府的家将，得信后不敢怠慢，立刻派出精干人手，在全城访察可疑之人，很快就得到了嫌疑人的消息，城南的散宜生废园内似乎十分可疑。

南宫昊命辛环在外围布控，自己亲自去会盗宝人。

废园内荒草丛生，到处断壁残垣，丛生的巨木大多从一丈多高的地方被拦腰砍断，有些没有砍断的则被利刃挖了一个碗大的坑，好像剜掉了一颗眼珠，使一切显得怪异而恐怖，唯有齐整的院内甬道和高大的阙门彰显着昔日的显赫，南宫昊甫一进入园子，就惊飞了栖息在枯树上的乌鸦，木头上堆积着累累鸦粪，让他一度怀疑辛环的情报有误。不过，甬道的尽头站着的绿袍少年让他意识到，园子里另有文章。那少年看样子不过八九岁，手中拿着一把竹剑，正在玩耍。

南宫昊招招手说:"小哥儿,你家大人呢?"

少年只顾用手中的竹剑劈砍齐肩高的荒草,对南宫昊视而不见。南宫昊甚为着恼,斥责道:"喂,小子,你听不到我问话吗?"

少年扬起脸,轻蔑地看着南宫昊说:"你是在叫爷爷吗?"

南宫昊一听大怒,伸手便去提那少年后颈的衣领,不意这一捉竟然扑空,那少年轻轻一挥竹剑,"啪"的一声,在他的脸上留下了一道浅红色的印子,逼得他倒退两丈。这一击看似出手并不重,却十分疼痛,南宫昊怒极,但心下倒是清醒的,他知道自己犯了托大的毛病,扎稳下盘,拔出佩刀,用了两成力量向那少年攻去。那少年的竹剑上仿佛有一股魔力,他劈砍出去的每一刀都如同泥牛入海,力道全无,他不得不使出全力,还是不能取胜,二十招之后,已然处于下风。少年看起来并不想伤害他,只是戏弄他,挥出的竹剑"噼啪噼啪"地击打在他的腕部,让他痛得握不住刀,"嗖"的一声刀飞了出去,刺入一棵枣树,震得落下一大片叶子。南宫昊没了兵器,纵身向后一跃,不料那少年如跗骨之蛆,缠了上来。南宫昊暗叫一声不好,听得竹剑破空之声,闭上眼睛等死。那少年的竹剑抵着他的喉头,发出一阵奇异的笑声,随即身影便消失在了齐肩高的荒草之中。

南宫昊睁开眼睛,虽知那少年手下留情,但仍顺着地上的踪影朝后院追了上去。

后院有口井,绿袍少年从井中打水清洗长长的头发,竹剑随意地丢在一边。南宫昊肃容恭手而立,等那少年沐发完结,这才上前行礼说:"晚辈适才无礼,还请前辈海涵。"

那少年大笑,笑声固然稚嫩,但通透的目光却像个沧桑的老人,说道:"你小子倒还聪明,居然看穿了我的行藏。"

南宫昊说:"不知前辈在哪座宝山洞府修行,可告知名讳否?"

少年仰头想了想说:"我也不知自己是谁,只记得上三皇时我叫玄中子……"

南宫昊大吃一惊，说道："上三皇时至今，岂非已万岁？可前辈还是个……"他硬生生将"孩童"这两个字咽了下去。

那少年冷哼一声，说："我三千岁一脱骨洗髓，二千岁一刻肉伐毛，至今已三洗髓五伐毛了啊。"

南宫昊问："何为洗髓伐毛？"

少年说："世间人多为凡胎浊骨，只有修持大道，方成仙骨，不再饮食五谷，吸风饮露即可延年。但是，仙骨虽成，仍然躲不过世间之劫，或三百年，或五百年，甚至千年，仍然会灰飞烟灭。唯有借天河仪、乾坤晷两件神器，幻天化地，重造胎器，才能洗髓伐毛，返老还童。"

南宫昊说："如此说来，前辈便是制造两件神器的幻术师吗？"

少年摇摇头说："天河仪、乾坤晷并非幻术师所造，我只听闻他用这两件法器造了另一件神器，自从他从老朽处借走了这两件法宝，我就再也没见过他。"

南宫昊失望地说："莫非幻术师已作古了吗？"

少年笑着说："非也，非也，幻术师代代相传，非指一人。"

南宫昊一听，大喜道："前辈没见过他，但知道他在何处，可对否？"

少年点了点头。

原来这少年是上三皇时的一位古仙，以炼丹著称，修行至百岁时，行将形灭，偶然得到了灵宝大法师所制的天河仪和乾坤晷，他将这两件法器安置在炼丹炉上，炼制出了"洗髓伐毛丹"。所谓"洗髓伐毛"，类似于蛇蜕皮，人会从原来的肉体中脱形而出，旧的牙齿全部脱落，长出新的牙齿，白色的须发落尽，长出黑色的头发，皮肤像婴儿一样柔软，眼睛像青春少年一样闪亮，身段像少女一样轻盈。这种脱换十分持久，以五百年为少年，一千年为青年，一千五百年为中年，两千年为老年。为了避免引起人们的怀疑，他每过几十年就换一个地方，改一个名号，上三皇时自称玄中子，下三皇时称金阙子，伏羲时称郁华子，神农时称九灵子，祝融时称广寿子，黄帝时称广成子，颛顼时称赤精子，帝喾时称禄图子，尧帝时称务成子，舜帝时称尹寿子，大禹时称真行子，成汤时称锡则子……白云苍狗，人君更迭，他游戏人间，经历了万千岁月。不过，近几十年来，他十分苦恼，因为他当年炼制的"洗髓伐毛丹"已所剩无几。

上三皇时，还未成仙的玄中子窥破了一个秘密。人的肉体，是由无数的"圜"构成，圜分为脱形圜和自噬圜两种，脱形圜不停地生出新圜，自噬圜则将那些衰老的圜吃掉，每一百二十日为一周期，全身的圜更新一次。也就是说，每隔一百二十天，就会有一个完全的"新我"从"旧我"中重生。表面上看，人始终还是那个人，实际上在人体内，已经进行了无数轮的更迭。大部分人在六十年到七十年后，脱形圜就停止诞生新圜，而自噬圜则依旧不停地吞噬衰老的圜，人因此而衰老，并迎接死亡的到来。究竟是什么导致脱形圜停止产生新圜呢，原来秘密在人头部的泥丸宫。泥丸宫就像一个小小的房间，其中有一人形物，名为"彭踞"，此物不断产生红色的液体，抑制着脱形圜，因着个人的情形不同，有的人是七十年，有的人是八十年，偶尔有人是一百年，脱形圜会被累积的红色液体杀死，从而衰老和死亡。知道了这一切后，玄中子四处寻求能控制彭踞的丹药，炼丹的材料并不难找，只是要将各种材料相融炼成丹药非常困难。也是天数所定，他遇见了炼器大师灵宝大法师的嫡传弟子空性子，将自己发现的秘密告诉了这位年轻的仙人。空性子作为回报，将其师炼制的一件法器赠予了玄中子，这件法器正是提取百物精华的利器——乾坤晷。丹药炼成后，玄中子赠予空性子一百颗，自己留下了一百颗。到现在为止，这些丹药已不足十颗，没有了丹药的压制，泥丸宫中的彭踞必定会重新苏醒，那时，他恐怕也难免灰飞烟灭。

商周改朝换代之时，群仙大战，玄中子虽未参与这次大战，但乾坤晷却被幻术师的第二十五代传人借去了，从此再未归还。他告诉南宫昊，幻术师的真名无人知晓,他只知道人们都叫他"无己先生",住在岐山脚下的一个村庄。只是要寻找这位神秘的幻术师,一定要防备无面人的追踪。无面人并不是真的人,而是长在树木上的"树瘿",自从周武王驾崩之后,城里城外的树木上就出现了这种神秘的人脸,它们不但偷窥人,而且能偷听人说的话,至于它们将得到的消息传给了谁,就不得而知了,那似乎是一个非常庞大的组织。就连这位老仙,也不清楚这个神秘组织的渊薮。他隐居散宜生废园,为了避免消息泄露,不得不将那些有树瘿的树木都砍断。南宫昊恍然大悟,钧天阁那些树干上被挖出的洞,大概也是这个原因吧。

南宫昊心下清楚了,盗抢乾坤晷的人不是眼前这位老仙,若是此人盗抢,早已遁逃到三界之外,何必等自己来追捕。他请求老仙玄中子暂往钧天阁,救治灵儿,一起调查乾坤晷被盗之事,自己则先去岐山下找幻术师,为成王寻找开箱的钥匙。

出了废园后,南宫昊命辛环撤走围捕的人马,自己径直回了国公府。

④

南宫昊收拾好了行囊,当天即带着老仆黑浑一起去寻找玄中子所说的村庄,二人骑马翻过岐山,走了半日,前面出现了一片茂密的森林,穿过森林,大概就是幻术师隐居的村庄了。二人一进入森林,就发现每棵树上都有一张人形的若隐若现的脸,它们看起来十分大胆,总是在二人身后制造出噪音,当两人回头时,一切又都消失了。南宫昊对这些树木的窃窃私语简直厌烦透了,拔出佩刀砍断了四五棵树,那些树木嘲笑似的大笑起来,令主仆二人惊恐万分,几乎心志沦丧。不过,南宫昊还是冷静了下来,他记得老仙玄中子曾说过,不要被无面人控制,它们依靠散布恐惧来控制人,人越是恐惧,越是躁狂,反而中了它们的诡计。如果他这样不停地砍下去,最后即便没有发疯，也会累死，沦为笑柄。他将佩刀插入刀鞘，点亮了一支火把，昏暗的森林里立刻亮了起来，那些躲在黑暗中制造噪音的面孔似乎害怕光明，迅疾地躲了起来，尽管仍然在背后不停地制造出怪异的声音，但南宫昊充耳不闻。就这样，他们走出了森林。

南宫昊主仆二人到了村口，有个壮硕如牛的、裸着上身的青年正在水井边打水，黑浑向那青年作了个揖，问道："小哥，你知道无己先生住哪儿吗？"

打水的青年抬起头，上上下下地打量二人的装束，问道："你们是谁？有何事？"

南宫昊刚要回答，老仆用胳膊肘轻轻触碰了他一下，抢着回答道："我们是从远方来的，想请无己先生看一件东西。"

青年笑着说："那你算是找对人了，无己先生就是我师父。"

南宫昊主仆二人跟着那青年进了一座破败的院子，院子的大门倒塌了半边，院墙这里一个缺口，那里一个洞，东倒西歪，只有西边的墙还算完整，墙根下有个小老头，眯缝着眼睛，坐在石鼓上晒太阳。

南宫昊紧走几步上前，施了一礼，说道："晚辈见过无己先生。"

小老头站了起来，略略点了点头，用漫不经心的语气说："跟我来吧。"

南宫昊和老仆跟着小老头进了东首的一座大瓦房，不由暗暗一惊，与外面院子里的糟乱情形不同，瓦房内的一切井然有序，甚至有一种肃穆的氛围。房内正中有座正熊熊燃烧的火炉，火炉上架着一口铜鼎，鼎中不断地冒出青色的烟雾。火炉的右侧摆着一长溜桌案，桌案上放着各种工具，有锤子、斧子、刀、剪、凿子、钻、锯、刨子，还有一些说不上名字的奇形怪状的器具，贴着桌案的墙上同样挂满了工具，全都擦得锃亮。火炉的左侧是空着的大桌案，看起来是小老头的工作台。工作台上有块三角形的木板，镌刻着白色的老虎头，虎目圆睁。南宫昊拿起木板，注视着老虎图案，老虎的眼睛动了起来，张开血盆大口，发出一声震耳欲聋的长啸，吓得南宫昊手一抖，木板掉在了地上。老人笑得残存的几根胡子都抖了起来，南宫昊尴尬地捡起木板，放回了原处。他知道自己遇见了高人。

小老头进屋后，在木盆里洗了脸和手，然后拿起粗毛刷，慢慢地刷掉鹿皮靴子上的灰尘，他仔细地清理着靴子，每一个缝隙都不放过，刷完之后又将松开的靴带扎紧，还用一块湿布将靴子边缘擦了一遍。也许是衰老的缘故，他的动作很缓慢，但南宫昊却从他的动作和神情里感受到一种庄严。小老头见南宫昊对那块木板满脸迷惑，十分严肃地说："拿着它，跟我来。"

原来屋子里还有一道暗门，就在陈放工具的桌案旁边，如果不仔细看，几乎看不出来。墙壁的边缘有一块可以滑动的木头，轻轻推它，门便打开了，有台阶通往地下。这是一座建在地下的密室，空间巨大，简直就是一座地下殿堂。密室的正中间，用木头制作了一座微型城池，高度不及人的膝盖。城池的形制的确是小了一点，但是城内的宫殿、庙堂、社稷坛、谷仓、官廨、商市以及居民们的住宅俱全，犹如缩小的镐京。城池的四个城门门首，都悬着一块三角形的木板，木板上镌刻着图案，北边玄武、南边朱雀、东边青龙，只有西边空着。小老头说："我们从西门进城。"

南宫昊跟着小老头走到朝西的一侧，小老头指着门首的凹槽说："白虎归位。"

南宫昊将三角形的木板嵌入凹槽，瞬时之间，眼前出现一座巍峨高大的城门。他吃惊地望着老奴仆黑浑，黑浑像他一样面露讶异。究竟是自己变小了呢，还是城池变大了呢？南宫昊只记得，他们进了一座地下密室，此时仰头试图在城池上方找到地下密室那灰色的顶棚，然而看到的却是缥缈的天空。

小老头仿佛没看到南宫昊脸上吃惊的神色，也许只是不在乎，他只管迈开大步朝前方走去。南宫昊虽说是贵族出身，但身为宫廷侍卫总管，除了弓马娴熟之外，还练了一身好功夫，体力更是超过常人。但在这个老人面前，他需要小跑才能跟上，就这样走了一个多时辰，老仆人不知被丢到哪里去了，他也顾不得太多，反正在镐京，肯定是不会走丢的。他发现自己已经站在了宫城外，没错，就是周天子居住的那个宫城。小老头看起来对宫城十分熟悉，从一座角门入城，一路上穿过游廊、小桥和偏僻的花园，没有遇到一个盘查的士兵，甚至连一个宫女也没遇到。南宫昊意识到，这是一条连自己也不知道的宫中通道。

南宫昊跟着小老头直趋大政殿，那是周天子办公的地方。奇怪的是，一向防卫严密的殿外竟然一个人都没有，这令他非常恼怒，回头一定禀奏成王，撤除当日值守的官员。进了大殿，小老头对南宫昊说："你且在此等候。"

小老头其貌不扬，但是说出来的话却有一种威严，以至于南宫昊无法抗拒。

大殿东边有一座小门，通往偏殿，那里是天子休息和更衣的地方，平时同样有侍从和宫女值守，不知为何今日同样无人。大概过了半个时辰，小老头出来了，身上穿着周天子的冠冕。南宫昊先是一惊，随即怒道："你好大的胆子。"

小老头缓步走到御座前，慢慢坐下，对南宫昊说："南宫，还不拜见本王。"

南宫昊凝瞩着老人的脸，在他的神情里发现了一些和当今天子神似的东西，惊讶地说："莫非你是……"赶紧三叩九拜，拜舞称颂。他万万不曾想到，原来幻术师就是周天子，准确地说是当今天子的父亲——周武王。可是，他不是在多年以前就死了吗，怎么又活了过来？他不敢问，或者说忘了问，对于眼前发生的一切，他已经彻底糊涂了。

周武王在御座上身体前倾，问道："你费尽心思，来找本王，所为何事？"

南宫昊再次赞拜，说道："禀奏大王，新天子登基以来，近日方才亲政，臣是为了寻找打开箱子的钥匙。"

周武王笑道："此事本王已经知道了。"他在御座上侧身，把手伸进御座背后的缝隙，摸索了一小会儿，轻轻地说，"啊，我记得在这里，找到了。"

是一把钥匙。

周武王用钥匙打开了身边的箱子（正是成王想要打开的那个箱子），从箱子里拿出一块方形的水晶盘，轻轻按动盘上的圆珠，宫殿上方便出现一张张面孔，这些脸孔非常大，有盾牌那么大，和南宫昊在树瘿上看到的那些人脸一模一样，只是比起那些模糊的图影，清晰多了，每双眼睛都在眨动，每张嘴都在说话。这些人脸并无自己的神情，而是统一的、僵化的，仿佛是从同一个模子里铸造出来的，它们的瞳孔大得像一口碗，映现出似乎在哪里见过的场景。通过瞳孔上不断变换的场景，南宫昊逐渐明白了什么，那是镐京城每条街、每个贵族大臣的家，也包括南宫府的实况。随着武王不断地按压水晶圆珠，"眼睛"里的场景越来越多，通过这些"眼睛"，天子可以了解一切。这些镜子上的图像，正是那些隐藏在树木里的人形面孔"捕捉"来的。

周武王似乎早预料到了南宫昊的震惊，说道："你南宫家族三代对我朝十分忠诚，这一点颇慰我心。"

南宫昊回禀道："食君之禄，不敢有二心。"

周武王大笑。

"大王，为什么人们称您为幻术师？"拜伏在地的南宫昊问道。

周武王说："真正的幻术师，并不是指那些执着于细枝末节的匠人，而是了解宇宙秘密的人。宇宙的秘密，并不只存在于我们头顶的星空，它存在于一切细微的事物中。一个铸剑师可以被称为幻术师，一个磨玉人可以被称为幻术师，一个执着于游戏人间的人也可以被称为幻术师，真正的幻术师不是制造出虚幻的世界，而是能营造一个新的世界，我被称为幻术师，是因为我是这个王国的创建者，我不只建造了这座城市，我还制定了这座城市的律法、奠定了人们生活的基础，当然，更重要的是，在这座城市里，每个人都按照我的想法活着。真正的幻术师，他知道挥出去的锤子为何而挥，每一道工序，每一个步骤，都有着清晰的目标。他制定一切，拥有一切，控制一切。"

南宫昊一时无法明白这些话背后的宏大意义，但他隐隐觉得，这些话听起来很漂亮，却并不正确。

"现在，你可以回去了。"武王将钥匙交给了他。

"臣能否触摸一下那张水晶盘？"南宫昊说。

武王没有拒绝他的请求，打开箱子，将水晶盘递了过去。南宫昊甫一接手，就狠狠地将水晶盘摔在了地上，崩裂的玉屑飞得到处都是。刹那间，一切都消失了，宫殿不见了，那小老头也不见了，也许根本就没有什么幻术师，他只是做了个稀里糊涂的梦而已。他发现自己身处巨大的山洞里，这座山洞正是周武王的王陵。但有一点他可以确定，他的确拿到了钥匙。他从山洞出来，老仆人黑浑正在焦急地寻找他。二人依照原路返回，他惊异地发现，森林里的那些树上没有了人形面孔，就连镐京城里那些隐藏在树瘿上的人形面孔也不见了。这些无面人的主人，正是那位已经驾崩的周天子，他们充当他的"眼睛"，监视着世间的一切。这位离世多年的天子，显然对他身后的世界放心不下，他企图用一口箱子，将他掌控的一切交给新天子。不过他未曾想到，这会毁在一个侍卫长的手里。

周成王问南宫昊，他在哪里找到的钥匙。他知道这是欺君之罪，但仍然撒谎说，他找到了幻术师，让他重造了一把。成王没有再多问，将钥匙插进了箱子上的锁孔，立刻响起轮轴的转动声，那声音非常悦耳，仿佛春天夜晚廊檐下的风掠过风铃，发出一阵"叮咚叮咚"的声音。随着声音的消失，盖子弹开了。周成王和南宫昊一起将目光投入了箱子，两个人的表情完全不同，成王面带惊异，随后眼中慢慢涌出了泪水。南宫昊则面色平静，他似乎知道一切。因为箱子里放置的，赫然是小老头地下密室里的那座微型城池。城池的中央，放着那块卸下来的、画有白虎图案的三角形木板。没错，这些东西正是他放进去的。当玉盘打碎后，他趁一切消失前，将那座微型的城池放进了箱子。他虽然不太明白，为何会回到周武王的时代，不过一闪念使他这样做了。

成王将微型城池从木箱中抱了出来，放在了大殿的地板上，他似乎未曾注意城池西门有个凹槽，当然也不曾注意遗落在箱子底下的那块三角形木板。他用手轻轻地抚摸着微型城池，这是他三岁的时候，父王送给他的礼物。那时候，他的父亲还没有成为天下共主，他们的国家还是商纣王统治下的一个方国，当然，在他的祖父周文王的治理下，周族人已成为西陲最强大的部族。父王是一个胸怀梦想的人，他告诉年幼的儿子，他会成为天下的主人，缔造世界上最伟大的城市。为此，他用木头制作了一座微型城池送给儿子当礼物，他相信，终有一天，会有一座真实的城池矗立在大地之上。在这座城市里，没有暴政，没有残害，人人都生活在温柔幸福的世界。他的儿子，将继承这个温柔的世界。

成王明白了，父王之所以一直保存着这件玩具，就是想告诉他，不要忘记缔造者的梦想。每一个人都可以成为自己命运的缔造者，那才是真正的幻术师。

南宫昊没有提及自己见到的事，他知道成王是一个表里如一的人，至少与他的那位传说中的父亲相比，他更像一个正常人。不过，目下他有更重要的事，那就是去找盲少女灵儿。他已经爱上了她。

⑤

灵儿服下了老仙玄中子的丹药，彻底解除了"锁魂术"加在她身上的禁制，说出了师父留下的那个秘密。

商周鼎革之时，以玉虚宫为首的群仙站在周武王一方，以碧游宫为首的幻术师则站在了商纣王一方，就连一些在海岛散居、并无门派之分的散仙和幻术师也卷入了这场大战。陆压散人正是这些散仙们中的一员，当然，陆压属于武王的阵营。不过，大周王朝建立后，他却离开了王庭，这倒并非像外界传播的那样，是陆压不愿意受封，真正的原因是新王朝偏离了陆压等一众仙人的意愿。尤其是武王执政的最后一年，那些留在王庭的仙人纷纷离去。这也是武王登上天子之位才三年就驾崩的原因。

武王执政后，有感于商王朝崩溃得如此之速，是因为缺乏强大的宗藩，商王朝是由一些异姓的诸侯，也就是"方国"所组织成的王国联盟，商王是这个联盟的最大王国，也是共主。"周方"能够挑战共主的权威，并采取"拉拢安抚，各个击破"的战略，最终替代子姓的商王朝成为新的天下共主，是因为大部分诸侯背叛了商王。殷鉴不远，在夏后之世，怎样才能改变这种局面呢？周武王首先将自己的十五个兄弟分封为诸侯，之后又将姬姓宗亲分封为诸侯，再次分封建国过程中的外姓功臣为诸侯。通过分封，兼制天下，立七十一国，姬姓独居五十三人。姬姓诸侯占据了大片富庶的地方，至于战略要冲，更是由和武王血缘关系最近的兄弟来守护。尽管如此，武王仍然不放心，这时候，一个来自流波山的幻术师进入了他的视线，这位幻术师名为玄称子，并未参加群仙大战，由于武王的宫廷里有众多仙人和幻术师，那些原本隐居在荒野和海岛的幻术师们也纷纷以进入宫廷为荣，玄称子就是这样进入宫廷的。玄称子是一位木道幻术师，能够与草木对话并驱使它们，他深谙草木的秘密，是旷古绝今的奇仙，从草木的生长中洞悉了时间的奥妙。武王问他怎样才能长生，他答道："圣人之生也天行，其死也物化；静而与阴同德，动而与阳同波。"武王对他的回答不理解，退而求其次，向他倾诉自己的焦虑。玄称子对武王深表同情，他倚仗自己的强大法器天河仪，帮武王建立了"万眼法阵"。树木的根深入大地，是这个世界最古老的，也最具有灵性的生物之一，它们经常偷听人类的话语，但限于人类不懂树木的语言，无法与之沟通。在所有的树木中，长了树瘿的树木最具灵性，它们是拥有"眼睛"的树木，而且能够通过根系，将眼睛移动到任何一棵树上，只要控制了它们，就能监视每一个人。武王对玄称子提出的计划十分感兴趣，秘密拜他为师，从而成为幻术师第二十五代传人。

万眼法阵的关键是"千手盘"，这需要两件辅助性法器才能炼制而成，老仙玄中子是其中一件法器乾坤晷的持有者，玄称子写了一封信，让武王以自己传人的名义去借法器。不过，临行前玄称子告诫武王，千万不要泄露他的天子身份。万眼法阵建成于武王在世的最后一年，陆压散人得知这个阵法监视着所有人，诸侯、功臣、仙人，包括普通百姓们时，非常震惊，他劝告武王放弃阵法，但遭到了武王的拒绝。他知道，武王不可能自己炼制出这个强大的阵法，背后一定有别的仙人助力。他找到了幻术师玄称子，不过那时候玄称子已经被关进了设下结界的天牢里。玄称子的肉身已毁弃，和一具枯骨几乎没有太大差别，好在他身上暗藏天河仪，勉强保存了一丝元神，他请求陆压带着自己的元神离开了天牢，并想办法将"万眼法阵"彻底摧毁。陆压以回归山林修行为名向武王辞行，得到了允准，临行前，他请求武王将"乾坤罨"赏赐给自己。对于武王来说，法阵炼成，这件法器已无用，便做了个顺水人情，赐给了他。

离开朝堂的陆压散人撷取竹叶和竹竿，重造了一具人身，将玄称子的元神纳入乾坤罨，重塑三魂六魄，使得玄称子复活。玄称子本是木道幻术师，竹子化身倒是符合他的属性。为了弥补自己犯下的弥天大错，玄称子协助陆压炼成九机弦，用来反制万眼法阵，武王发现法阵受到干扰，怀疑是玄称子捣鬼，不过当时玄称子已经死在了牢中，他得知陆压曾探视过玄称子，便派仙人们四处搜捕陆压，可惜陆压早已不知所踪。出于对背叛的恐惧和愤怒，武王的身体江河日下，一天比一天差，只过了一年就驾崩了。就这样，"万眼法阵"也归于沉寂。像大多数仙人一样，群仙的劫难过去后，仙人们都将回到太古界，陆压散人也不例外，但他对万眼法阵依旧不放心，因此将九机弦传给了俗家弟子叶念萱。十多年后，天河仪在叶念萱手中丢失，更令她惊心的是她发现万眼法阵有被启动的迹象，因而建立了钧天阁，并收灵儿为徒，开始搜集有关法阵的情报。

玄中子请求灵儿带自己到事发的亭子，他环行一周，从囊中取出一只方形镜子，戴在了眼睛上，笑着说："是了，是了，果然不出我所料。"他看见了数日前发生的一切。

原来，灵儿在亭子外设有三层结界，如同三层透明的墙，莫说人轻易进不去，就是风也进不去，那么盗宝者是如何进入的呢？原来，那日为了请南宫昊入内，她主动撤掉了结界，而盗宝者是位"穿墙者"，他能轻易穿过普通的墙，进入室内。不过他们不能自行穿越障碍，需要依赖于法器穿越。但凡使用了法器，就会在世间的弦线（关于"弦线"，见前篇《夜梦奇记》）上留下痕迹，就像从地上走过的人会留下踪影一样，只是人的肉眼看不到弦线，只有借助法器才能看到。适才，玄中子所戴的镜子名为"窥海镜"，能够透过镜子看见弦线。他这件法器可比南宫昊那件"窥魂镜"厉害多了。

穿墙者的鼻祖为惧留孙，他是玉虚宫十二金仙之一，也是一位顶级的土道幻术师。一日他在夹龙山飞云洞中冥想，见光的影子从洞中的空隙穿过，无数灰尘在光芒中跳荡，一束光芒落在洞中的宝镜上，又反射到了他的眼中。他恍然大悟，灰尘并不能阻挡光，反而能够反射一部分光，从而使得光"绕道"，从灰尘间的缝隙里穿过，落在镜子上，再落进自己眼中。俗世的障碍，不就是这些灰尘吗？在俗世的障碍之间，一堵墙、一座山、一条河，肯定也存在这种"缝隙"，如果炼制一种法器，人佩戴之后是否就能自如穿越于一切障碍物了呢？

惧留孙不愧为炼器大师，他很快就在光与人之间发现了某种秘密的联系。

人本身具有和光一样的特性，在充斥于天地间的弦线上，有无数的障碍，但人总能够绕过障碍，在弦线间的空隙间自由移动，就像光能够被一部分灰尘反射，也能穿过一部分灰尘。人之所以不能穿过墙壁、房屋、山等障碍，是因为这些物体是由弦线的应力——弦膜构成的，弦膜并不是完整的一块，而是存在大小不一的孔径，或者说是裂缝，对于人来说，那些孔径和裂缝实在是太大了，能够轻松穿越。问题只在于，这些孔径都隐藏在人肉眼看不到的地方，而且内部有很多狭窄的弯曲枢纽，即便是找到了孔径，也会被卡在那些弯曲的枢纽中。这难不住惧留孙，他从师父的玉虚宫借来了"窥天镜"，又遍行九州，采集了羊脂石、青碧石、赤炎石、黑曜石、黄贝石五种神石，炼制成"越枢仪"。越枢仪吸收了窥天镜的力量，佩戴上后能够看到所有物体的孔径，又吸收了五种神石的力量，能够使人在遇到狭小弯曲枢纽时自动缩小变形，这时候人就像涌入弯曲管道的水流，几乎感觉不到障碍。

盗取乾坤晷的人，正是拥有越枢仪的人。不知为何，南宫昊认为自己有找到持有这件法器者的义务，这倒不是他想恢复九机弦来对抗那个传说中的"万眼法阵"，而是因为他必须帮助这个目盲的姑娘——灵儿。

⑥

辛环再次传来秘密消息，追查乾坤晷有了新的线索。

南宫昊绝不会想到，盗宝者竟然会是碾玉王，那日明明是碾玉王和自己一起去拜访灵儿的，事后也是一起离开的，他是如何做到分身有术的呢？他自知无法和这样一个高手匹敌，故而请求灵儿和玄中子从中帮忙。

玄中子告诉南宫昊，碾玉王既然就是穿墙人，则普通的围捕没有什么用。穿墙者所依赖的是弦膜上的孔洞和裂隙来穿行，如果堵上这些裂隙，那么则如同铁板一块，抓捕他轻而易举。那日碾玉王随南宫昊一起拜访灵儿，只怕也是为了趁机盗宝。普通的结界，同样存在着孔径和裂隙，穿墙者依旧能够逃走。万物皆有裂隙，这是一切轮回的必然。但是像玄中子这样的老仙所布下的结界，能够改变弦线的走向，则无异于铜墙铁壁，只是不能持久，一刻钟就会散去。当然，用来围捕穿墙人，足够了。

南宫昊、灵儿和玄中子到达沣河西岸时，辛环已撤走了自己的人马，只留了几个暗桩，监视着碾玉王的一举一动。结界布设后，三人当即登门去拜访，碾玉王遁逃失败后，对自己的所作所为供认不讳，他承认是自己盗取了乾坤晷。惧留孙当年有位传人叫土行孙，在群仙大战中，与商纣王的大将张奎厮杀阵亡，天河仪遗落在了其阵亡的猛兽崖下，武王为了纪念这位功臣，一直将这件遗物藏在宫廷里。"万眼法阵"遭到陆压散人的反制后，武王取出了这件法器，将他交给了自己的堂弟姬嚣，秘密成立了名为"海东青"的组织，海东青是猎鹰的一种，不言而喻，这是个把反对者视为猎物的组织。姬嚣去世后，他的儿子姬成改容换面，当上了新的掌门人。碾玉王不是别人，正是姬成，一位王族的后裔。他承认，自己并不想伤害灵儿，只是想完成家族使命，乾坤晷早已被他用利斧劈碎，万眼法阵也以另一种方式启动。这就是说，当年陆压散人的反抗，失败了。

　　玄中子虽是一位老仙，却性烈如火，听说乾坤晷已毁，当即就要举掌劈死姬成。眼见性命不保，姬成说出了另一件事——天河仪的下落。九机弦的两件辅助性法器，乾坤晷的功能是把控空间，能够在转瞬间获悉万宇之内的信息；天河仪的功能则是通行于时间，时间就像一条河流，有了天河仪，人们可以逆流到时间的那一端。听到这里，灵儿的眸子闪了闪，似乎有光。师父、师祖的愿望又有了希望。当年，叶念萱继承了九机弦后，千方百计地保守秘密，但最后还是被"海东青"发现了，正是姬成的父亲姬嚣盗走了它，并将它献给了武王。武王临死前，要求用这件法器陪葬。也就是说，借助这件法器，武王一直操控着"万眼法阵"，只是他处在时间的那一头，而南宫昊等人在时间的这一头。从某种程度上来说，武王并没有死。

　　众人决定掘开武王的陵墓，找到天河仪。

⑦

　　周武王躺在棺椁中，尽管他的王袍依旧绚烂夺目，但尸骨早已朽烂。南宫昊向那副枯骨行了几个大礼，迟迟不敢动手。老仙玄中子却没有这个顾忌，用木剑挑起王尸扔到一边，在陪葬品中翻了起来，众人之中，除了玄中子，谁也没见过天河仪，就连灵儿也只是听师父说过。他们见玄中子将棺椁翻了个遍，面露失望之色，就知道天河仪不在这里。南宫昊看着凌乱的天子枯骨，心中暗暗想到，躺在棺椁中的周武王，只是这个时代的遗体，并不是真的周武王，真正的他去了别的地方，活在另一个空间，并且继续操控着这个世界。玄中子望着武王雪白的骸髅，似乎是自问自答："时间是什么？是老虎啊，它将一切都撕咬得破碎不堪，再壮丽伟大的事业，最后都吞进了肚腹里，变成了一坨屎，与万物一起迁化。王者身名俱灭，人间草木依旧啊。"

南宫昊似乎从玄中子的话中听出了玄机，顿时一激灵，说道："前辈，那天河仪可是一块画着老虎头的三角形木板？"

"啊，你见过？"玄中子惊问。

南宫昊立即将自己之前与周武王相见的际遇道了出来。原来，那块镶嵌在微型城池上的三角形板块才是天河仪。众人将武王重新安葬，朝王都奔去。

周成王听了南宫昊的禀奏，略微迟疑了一下，他似乎难以接受父王真实的样子。然而，众人所说的话，又不像假话，尤其是老仙玄中子，更是脱掉袍服为证，他的皮肤之下一节一节竹子和竹叶忽隐忽现。所谓玄中子，原来就是当年向武王提出"万眼法阵"的仙人玄称子。至于他所说的"洗髓伐毛"，南宫昊就难辨真伪了，也许他既是那个肉身修行十三世的古仙，同时也是俗念未了的、给武王出馊主意的玄称子。总之，坏事从他开始，当然也由他结束。

其实，灵儿早就该猜出他的身份，自从陆压散人归于太古界，是他一直在暗中对抗着这个阵法，钧天阁那些被剜掉的树瘿，也是他所为。尽管成王不太情愿将父王的遗物交出来，但他立志做一个有德之君，并且希望众人保守武王的秘密，维护开国天子的荣誉。

众人答应了成王。

天河仪可以开启通往太古界的大门，只有请陆压散人重新现世，玄中子与他合力，才能重新炼成九机弦。

灵儿说："法器是毁在我手里的，就让我去吧。"

南宫昊说："你一个姑娘家，还是让我去吧。"

灵儿摇了摇头说："你身为周臣，重炼九机弦对抗先王，是为不忠。不必争了。"

望着灵儿消失在时间的孔径里，南宫昊鼻子一酸，差点流下眼泪。

⑧

五百年后，玄中子有了新的身份，西出流沙，留下五千言《道德经》。

后世的人，称他为老子。

在无量的时间之流中，过往从未消失。过去的一切之所以重新发生，是因为有人唤醒了沉睡在黑暗中的眼睛。今之与昔，并不是一根线的两端，而是一面镜子的两面。后来者，总要承担起自己的责任，与时间细流中浮出来的"无面人"进行对抗。

灵感来源

本篇的写作灵感源自明代神魔小说《封神演义》，算是其"番外"。《封神演义》，又名《商周列国全传》《武王伐纣外史》，旧题为明人许仲琳撰。许仲琳的生平记载是个空白，有的版本上亦将他写作"陈仲琳"。明代万历年间金阊舒载阳刊本（现藏于日本内阁文库），卷端题"钟山逸叟许仲琳编辑"，故研究者将他视作该书的作者。《封神演义》是一部以商周鼎革，武王伐纣为背景的小说，塑造了众多人物形象，想象力奇诡，尤其是其中的"法器"，很有科幻色彩。

兰陵王

1

北齐王朝，晋阳城郊野，战马的胸甲在阳光下熠熠生辉，猎犬在林中发出尖利的嘶鸣，马腹从草木的枝叶上掠过，身穿猎装的兰陵王高长恭骑在奔驰的马上，他的腰充满了弹性，在马背上轻柔而舒缓，他轻舒猿臂，从箭壶里取出一支箭，引满了弓，随着弦响，雕翎犹如流星飞去，一只体态丰盈的香獐子中箭，倒在了沙枣树下。追随在后的骑手们齐声欢呼，苍头将猎物捡了起来，放在马背上。骑手们或隳突于东南，或疾驰于西北，最后一抹落日的余晖停留在晋阳城的西城墙时，满载而归的猎人们也鱼贯进了兰陵王府的大门。

高长恭将猎物交给王府长史宇文灿，让他分给属下们。那只中箭的香獐子虽然肩胛上血迹殷殷，但眼睛里似还有些活气，琥珀色的眼珠依旧亮着。不知为何，这小东西眼中的求生意志打动了高长恭，他命府中的医官治疗獐子的伤口，上了金创药，包扎后将其放在寝殿那扇雕花门的阴影里。掌灯时分，獐子爬了起来，低着肩、瘸着一条腿，在室内跳来跳去，发出"嘤嘤"的声音，看到高长恭时怯怯的，但并不躲避。高长恭俯身将它抱起来，放到紫檀坐榻上，獐子半闭着眼睛匍匐在他的膝盖上，毛发微微抖动。高长恭一边抚摸着它那水滑的皮毛一边说："古书上说万物皆有灵，你能听懂我的话吗？"獐子发出一阵低鸣，高长恭笑了，将它置于坐榻上，脱下长袍盖上，转身回了内室。

次日，高长恭不见獐子踪影，命仆妇们找寻，依旧无所得。他猜测獐子畏惧人的气息，因而逃归山林了，便不再究问。

午时，有斥候来报，说北周齐国公宇文宪不日将率领大军进犯晋阳，很快朝廷的敕书也到了，北齐皇帝赐予高长恭节钺，命他节制并州各路兵马，抵挡周军的侵袭。高长恭传檄各地守军将领齐集晋阳议事，任命并州刺史段韶为副帅，让他率领一支大军驻扎在城东，自己则率军驻扎在城西，互为策应。

十五日夜，月色如银，城东传来阵阵号角声，高长恭闻讯以为是敌军夜袭，号令全军立刻做好战斗准备，亲自登上望楼观看，城外却一片安静，不见敌人的踪影。高长恭素知宇文宪极善用兵，好为诈术，因而命斥候四出探查敌情，并命王府长史宇文灿带着自己的令牌，到城东段韶大营询问情况。宇文灿本是北周皇室子孙，因其父宇文令遭执政的齐国公宇文宪陷害，全家被诛，才逃奔北齐，受到兰陵王高长恭的厚待。

半个时辰后，宇文灿归来，他告诉高长恭，城东一切正常，并未听到号角声，段韶大营戒备森严，周围三十里内，都有巡夜的游骑兵。月亮被一大片阴云遮住后，夜晚变得阴沉不定，派出的斥候先后归来，都未发现敌军的影子。高长恭不放心，和宇文灿一起亲率五百精锐骑兵向东巡查，并给马蹄都包上了厚布，发不出一点声音。出发一个时辰后，东南方出现一阵喧嚣。高长恭命令士兵们刀剑出鞘，做好战斗准备，自己则下马悄悄地摸了过去。在林地的边缘，他看见了一杆狼头大纛，旗帜上的狼张着血盆大口，甚是狰狞，那片林子正是他平日打猎的地方。大纛下一匹巨狼，犹如成年的大公牛一般，狼背上骑着一个身高过丈的黑脸汉子，头戴毡帽，身穿金甲，外罩大红袍，手持战斧，神威凛然。黑脸汉子的身后，不知有多少兵马，都隐在林中，透过枝叶，犹可窥见盔甲在月色下闪烁着寒光。狼头大纛对面一箭之地，同样有一支大军，为首的将领骑着白色的冰原驯鹿，身穿白袍，头戴玉冠，戴着一副十分狰狞的铁面具，身后的士兵尽皆白旗白甲，白马银枪，犹如霜雪一般。高长恭心中暗暗生疑，看那狼头大纛下的汉子，脸膛如漆，眉弓极高，相貌颇似突厥人，莫非是北周请来夹击自己的突厥可汗？至于那身披白袍的将军，虽然戴着面具，但是举止十分斯文，倒像是南朝人，难道是萧梁皇室的大军打过长江来了？是时，北周、北齐在北方并立，而萧梁皇室则在长江以南自固，三国虽有使者往来，但并未结盟。难道，萧梁皇室也来趁火打劫吗？

只见那白袍将军解下面具，露出一张异常俊朗的脸，在马上拱手说："狼君别来无恙，百年未见，今日何故来我晋阳？"

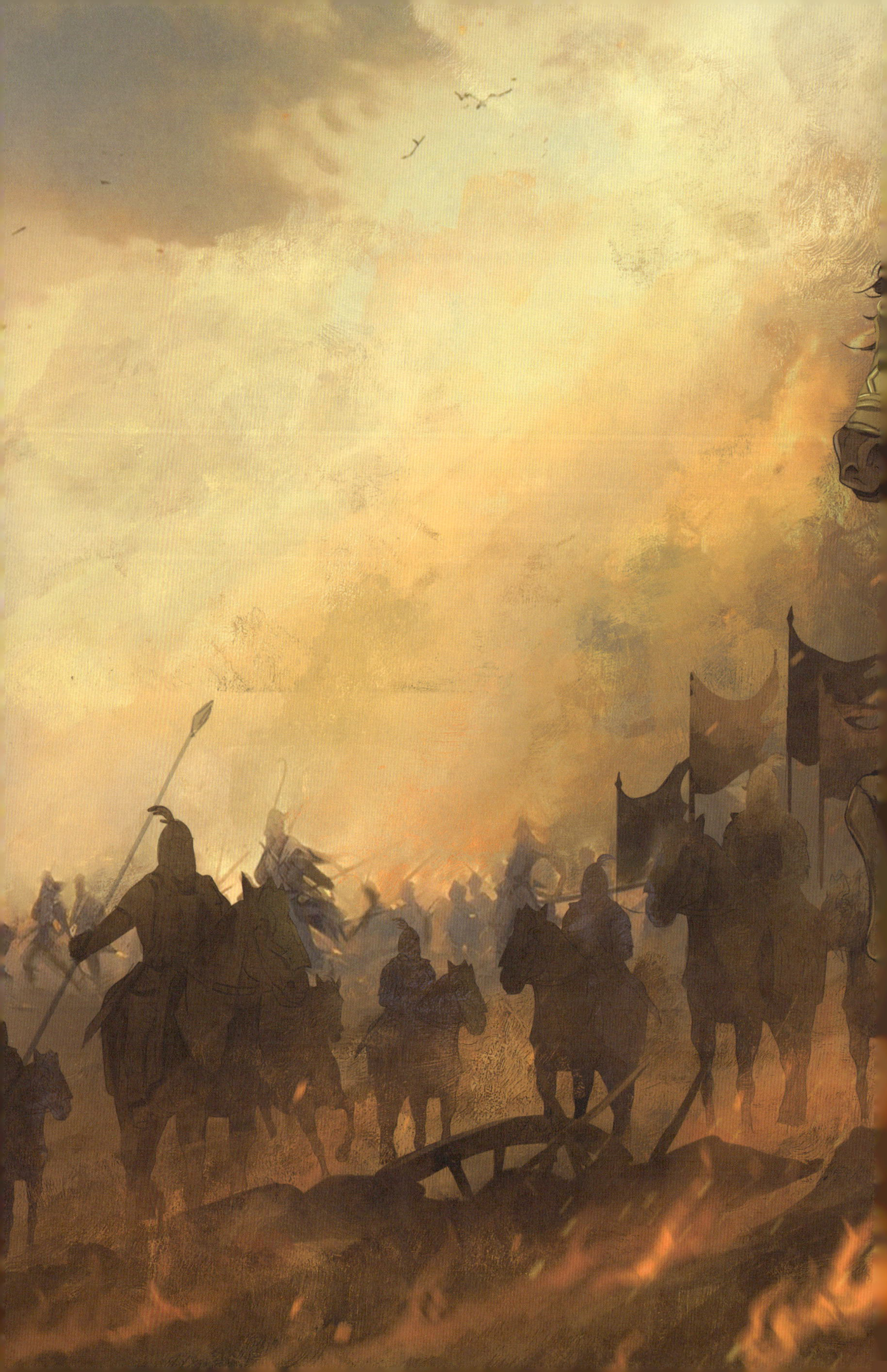

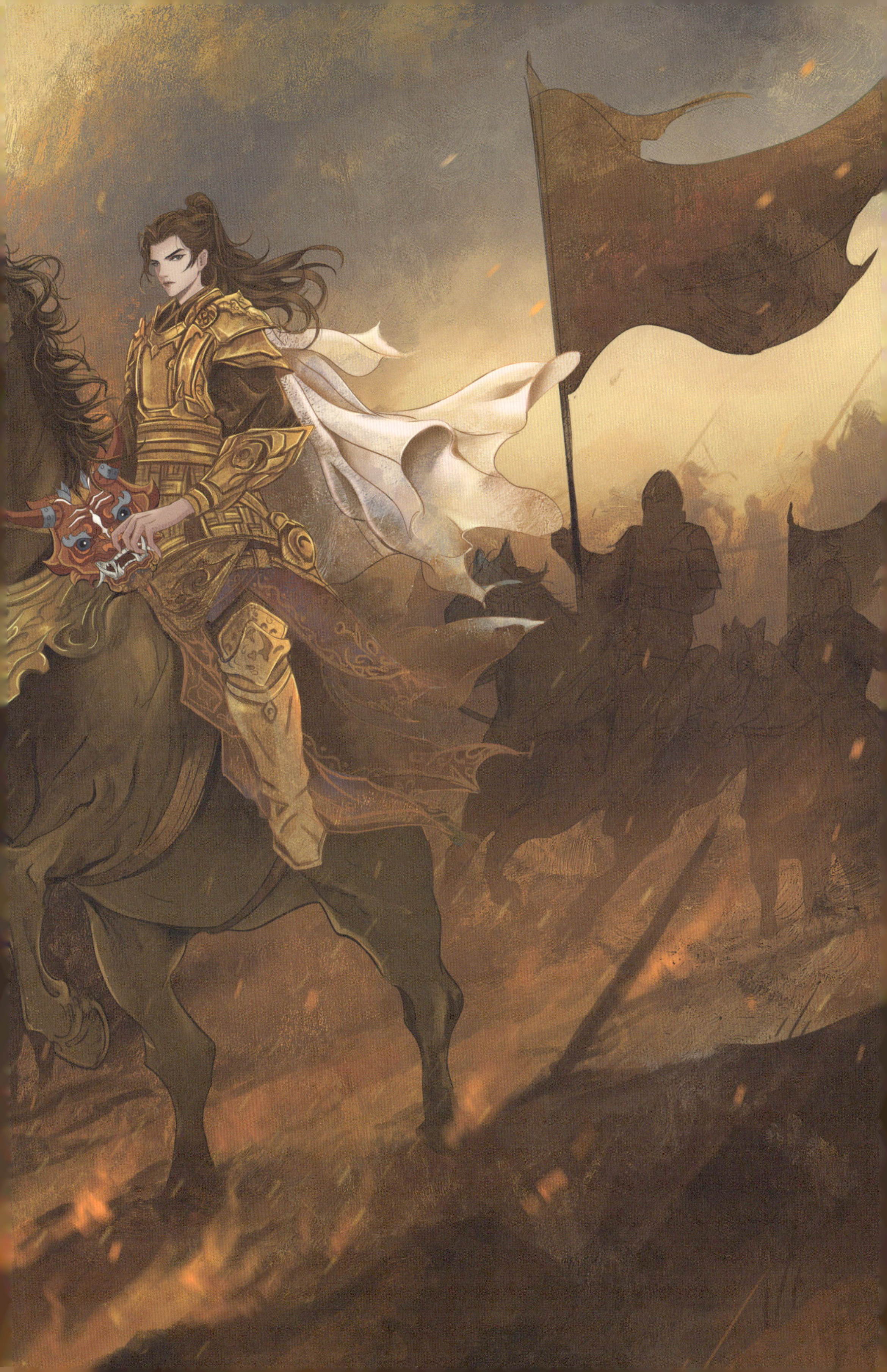

黑脸汉子大笑着说："百年光阴，风霜摧残，玄冥君依旧神采卓然，方今来此，正宜会猎。"

只听白袍将军身后一员小将怒叱道："孽畜，你好大的胆子。"

白袍将军戴上面具，回头看了一眼小将，温言说道："北风，不得对狼君无礼。"

那被称为狼君的黑脸汉子冷笑一声，说道："我们就不必在此弄这些虚礼了，刀口见真章如何？"话音一落，挥动手中黑色的旗帜。随着一声狼嚎，无数只黑色巨狼狂奔出了林子，每只狼背上都有一名挥舞着战锤的黑骑士。

高长恭惊愕不已，他还是第一次听说狼君，第一次看到如此之多的狼骑士。他虽出身皇室，但并非两耳不闻窗外事的清闲王爷，边地的部落，如鲜卑、高车、丁零、突厥、柔然的部落大人和可汗，他都晓得，从未听说过狼君。南梁萧氏诸王，虽然不尽知，但是年长的几位王爷也都略有耳闻，其中并无封号玄冥君的王子。他不再多想，因为黑白两军，已经厮杀了起来。狼君人数之优，占据了上风，不少白骑士被斩落马下，飞溅的鲜血宛若凋零的花瓣，洇散在白色战袍上。玄冥君且战且退，眼看快退到高长恭藏身的灌木边缘了。不知何处传来一阵笛声，从天空飘落无数白色的身影，他们悬停在空中，掷下无数投枪，仿佛一道道银色闪电，顿时北风大作，迎风作战的狼骑士们被吹得睁不开眼，白骑士们趁机反击，将黑骑士刺下狼背。那些从天而降的投枪，给狼君的大军造成了极大的杀伤，狼君见无胜算，掉转狼头，向北遁去。玄冥君长枪朝天一挥，白骑士们犹如一阵狂风，席卷而去。

高长恭虽目睹了这场战斗，但完全是一头雾水，始终没搞明白作战的两方是何方神圣。尤其是那些从天而降的神兵，闪电般的投枪，狂风般的箭镞，都像是一种幻觉。他见天快亮了，命宇文灿率领骑兵回营，自己再向北探查一番。是时，林子里的雪越下越大，遮盖了两军作战的痕迹。这实在太奇怪了，刚过了中元节，竟然下起了雪，这在晋阳可是从未有过的事。林子越来越密,骑着马几乎无法通过,他只好下马,牵着马向前走,瞪大眼睛寻找依稀可见的踪迹,忽然脚下一软,他暗叫不妙,但已来不及了,连人带马一起坠落了下去。

不知过了多久,他看到头顶上有一丝光亮,那是一束日光。很快,他就有了知觉,他想站起来,一股剧烈的疼痛袭来,他几乎要再次晕过去,原来是小腿摔断了。过了须臾,他的眼睛基本上适应了暗淡的光线,发现这是一处地穴,与地面呈斜坡状,他和马儿一起翻滚了下来,马儿的尸体就在不远处。他是神武皇帝的子孙,久经战阵,并不怕死,可是不明不白地死在满是乱石和蝙蝠屎的地穴里,也未免太荒唐了。也许,士兵们未见他回营,正四处寻找。一念及此,他立刻大声呼喊了起来,可惜除了阵阵回音之外,并未引起任何回应,他又拔出佩剑,敲击身旁的石头,可是敲了很久,也未见有人来营救。头顶上的光逐渐变得微弱,他意识到这是日影向西倾斜,再过几个时辰,天就黑了。自己就算不饿死在这里,也会被冻死。他将佩剑归鞘,向前爬去,企图找一些果腹之物,即便是苔藓也好。可是,略一移动,小腿就传来撕裂般的疼痛,他不得不再次停下来。

头顶上的光亮消失得远比他估量的快,不到半个时辰,地穴里就黑得伸手不见五指了,黑暗中闪烁着一双双绿莹莹的眼睛,慢慢向他靠近。他毛发倒竖,猛然想起怀中的火折子,赶紧掏了出来,用力一抖,点亮了。十几丈之外,站立着八九只黑色的巨狼,正是狼骑士们的坐骑。他大恐,没有冻死饿死,倒先成了狼嘴里的肉。高长恭啊,高长恭……

狼看到了火,暂时停驻了脚步。但高长恭知道,火折子亮不了多长时间,火一灭,狼就会立刻扑上来。就在他快绝望的时候,听到一声轻叱:"孽畜,还不快滚。"只见一人手持火炬,猛击狼头,遭袭的狼呜呜地叫着,纷纷狂奔而去。那人走近了,高长恭才看清楚,是个身材高挑的少女。头戴鹿冠,一

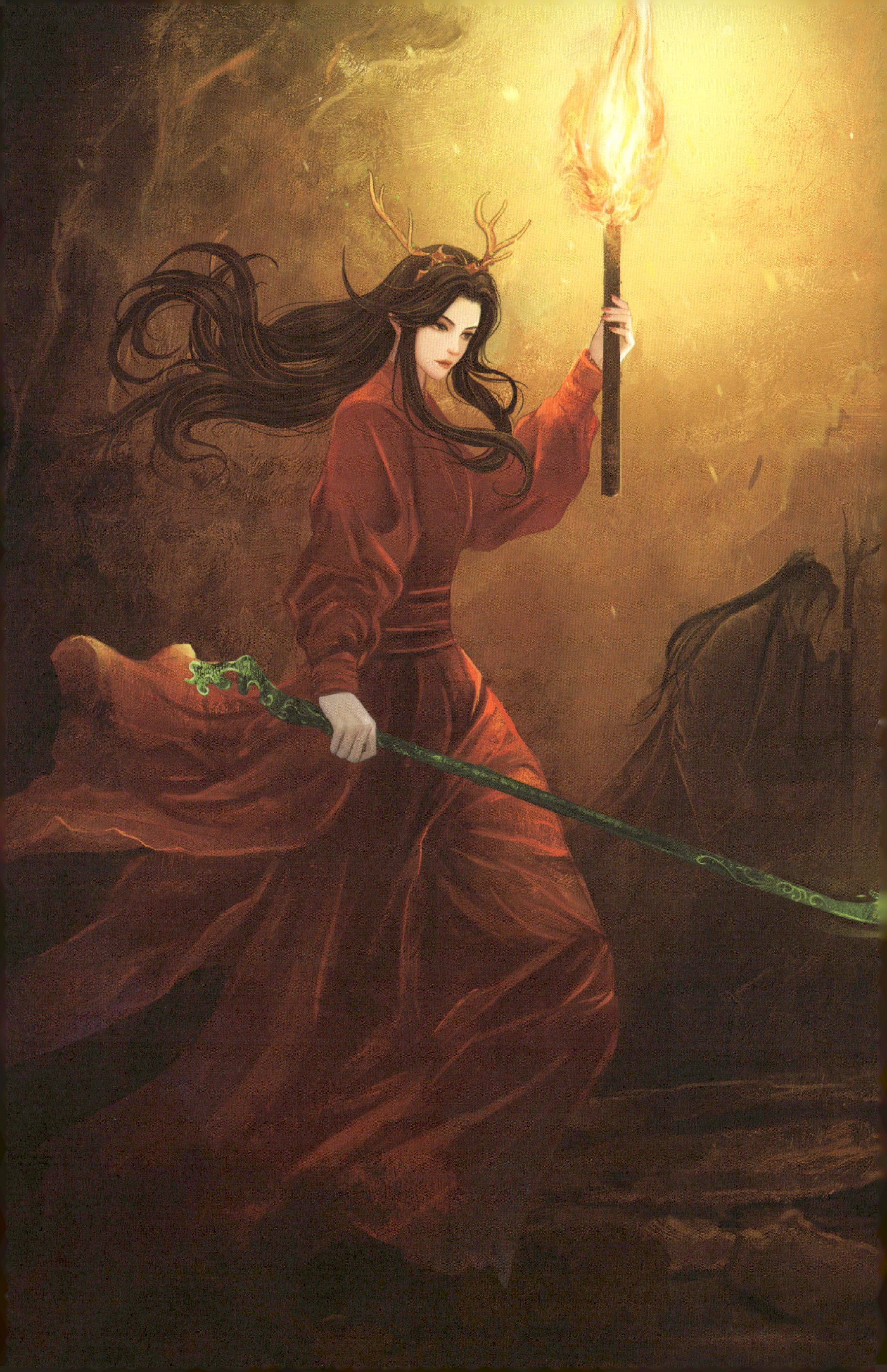

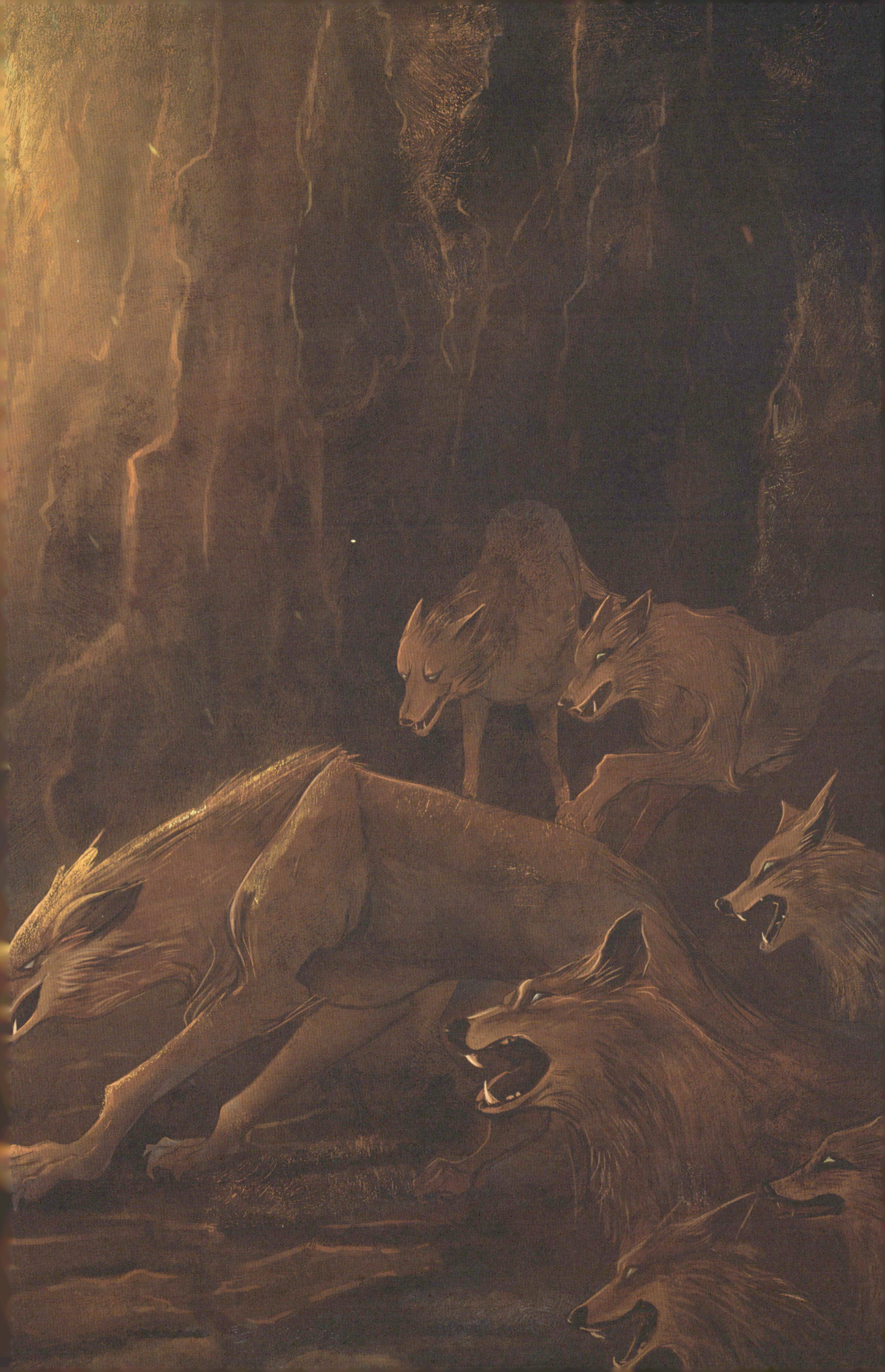

头长发宛若黑瀑，一直垂到腰间，身穿火红色的长裙，足蹬短靴，手持绿玉杖，在火焰的照耀下，显得肤色如雪，眉眼如星，不啻夜色中的神女。这一夜高长恭见的怪事实在太多了，但看到这位少女仍然十分惊异。

少女徐徐地说："大王切莫惊慌，贱妾是来救你的。"

高长恭说："你是……"

少女浅浅一笑，说道："我是柔然人。"

高长恭见这女子神态坦然，吐气如兰，言语十分恳切，与常人并无异样，稍稍安心，问道："敢问姑娘芳名？"

少女说："贱妾名叫绿烟。"

就这样，绿烟救高长恭出了地穴，将他送回了王府。数日后，北周大军在宇文宪的率领下，和突厥可汗联兵来攻晋阳，高长恭虽然小腿受伤，但他坐在小轮车上，手持玉如意，指挥诸将打退了周军的数次进攻。宇文宪见高长恭无懈可击，加之北齐名将斛律光断了他后方的粮道，只好撤军而去。

高长恭的祖父高欢曾迎娶过一位柔然公主，故而高长恭对柔然人并不陌生，他请求绿烟留下来，绿烟答应了他。

高长恭曾对绿烟说："姑娘但有所求尽可对本王说。"

绿烟答："贱妾无所求。"

高长恭颇为动容地说："你救了本王的命，等于救了我大齐，但凡有所求，本王都能满足你。"

绿烟笑吟吟地说："大王可是当真？"

高长恭说："只要本王办得到，皆可如你所愿。"

绿烟轻声说："贱妾只想得到大王的欢爱。"

这倒是他没想到的，不过当晚他将绿烟留在了自己的寝殿。

高长恭虽未成婚，但身为皇亲宗室，他并不缺女人，不过这一夜他明白了一件事，绿烟与别的女人不同。她浑身散发着独特的香气，像一匹小兽，蜷缩在他的怀里，她的肌肤细腻而光滑，在烛光下，白得耀眼。她的眸子并不是黑色的，而是淡棕色，瞳孔仿佛一轮小太阳。他压住她，她发出低吟，像悲伤的歌唱，他以为她受不住，因而尽可能温柔，她却翻过身来，轻吻他，起初吻他的耳朵，之后是颈部……仿佛一支快速游走的轻骑兵，在平原上驰骋，马蹄踏在大地上，踩烂了草木，被践踏得纷乱的花朵喷发着浓烈的香味，弥漫整个世界，像少年时在马背上一样，风从他的胯下穿过，他纵马越过沟渠，跳过高高的栅栏，看到他的人纷纷为之喝彩。那一晚，仿佛精通音律的高手弹奏的乐章，没有弹错一个音符，那声音带着一种受虐般的愉悦。

"大王既得欢爱，能与贱妾厮守一生否？"

高长恭抚摸着绿烟光滑的后背，答道："此心可昭日月。"

2

高长恭每次出行，不论是郊游打猎，还是亲临战阵，都带着绿烟。王府的僚属和仆奴们虽不知绿烟的来路，但都知道是她救了这位王爷的命，故而将她视作夫人，而不是当普通的侍妾对待。因着高长恭的宠爱，绿烟不免有些娇纵。有一次，高长恭与绿烟郊游，见前方墓冢累累，天色已晚，准备返回，绿烟却执意继续前行。两人到了一座大墓前，听得墓内有琅琅的读书声。高长恭十分讶异，绿烟指了指墓冢上的一个洞，只见墓穴里灯火通明，一群小狐狸围着一只年老的白狐，白狐爪子上拿着一本书，正在教群狐诵读，仿佛先生教弟子一般。

高长恭大愕，绿烟怂恿高长恭将那本书抢过来，高长恭微愠，说道："人与狐虽不同类，但也各有其道，岂能随意抢夺他人之物？"坚决拒绝了绿烟的要求。

绿烟二话不说，跳进墓穴从老狐手中抢过书一跃上了马，群狐追了出来，高长恭不得不一边放箭，一边用鞭子猛抽绿烟那匹马的屁股，这才逃回晋阳城。

当夜，高长恭正在书房看兵书，忽见一个白须老人穿墙而入，手中捧着一只绿色的细颈瓶，对高长恭行礼说："大王，《遂古书》是我狐族的至宝，但是对大王却没有用，不如你把书还给我，我将'锁梦瓶'交给你，我们做个交易如何？"

高长恭心知老人即是墓穴中的老狐，故而问道："这瓶子有什么用？"

老人说："这只瓶子乃是梦神的法宝，能够装下世界上所有的梦。"

这时，绿烟从偏殿大步跨入，对高长恭说："大王别被这野狐骗了，什么破瓶子。"说着，举起手中的玉杖，将瓶子打得粉碎，无数黑色的、蓝色的、五彩的光芒，都飞逝而去。

老人跳着脚骂道："原来是你这贱婢，你打破了梦瓶，美梦和噩梦，都一起跑出来了。"

绿烟笑嘻嘻地说："反正不是我的梦。你想要《遂古书》，拿更有价值的东西来换吧！"

老人狠狠瞪了一眼绿烟，转身面向高长恭再拜，说道："大王可知玄冥神？"

高长恭说："你说的可是北方之神玄冥？"

老人点点头说："半年前，胡人祖神狼君从极寒之地来窥伺晋阳，被玄冥神击退。玄冥神回归洪荒后，将他的铁面具留在了城外的叔虞神祠，以威慑群狼。大王只要得到了这件铁面具，便能战无不胜，攻无不克。"

高长恭恍然大悟，原来那日所见，乃是玄冥神与胡人祖神之战。正所谓人未战，神已战。狼君的大败，也预示着自己击败北周和突厥的联军。他大喜，当即让绿烟把《遂古书》还给老者。绿烟耍赖，要老人教她学习书中的内容，才肯归还。老人大骂，坚决不肯教授她。绿烟将那本书举到烛火上，假意要毁弃，老人这才不得不答应她。自此，绿烟每夜到墓穴与群狐一起学那本古书。高长恭素知她古灵精怪，也不为怪。

如老狐所言，高长恭果然在叔虞神祠的神龛内找到了铁面具。

高长恭遗传了其祖父高欢、父亲高澄的容貌，向以美男子著称。他治军虽严，但性格宽厚，爱兵如子，士兵们都愿为他死战，却并不畏惧他。自从他得到那张铁面具后，入营必戴，士兵们一见无不两股战战，畏惧若神。

河清三年十二月，北周大军进攻洛阳，北齐皇帝高湛命兰陵王高长恭、并州刺史段韶与大将军斛律光一起前去救援。当时周军兵威正盛，诸将不敢前进，高长恭戴上铁面具，率领五百骑兵，杀破重围，一直杀到被周军包围的金墉城下。城上的齐军因他戴着面具，不知是敌是友，他脱下面具，城上的守军见是兰陵王，顿时士气大振，打开城门一起杀出，与援军一起夹击周军，杀得周军丢盔弃甲，尸横遍野，从邙山到谷水三十多里的战场上，丢满了甲杖、辎重和敌人的尸体。

邙山一战，高长恭名震天下，内外无人敢仰视。在此后的岁月里，他每次出战，必定戴着玄冥神的铁面具，即便是在箭雨之中冲锋陷阵，也从未受过一寸伤。敌军将士一见他，犹如看到了死神，要么夺路而逃，要么丢下器械投降。不断积累的军功，使得年轻的他身居高位，先后擢为尚书令、大将军大司马，朝中大臣见了他，自丞相以下都要行跪拜礼。

高湛长期沉湎酒色，身体越来越坏，同样变坏的还有他的脾气，动辄问罪于大臣，连宗室王爷也不放过，乐陵王高百年被杀，兰陵王高长恭也遭到猜忌，但因他军功累累，只被降职。高湛是神武皇帝高欢第九子，本来是轮不到他当皇帝的，但因准备开国称帝的高欢长子也就是高长恭的父亲高澄被厨奴刺杀，使得高欢次子高洋接过了权杖，成了北齐的开国皇帝。文宣帝高洋酗酒、性情暴躁，仅三十四岁即暴毙；高欢的第六子高演废掉了侄儿高殷的皇位，自己登基为帝，与高洋一样，孝昭帝高演同样喜怒无常，仅活了二十六岁，临死前，他为了避免自己夺取侄儿皇位的悲剧重演，干脆将皇位传给了年长的九弟高湛，希望他能善待自己的儿子高百年和其他子侄们，但高湛即位后还是杀掉了高百年。高洋、高演、高湛三位帝王，皆为高长恭的叔父，他们深知这位侄儿的能力，因此对他十分看重。不过，也对他十分警惕，毕竟，他也有继承皇位的血统。

河清四年，高湛将皇位传给了太子高纬，高纬向大臣们询问治国方略，尤其对堂兄高长恭礼遇有加。在皇室的筵席上，他称呼高长恭的小名说："阿奴兄，邙山大战，你仅率五百人冲入周军，难道不知危险吗？"

高长恭说："回禀陛下，国事即家事，臣在战场上早已将生死置之度外。"

高纬听到他说"国事即家事"，表面上不动声色，内心却十分不悦，回到宫中便大骂道："阿奴实在无礼，朕非杀了他不可！"

皇后斛律白芷一听，赶紧穿好朝服，叩拜说："妾听闻兰陵王善战，被誉为我大齐的柱石，多次击退周军，挽狂澜于既倒，皇上为何要杀他？"

高纬说："国事乃朕一人之家事，岂容他染指，竟说是他的家事！"

斛律白芷说："恐怕是皇上误会了，兰陵王并无此意。"

高纬说："梓童，纵然是朕误会，可万一他有异心，朕该如何？"

皇后斛律白芷是丞相斛律光的女儿，颇有乃父的智谋，她略一思忖，说道："皇上可以让人盯着他。"

高纬说："他是位高权重的大司马，又是王爷，谁敢盯他？"

斛律白芷说："兰陵王春秋鼎盛，却一直未婚。我有一个堂妹，名叫江离，容貌绝代，正可与兰陵王为配，皇上何妨赐婚给他，一则可以笼络他，二则可以让江离盯着他。"

高纬鼓掌道："还是梓童足智多谋，朕这就赐婚。"

为了提高斛律江离的身份，高纬赐予她"清河郡主"的封号，并拨内帑为她置办嫁妆。

3

高长恭被下狱已经一年了，始终不肯承认谋反的罪名。

御史崔献是皇帝高纬派来的主审官。

"大王，我劝你还是认罪吧。"崔献说。

高长恭冷笑，依旧是那句话："本王何罪？"

"杀害王妃，意图谋反。"崔献冷冰冰地说。

高长恭痛苦地闭上了眼睛，说道："本王与王妃夫妻情深，你这是污蔑。"

崔献说："皇上赐你与清河郡主成婚，其中深意，你不会不明白，你意图逃脱牵绊，故而杀了她，我说得可对？"

高长恭说："本王当然明白，但郡主她……她对我很好，我岂能杀她。"

崔献说："那你说说，是谁杀了她？"

高长恭努力回忆着往事，他虽在狱中只关了一年，但很多记忆都消失了，大脑里一片模糊，甚至连身边最熟悉的人的模样都想不起来了。不过，对于妻子江离，他始终没有忘记。他是从丞相斛律光的口中获悉赐婚消息的。事实上，在婚前，他曾见过江离。那时候他才十三岁，被第一个皇帝叔叔高洋封为郡王，朝臣们都来祝贺他，包括江离的父亲、安西将军斛律羡。江离是和父亲一起来的，她当时十五岁，比高长恭年长两岁。大人们一起高谈阔论时，少年们也在一起玩耍，但江离却站得远远的，看着少男少女们，犹如朗日下的孤凤，别有一种风采。高长恭决定吓唬吓唬她，悄悄地绕过假山，到了她身后，猛然大喝一声，江离骤然闻声，的确被吓了一大跳，怒声斥责："是谁家的登徒子！"不过看清是高长恭后，便一溜烟地逃走了，走到远处，犹不忘回头。脸色绯红，轻捂着胸口，看那样子，似乎心还在怦怦乱跳。

皇帝高纬将斛律江离封为郡主，以皇命赐婚，高长恭并不是太热心，但身在帝王家，皇命难违。成婚的当晚，他喝了很多酒，过了半宿，都还没入洞房。

王府长史宇文灿劝谏道:"大王,皇上赐婚于你,你可不能轻慢啊?"

高长恭对宇文灿说:"昭若,这哪是赐婚,分明是派来监视我的间谍啊。"

宇文灿说:"大王糊涂,皇上赐婚于你,的确有监视的嫌疑,但大王娶了郡主,也能让皇上安心。"

高长恭的酒立刻醒了,拍着宇文灿的肩膀说:"还是昭若看得明白。"

他走向洞房,轻轻推开了门,江离轻声问道:"是大王吗?"

龙凤红烛燃了一夜,积攒了一大堆烛泪,清河郡主斛律江离似乎也坐了一夜。高长恭走到她身边,拿起白玉杖挑起盖头,颇为抱歉地说道:"正是本王,让你受委屈了。"

江离闻到了他身上的酒味,皱着眉说:"妾还以为,大王不来了。"

高长恭盯着江离的脸,与少时相比,江离少了几分少女的娇羞,但多了几分成熟女子的风韵,尤其是那一双丹凤眼,简直是摄人心魂。他将玉杖置于案上,伸手将盖头拿掉扔在一旁,坐在她身边说:"本王这不是来了。"

大约是玉杖没放好,在桌上滚了一阵,坠落在地,跌为两段,江离听到玉杖摔碎的声音,吓得花容失色。高长恭大笑,说道:"又吓着你了?"

江离说:"可不是,心跳得可凶呢?"

高长恭调笑说:"让本王查看一番。"

江离羞红了脸,将头垂在高长恭的胸口。

一夕犹如刹那,夫妻间的恩爱,自不必多言。

赐婚之后,江离时常以皇后之妹的身份入宫,她说兰陵王忠心耿耿,并无异心,暂时打消了高纬的猜疑。

高长恭与江离成婚后,虽然外出依旧带着绿烟,但她已不能进入他的寝殿。有一天,她向高长恭告别:"大王,妾与大王缘分已尽,还望您保重。"

高长恭惊讶地说:"你要去何处?"

绿烟说:"当然是从哪里来,还回到哪里去,只可惜大王辜负了对我的承诺。"

高长恭说:"承诺?"

"'此心可昭日月',你忘了吗?"

高长恭无奈地摇了摇头说:"本王的确有此承诺……"

过了半晌,绿烟说:"大王,走之前,我想告诉你一件事,还望莫要怪罪。"

高长恭说:"但说无妨。"

绿烟说:"贱妾并非柔然人……"

高长恭摆摆手说:"你冒称柔然人,定然有苦衷,本王不怪你。"

绿烟说:"大王有所不知,妾并非人族,实乃精灵。"

高长恭一惊:"精灵?"

绿烟说:"正是。"

高长恭问道:"精灵一族也与人一样吗?"

绿烟说:"精灵略近于人,只是有民无君罢了。"

高长恭十分感兴趣,请绿烟细细道来。绿烟告诉他,精灵一族的首脑为部落长老,大部落有数百号之众,小部落也有几十人,各有自己的领地,互不统属。部落长老不止一人,职责是保护领地,率领族人寻食,主司部落里的日常事务,如断讼、划分巢穴等。长老们均为有德长者,虽有权柄,但不使用强力,全靠德行服众,故而与人族的官衙不同。同样,对于长老,族人们固然敬重,但不效忠。精灵们既可以留在部落内,也可以离开部落去别的部落,离开之后还可以再回来,并无背叛之说。

高长恭笑着说:"精灵也像人一样打官司吗?"

绿烟说:"凡物成群,则必有所争,有所争则必有讼。"

高长恭说:"理亦如此。"又问道,"精灵也像人一样,有夫妇之道,天伦之乐吗?"

绿烟说:"精灵的家庭里,男子成年后,会被父母赶出门,以后再无往来。

女子则会留下来，不过一有了喜欢的人，也会立刻离去，并不会依恋父母分毫。精灵男女，若是彼此喜欢，就会在一起；若是彼此不喜欢，就会分开，谁也不会觉得欠了谁。若这算是夫妇之道，那么便是吧。"

高长恭说："物有所不同，但皆有其道，人与精灵，也只是不同俗罢了。你若执意要离开，本王不会阻拦你；你若肯留下来，宜当欢若平生。"

崔献听了高长恭的讲述，问道："大王的精灵侍妾离去后，可曾回来过？"

高长恭摇摇头。

崔献说："会不会是她，因妒忌而谋害王妃？"

高长恭摇了摇头，说道："绿烟性格是古怪了些，但她天性善良，绝无谋害王妃的可能，况且王妃对她极好，一向视若姐妹。"

过了半晌，进来一个穿黄衣的人，在崔献耳边密语了几句，崔献立刻跟着那人离去了。高长恭虽不知此人说了什么，但从这人的服色看，是宫里来的人。

话说，绿烟离去后，高长恭并未意识到府中发生了变化，不过当北周统帅宇文宪再一次率军来攻时，他发现自己的铁面具不见了。那是一场打得极为艰难的仗，尽管最后取得了胜利，但是付出了相当惨烈的代价。起初，他也怀疑是绿烟偷走了面具，不过回忆与绿烟告别的那个晚上，他否决了这点。那晚，高长恭将她留在了自己的寝殿，他拥抱她，亲吻她，褪去了她的衣服，绿烟任其所为，她像一团火焰，和他燃烧在一起。曦光透进窗户时，绿烟坐了起来，她的胴体白得仿佛包裹着一层光晕，裸身下了床，两条修长的腿儿仍然闪着光，忽然间变成了一只纤细的香獐，发出"呜呜"的叫声，跳到窗台上，消失了。她走得如此彻底，没有带走任何东西，也没有留下只言片语，只给他留下一夜缠绵的记忆。他很清楚，除了他之外，她对一切都不在乎，这个世界没有任何东西能够羁绊她，包括那个铁面具。

为了弥补丢失的铁面具，心灵手巧的王妃江离亲自动手，仿造了十几个新的面具，这些面具虽然是木头的，但是饰以彩绘，造型狰狞，对敌军的威慑也不差。江离知道自己的使命，不过高长恭的温柔和厚待俘获了她的芳心，在皇帝询问高长恭的情况时，她只拣一些无关紧要的来说，搪塞过去。可惜，好景不长，就有御史弹劾高长恭和北周勾结，企图谋反。

　　原来，王府长史宇文灿被控鹤司抓获了，在严刑拷打之下，他承认自己是北周派来的间谍，充当宇文宪和高长恭的联络人。高长恭要求和宇文灿当面对质，可是还来不及相见，宇文灿就死了，他是被人毒死的。控鹤司不受三法司的管辖，是由皇帝亲自执掌的秘密机构，主事长官由皇帝身边的大太监兼任，其监狱更是守卫十分森严，是什么人，能够在控鹤司将证人毒死呢？

　　只有一种可能，宇文灿是自杀的。事后，高长恭曾经派人秘密潜入北周，去调查宇文宪清洗政敌的旧案，发现宇文宪为了全面控制朝政，杀了不少大臣，也包括对嬴国公宇文令一家的清洗，不过宇文令的小儿子宇文灿并未逃出来，而是被一并处死了。那么，自己身边的宇文灿是何人呢？

　　宇文灿一死，对高长恭的指控就没了证据。不过，另一项指控，最终还是将他送入了控鹤司的大牢。

　　王妃死了。

　　崔献回来后，将一件东西扔在了高长恭的面前，铁面具。

　　"你们是从何处找到这件东西的？"高长恭问道。

　　"就在王爷的寝殿。"崔献说。

　　"……"高长恭愣愣地看着崔献，当日为了找到这面具，他和仆役们几乎把王府翻了个底朝天，怎么会突然出现在自己的寝殿？

　　"大王就不要装糊涂了，我们在面具上发现了王妃的血。"崔献说。

　　"你是说有人戴着这件面具，杀害了王妃？"高长恭问。

崔献答道:"不错。大王别忘了,王妃虽是女流,但出身武将世家,以她的武功,普通刺客如何能够近身?只有戴着这件面具的人,才不会引起她的任何防范。"

"你是说有人戴着这件面具,冒充本王?"

崔献点点头。

高长恭从拷打的昏死中醒来,他的浑身都是血迹,湿漉漉的,那是狱卒为了让他醒来,浇洒的冷水。他的一条腿也断了,那是受酷刑的结果。他蜷缩在潮湿的地上,闻到了一股馊味,狱卒送来的饭菜不知放了几天了。一只肥胖的老鼠趴在碗沿上抖动着胡子,翘着两只前腿,舔食着干结的饭粒儿。隔壁的犯人戴着铁镣走动,老鼠受到了惊吓,沿着墙根一溜烟地跑掉了,跑到墙角的老鼠洞前,又扭转头,似乎是盯着那只装满馊饭的破碗,又好像是看着高长恭,两只小黑豆般的眼睛,显得十分无奈……高长恭醒来后,再一次被狱卒拖去过堂,再一次在酷刑中昏死了过去。

④

高长恭脸上的面具,被掀了起来,仿佛从泥地上掀起模板,模子里的东西定了型。他的脸上没有血色,看起来像一尊雕像。他努力睁大眼睛,想看清一切,但只看到远处那个修长的模糊身影,影子越来越近,然而他还是看不清脸,只有一团滚动的光,直到那张脸快贴到自己的脸上,他才看清楚,是绿烟。

"怎么会是你?"

"我知道大王今日会醒来。"

"是不是你害死了王妃?"

"绝非妾所为。"

"那是北周为了离间本王与皇上，派间谍宇文灿所为？"

"大王可还记得，宇文长史为了保护你早已战死？"

"战死？何时战死。"

"你忘了吗，是你亲自安葬的他。"

"莫非是皇上为了除掉本王，杀王妃嫁祸于我？"

绿烟还是摇头。

"莫非真的是本王所为？"

"不，这些都是大王的妄念与幻觉。"

高长恭盯着绿烟，他想坐起来，但浑身僵硬，动弹不得，周围的空气冷极了，简直像在冰窖里一般。绿烟赶紧将他扶了起来，他坐直了，吃惊地发现自己在一口石棺里，身体裸露，皮肤如同铁皮。他不知道发生了什么，也顾不得太多，只想尽快解开心中的疑惑。绿烟给他穿上了衣服，扶着他爬出棺材，坐在了一块凸起的泥地上，他隐隐约约记得，曾来过这个地方，这是一个地裂形成的岩穴，有个陡极了的斜坡通往地面。

"本王的脑子很乱，你说的话，本王一句都不明白。"高长恭说。

"大王请仔细想想，您当初与王妃见面时的场景。"绿烟说。

高长恭努力搜寻着记忆，可是他的记忆里竟然找不到任何与妻子的往事，就连她的模样也不记得了，他不得不从十三岁第一次遇见她时开始回忆。与斛律家的其他大小姐不同，斛律江离长得又黑又瘦，不过她的一双眼睛倒是很美，笑起来甜甜的，高长恭想和她说几句话，她却像只敏捷的猫一样，上了树。这是她留给他的唯一记忆。安西将军斛律羡曾派人上门，说要将女儿许配给高长恭，但一年后就没下文了。因为，那一年的年底，江离就得病死了。不，这绝不可能，一定是自己记错了。如果江离在十六岁就死了，那后来嫁给自己的是谁？而且这个江离，和自己记忆中的江离完全不一样，根本就不是一个人。

"大王想起来了？"绿烟问。

高长恭摇了摇头，说道："我什么都不记得了。"

绿烟说："如果我告诉大王，根本就没有王妃这个人，你会信吗？"

"没有王妃？"

"对。"

"那皇上赐婚的是谁？"

"皇上没有赐婚。"

"我不懂。"

"大王被皇上猜忌，下狱后赐鸩酒而死。"

"你是说我死了？"

"是。"

"那你知道，是谁害死了我的王妃吗？"

"大王还是不明白。皇上根本就没有赐婚，斛律江离早在十六岁就死了，这一切都只是大王的梦。赐婚是梦，王妃遇害是梦，审判你的人也是梦……所有的一切，都是你的一场梦。"

"皇上赐婚是一场梦？"

"对。"

"王妃江离也是梦？"

"对。"

"拷打、馊饭，还有监狱里的老鼠，也是梦？"

"对。"

"这场梦我做了多久？"

"三百年。"

"你是说我做了一场噩梦，时间过去了三百年？"

"可以这么说。"

"本王还是不懂……"

"你还记得那只老狐狸吗,他曾用一只梦瓶来交换《遂古书》,贱妾把那只瓶子打碎了,不过那只是我的障眼法,我将瓶子藏了起来。大王死后,我将您的魂魄收入了梦瓶。"

"我死了?"

"对,但贱妾又复活了大王,只是……时间久了一点。"

"那,我朝的当今皇上是谁?"

"大齐已经亡了……"

"是了,肯定是周国灭了我大齐,那现在是周的天下了?"

"周也亡了,不但周亡了,连亡周的隋也亡了,现在是唐……大王还不明白吗?一切都不重要了。"

高长恭用了很长时间,才接受了这一切。

原来,北齐后主高纬猜忌这位堂兄,于武平四年派遣使者徐之范去解决被关押在控鹤司的高长恭。徐之范逼迫高长恭饮下毒酒,便转身离去,就在高长恭即将咽下最后一口气的刹那,一只獐子从牢房的天窗一跃而下,化身为女子,将嘴里含着的丹药吐进了他的唇间,哈出一口气,丹药骨碌碌滚入了他的喉咙。这枚灵丹,正是按照《遂古书》的记录炼制的"不死药",只是绿烟的炼丹术还未到家,无法使高长恭起死回生,只能暂时保存他的尸身不毁。高长恭的肉身暂时保住了,魂魄却离开了肉体,她只好将兰陵王的精魂装进梦瓶。这一梦,就是三百年。

三百年后,绿烟的法术炼成,她决定将他从梦里唤醒。从梦瓶里释放出兰陵王的精魂,使之与石棺中的肉身合一。

原来,一切都是梦,他与王妃的恩爱是一场梦。王妃的死,同样是一场梦。更准确地说,从来就没有过王妃的存在,生死恩爱,都只是幻觉而已。他站了起来,在地下洞穴里走动,尽管身体仍然像败絮一样,但他能感受到血管里的血液在嘶吼。他顺着斜坡,艰难地爬了出去,到了地面上。

大地上洒满了光，从树木间投射下来的光一条一条的，他蹲下来，想捡那些光芒。是了，他应该捡起那些光。在地下沉睡了三百年，他像石头一样沉睡着，没有任何感知。他的精魂却在一个瓶子里做梦，做一个长达三百年的噩梦。他是真的复活了么，还是带着前世的记忆重新投生在这个世界上？

"对了，大王，或许让你重生的并不是我的灵丹。"

"那是什么？"

"是玄冥君的面具。"

高长恭被毒杀后，按照王礼安葬，他的属官将那副面具，也就是玄冥君的面具罩在了他的脸上，用作陪葬品。

"要是没了那个面具，我就会死？"

绿烟点点头。

高长恭微微一笑，他端详着面具，回头望着脚边的地穴，将它扔了下去。他不再需要它了。人拥有有限的生命，才会懂得其珍贵，才会真诚地活在每一刻、每一秒。再长的人生，如果只是一场浮华的梦，不要也罢。两个人挽着手，朝林木深处走去。

灵感来源

兰陵王高长恭的故事，见载于《北齐书》《北史》，他是北齐神武帝高欢之孙，是北齐的实际开创者高澄之子。由于长得太帅，他制作了一张森怖的面具，在战场上戴着，用以威慑敌人。洛阳之战，他戴着面具杀入敌军解围，取得胜利，士兵们为了颂扬此事，编成了《兰陵王入阵曲》。后因受到北齐后主高纬的猜忌，被毒杀。后世将《兰陵王》的故事搬上了舞台，唐代时成为战舞，并流传到了日本。传统戏剧中，粤剧、京剧皆有《兰陵王》的戏码。本篇故事的灵感，即从史书与戏剧而来。

传国玉玺

1

秦始皇称帝的第一年，实际应称作秦王政二十六年，是时六国尽灭，秦王嬴政命令大臣们重新为自己议定尊号。大臣们商议后上奏说："古有天皇，有地皇，有泰皇，泰皇最贵。天子应该称'泰皇'。"秦王嬴政认为自己德兼三皇，功过五帝，应该称"皇帝"，因而自称"始皇帝"，希望自己的子孙们二世、三世……千秋万世继承皇位，拥有帝国的事业。就在这一年，陇西郡临洮县发生了"长人降临"的异事。

那是个秋天，农人们的粮食还没有收割完，天空没有一丝云彩。晴朗的天空忽然响起连串的惊雷，挥舞着镰刀的人们吃惊地抬起了头，苍穹裂开了缝，如同被撕裂的蓝绸缎，裂缝越来越大，刺目的红光涌动着，仿佛无数红色的旗帜招展，又像一条红色的河流奔腾，红光之中有叱咤之声，犹如千军万马掠过大地，伴随着强烈的声响，圆环状的巨物从裂缝中缓缓降落，大地上平添了一座圆环状的高山，就连五十里外的人都看见了。农人们望着这从天而降的巨物，一个个瞠目结舌。有人认为是天神降临，有人认为是妖异，总之，说什么的都有。天降巨物的事很快就传开了，十里八乡的人都跑来围观，起初人们只是远远地看着它，就这样过了好几天，那座环状巨物似乎无害，有个名叫黄石公的男人一向胆大，走上前瞧了个仔细。巨物通体洁白，仿佛精心打磨过，没有接缝，没有棱线，没有任何痕迹，几乎毫无瑕疵，完全不是像这个世界该有的东西。黄石公伸出食指，小心地接触，仿佛触摸水面，除了有点微凉外，再无任何感觉，不知不觉，他将整个手臂都伸了进去，他不知道，他的整个人已被巨物吞了进去。换句话说，他不自觉地走了进去，就像走进了一片深水。

人们眼睁睁地看着黄石公消失在了巨物中，有人醒悟过来，赶紧去报官。临洮县令徐构第二天才赶来，在这巨物面前，他的反应和围观的乡民并无区别，这超过了他的认知。他写了一封信，命驿马用最快的速度向郡守呈报，郡守用八百里加急，将这封信转送咸阳。最终，这封信落到了丞相李斯的案头。次日早朝，李斯单独向始皇帝嬴政奏事，呈上了徐构的信。始皇帝命李斯带几个可靠的人，亲赴临洮。

②

黄石公走进巨物后的第二天，准确地说是第二天夜里，留守在巨物二里外村庄里的临洮县令徐构听到了一阵轰鸣。他慌忙穿上衣服，走出房屋查看，那环状巨物已飞向苍穹，螺旋上升，如同在空中滚动的玉璧，光芒照得夜晚亮如白昼。巨物飞走后，留下十二个金色的巨人，每个人都有五丈多高，他们的装束十分怪异，不似中土衣装，也不像胡人的装束，倒像是一种战甲，从头到脚包裹得严严实实，甲胄有护面，从护面上的两个圆孔里能感受到炯炯的目光。巨人们对徐构轻轻一瞥，迈起大步向东南方向走去，消失在了夜色中。

李斯到临洮时，环状巨物和巨人都不见了，只留下浅浅的足迹，每只脚印有六尺三寸长。李斯命令随行的画师将徐构所说的一切，尤其是巨人的模样画下来，一边画一边改，直到徐构认为足够逼真为止。李斯勘察了巨物降临之地的每一寸土地，并未发现异常。不过，他也不是没有收获，他找到了那个走进巨物的人——黄石公。这是一个极为普通的中年男子，相貌平平，言语迟缓，但身上有一种很独特的东西。面对李斯这样的高官，大部分乡民，包括临洮县令徐构、陇西郡守程括都诚惶诚恐，但这个人面色平静，既无谄媚之相，也无惶恐之色。他身上有一种东西，这种东西，就连李斯也说不清楚，用一个不太准确的词来形容，那就是"圣人之德"。这让他产生了一个想法，即拜这个人为师。

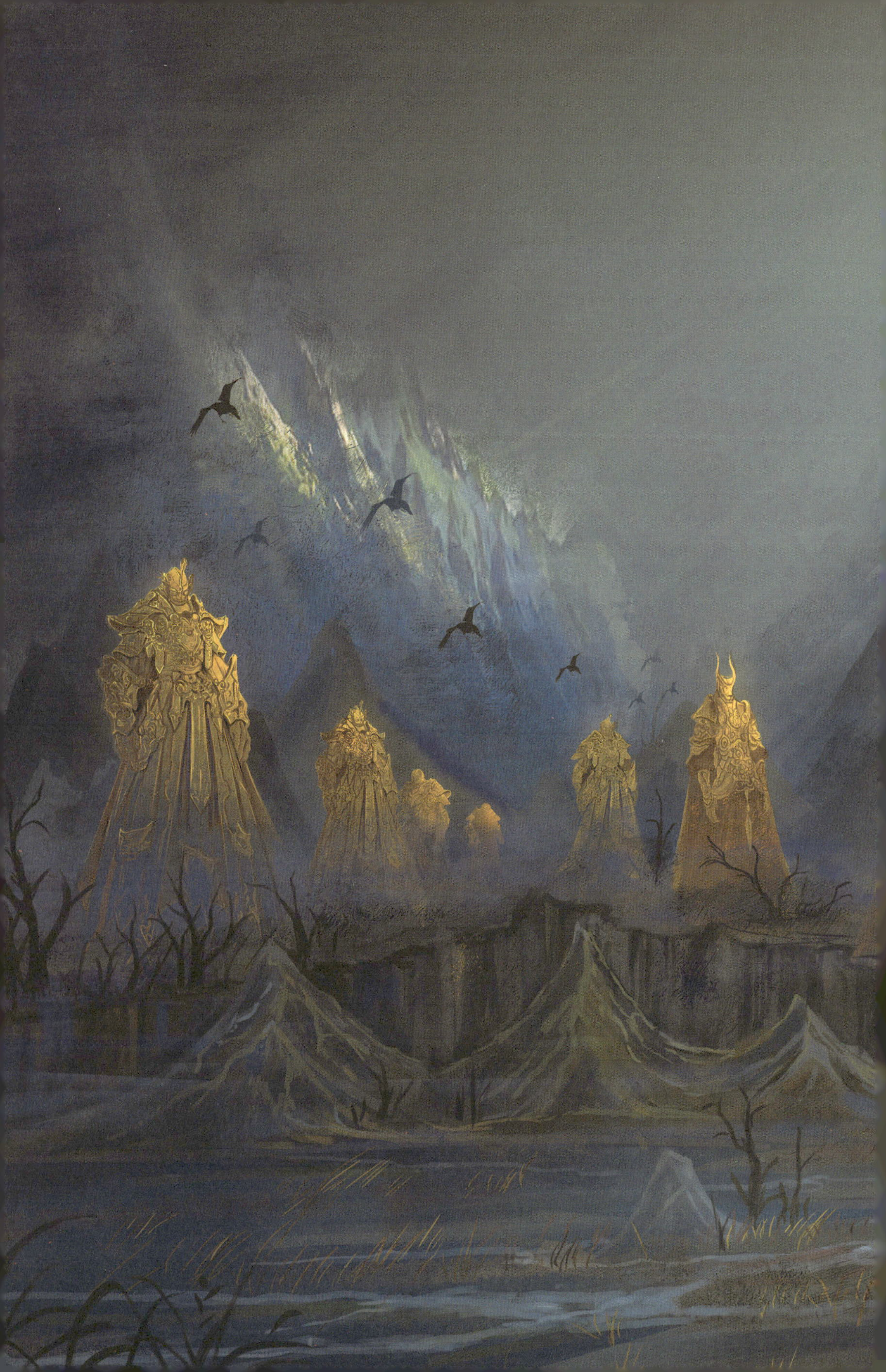

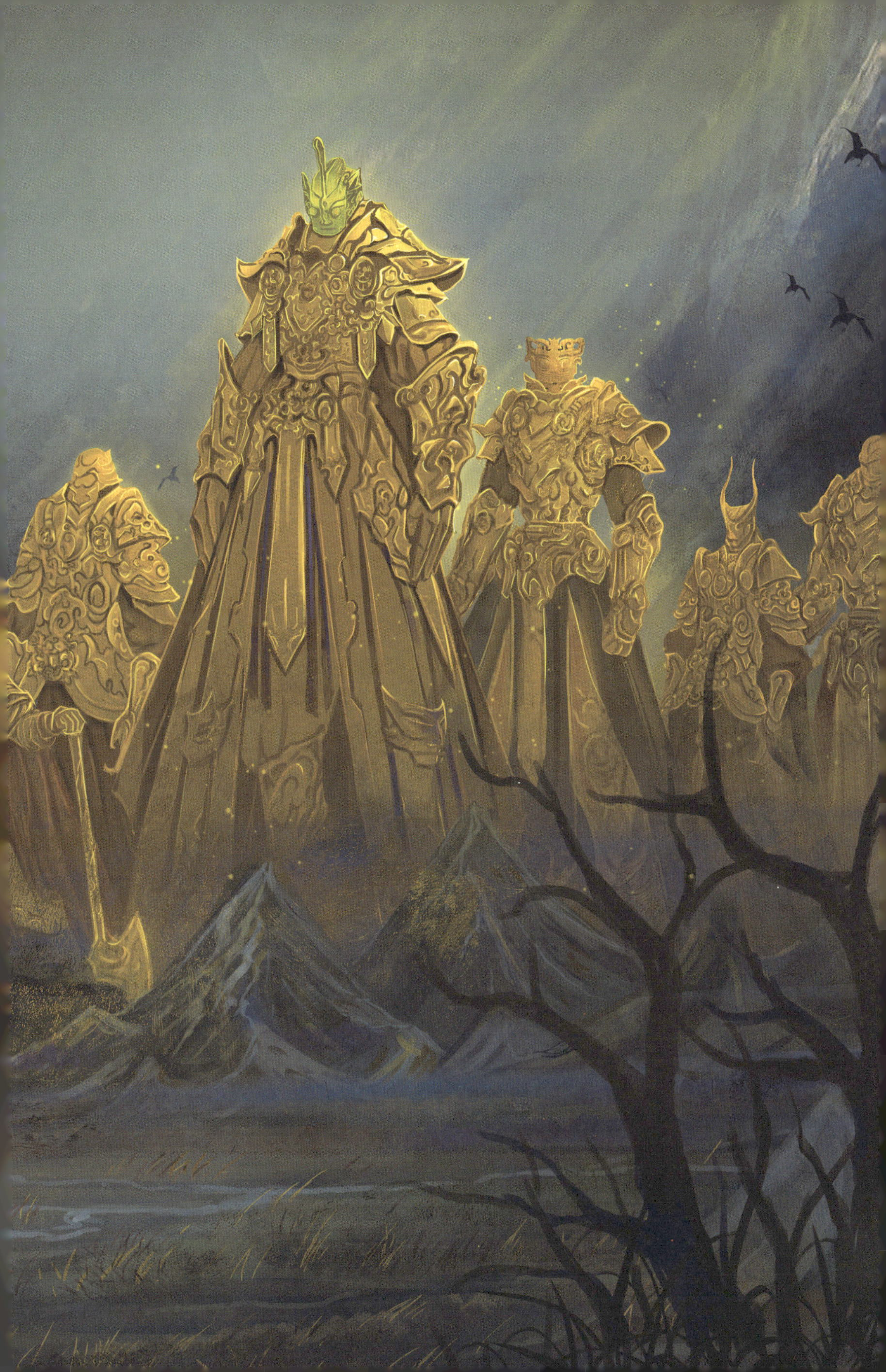

作为帝国的丞相，李斯堪称精英中的精英，知识和阅历都居于巅峰，可是当黄石公告诉他"飞车"（黄石公称巨物为"飞车"）内的一切时，他既惊骇又迷惑。不过他们究竟谈了些什么，无人知晓，他们的谈话记录，同样不曾披露。黄石公其人，也不知所踪。据史书记载，这件事后，始皇帝命人收集天下的金属，按照李斯提供的图像，在咸阳皇宫外的广场上铸造了十二座巨人的雕像。

③

秦始皇二十九年，始皇帝东巡，庞大的车队经过三川郡阳武县境内的博浪沙，一柄重达一百二十斤的大铁锤从天而降，击碎了始皇帝的座驾，车内的人几乎被砸成了肉泥，不过坐在车内的并非始皇帝本人，而是他的替身。始皇帝怒极，竟然有人敢在光天化日之下刺杀他，立刻下令搜捕刺客，就算是把周边的山林全部用篦子篦一遍，也要找到刺客，然而刺客却像化为飞鸟一样，消失得无影无踪。官吏和士兵们几乎把三川郡翻了个底朝天，依旧无果。最后，始皇帝下令将居住在博浪沙周边的人全部诛杀。

刺杀始皇帝的人，名叫张良。张良出身名门，他的祖父张开地曾在韩昭侯、韩宣惠王、韩襄王三朝担任相国，他的父亲张平则是韩釐王、韩桓惠王两位君主的相国，故而张氏家族有"五世相韩"的美誉，不出意外的话，张良会和他的祖、父一样，延续相国世家的荣耀。然而，秦国灭了韩国，张家的一切也随之消失了。他的弟弟在战场上与秦军交战，战死了，家仆们抢回了尸体，张良作为家主，不予安葬，发誓等报了仇以后再葬。他在淮阳学礼时，结识了隐士仓海君，仓海君生活的地方极其隐秘，往来的多是神秘人物。张良见到仓海君后，表示愿散尽家财，结交猛士，刺杀暴君。仓海君引荐他认识了大力士郭霹雳，郭霹雳身高将近两丈，力大无穷，能够徒手将一只暴怒的牛按倒在地，动弹不得。不过，从来没人看到过郭霹雳的真面目，他始终戴着一个大号斗笠，斗笠下的脸被黑色的面纱遮蔽，有一次在海边钓鱼时，风掀起了面纱，张良惊讶地发现，面纱下竟然是一张雕琢精美的青铜面具，他既为郭霹雳的谨小慎微所折服，又被他的神秘身份吸引。

过了半年，张良探知始皇帝将在秋季东巡，阳武县的博浪沙是一个天然的伏击地点。官道在丘陵下方，四周的山上草木茂密，他和郭霹雳埋伏在一块巨石后，等始皇帝的车驾进入视野，郭霹雳起身登上巨石，将一百二十斤的大铁锤抡圆，投向始皇帝的座驾。一切都像计划的那样完美，大铁锤准确地击中了四匹骏马牵引的始皇帝座驾。只是，始皇帝遭遇过多次刺杀，为了己身安全，每次出游都安排四辆近乎相同的座驾，谁也不知道他坐在哪辆车里，大铁锤击中的是他的替身。

始皇帝的扈从队伍，由都尉率领，化为上百支搜寻小队，向山上搜索。张良和郭霹雳早就设计好了撤退路线，看到秦军疯了一样朝山上扑来，二人立刻退入林中，骑上早已准备好的马，顺着之前开辟的道路朝山顶奔去，山顶上停放着一架巨大的木鸢。张良登上木鸢后，郭霹雳推动木鸢滑行，一直滑到悬崖尽头，郭霹雳奋力一推，木鸢像巨鸟一样，朝天空飞去，越飞越高。张良以为，郭霹雳会和自己一起登上木鸢，未料他会留在悬崖顶上，顿时为这个巨人的结局流下了心疼的泪水。再说秦军追到山顶时，郭霹雳纵身一跃，跳下了万丈悬崖。始皇帝下令，必须找到刺客，活要见人，死要见尸，可是搜捕的士兵们明明看到他跳崖了，却未在崖下找到他的尸骸。

张良驾着仓海君发明的这架木鸢飞到了下邳，降落后，将木鸢拆散藏匿了起来，自此改名换姓，隐居在当地。他平日深居简出，白昼几乎不出门，饮食悉由当地名叫张担的富商提供，此人是仓海君的入门弟子。有一天黄昏，张良到下邳桥上散步，看到桥栏上坐着一位黄衣老人，鸠杖鹤发，面容清癯，不过脚上只有一只鞋。他看到张良后，轻声呼唤："孺子，快过来。"张良走上前，问道："老丈何事？"老人用手中的拐杖指了指桥下，说："我的鞋掉了，快去捡上来。"张良低头一看，干涸的河床上果然躺着一只鞋。他下去捡了上来，老人笑眯眯地跷着脚，很明显，他想让张良给自己穿上。

张良很生气，自己捡了鞋也就罢了，这老家伙居然要自己伺候穿鞋，他很想上前给这老头一顿老拳，让他长点教训。不过，看着老人一把年纪了，他又忍住了怒气，俯身为之穿上。老人很高兴，起身走了，步履轻盈，十分洒脱，几乎不像老人。过了片刻，老人又折了回来，对张良说："孺子可教，五天后天明时，我们再见。"

五天后，张良如约而至，不过老人已经在这里了，十分生气地呵斥道："和老人会面，怎么能迟到呢，五天后再来吧！"

这一次，鸡一叫，张良就出发了，他觉得够早了，没想到老人还是先到，又斥责了他一顿，约在下一个五天后再见。

这一回，张良半夜就到了桥上，过了一小会儿，老人也来了，看见张良，笑盈盈地说："年轻后生，就应该这样啊。"然后掏出一卷竹简，交给张良说，"此书乃帝王之术，熟读可为帝王师。记住，十三年之后，我们在济北谷城山下再会。"说完，飘然而去。

天亮后，张良细看竹简，上书四个字：太公兵法。

大泽乡起义后，各路豪杰纷纷反秦，六国贵族也随之响应。项梁成为反秦最大的力量，张良去游说项梁，说："将军您立了楚王之后熊心为义帝，重建了楚国；韩王的后裔中，横阳君韩成最贤明，请立为韩王。重建韩国，您的功勋当为第一。"项梁听从了张良的建议，立韩成为王，并让张良担任韩国司徒，派遣二人率领一千多士兵去韩国故地反秦。军队进入颍川后，最初还算顺利，不过在阳翟受到阻碍。阳翟的秦军都被调去抗击楚地的义军了，守城士兵虽只有五百人，但依赖于坚固且高大的城墙，打退了韩成的一次次进攻。就在韩成一筹莫展时，只见一个巨人冲入阵中，手执巨锤，以雷霆万钧之势，三五下就砸毁了坚固的城门，士兵们一拥而入，拿下了城池。张良大喜，那人竟然是郭霹雳。原来，那日他等张良高飞后，纵身跳下悬崖，立即启动绑缚在腰间的机括，收缩在肩部的青铜羽翼开启，他像飞鸟一样落在了一棵树上。等秦军下崖搜寻时，他才展翅离去，飞行半日后降落在了颍川。这件青铜羽翼，同样出自仓海君之手，制作极为精湛，但操作十分复杂，稍有不慎，就会从高空坠落丧身。木鸢虽能远飞，但不能承载二人，为了保证二人的安全，仓海君让二人分开撤退。思虑如此周详，张良再一次为胸藏璇玑的仓海君所折服。

阳翟很快被反扑的秦军夺取，韩成和张良率领部属们在韩地与秦军展开拉锯战，始终未能拉开局面。不久传来项梁战死的消息，项羽成为楚军新的统帅，韩成只好率军去投奔项羽。这时候，张良与同为反秦义军首领的沛公刘邦相遇，加入了他的阵营。

④

秦二世三年十月，刘邦大军先于各路反秦大军进入关中，秦王子婴素马白车向他投降了，秦朝只传了两代，就灭亡了。子婴虽降，但是那一方刻着"受命于天，既寿永昌"的玉玺却不见了，归降时所献上的只是秦王处理政务时钤盖在公文上的"天子之玺"的常玺，并非象征皇帝身份的宝玺。据子婴交代，宦官赵高准备篡位，派女婿阎乐去杀秦二世胡亥，胡亥请求退位做一个万户侯，阎乐不答应，胡亥又请求做一个普通老百姓，阎乐还是不答应，秦二世只好自杀了。之后，阎乐几乎将宫廷翻了个底朝天，包括后妃们的寝宫，也没有找到玉玺。赵高为了给自己篡位搞个铺垫，准备先扶持子婴为王，却被子婴反杀。子婴登上王位后，还没来得及寻找那方象征天子的玉玺，刘邦的大军就入都了。对于子婴所说的一切，刘邦并未深究。一方玉玺而已，大不了再刻一方，他曾与义帝熊心有约，先入关中者为王，这件功绩远比一方玉玺来得显眼。不过，他的大臣萧何并不这么看，他在处理咸阳的安民事务时，开始悄悄查找玉玺的下落。

就在刘邦的文武大臣们沉溺于胜利的喜悦时，萧何进入了秦朝御史中丞的官廨，下令将有关国家户籍、地理、法令等图书档案保护起来，为刘邦统一全国做准备。在存放档案的府库里，他发现了一个十分陈旧的匣子，匣子没有上锁，通体覆盖着黑色的龙纹。他怀疑，玉玺就藏在这里，他不敢私自打开，立刻将其交给了刘邦。刘邦听说玉玺找到了，认为这是天命所归，十分高兴，命令侍臣击鼓撞钟，召集张良、樊哙等一干大臣来见。

大臣们来到大殿，按照文武分坐在两侧席上，看着放在案头的匣子，一一上前向刘邦致贺，从小和刘邦一起长大的卢绾、樊哙伸着脖子嚷道："主公，快拿出来，让我们见识见识。"刘邦看着这群和自己一起打天下的文武臣僚，满脸喜色，欣然开匣，可是无论他怎样用力，就是打不开匣子，他拔出短刀，想将匣子撬开，同样未能成功。

刘邦无奈地向自己的猛士樊哙看了一眼，樊哙会意，立刻从席上起身，接过匣子，他企图将之掰开，可脸憋得通红，也未能打开，一怒之下，他将匣子扔在地上，拔出佩刀就要劈，刀刃刚一接触匣子，匣子发出"嗡"的一声，闪烁一片光芒，光芒越来越强烈，照得大殿上的人都睁不开眼，强光里一只巨兽挣脱欲出。樊哙挥刀刺向巨兽，一声爆响，腾起一团火光，刀断为两节，飞出去的断刃插入殿柱，颤抖着发出"嗡嗡"的声音，巨兽消失不见，匣子也不见了，手执半截断刀的樊哙脸色煞白，汗水不停地从额头上渗出。刘邦和众臣们面面相觑，各自从座席上起身，四处寻找匣子，然而翻遍了大殿，也不见匣子的踪影。

刘邦下令对大殿上发生的事保密，令萧何私下查访匣子的所在。

不过，比搜寻匣子更大的危机，是项羽的大军也入关了。项羽得知刘邦欲在关中称王，大怒，准备率四十万大军灭刘邦。张良建议刘邦到项羽驻军的霸上拜访，告诉项羽，他无心称王，只是守护好地方安宁，等待他的到来，此即"鸿门宴"。经历了"鸿门宴"的惊心动魄后，刘邦暂时逃过了一劫。项羽杀了秦王子婴，分封各路义军首领为王。刘邦被封为了汉王，韩成的王冠却被项羽摘了下来，送给了吴县县令郑昌，而韩成只被封了侯，地盘小得可怜，张良的复国梦落空了。项羽率军东返后，命韩成随行，到达项羽的都城彭城后，失意的韩成发了几句怨言，被项羽的心腹侦知，密告项羽。项羽大怒，下令将韩成处死。远在汉中的张良获悉后，痛断肝肠，发誓要摧毁项羽，力劝刘邦与项羽争夺天下。

⑤

楚汉之争，刘项阵营胜负未分，但萧何始终没有放弃寻找一件东西：传国玉玺。他隐约觉得，有一个人或许能提供线索。叔孙通本是秦朝博士，见秦二世昏聩，遂逃离咸阳回到了家乡。各地英豪起兵反秦时，他投奔了项梁，项梁在定陶被秦军大将章邯杀死后，叔孙通作为项氏集团的人，又跟了项羽。只是很少有人知道，项羽向西入关，叔孙通也是从龙之臣，并参与了那场惊天动地的"掘陵"。

项羽大封天下诸侯，回到彭城，不久弑杀义帝熊心，叔孙通认为他不能成大事，转而投奔了刘邦，刘邦给予他"稷嗣君"的称号。萧何一见叔孙通，就问道："秦二世尚未死，您怎知秦朝气数已尽？"

叔孙通说："宦官赵高专权，天下豪杰蜂起，遍地烽烟，能臣或死或囚，岂非其气数已尽？"

萧何大笑道："博士恐怕是未卜先知吧。"

叔孙通说："萧大人说笑了。"

萧何脸色凝重，话锋一转，低声告诉了他一件旧事。汉王刘邦曾得到秦始皇玉玺，诡异的是玉玺竟在大殿上凭空消失了。叔孙通明白了，萧何先前所言是投石问路，其真实目的，是向自己打听玉玺的消息。他告诉萧何，装玉玺的匣子是丞相李斯所设计，他任博士时，曾在御史中丞的档案库中看见过载有匣子机关图的帛书，只是不知那卷书是否还在。萧何一听，立刻带着叔孙通一起去翻检那些旧档案。两人在灰尘厚积、蛛网密布的档案库里翻阅了两天也没有找到帛书，但发现了一部没有名字的残简，其中一段写道：

秦王政二十六年，天裂，横亘空际，赤色如流，如万千旌旗出其中，声如战马嘶鸣，有巨星降临，十二长人出其中……

这部残书中并无他们要找的答案，不过在书的末尾发现了一个落款：伏胜。

⑥

秦始皇三十四年，博士淳于越反对"郡县制"，认为应该按照古制，像周天子一样分封子弟，拱卫王室。民间也有人不断散布类似的言论。秦始皇认为，民间议论朝政，是因为有私学的存在，他下令焚烧《秦记》以外的各国历史，除了记录卜卦、种树、稼穑的书籍外，凡不是藏在官方博士馆的书籍，限期全部交出，在咸阳宫外的广场上烧毁；凡是私下谈论《诗》《书》的立刻处死，以古非今者灭族，并禁止民间藏书、办学。

博士伏胜是一个大藏书家，他不但藏有列国史书，也是《周丘书》抄件的持有者。始皇帝的"焚书令"下达后，他不忍先贤的著述就此毁于一旦，辞官离开朝堂，冒着被灭族的危险，偷偷将藏书转移到了黔中郡沅水边的一个山洞——二酉洞里，从此在这里隐居了下来。伏胜所藏《周丘书》抄件记载，十二巨人来自一个遥远的世界，他们自称"祭司"，并将大秦统治的世界称为"蓝水星"。祭司们说，他们来自"曜灵"世界，他们的世界和人类的世界一样，也是一颗蓝色的星星，当然，这样的星星在苍穹之中有亿万个，但只有蓝水星与他们的世界最相似。他们的到来，并不是为了和大秦争雄，而是为了寻找祖先丢失的"祭司神树"。两千五百年前，他们族中出现了一个背叛者，带着祭司神树来到了蓝水星。《周丘书》还记载，这些自称祭司的人能够炼制一种名为"不死药"的神药，服了这些药的人，水火不惧，每个人都能活一千岁以上。他们驾驭着"飞车"在星辰之间飞行，这种飞车非常庞大，每辆车内都有十万个房间，有召开会议的殿堂、举行仪式的祠庙、储备食物的粮仓、安寝用的卧室、制作饮食的厨房，甚至连动物们的园囿也不少，就仿佛一座飘浮在空中的巨大城池。

⑦

萧何没有找到伏胜，但丢失的玉玺匣子却出现了，那已经是汉王五年，刘邦在垓下之战中击败了项羽，项羽自杀。楚王韩信、梁王彭越、淮南王英布、长沙王吴芮、韩王信等诸侯及群臣一起上书，请刘邦称帝，刘邦推辞再三，最后在定陶汜水北岸筑坛告天，举行登基大典。

刘邦登上宝座，群臣山呼万岁，忽然空中传来一阵鸟鸣，犹如钟磬，音律协调，十分优美。刘邦抬头望去，吓得差点从宝座上滚落，一只丈余高的人面巨鸟落在祭坛上，一足而立，八只翅膀挥舞着，掀起一阵大风。魂不附体的刘邦将张良叫到身边，问他这是何物。张良告诉刘邦，这只鸟名叫青鹳，周武王吊民伐罪，进入商朝的都城朝歌时，这只鸟曾出现过；秦始皇诛灭六国，登基称帝，这只鸟也曾出现过。刘邦大喜过望，命史官将这件事记下来。

登基大典结束后，侍臣在祭坛上发现了一个匣子，正是当年在咸阳宫众目睽睽之下丢失的那个匣子。陈平认为，登基是上应天命，所以青鹳携宝玺而来。刘邦龙心大悦，敕封那只鸟为"神鸟"，并下诏让画师绘制其形，悬挂于长安的未央宫。当夜，刘邦密召萧何、张良、陈平三人入宫，命他们打开匣子。萧何显然是有备而来，他轻轻念道："地之所载，六合之间。四海之内，照之以日月，经之以星辰，纪之以四时，要之以太岁。神灵所生，其物异形，或夭或寿，唯圣人能通其道。"

萧何话音刚落，装玉玺的匣子发出一阵轻微的声音，仿佛是在敲击石磬，由低到高，声音越来越大，众人不自觉地捂住了耳朵，只听一声啸叫，一只青鹳出现在左，一只巨龙出现在右。刘邦、萧何与陈平吓得差点晕过去，只有张良面色如常，他从鸟、龙身上穿过，绕了一圈，其他三人这才意识到，鸟、龙只是从匣子里射出来的光影。张良俯身捡起匣子，将之打开，举到刘邦跟前，里面装着一方青玉玉玺。刘邦拿起玉玺，细看玺文，是"受命于天，既寿永昌"八个字。每个人的脸上，都露出错愕但喜悦的神色。

刘邦问萧何："萧相国，《周丘书》从何而来？"

萧何缓缓地说："这多亏了叔孙通大人。"

⑧

秦都咸阳被刘邦攻破后，秦王子婴投降，不久项羽的大军也入关了。经历了"鸿门宴"事件之后，刘邦对自己与项羽的实力有了清晰的认知，因而封存好咸阳的皇宫与府库，拱手交给了项羽。当年十一月，项羽的大军进入咸阳，随即领军进驻蓝田，下令发掘秦始皇陵。十余天过后，蓝田的山上留下了大大小小无数个洞，偶尔挖掘出一位陪臣的陵墓，但始皇帝的墓穴始终一无所获。项羽大怒，将掘墓的三位将军斩首，任命亲信蒲甘为校尉，继续寻找帝陵。蒲甘怕自己也像几位将军一样掉了脑袋，苦思对策，他想起叔孙通曾担任过秦国博士，立刻派一百名士兵去请叔孙通。叔孙通望着那些刀剑出鞘的亲兵，知道自己别无选择。他告诉蒲甘，自己的确知道始皇陵的位置，只是这背后有一个惊天的大秘密，知道的人越少越好。

蒲甘召集了一万名士兵，封锁了通往蓝田的道路，仅带着自己的亲兵和叔孙通一起出发了，他们没带武器，每个人都带了一件镢头。那座山并不难找，甚至可以说就在他们的眼皮子底下，山呈覆斗形，高二十余丈，遍山郁郁苍苍，长满了松柏。如果没有叔孙通的指认，谁也不会想到这就是帝陵。不过，就算是知道了，恐怕也没办法，除非将这座山整个儿都搬走。叔孙通望着蒲甘犯难的神色，微微一笑，说道："将军不必忧虑，且随我来。"他打开背囊，从里面取出四根粗细不一的铜杆，望了望太阳的位置，将四根铜钎套接在一起，扛着钎子，登上一座比始皇陵略高的丘陵，将钎子插在了丘陵的顶上，在铜钎顶端装了一面铜镜。落日的斜阳照射在铜镜上，一缕光反射在了帝陵上，光的落点立刻反射起一片彩虹般的光华。蒲甘下令士兵挖掘，露出巨大的龙头，龙颔下悬挂着一颗巨大的圆珠，反光正源于此。

叔孙通走到巨龙前，摘下龙颔下的明珠，巨龙缓缓张大了嘴巴，蒲将军和士兵们被吓得几乎瘫软在地，叔孙通却已钻进了张开的龙口里，目瞪口呆的蒲将军似乎明白了什么，指挥士兵们钻了进去，他最后一个也爬了进去。隧道虽在地下，但并不昏暗，每隔两丈就有一盏人鱼灯，人鱼与人的样子十分相似，只是长了一条巨大的尾巴，他们双臂前伸，手中捧着径尺大的铜盘，盘子正中安放着一颗硕大明珠，发出的光将隧道照得亮如白昼。蒲甘来不及理会这令人瞠目的一切，督令士兵们紧紧跟在叔孙通的身后。在隧道中走了七八里，前方的隧道越来越宽敞，出现一座拱门，门上的铜铺首呈盾形，雕琢着一只怪异的巨鸟，鸟嘴里叼着一枚二寸见方的印章。蒲甘下令让士兵们推门，众人用尽了力气，那扇门却纹丝不动，犹如生了根一般。叔孙通取下鸟嘴上的印章，用手摸了摸，印章射出一道蓝光，照在铺首上，一阵轰隆隆的声音，两扇门自动打开了。

蒲将军瞪着双眼，眼珠子差点坠落于地，如同见了鬼一般看着叔孙通。士兵们纷纷抢着进了那道门，却如泥牛入海一般，没了任何声息。他来不及思考，也跟着跨过了那道门，眼前的一切，完全超出了他的想象。那是一个广阔的世界，远处的山下，牛羊在慢慢地踱步，河流像婴孩，安静地睡在山下。一片房屋随着地势的抬升，高低错落，散布在山坡上。不过，他立刻明白这是一幅凶险的幻象，士兵们被眼前的一切迷惑，试图一探究竟时，纷纷坠落，消失在了脚下的深渊里。原来，大门后的世界，是幻象的峡谷，此刻他们就站在峡谷的边缘。叔孙通举着手中的印章挥了挥手，印章发出一道红色的光，眼前的幻境抖动了起来，一会儿就消失了，脚下果然出现幽深的、看不到底的深渊。蒲甘和叔孙通沿着山谷的边缘小心地前进，听到水声，二人循着水声，看到了一座连接峡谷两岸的白色拱桥。

⑨

项羽听了蒲甘的汇报后，将信将疑，他对自己的武力值十分自信，又或者他不想让更多的人知道这个秘密，他没有带侍卫，只命叔孙通和蒲甘二人随自己一起入陵。

进入龙口，穿过隧道，跨过那座狭长的白色拱桥，项羽站在桥上似乎在想什么，也许他有些不明白，跨度如此大的桥，是如何建造在峡谷两侧的。桥的末端，一座穹顶式建筑出现在眼帘中，这座建筑一半与山体衔接，一半悬挂在半空，唯一的通道，就是与之相连的桥。建筑内的空间，远远超过了项羽见过的任何建筑，无论是邯郸的故赵国王宫，还是咸阳的秦国皇宫，都没有这座建筑大。建筑的穹顶上装饰着无数颗明珠，犹如天幕上的繁星一般，不停地闪烁，在东方的位置，能看到角、亢、氐、房、心、尾、箕七宿，连缀起来，隐隐约约如青龙。西方的位置，可见奎、娄、胃、昴、毕、觜、参等七宿，形如白虎……北方玄武，南方朱雀、东方青龙、西方白虎。项羽明白了，这些闪烁的珠子是按照二十八星宿的方位镶嵌的。

穹顶下的正北方，雄踞着黑色的战阵，粗略估计有三四万人马，左右两翼前突，呈包抄之势，中军一杆黑色的大旗，旗帜上绣着金色的篆书大字：秦。旗帜下六条黑龙牵引着法驾，始皇帝端坐于法驾之上。项羽冲到阵前，挥剑向始皇帝的驭手斩去，立刻涌动起一片紫色的雾，驭手不见了，两翼的士兵呐喊着向他厮杀而来，呼喊声惊天动地。项羽大为惊惧，一边挥舞长剑，一边狂逃。

逃离秦陵，回到自己的大营后，项羽命叔孙通掌中军，驻守大营，自己点起一万名精锐甲士，去墓中与秦军交战，交战一日，不分胜负；交战三日，依旧胜负不分。项羽深知墓中诡异，将士兵撤了出来，下令封锁陵墓周边的通道。他是个不肯服输的人，墓中交战不分胜败，他沦入严重的挫败感中，每日都在陵前苦思对策。一天，他发现墓道里走出一个抱着小羊羔的牧童，十分惊异，走上前问道："小哥儿，里面都是兵，你是怎么进去，又出来的？"

牧童说："我的羊儿走丢了，我去找羊儿了。"

项羽又说："墓中凶险，你不害怕吗？"

牧童迷茫地望着项羽，说："有何凶险？"

项羽说："你能带我进去吗？"

牧童有点着急地说："我还要放羊呢，回去晚了，主人会责骂我的。"

项羽从怀中掏出一块金饼，对他说："有了这块金子，主人就不会骂你了。"

牧童接过金子，带着项羽进了墓道，不一会儿就到了秦军军阵前。项羽望着秦军的大阵，露出畏惧之色，停下了脚步，牧童却一步不停，穿过那片士兵林立的战阵，有时还对挡道的秦兵踹一脚，走到秦始皇的法驾前，爬上了车子。项羽效法牧童向前走去，可是他刚迈出一步，秦军士兵们便围了上来，向他发起攻击，他不得不拔剑还击。牧童见他挥舞长剑，不肯上前。大声喊道："你快来呀，我的羊儿就是在这儿发现的。"

项羽远远退后，秦军的士兵们也静止不动了，他望着牧童在秦始皇的法驾上跳来跳去，十分不解。为何小小的牧童能毫无障碍地越过秦军大阵，自己率领一万兵马，却无法越雷池一步？

牧童在始皇帝的法驾上玩了一会儿，吹起了冷风，他感到寒冷，便在车驾下生了一堆火，火烧着了法驾的布帷，火势越来越大，牧童见势不妙，顺手捡起始皇帝法驾上的七宝盒，转身便跑。牧童引发的大火烧了九十多天，始皇陵内一片狼藉，蓝田一带的地缝里都有烟火冒出，时人都以为是地火燃烧。

项羽将自己的所见告知了亚父范增，问道："为何牧童能轻松穿过陵墓里的秦军大阵，我却不能？"

亚父淡淡地说："你心中有兵，牧童心中无兵；你有胜负之心，牧童无胜负之心；你有所执，牧童无所执。打败你的，是心魔。"

项羽闻言，下令禁止提及入秦陵一事，敢言者斩首。

不过，此事还是被叔孙通知道了。他找到牧童，询问当日发生的一切，用二百两白金，买下了牧童手里的七宝盒。

⑩

环状飞车内身量最高的人自称"冥昭"，是曜灵巨人的王，与其他巨人不同，他戴着青绿色面具，如果忽略掉那夸张的造型，那副面具的样子倒与人类有几分相似，但也只是相似而已。那副面具足有二尺五寸高，四尺多宽，眉弓极高，眼球怪异地凸出，就仿佛在眼眶里安装了两根短柱，细长的眉梢斜向上挑，鼻梁宽宽的，上唇的位置镶嵌着两道金色的弧形装饰，犹如胡须，嘴角向上扬，仿佛始终保持着微笑。最夸张的是两个耳朵，又大又尖，竖在脸颊的两侧。

进入飞车的黄石公最初十分恐惧，尤其是看到巨人的时候，冥昭显然知道他的恐惧，他用人类的语言说："你莫要害怕，我们不会伤害你的。"

黄石公还是怕极了，他的恐惧来自对眼前一切的未知。

冥昭走到距离他两丈远的地方，用那双纵目凝视着，他的眼睛里闪烁起一道光，准确地说是一根线，线的末端犹如箭镞，向黄石公飞了过来，他只觉得眼睛一花，那根带着尖刺的线，就刺入了他的眼珠，他感到一阵疼痛，被注入了一种力量，内心的恐惧消失了。通过那根闪亮的线，一种犹如泉水般的东西在他与纵目巨人冥昭之间流动，那是一些关于星辰和宇宙的知识，还有关于他生活的这个世界的知识，包括那些已经失传的典籍，以及未来数千年不断嬗变的知识。他的心中豁然开朗，仿佛黑暗中的人忽然走到了阳光下，他的大脑深处，不但翻涌过他眼前这个世界的一切，还包括另外一些可能，关于未来的可能。

冥昭对黄石公说："你现在知道我的来处了。我将交给你两件东西，一件是'力量之源'，也被称为'光之石'，另一件是记录曜灵人智慧的'墨丘三书'。三书，其一为《周丘书》，其二为《连山书》，其三为《墨离书》。"

当年李斯拜黄石公为师，黄石公将"光之石"交给李斯，并将记载奇技之学的《周丘书》也传给了他，李斯用"光之石"刻成玉玺，用书中记录的玄妙之学，制作了装玉玺的匣子。始皇帝嬴政将玉玺留给了儿子，却不欲《周丘书》传世，命令李斯制作七宝盒，将《周丘书》装进盒中，为自己陪葬。可惜，人算不如天算，这个盒子被牧童带出了陵墓，这才落到了叔孙通的手里。

叔孙通告诉了萧何打开玉玺匣子的咒言，但连他也不知道守护者的秘密。

⑪

刘邦与项羽争天下时，六国贵族的后裔们建立的诸侯国朝三暮四，有时候投靠刘邦，有时候又投靠项羽，魏王豹就是这样一个人。魏豹为人极为勇武，夺取了魏国故地的二十余座城池，不过项羽不信任他，将他改封为"西魏王"，只给了他一个郡的地盘，魏豹一怒之下投奔了刘邦。项羽在彭城击败刘邦后，魏豹认为还是项羽更强，因此又投靠了项羽。汉王二年，韩信采用声东击西之策，击败魏豹，并俘虏了他。刘邦爱惜魏豹的勇武，不忍杀他，让他和自己的部将周苛一起守卫荥阳，在项羽大军进攻荥阳时，周苛担心魏豹不可靠，杀了他。魏豹的后妃们，大都被安置到了掖庭。

有一天，刘邦刚要入寝，听到一阵哀怨的箫声，命内官去查看。内官回禀说："回禀汉王，是尚衣局的罪妇，臣已经将她关起来了。"

刘邦说："带她来见寡人。"

女子一见刘邦，跪倒行礼。

刘邦问道："你是何人？"

女子答道："禀告汉王，罪妇本是魏王妃……贱名管青云，入宫才三日。"

刘邦笑问："魏豹已死，你念否？"

管青云说："罪妇不敢。"

刘邦又问："和你一处的还有谁？"

管青云说："魏王夫人赵氏烛尘，与罪妇同在尚衣局。"

刘邦命内官召来赵烛尘，那女子步态犹如弱柳扶风，果然颇有几分姿色。刘邦欣喜，命内官带二人去换了衣服，当日一同纳入后宫，俱列为嫔。

韩信拿下赵地后，刘邦对赵、代等地方十分不放心，借口巡幸，率领庞大的队伍到当年赵武灵王所建的信宫。随行的不只有大臣，还有后妃。信宫地处山中，风景绝美，夜色尤佳。是夜，刘邦在内官的陪伴下，沿着宫廊独步，听到宫室内有女子嬉笑之声不绝于耳，因而推门而入，见是妃子管青云、赵烛尘二人说笑。二人见了圣驾，赶紧叩首见礼。

刘邦问道："你二人适才说些什么？"

管青云道："回禀陛下，昔日我与赵妃、薄姬三人被俘，在囚笼中犹如寒蝉，不知是生是死，故而结拜为异姓姊妹，相约若有一人显贵，必不负另外二人。"

刘邦讶异，想不到弱女子竟也有此志，问道："薄姬今何在？"

管青云答："当日被俘，臣妾和赵姐姐进了尚衣局，薄姐姐的下落就不得而知了，也不是臣妾敢打听的。所幸臣妾二人受陛下照拂，才不至于长困于冷宫织机之下。"

刘邦点点头，对管、赵二人说："朕必定使你二人不负约定。"命内官记下这件事，寻访薄姬下落。

内官很快就在浣衣局找到了薄姬，尽管薄姬姿色平常，但肤色耀眼，一头青丝委垂，长达四尺有余。刘邦为了满足管、赵二妃的愿望，当夜就让薄姬侍寝。事后，再未召见薄姬，殊不知薄姬竟怀上了身孕。刘邦便立她为妃，后生下一子，名为刘恒。

⑫

陈平是魏国人，家中贫困，人们不肯将女儿嫁给他，他也不屑于娶普通百姓家的女子。魏地有个富豪，名叫张负，孙女嫁了五次人，每次过门不久，丈夫就死了，人们都说她克夫。无人敢娶这个女子，陈平却不怕，立志要娶张家大小姐。后来，果然娶了张氏。张负认为，大丈夫不应耗费光阴，应学习奇术，以应对即将到来的天下巨变，他赠予陈平盘缠，让他去游历。陈平在淮阳遇到了张良，张良认为陈平志向高远，赠予他一卷《连山书》。秦末天下大乱，张良又引荐陈平到魏王豹麾下，不过奇怪的是，他很快离开了魏王豹，投奔了刘邦，成为刘邦最重要的谋臣。

汉十二年，刘邦驾崩。

在吕后执政的日子里，陈平始终小心翼翼，因为张良去世了，他是唯一在朝堂上的守护者了。张良临终前，曾告诉他，还有一个守护者，在代国。

整整十五年里，尽管陈平心中怀着那个巨大的秘密，然而他的脸上始终没有一丝波澜。

皇后吕雉称制，将吕家人全都封为高官，还封自己的侄儿吕禄、吕产为王。吕后为了巩固自己的权力，对刘氏王族进行了严厉打击，尤其是刘邦宠爱的戚夫人所生的儿子、刘邦第三子赵王刘如意，更是她的眼中钉，被她下药毒杀。之后，刘邦第六子、淮阳王刘友被改封为赵王，吕后将吕家的女儿嫁给他。刘友不喜欢吕家女，却喜欢小妾，其妻大怒，向吕后告了恶状，说刘友曾发誓："吕家人怎可封王，等太后百年后，我将除尽吕家人。"吕后大怒，下令召刘友到长安，将他幽禁，断绝饮食，饿死在屋内。又一个赵王死了，吕后改封刘邦第五子、梁王刘恢为赵王，并将自己的侄孙女、吕产之女嫁给了刘恢，为了更周全，还将他身边的人全部调走，换上吕家的亲信。刘恢对吕后所做的一切心知肚明，他也不喜欢吕家女，专门把工夫用在妾身上。吕产的女儿妒意很大，下毒毒死了刘恢宠爱的小妾，不久后刘恢就自杀了。一连死了三个赵王，让其他刘姓王族战战兢兢，都害怕征召入京。齐王刘肥是刘邦的庶长子，是刘姓诸王里地盘最大的，实力也最强，有七十多座城，为了自保，他献出了一个郡给吕后的女儿鲁元公主，并尊这个异母妹妹为王太后，这才保住性命离京。

对于刘邦的妃子薄姬，还有她的儿子、刘邦第四子代王刘恒，吕后却没什么计较。薄姬相貌庸常，刘邦生前就不大宠爱她，除了侍寝过一次后，再未相见。刘恒被封为王，打发到了偏远的代地，去充当帝国的屏障，防守匈奴。也许正是如此，薄姬与刘恒反而因祸得福。

　　这一天最终还是来了，吕后死了。陆贾、周勃等高祖皇帝的旧臣们非常担忧，害怕吕家人篡夺天下，在陈平的运作下，发动了"削平诸吕"的政变，把持皇宫的吕禄企图假托天子的名义发布诏书，但钤印时怎么也找不到装玉玺的匣子，结果吕家人全部被诛杀。大臣们迎接刘恒即位，也就是汉文帝。文帝登基后，翻遍了宫廷，同样没找到玉玺。他下令封锁消息，只派朱虚侯刘章一人去秘密调查。

　　刘章对寻找玉玺的下落全无头绪，他知道陈平足智多谋，便来请教。

　　陈平告诉他，高祖称帝后，为了打开装玉玺的匣子，派萧何四处调查，从叔孙通处得到半部《周丘书》，现今所有藏书都藏于未央宫的天禄阁，也许那里有线索。刘章立刻向文帝请了旨意，到天禄阁去调阅藏书，文帝还专门派了四个小黄门协助他，在灰尘中翻了半天，刘章终于找到了《周丘书》，只可惜这部书年代久远，竹简上的字一个都看不清楚，只有卷尾的一枚印章还算清楚：伏胜。

　　刘章在远离长安几千里之外的荒僻江村找到伏胜时，发现他已是个须发皓白的百岁老人了。伏胜说书藏在"二酉洞"里，他本打算将书献给朝廷，但自己太老了，无法去朝见皇帝，只好让年轻的弟子韩玄去谢恩，这就是"伏生授书"事件。可惜伏胜所献的书中，并无《墨丘书》。刘章怀疑这老头有所隐匿，就在暗中盯着他。可是，伏胜深居简出，几乎从不出门，只有一个七十余岁的须发全白、几乎和伏胜一样老的名叫葛翁的侍者每日出入，有时候到江边汲水，有时候上山采药。盯了一年多，刘章一无所获。刘章意识到自己错了，他只顾死盯着一棵树，却忘了整片森林，也许从葛翁身上，能撬开一条缝。

　　这天黄昏，他尾随着葛翁，一路朝山中走去，葛翁的脚力极好，登山渡水如履平地，刘章暗暗吃惊，这岂是七十多岁的老人的气力，他越发觉得，伏胜身边的一切都透着神秘。就这样他跟着葛翁在山中绕了五十多里，天黑时分，终于到了山顶。峰顶有座茅屋，葛翁径直进了屋子，他看起来对此地十分熟悉。刘章在屋外守候了一刻钟，也不见葛翁出来，暗叫"不妙"。他立马冲进屋子，屋子里哪有人迹？

刘章正要离开，拍了拍自己的脑袋，刘章啊，刘章，你可真够笨的，他既然消失在了屋中，一定是屋中另有玄机。他仔细查寻，发现地上的席子好像被移动过，不甚整齐，他揭起席子，席子下果然有个地穴。他顺着地穴的斜坡悄悄地走下去，见远处有光，赶紧躲在转角的阴影里，发现那里有个大竹篓子，便钻了进去，透过竹篓的缝隙，可以看到光焰里站着一个三十余岁的男子，双目如电，相貌极为英俊，对坐在藤椅里的人毕恭毕敬。就在年轻男子走动的时候，刘章看见他左侧腰间挂着一枚玉佩，玉佩上有个北斗星的图案，但只有天枢、天璇、天玑、天权、玉衡五颗星，而右侧的玉佩上，则是另外两颗星——开阳与摇光，这种佩戴模式，与他那日拜访伏胜时，在伏胜腰间看到的一模一样。

青年男子与藤椅里的人交谈着什么，过了片刻，后退两步，演示起一套技击术，出手如电，腿影重重，刘章顿时冒出了冷汗，此人的技艺极高，若是与之交手，只怕自己过不了三招就会落败。突然，藤椅里的人站了起来，只可惜他戴着大大的斗笠，看不清容貌。斗笠人欺身靠近，向青年男子攻击，男子腾挪闪避，可是无论动作如何敏捷，都躲不开斗笠人，肩部、胸口、腰间被连续击中，最后倒在了地上，又笑着爬了起来，很显然，他们是在切磋武艺。刘章感受到一种从未有过的压力，就像万钧巨石压在自己的胸口。

不知何时，青年男子走了，只剩下斗笠人，只见他缓缓地取下斗笠，露出了满头的白发，不是伏胜是谁！刘章无暇思考这老人是如何从村里来到这荒山地穴中的，他目不转睛地盯着这神秘的老家伙，生怕他飞走。伏胜一件一件脱掉了衣服，裸露出一个老人的身体，臃肿、松软、无力，皱皱巴巴，接着，不知他从哪里取出了一柄匕首，匕首在光焰里闪烁着寒光，他反手握刀，刺入自己的胸口，慢慢地向下划去。刘章极力控制着恐惧，才没发出任何声音。随着匕首划开肌肤，不断有殷红的血液流出来，但伏胜始终没有发出任何惨痛的叫声，不一会儿，他就在胸口划开了一个十字形的口子，将右手伸进去，取出了一颗闪烁微弱蓝光的心脏，那颗心脏在他的手里，一颤一颤地跳动着。他将心脏放入黑色的陶罐中，拿起细长颈的陶壶，向里面倒入一种清澈的红色液体，黑色陶罐里立刻升腾起一股淡蓝色的雾气，发出剧烈的"嗡嗡"声。雾气散去，伏胜伸手将陶罐里的心脏捞了出来，顿时整个洞穴都被发出的蓝光照得透亮，那颗心脏在他的手里剧烈地跳动着，他将它又塞回了自己的胸口，被刀划开的创口奇迹般地愈合了。不一会儿，伏胜的身上发生了更加令人惊异的一幕，他的身体不断膨胀，仿佛吹鼓的气囊，越来越大，慢慢地看不出人形了，像一个超级大的剥了壳的煮鸡蛋一样，一动不动。刘章从竹篓里爬了出来，确定四下无人，便蹑手蹑脚地走了过去，小心地触摸那巨蛋，软软的，充满了弹性，轻微地颤动着。刘章耐住性子，守候在旁边，大约过了一个时辰，卵状物剧烈地抖动起来，"嗤"的一声破裂了，从裂缝里散发出剧烈的恶臭味，一只手伸了出来，不停地撕扯着，不一会儿，一个被白色皮状膜包裹着的人形便露了出来，依旧不停地撕扯着，扯得满地都是像皮肤一样的东西，剧烈的臭味差点让刘章晕过去。最后，那个人扯掉了蒙在眼睛上的最后一块皮状膜，他对刘章的出现似乎并不感到意外。站在刘章面前的，是一个神采奕奕，看起来只有十七八岁的年轻人，他以非常快的速度穿上了衣袍，那身袍子合适极了，看起来是早就准备好的。

刘章迟疑了半晌，问道："你究竟是何人？"

年轻人笑着说："你觉得我应该是谁。"

"莫非是伏公、伏胜您老人家？"

"正是。"

"可你明明是个老人。"

"你可听过返老还童术？"

"不曾听过。"

"我这法门，名叫金蝉脱壳术。"

"那你得给我个交代，不然我守着你不走了。"

伏胜大笑。

"为何皇宫内藏书上，会有你的名字？"

伏胜思忖了片刻，说道："不知你说的是哪一部书？"

"《周丘书》。"

伏胜微笑着说："那部书，正是我抄写的啊！我的老师黄石公，藏有三部奇书：其一为《周丘书》，传给了秦相李斯、隐士仓海君；其二为《连山书》，传给了大汉谋圣张子房；其三为《墨离书》，传给了魏王豹、守护者。此三书合称'墨丘三书'，得其中任意一种，即可成为豪杰。"

"他为何不传给你？"

"我资质平庸，头脑鲁钝，故而不曾得到传授。"

"你那金蝉脱壳术从何而来？"

"那只是《连山书》中的皮毛而已。"

"谁是守护者？"

伏胜无言，过了半晌，在刘章手心写下两个字，刘章大惊。

⑬

刘章与伏胜骑着马，沿着河岸向前，忽然听到一阵恐怖的嗥叫声，二人紧勒住马，见泥涂里芦苇倒伏，跳出一只巨大的怪物，形似封狐，背上生着巨大的角形肉瘤，血红的眼睛里闪烁着灼人的光，张大的嘴巴露出白森森的锋利牙齿，嘶吼声令人毛骨悚然。刘章从弓囊里拿出弓，搭箭上弦正要射时，伏胜伸出手搭在他的手腕上，阻止了他。随着那只巨兽的嗥叫，芦苇里跳出一只又一只怪兽，粗略估测也有百余只，刘章只觉得头皮发麻，就连胯下的马儿也意识到了危机，不停地向后倒退着。伏胜却下了马，将身体放低，最后竟然趴在了地上，刘章以为他吓傻了，一手紧紧抓着马缰，另一只手抓着剑柄。再看伏胜，他像动物一般慢慢地朝怪兽爬去，嘴里发出和怪兽一样的声音，领头的怪兽初还犹豫，很快便奔向伏胜，伏胜抚摸着那只怪兽背上的肉瘤，怪兽躺了下来，竟然像小狗一样撒娇。这让刘章惊讶不已，此人到底是人是神，竟然通晓兽语。

伏胜告诉刘章，此兽名为乘黄兽，性情凶悍，与狮虎搏斗，能轻易将之撕成碎片，奔跑起来犹如骏马，只有白民可以将它们驯服，用以乘骑，他之所以能与乘黄兽交流，是因为早年曾在白民部落生活过。白民是一个生活在蜀中的部族，他们拥有自己的王国。话音未落，传来一阵呼啸，芦苇后出现七八个骑着乘黄兽的人，这些人身材高大修长，身穿洁白的长袍，披散着长发，每人手中执一根玉杖。

伏胜拱手为礼，用一种奇怪的语调与他们交谈了起来。这些人就是白民，他们的君长名叫敖钦，是来漳渊对付计蒙的。一番沟通，白民与伏胜、刘章结成了同盟，定下了调虎离山之计，诛杀计蒙后，玉玺归伏、刘二人，神树则归白民。一行人计议停当，翻过河岸边的小山，到了漳渊边上，漳渊方圆六十余里，水色赤红，虽然有两条清澈的河流注入其中，但水色始终如血，透着诡异。

计蒙喜食白水牛，故而他们用牛为饵，将牛牵到了岸边，解去鼻绳，任其自由地在水边啃食草木。众人隐身在岸边的林木中。牛儿在岸边溜达了一阵，水面上似乎起了变化，牛径直朝水中走去，游走的路径十分笔直。伏胜盯着牛，立刻明白了，这是有什么在吸引着牛，或者说在召唤牛。果然，水面上轰隆一声巨响，顿时狂风暴雨，一只巨大的龙头伸出水面，水牛被吸入龙口，在这一刹那，敖钦举起玉杖，一道金色的闪电劈向龙头。巨龙大怒，抛下水牛，踏浪而出，刘章这才看清，计蒙是个十几丈高的巨人，只是脖子上长了一颗龙的脑袋。敖钦丝毫不惧，率领族人们团团围了上去，每个人手中的玉杖都射出一道闪电，此起彼伏，在计蒙身上留下被灼伤的窟窿。然而，此怪极为厉害，似乎那些伤害只是挠痒痒，顷刻间便毙了两名白民战士。伏胜也没闲着，将一颗避水珠塞进刘章的嘴里，二人一跃下水，朝计蒙的水府游去。

  计蒙的水府位于地下的大石穴中，洞正中有个巨大的圆形石台，台上立着一棵高达三十丈左右的树。树木闪烁着七色光芒，投射于石台下的一个方形祭坛上，坛上坐着一个人，那人的样子与适才他们看到的计蒙一模一样。伏胜猜测，这就是神树，神树的光所映照的才是计蒙的真身。此时的计蒙，一定是最脆弱的时候，他正在吸取神树的力量。而玉玺，则是开启神树的钥匙。如果毁了真身，外面的计蒙也就灰飞烟灭了。他仔细查看，只见树木的枝叶分为三层，每一层上停留着三只小鸟，在树冠的最顶端，停留着一只鸟，这只鸟比别的鸟大，身体周围还笼罩着一团红黄色的光焰。它的嘴张得很大，叼着一只匣子，从外形看，正是装玉玺的那个匣子。刘章用力划着水，想将它拿回来，伏胜立刻用手势制止了他，他从自己的衣襟上扯下一块绸布，向神树抛去，绸布随着水流晃晃悠悠地漂着，距离神树还有二尺远时，仿佛受到了一股巨大力道的撕扯，瞬间成了碎片。很显然，神树的周围设有结界。不过，匣子既然在神树上，就说明结界有门径可入，可门径在哪里呢？

  二人绕开神树，继续向水府深处游去，他们发现了第二棵神树，这棵神树与那棵神树几乎相同，所不同的是这棵神树要小一些，但比那棵神树多了一层，每一层都有三只小鸟，闪烁着青白光芒。伏胜望着神树，恍然大悟。《山海经》第九卷《海外东经》记载："汤谷上有扶桑，十日所浴，在黑齿北。居水中，有大木，九日居下枝，一日居上枝。"第十六卷《大荒西经》中又记载："有女子方浴月。帝俊妻常羲，生月十有二，此始浴之。"传说天神帝俊和他的妻子羲和生了十个孩子，全都是太阳，羲和与她的孩子们住在汤谷，汤谷有一棵名为扶桑的巨树，孩子们轮流升上树冠，为人类世界提供光和热。帝俊和他的另一个妻子常羲生了十二个孩子，全都是月亮，同样轮流爬升上天空，照亮夜晚。这两棵神树，就是日之神树和月之神树。日之神树上的十只小鸟，代表十天干，甲、乙、丙、丁、戊、己、庚、辛、壬、癸；月之神树上的十二只小鸟，代表的是十二地支，子、丑、寅、卯、辰、巳、午、未、申、酉、戌、亥。天干之中，甲、丙、戊、庚、壬为阳，乙、丁、己、辛、癸为阴；地支之中，子、寅、辰、午、申、戌为阳，丑、卯、巳、未、酉、亥为阴。十天干与十二地支，以阳配阳，以阴配阴，共配对六十，即为一甲子。细看两棵神树，从底下往上数，日之树上的第九只鸟与月之树上的第九只鸟鸟喙相对，其他的鸟则无一对应，天干第九位是壬，地支第九位是申，干支相配，正是壬申，而壬申年，正是文帝十一年。这也就意味着，这两棵神树旋转的规律，对应了日月的变化。伏胜很快破解了另一个秘密，神树下的平台被划分为十二个区，两树长枝交叉之处，有一道不被觉察的影子，落在亥位上，他小心地游了过去，果然通过了结界。

两人靠近计蒙，伏胜让刘章去取玉玺，玉玺离开神树的刹那，光芒忽然熄灭，伏胜也斩下了计蒙真身的脑袋。湖面上云雾大作，太阳的一半变成了暗黑色，与白民战斗的计蒙瞬间化为烟尘。白民君长敖钦知道伏胜得手了，与他的族人们纷纷跃下湖面。取走了两棵神树。伏胜告诫刘章，千万不要企图打开匣子，因为只有守护者才能打开。

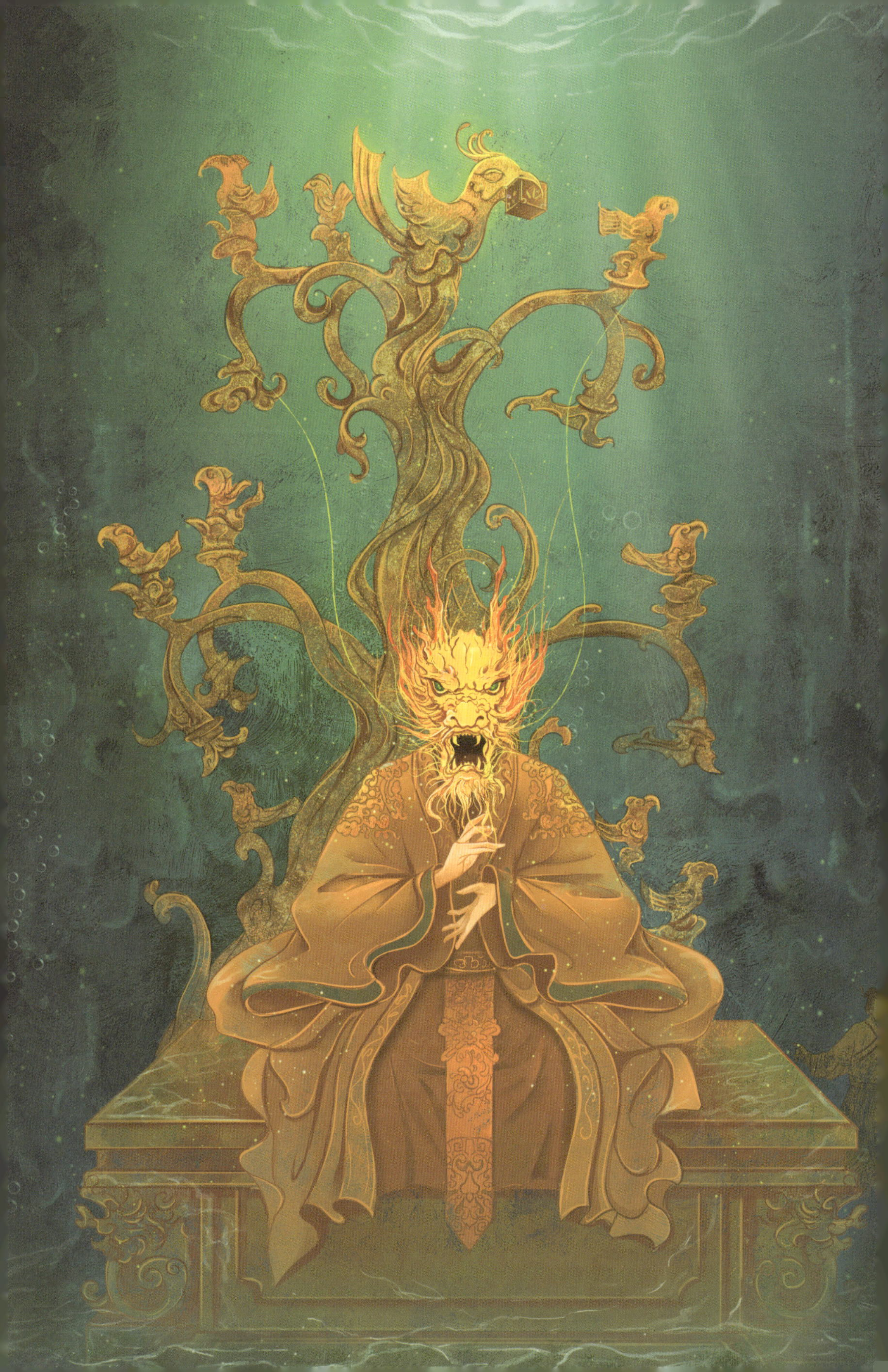

⑭

汉王朝建立后，留侯张良深知高祖皇帝刘邦可以共患难，不可以共富贵，眼见得立下大功的淮南王英布、楚王彭越、淮阴侯韩信都被诛杀，他以求道为名，抛弃了富贵，号称去寻找赤松子。

在济北的谷城山，张良看到了两位下棋的老者，一位依稀是十三年前在圯上授予自己《太公兵法》的黄石公，老人的样子丝毫未变，反倒是自己华发丛生，被岁月摧残得不成样子。

张良叩拜说："师尊犹如南山之松，倒是弟子身体越来越差了。"

黄石公说："尘俗犹如刀锯，伐性而伤精，故使人易老，今何不拜仙人耶？"用嘴努了努对面的老者。

老者放下棋子，朝张良一笑说："你我本是故人啊。"

张良又惊又喜，原来是仓海君。

沧海君问道："不知现今何人为汉天子之守护啊？"

张良一笑，说道："我已安排了一男一女。陈平虽非师尊门下，但身怀奇才，已得师尊之术。"

众人大笑。

为了掩人耳目，在吕后称制的第二年，张良用"杖解法"假死，用一根竹杖化为自己的身体，真身却逍遥室外。（史载：后八年卒，谥为文成侯）

⑮

文帝得知传国玉玺找到后，大喜。他命刘章上前奏报，刘章环顾左右，只是"唯唯"，并不上前。文帝心下明白，当即挥手，命侍从们都退出宫殿，只留下刘章一人。刘章双手捧着匣子，跪在文帝的席前，将玉玺呈上。说道:"启奏陛下,现今虽已得到玉玺,但要打开匣子,还需要找到守护者。"

文帝说:"何为守护者?"

刘章说:"陛下,据伏公说,当今天下。只有陈丞相知道此事,此人就在宫中。"

文帝点点头,命刘章退下,召陈平入宫。陈平早就等待着这一天,他将一卷帛书交给文帝,说道:"陛下,为臣的使命完成了。"

文帝展开帛书,却是一幅画像,他母后的画像,画像上写着三个字:守护者。文帝没有多问,待陈平离去后,他拿着画像去见母亲。薄太后看到画像,知道这一天来了,对文帝说:"我儿,你可知你的真实身份?"

文帝有些吃惊地说:"母后何意?"

薄太后说:"高祖皇帝,并非你的生身父亲,我原本是魏王豹的妃子,入汉王宫时,已怀有魏王豹的骨血,魏王豹是天授之人,而你则是天授之子。"

原来,黄石公共有六位弟子,除秦相李斯外,另外五人是仓海君、张良、魏王豹,还有唯一的女弟子——守护者。魏王豹是除了黄石公外,唯一见过大祭司冥昭的人,冥昭称他为"天授之子",命众人拥戴他为王。

文帝说:"莫非母后就是守护者?"

薄太后点点头说:"我儿猜得不错,当年大祭司冥昭立魏王豹为王,我嫁给了他,充当他的守护者,也是玉玺的守护者。可惜,魏王豹,也就是你的生父,时运不济,最终死于周苛之手。高祖皇帝登基前,找不到玉玺。登基大典上,玉玺却突然出现,实则是我化身为鸟,献上玉玺。"

文帝闷闷不乐,薄太后不欲儿子过度震惊,令他回内廷。随后,命令宫女放下帷幕,点亮了一盏灯。不一会儿,十二个身材颀长、身穿白衣的人出现在她的宫殿内。

大祭司冥昭来到蓝水星后,逐渐洞悉了人族的状况,并在文帝即位初年,找到了神树。原来,两千五百年前,他的族人中有一个名叫计蒙的,是个背叛者，盗走神树，来到了蓝水星。计蒙虽然有神树，但没有"光之石"，无法获取全部智慧的力量。大祭司冥昭与他的族人们为了找到神树，改换面貌和身材，自称白民，冥昭化名为敖钦，携族居住在蜀中，并与当地女子通婚，形成一支大族。为了引诱出计蒙，冥昭故意散布"光之石"在宫廷的消息，让计蒙盗走玉玺，从而暴露了藏身之处。之后，白民与刘章合力，采用声东击西之术，既夺回了神树，也拿回了玉玺。

⑯

汉文帝之后下传十帝，至刘婴，西汉王室气数已尽，外戚王莽篡权，建立了新的王朝。他命弟弟王舜到长乐宫，向太后王政君索要传国玉玺。王政君大怒，狠狠地将玉玺扔在了地上，玉玺崩坏了一角。王莽下令用黄金修补，呈金镶玉之状。王莽的新朝只存在了十五年，就被光武帝刘秀推翻，传国玉玺由此重回刘氏一脉的手中。东汉王朝共传八世十二帝，魏文帝曹丕从汉献帝手中接过了玉玺，建立了自己的王朝——魏。为了表明自己道统的合法性，在传国玉玺肩部刻上了"大魏受汉传国玉玺"八个字。

在此后的岁月里，传国玉玺辗转多人之手，先后到过西晋、后赵、冉魏、东晋、宋、齐、梁、陈等王朝诸帝手中。隋文帝统一北方，南下灭陈，虽然统一了全国，但并未找到传国玉玺。南朝时爆发侯景之乱，梁武帝被饿死台城，都城建康大乱，传国玉玺也随之失踪。没有传国玉玺的天子，被称为"白板天子"，这令隋文帝颇觉遗憾，因而下诏命韩擒虎寻找。

韩擒虎在天台山桐柏观找到了道士徐则，他听人说，徐则曾为梁武帝讲道，是现今活着的人里唯一见过传国玉玺的人。他本以为徐则是个七八十岁的老翁，可眼前的却是个二十多岁的年轻道士，便觉得上了当。徐则对他的到来十分冷淡，不过韩擒虎身怀皇命，不便对这个年轻道士发作，只得隐忍下来。徐则命他挑水，他便挑水，命他砍柴，他便砍柴，命他洗地，他便洗地……这位柱国大将军在桐柏观一居两年，在这两年里，尽管他日日侍奉徐则身旁，但对他的行迹却一无所知。徐则离去时，只闻得风响，瞬息便不见了人影。这令韩擒虎更加地感到这个道士的神秘。两年后的正月十五，徐则命韩擒虎拜自己为师，方肯告诉他关于传国玉玺的真实情况。韩擒虎只好再次屈尊，向这个年轻道士下跪叩头，以师尊相称。

徐则取出一卷发黄的卷轴，对韩擒虎说，带着它，找到"张子房"。

韩擒虎神色迷茫地说："我从未听过这个名号。"

徐则带着嘲笑的笑容说："枉你被称作儒将，司马子长《太史公书》，班孟坚《汉书》也没读过吗？"

韩擒虎疑惑不解地说："莫非是汉高祖名臣张良，只恐已成朽骨，如何得见？"

徐则大笑说："以你来看，为师是何时人？"

韩擒虎不知该作何答。

只听徐则说："我亦汉时人也。"

韩擒虎大惊，说道："那师父岂非已近八百岁。"

徐则不是别人，正是汉时人伏胜。每过三十年，他就改一个名字，换一个地方生活，从西汉至今，已传下弟子无数，汉武帝时的名士东方朔、蜀汉丞相诸葛亮、曹魏尚书令荀彧、东晋丞相谢安，都是他所传。他是那个掌握秘密，与时间同行的人。他是光的使者、王朝命运的操盘手。他将秘密告诉了韩擒虎，但他知道，这将是一个短命的王朝。不过，一个近三百年的新王朝，将随之诞生，它的名字叫唐。

⑰

　　大火在宫廷中燃烧，宫人们四处逃散，受伤的宫女发出惨烈的哀鸣。后唐末帝李从珂怀抱传国玉玺，于玄武楼纵火自焚。后晋高祖石敬瑭登上帝位后，诏命刘知远寻找传国玉玺，刘知远听闻名士陈抟善卜，便亲自登门拜访。陈抟却告诉他，李从珂在玄武楼投火自焚，玉玺已在烈火中爆裂，不传于世了。刘知远只得带着这个消息，向石敬瑭复命。

　　刘知远离去后，陈抟从内室取出装有玉玺的匣子，来到了后山。开阔的草地上，树立着一座圆柱形的山，更真切地说，那并不是山，倒像是一座建筑。不过，他将之称为飞车，是曜灵星祭司所造。曜灵星巨人于秦王政二十六年驾飞车来到人类世界，寻找祖先遗落在蓝水星的祭司神树，他们自称光的使者。冥昭与他的传人，在历史的长河里，守护了十几个王朝，有的统治者知道传国玉玺的秘密，有的则一无所知，始皇帝嬴政、汉文帝刘恒……都知道传国玉玺的秘密。传国玉玺并非一件帝王的印章，而是来自曜灵星的力量之源。

　　冥昭，他也曾想将母星的"不死药"传给人类的王者，然而，他很快就失望了。嬴政、刘恒，他们是人间的帝王，但不是人族的守护者。他意识到，蓝水星人还处在幼稚阶段，他们像尚未长大的孩童，天真与破坏力并存。他将自己的能力与身份藏了起来，他和族人们一起，决定等待。从某种意义上来说，他们拥有永恒的生命，他们可以一代又一代地等下去，渐进式地将母星的知识和技术传播于蓝水星，直到人族发展出同等的文明。

　　然而，他族人的圣物——神树逐渐枯萎，尤其是近一千年来，几乎有一半的叶子凋零，让他们决定不再等待。他将带着神树返回母星。在过去的时光里，他已经将一切写进了"墨丘三书"中，母星的文明和知识也将留在这颗星球上。

灵感来源

《搜神记》卷六记载:"秦始皇二十六年,有大人长五丈,足履六尺,皆夷狄服,凡十二人,见于临洮,乃作金人十二以象之。"

有趣的是,唐代学者司马贞研究《史记》的著作《史记索隐》中也间接用这段文献为印证:"二十六年,有长人见于临洮,故销兵器,铸而象之。"进一步说,咸阳的十二金人雕像,原型就来自"临洮大人"。四库本《三辅黄图》中提到:"销锋镝以为金人十二,以弱天下之人,立于宫门。(《三辅旧事》云,铸金狄人,立阿房殿前。)坐高三丈,铭其后曰:'皇帝二十六年,初兼天下,改诸侯为郡县,一法律,同度量。大人来见临洮,其大五丈,足迹六尺。'铭李斯篆,蒙恬书。"明确了李斯和金人之间的关系,称金人身上的铭文为李斯所撰述。

唐代张守节《史记正义》是《史记》的注解本,其中一条记录说:"崔浩云,李斯磨和璧作之,汉诸帝世传服之,谓'传国玺'。韦曜《吴书》云,玺方四寸,上勾交五龙,文曰'受命于天,既寿永昌'。"这条文献说,秦国宰相李斯以和氏璧为原材料,制作了传国玉玺,玉玺上的印文是"受命于天,既寿永昌"八个字。自秦以后,这枚玉玺被视为历代皇位的正统象征。没有传国玉玺的皇帝,被视为"白板天子"。

《水经注·渭水》则载项羽掘始皇帝陵墓事:"项羽入关,发之,以三十万人三十日运物不能穷。关东盗贼,销椁取铜。"在另外一本大名鼎鼎的著作《汉书》中则记录了牧童烧毁始皇陵的事:"其后牧儿亡羊,羊入其凿,牧者持火照求羊,失火烧其臧椁。自古至今,葬未有盛如始皇也,数年之间,外被项籍之灾,内离牧竖之祸,岂不哀哉。"

天降巨人、传国玉玺、神秘的秦始皇陵墓以及秦汉之间的历史变迁,构成了最古老最神秘的故事,为笔者提供了创作灵感。

伏魔记

1

远处的天际一道赤红色的云，仿佛一抹血痕。大战已经结束，村寨里四处燃烧着的火焰也已熄灭，大师兄张遐哉督促师弟们收拾行囊，准备返回终南山。师妹清月不知从哪里采撷了些鲜花，戴在头上，这要是被师父看到了，肯定会挨一顿骂。不过师父十年前就去海外云游了，门内事务一概由大师兄张遐哉主理。张遐哉不拘细行，只要不犯大错，对师兄弟们的嬉闹听之任之，完全是无为而治，何况清月是白云下院的弟子，虽称诸人为师兄，实际上却由白云下院的大师姐无波授业。此次来溪下寨伏击魔王，清月并未参战，只是来看看人间烟火罢了。何云行驻足于村寨下的河边，望着被鲜血染红的河流，尽管师兄弟们已尽可能消除了魔族留下的痕迹，但河水中那一大坨红得近乎发紫的血却凝结为一团不散，那是魔王之血，纵然水域广阔，那一坨血始终没有洇开淡化，只是慢慢下沉，仿佛坠入了幽深的深渊。清月跑过来，牵住他的手，望着何云行凝重的脸色，指着自己头上的花说："二师兄，好看不好看。"何云行看着她那一头插得乱糟糟的花束，嘴角绽开一丝笑容，一根一根取下来，编成花环，给她戴在了头上。清月就着河水当镜子，望着水里的影子，高兴地说："还是云行师兄对我好。"

八年前，何云行将清月带上了终南山。那是一场与魔族的血战，后来众人把这场大战称为"冷山伏魔"，这场大劫中有不少弟子殒命，就连道术卓绝的何云行也受了伤。大师兄张遐哉下令火化了同门的骸骨，与一众弟子回山，何云行却请求留在冷山的一个洞穴里，自行疗伤。张遐哉知道这位二师弟特立独行惯了，平素就与众人不太一样，连师父也纵容他几分，所以并未强求他一起回山，只是嘱托他善自珍重。何云行根器绝佳，虽在师门位居第二，但修为在一众师兄弟中却是最高，还在大师兄张遐哉之上。他在山洞里疗伤的第二天，就发觉此处有其他灵力的存在，似乎这山中还有一位修行者。九日之后，他运气于大周天，神气相抱不离，自如无碍，他知道自己的伤已痊愈了。

从冷山上下来时，何云行再一次感受到那股灵力的存在，而且一直尾随着自己。他决定瞧个清楚。走到了一棵老松下，他躺在树下假装休息，闭上了眼睛，元神出窍，上升十丈，四围尽在其视野之内。很远很远的地方，跃动着纤细的影子，速度极快，看样子像一只豹。不一会儿就到了近前，隔着两丈远的距离，瞪视着他。不是豹，是一个人，一个披着豹皮的孩子，灵力虽然非常弱，弱到几乎不易察觉，却有着难以言说的力量。他观察了很久，这才小心翼翼地靠近何云行，又谨慎地查探，确定他真的睡着了，这才一点一点打开他的背囊。也许是背囊里食物的香味诱惑太强了，他放松了警惕，撕烂包裹面饼的麻纸，大口大口地吃了起来。

何云行元神归窍，睁眼将这个偷东西的"贼"抓了个正着，小家伙极力反抗，力气大得惊人，但他又岂是何云行的对手。何云行将他拎在空中，笑看着他双手乱抓。小家伙倒也乖巧，打不过，干脆乖乖束手，垂着头不反抗了。何云行见他并不恶，松开手将他丢在了地上，小家伙蹲着，一双大眼睛滴溜溜地乱转。何云行把背囊扔给他，小家伙也不客气，掏出里面的吃食，风卷残云，吃了个干净。也许，这是个山下猎户的孩子，有些根基罢了。大多数人生来都有一些根基，只是不自知，最终泯灭于芸芸众生之中。何云行见他吃饱了，与他告别，起身就走，小家伙尾随在后，他停下小家伙也停下，他走小家伙也跟着走，就这么相隔三四丈远，在这深山中走了很久，一直走到后半夜，似乎是跟定了。他望着小家伙的影子，暗暗想到，也许这就是缘分，师门本就弟子不多，尤其是这场大战，牺牲了不少人众，自己何不替师父收个小徒弟呢？他回头招了招手，小家伙立刻像只豹子一样蹿了上来。

"你叫什么名字？"何云行问。

小家伙只是盯着他，似乎听不懂他的话。不论他说什么，都只能看到黑暗中闪烁的一双熠熠生辉的眼睛，小家伙就是不吭一声。

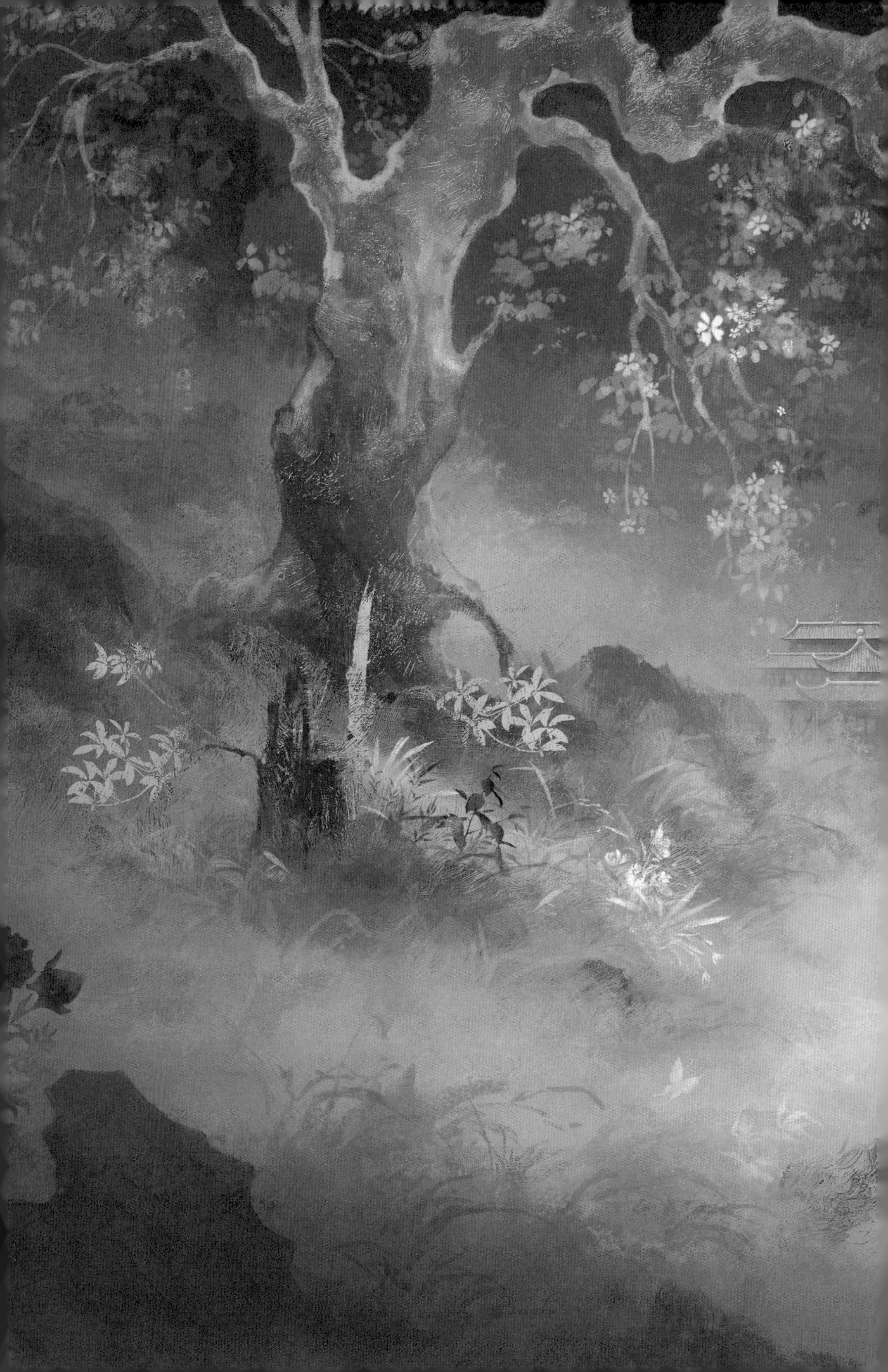

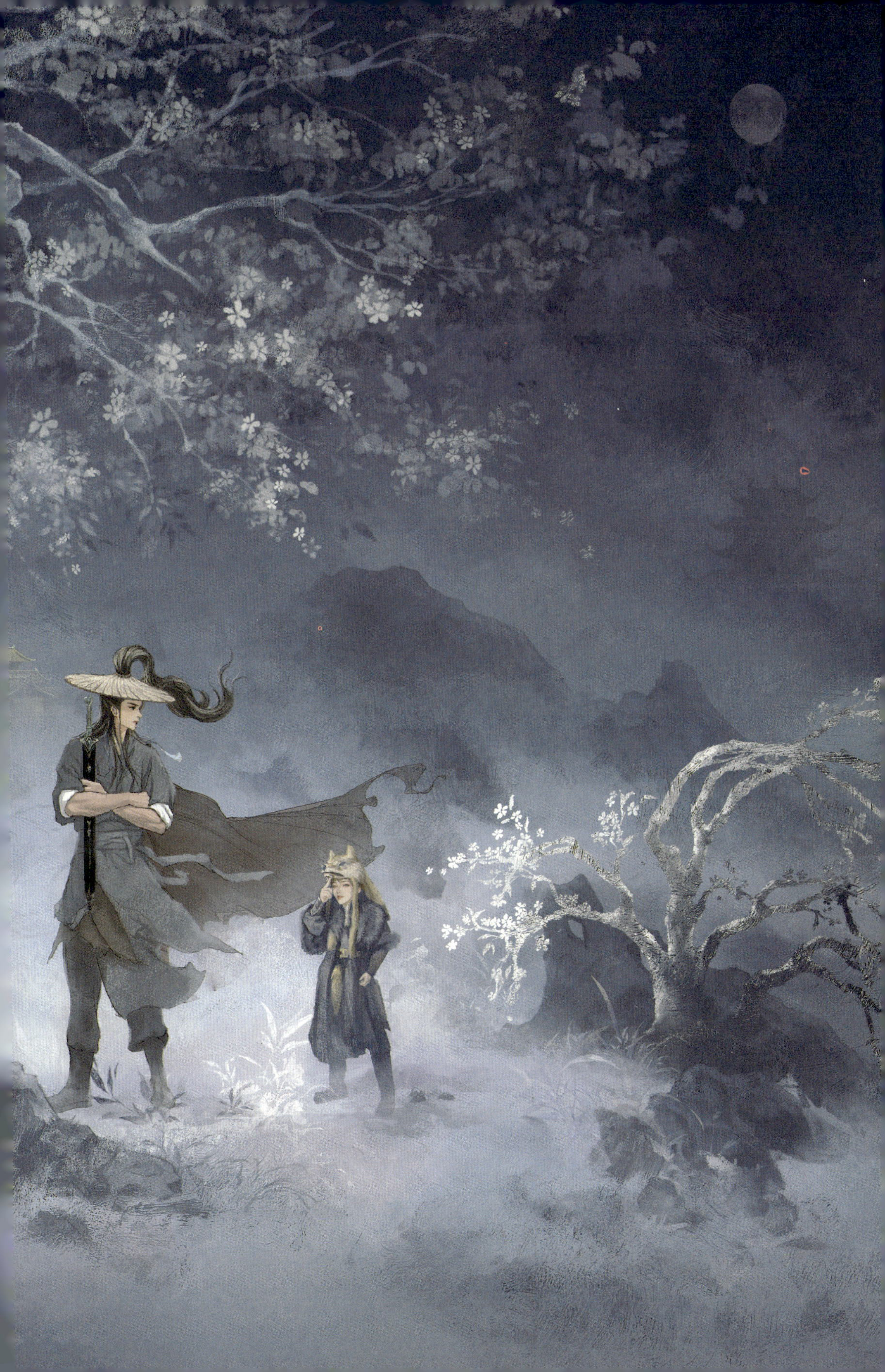

"你要跟着我，就得有个名字。"何云行仰头看了一眼半天的月亮说，"就叫清月吧。"

这次他似乎听懂了，重重地点了点头。

②

回终南山太白峰后，何云行才得知清月是个女孩。凌云门虽然也有女弟子，但只有太乙峰的白云下院无波师姐一人。无波师姐是师父张寒水的女儿，性格孤僻，平素与众弟子往来不多，据说修为极高，为人也深不可测。既已将她带入师门，总不能再赶下山。无奈之下，何云行只好求大师兄张遐哉与自己一起带着清月拜访白云下院。无波师姐身材高大，身穿粗布袍子，高挽的发髻上只有一支青色木钗，面色平静祥和，一柄长剑不离手。二人说明来意，无波师姐并未拒绝，淡淡地说："留下吧，给我做个伴。"

"冷山伏魔"之后，回到山上的大师兄张遐哉一想到牺牲的弟子们，就觉得对不住师父，因而下了一条禁令，在师父云游归来之前，任何人不得私自下山，接着对外宣布闭关，指定由何云行代理掌门师兄。过了不久，无波师姐突然带着清月上山来了，这可是从未有过的事。其实，清月到白云下院的当天，无波就发现了她的真实身份，她不是普通人，而是魔族。她看起来似乎有八九岁，也许是十岁，起初几乎听不懂人们说的话，可是领悟能力极强，在极短的时间内，已基本能进行简单的沟通了。无波并未将这件事告诉何云行，她是让这个孩子来认师承的。在她看来，没有天生的魔族，有的人沦入魔道，只是生来就在魔窟，没得选而已。

凌云门创立于唐朝，开派祖师名叫钟馗，系雍州人氏。唐玄宗时，钟馗考试高中榜首，但因他长相丑陋，礼部官员怕他惊着圣驾，没有将他的名字写入皇榜。钟馗一怒之下，撞柱而亡。正逢玄宗皇帝生了一场大病，梦见几个小鬼来捣乱，突然出现一个高大的精灵，抓住小鬼吃掉了。玄宗问："尊神是何方神圣？"

精灵答："我乃钟馗，本是陛下榜上的状元，只因那主考官势利眼，嫌弃我不够俊美，不让我名列一甲。我愤怒其不公，自杀而死。今见陛下为小鬼所扰，故来驱逐。"

玄宗醒后，病竟然好了，下诏封钟馗为"赐福镇宅圣君"。其实，钟馗早已在终南山得道，他本无意功名，苦于玄宗后期李林甫与杨国忠祸国，所用官员都是奸邪与贪腐之辈，想借考中状元劝谏皇帝。谁知贪官们作祟，竟然让他落选，他便借"金蝉脱壳"之术假死，托梦给玄宗。回到终南山后，钟馗为了拯救天下苍生，创立了凌云门。张寒水，是凌云门的第十二代掌门人。

何云行与无波师姐共同选定了一个吉日，打开祖师殿的门，以接引者的身份，引清月进了门，在诸位同门的见证下，清月参拜了祖师。大殿正中悬挂着一张钟馗的画像，画中人头戴黑色硬幞头，豹头环眼，铁面虬髯，身穿大红袍，足蹬皂靴，样貌极为威武。清月行了大礼，在钟馗像前领受了凌云门的玉佩，并立下了"斩妖伏魔，守护苍生"的誓言。拜师礼，要等师父回来以后才能举行。目下，至少清月算是凌云门的弟子了。至于授业，师父已经有很多年没有亲自给弟子们传授道术了，除了无波、张遐哉、何云行三人系其亲传外，其他弟子都是张遐哉、何云行二人代师授业，师父只是偶尔加以指点一下。清月也是一样，既然住在白云下院，那么她的实际师父就是无波了。临别之时，何云行一再告诫清月，玉佩是本门最重要的身份象征，也是一件绝世无双的灵器，每个人一生中，只有这么一件，独一无二，一旦佩戴，须臾不可离身。

清月似懂非懂地点了点头。

清月长得很快，虽然只过了一年，却已脱去了假小子的气质，出落成了亭亭玉立的少女，年龄倒似十三四岁。无波意识到，魔族对时间的感受力比人族快，同样是三百六十五天，人族觉得过了一年，魔族的感受中是过了两年，甚至是三年。不只是时间，其他也是一样。魔族眨眼的速度、奔跑的速度，都比人族快……人族看到鸽子的飞行，只能看到鸽子振动的翅膀，而魔族却能清晰地看到每一根羽毛朝不同方向的振幅，甚至在空中划过的痕迹。

现在清月表面上像个少女，但她的听力、嗅觉和视力，早已等同于一流高手，何云行还在太乙峰下，她就知道他来看自己了，跑到门外的松树下等候。何云行是师父张寒水捡来的，或许是相似的身世，他对清月格外亲厚，每次来白云下院，一定会给她带很多好吃的，还亲自指点她的艺业，教她剑术。无波不经意间发现，何云行竟将师门绝技"看云十八剑"传给了这位还没有拜师的小师妹。不过，她也没有说什么。

因为清月的存在，从前没有多少来往的白云下院和太白峰之间，相互频频造访，六师弟散烟每个月都要找借口去几次，何云行虽只是代掌门，但掌门的事都得他做，琐事缠身，看望清月的次数就少了，散烟倒成了与清月关系最密切的人。终南三十六峰，以南梦溪为仙家洞天，只是此处系凌云门禁地，除了掌门师尊外，普通弟子不得入内。散烟当然知道这条禁令，但他为了哄清月开心，不惜犯禁带她溜了进去。

南梦溪三面为青色悬崖，一面是咆哮奔腾的大溪，散烟牵着清月的手，几个飞纵就越过了飞溅着浪花的宽阔溪水，浑身无一点水渍，这让清月对他大为佩服。散烟望着清月那仰慕的神情，说道："厉害吧，想不想学？"

清月重重地点了点点头。

散烟望着清月的脸，那是一张令他神魂颠倒的面孔。低首时，两道修长的眉毛，斜飞入鬓，下巴上的弧线一直延伸，到腮边略成稍硬朗的弓形，耳边一缕秀发蓬松地垂下来，使她的柔媚神态中带着一股韧劲。清月感受到了他的目光，笑着说："散烟师兄，你是不是喜欢我？"

散烟的心一阵狂跳，他没有否认。在这片开阔地上，他把自己练了十年的"飞纵术"倾囊相授，令他吃惊的是，清月仅仅学了三个月，就能轻松越过大溪，除了飞到溪流中心时需要踩一片浮木借力外，简直可以算是完美。按师门规矩，未得师父或掌门师兄允许，他人不可向新入门的弟子授业。但散烟似乎已经把这些规矩都忘在了九霄云外。此后，这片禁地就成了两人相见的秘密场所，散烟再也不必找借口去白云下院了。后来，他干脆将"云水诀"也传给了清月。这套心诀与大师兄的"落云三掌"、二师兄的"看云十八剑"合称"凌云门三绝"，未经师门允可，不可轻传。不过既然犯了两个禁令，何妨再多一个。

大师兄闭关后，弟子们恪守禁令，无一人下山。虽然还是没有师父的消息，但山中的日子依旧那样过。大师姐无波偶尔会来一趟太乙峰，但更多的是清月代劳，当然这也许是清月看望何云行的借口。有一天，无波突然造访，她虽然故作平静，但连普通小弟子都看得出她的慌乱，她右臂的袍袖撕破了一截，还挂着一根长长的酸枣刺。弟子们不知道她与何云行谈了些什么。总之，待了甚至不到一刻钟，茶也没喝，她就离去了。何云行招来所有弟子，告诉他们近日切莫离开太乙峰，最好是连青云上院也不要离开。他要下山一趟，他走后，由三师弟沈乐行代行掌门。

散烟虽不知道发生了什么，但他猜肯定与清月有关。所以天黑落灯后，他立刻溜出了青云上院，朝南梦溪飞纵而去。与此同时，何云行也发现了他，不过他并未出声，只是悄悄尾随着。当他看到散烟飞跃大溪，进了禁地之后，犹豫了一下，随即也跟了过去。到了一棵枯树下，散烟轻轻敲击树干，连续敲了三次，远处也传来三次敲击。散烟两个飞纵，前行十丈，大树后有人厉声说道："散烟师兄，你就站在那里，不要过来！"

虽然这声音十分怪异，但何云行仍然听出来了，那就是清月。

"师妹，你怎么了？"

"我说了，你不要过来。"

"发生了什么事?"

"我也说不清楚。"

"你受到伤害了吗?还是你伤害了谁?"

散烟一边说一边靠近。

"不要过来。"随着一声厉叱,只见蓝色的光芒一闪。散烟呆愣愣地站在那里,仿佛一根木头。而大树后,再也没有任何声响。很显然,清月已经离去了。何云行元神出窍,飘忽到散烟跟前,见他满面惊愕,脸上露出了难以置信的神情。何云行知他无恙,也顾不得太多,迅疾去追清月。白天无波师姐来,告诉他清月不见了,而且早在十天前就不见了。起初她以为这孩子只是贪玩,之前也有过一半天不着家的情况,况且以她的法力足以自保,所以并未起疑,但连续三天不见清月,她才觉察情形有异,找遍了三十六峰,竟然连个人影也没有。以无波的法力,别说找个人,就是找根针,也易如反掌。那就只剩两种可能,要么是清月下山了,要么是在禁地。

何云行轻轻提一口气,舒展两袖,直觉林间的风都向他吹来,脚下的风弱,头顶的风强,他借着弱风飘了起来,身体慢慢变得透明,被上行的风带到了高处。他御风而行,忽而如同一片落叶,忽而犹如疾射出去的箭,很快就在一大片灌木后发现了蓝光。他知道清月的感知力惊人,所以不敢靠得太近,只是远远地望着。过了一会儿,那片蓝光减弱了,灌木上方露出一截黑色的发髻,传来低低的哭泣声。可恨隔得太远,实在看不清情状。何云行落在一棵树上,元神出窍,眼前的状况令他大吃一惊。尽管无波已告诉他清月是魔族人,但眼前的一切仍然超出了他的心理准备。清月容貌大变,漆黑的长发拖行于地上,长有丈余,融入了夜色中,白得近乎透明的面孔,似乎闪着一层光芒,两只蓝色的眸子,看起来十分悲伤,微微张开的嘴巴,露出两颗尖锐的獠牙。身上的衣服不知哪里去了,丰腴白皙的身体也闪烁着一层光,以奇怪的姿态匍匐在地上,那样子看起来像兽,又像是人,突出于背部的两只青黑色的羽翼，每根羽毛都闪烁着寒光，锋利无比。

清月似乎感受到了何云行的存在，突然站了起来，用两翼包裹住了自己裸露的身体，对着空气念叨着："云行师兄，云行师兄，你在这里吗？"

何云行暗暗一惊，清月竟能感受到自己的元神，他附着在一只蛾子身上，赶紧逃离。当清月看清只是夜蛾后，两翼慢慢不见了，外貌也慢慢恢复如常，只是一头长发依旧委于地上。她蜷缩在树木后面，显得十分无助。何云行将自己的披风揉成一团，扔了过去，高声说道："披上这个，咱们回去吧。"

清月说："师兄，你都知道了？"

何云行未加否认。

清月说："那你告诉我，我是什么？我为何和你们不一样？"

何云行说："每个人都是不一样的。"

清月说："我不信。"

何云行说："别忘了，你是我带上山的。"

清月说："你看到了我的样子，你不厌弃吗？"

何云行说："我看到了，我不厌弃。"

……

何云行将清月带回了白云下院，无波师姐面色如常，仿佛什么都未发生。临走前，他低声告诫清月，不可再入南梦溪禁地。回到青云院，他将散烟叫到自己练功的精舍，让他保守清月的秘密，不是商量，而是命令。他还将他禁了足，一整年不准离开青云院。散烟全都毫不犹豫地应允了。散烟离去时，他本想叫住他，问问他从什么时候开始和清月私会的，但话到嘴边，他又咽了回去。

清月是魔族的消息，很快人尽皆知，不过慑于代理掌门师兄何云行是清月的接引人，他们不敢公开讨论。这位二师兄和大师兄可不同，门内大小事务一律都要经他过手，他有一双锐利的眼睛，谁也别想蒙混过关，犯了错的弟子们，不用他说，会自己去"思过堂"领受责罚。清月再来太乙峰，师兄们似乎都躲着她，就连散烟也不知躲到哪儿去了，她曾去过好几次南梦溪，一次也没见到散烟。她在何云行的精舍等了一个上午，弟子们不断出入，没找到说话的机会，离去时，在山门前遇到了散烟，他仿佛换了一个人，两人之间似乎隔了一层什么。清月没话找话说："散烟师兄，你是什么时候上山的？"

"有十好几年了吧，我那时候还太小，不太记得了。"

"那你的父母呢？"

"死了，被魔族……呃，被坏人杀了，师父从大火中将我救了出来，带到了山上。"

"魔族，他们是什么样的人？"

"其实，我不知道他们是什么样子，那些坏人闯进来的时候，母亲将我塞进了装衣服的柳条筐里，还在上面压了好几层衣服，叫我不要出声。"

"他们为何杀你的父母？"

"我的父母是驱魔人，魔族不杀他们，他们也会杀魔族。"

"原来是这样。"

清月若有所思，侧身坐在一棵枯树的大枝杈上。枯树已经没有一片叶子，就连树皮也被剥了个精光，苍白的枝干犹如一具站立的白骨。清月解散自己的长发，用木梳梳了起来，丈余长的长发一直垂到了地上，漆黑如夜，散烟打了一个寒噤，他想起了那晚她碧眼獠牙的样子。

"散烟师兄，你有没有想过离开青云院？"

"离开青云院，去哪里？"

"哪里都行，过自己想过的生活。"

"青云院就是我的家，我现在的生活，就是我想过的生活，师父对我很好，师兄们也对我很好。"

清月叹了一口气，不再说什么。转身离去。

山中似太古，日长如小年。何云行发现清月已经很久没来太白峰了，以前她不来，师兄弟们总是惦记她，尤其是散烟，总要找各种借口去看望她。他决定去看看她，他才走到半山腰，就看到了她。她像一阵风似的，扑进了他的怀里，就像一头扑食的豹子，若非他法术了得，只怕已散了架。无波师姐告诉他，清月昨天就知道他要来，兴奋得不得了，寝不能安寝，坐不能安坐，她天生的预知能力，已无人能及。

　　清月告诉他，上次在南梦溪，她的玉佩丢了。她不敢告诉无波师姐，希望师兄帮她找回来。何云行告诉她，这几天有几位别派掌门来访，让她千万别离开白云下院。十日后，他一定去找回玉佩。私入禁地，有违师门规矩，但这已非第一次犯禁，只好等师父回来，自己去领罪。他飞跃过大溪，越过一片密林，遥遥看到树丛中坐着一个人，是清月。他十分生气，恼怒地说："我告诫过你，这里是禁地，不准再来，为何不听？"

　　清月难过地说："你们都讨厌我，连你也责骂我，你为何不问我为什么在这里。"

　　何云行这才觉得口气重了，看到挂在她腰间的玉佩，他明白了，她怕麻烦他，还是自己来找玉佩了。不过随即他又意识到，也许玉佩并未丢失，她只是骗他来这里而已。

　　清月看穿了他的心思，说道："师兄你不信我？"

　　何云行赶紧别过头去，生气地说："我说过多少回了，不要读我内心的想法。"

　　清月只要看到别人的眼睛，就知道对方在想什么。他不得不将头上戴的斗笠拉低一些，遮住上半张脸，这才转回头。

　　"云行师兄，我不读你的想法了，你拿掉斗笠好不好？"

　　何云行不上她的当，再一次告诫她，这是最后一次来南梦溪。这里之所以被设为禁地，是因为师父将一些尚无大罪的魔众囚禁于此，因存在结界，看不到而已。但魔众在此，便有魔气聚集，清月与散烟多次来此私会，沾染了魔气，才会原形显现。事实上，先前没有显形，是因为无波师姐在她的右脚踝植入了"镇魂器",此物同样是天才无双的钟馗祖师发明的,用产自西域的昆仑玉炼制而成,仅有龙眼大小,将它植入魔族的脚踝,魔族就会灵力全消。无波师姐以为,这样就能彻底封印清月的心魔,不料禁地魔气太重,加上清月天资太高,竟然冲破了镇魂器的禁制,显出了魔形。那日,何云行将清月带回白云下院之后,与无波师姐合力,封闭清月的心神,他亲自看着无波师姐用一柄短刀割开了清月左脚踝的皮肤,将另一枚镇魂器植入,师门称之为"种慧",有了慧根,自然也就压住了魔根。脚踝的伤口缝合后,无波师姐细心地给她涂上金疮药,并包扎了起来。有了两枚镇魂器,应该可以封住清月的心魔了吧。

"云行师兄,你是怎么上山的?"

"我很小的时候就上了山,师父……"

"是不是你的父母也被魔族杀了,师父从大火里把你救了出来?"

何云行哈哈大笑,掀起斗笠,用手拍了拍清月的脸,随即又用斗笠遮住了自己的面孔,说道:"这一次你可错了。"

"我说错了什么?"

"你说的是散烟的身世,看来他把什么都告诉你了。散烟出身名门,他的父母是鼎鼎大名的'驱魔双剑',年纪轻轻法力已达到了第七重,就是我们的师父,现在也才到第八重。至于我嘛,至今才到第六重而已。散烟虽然是孤儿,但至少知道自己的父母是谁,而我是师父捡来的弃婴,上山时尚在襁褓之中,连父母是谁都不知道。"

"那你有没有想过去找他们?"

"没有。"

"你不想知道自己是谁?"

"想过。我早已知道自己是谁,我现在的样子,就是我自己。"

"那你有没有想过离开青云院?"

"离开?"

"对，离开，去过你想过的生活。"

"离开？去哪儿？你说的是什么样的生活呢？"何云行反问。

"……"清月语塞，随即又问，"师兄，你有没有喜欢的人？"

"有啊，你就是啊。"

"不是，我说的是另外一种喜欢。"清月说。

"哪种喜欢？"

清月不知该如何表达，换了一种说法："师兄，凌云门的人是不是都不得嫁娶？"

何云行一愣，大笑着说："我们既不是和尚，也不是全真道士，为何不能嫁娶，师父就娶过……"他随即左右张望，意识到这是在禁地，不会有其他人，便又说道："无波师姐，就是师父的女儿。"

"那师兄们为何不娶妻？"

"嗯……大师兄一心向道，无心娶妻，至于我……呃，其他人，要么没有想过，要么还都太小。"

"原来是这样。那你，能不能娶我？"

何云行去掉斗笠，盯着清月的眼睛，想看到一些什么，可是他没有清月那样的能力。"你……还太小，将来再说，将来的事谁知道呢。"何云行微微一笑，神情有些惨然。

这次，清月没有读他的想法。

"如果将来你想娶我，我们去一个没有人的地方，好不好？"

何云行没应声。

"云行师兄，答应我好不好？"

"好。"

临别时，清月再一次说："云行师兄，经常来看看我吧。"

何云行点了点头。

3

何云行与无波都低估了清月，她修习了散烟传授的"云水诀"后，轻松冲破了他们二人合力所下的封印。为了免于显形，她一直自己封印自己的心魔。她只记得师兄带自己上山之后的事了，那之前究竟发生了什么，她全都不记得了。自己究竟是谁，为何会在南梦溪变成那副样子？她决定自己搞个明白。云行师兄不让她再进入禁地，或许线索就在那里。

清月不久就发现了禁地的结界，当她想进去的时候，被一堵无形的墙反弹了回来，她口诵"云水诀"，试图硬闯结界，结果太乙宫的离魂钟自鸣，全山为之震动。有人硬闯结界，离魂钟就会示警。闭关的大师兄张遐哉为钟声所扰，以为魔族攻山，提前出关了。他手抚离魂钟，只见光滑如镜的钟面上出现了一个模糊的身影，那影子看起来极为熟悉。他知道有人进入了南梦溪，虽然师父有命，任何人不得进入禁地，但若是魔族作祟，他可以便宜行事。

张遐哉进入南梦溪后，清月早已离去，他只捡到了一枚玉梳。三师弟沈乐行立马认出，这枚玉梳曾出现在清月的头上。张遐哉亲临白云下院，令他惊讶的是，这里竟然有另外一种灵力，这不是修真者的灵力，而是魔族的灵力。张遐哉此次闭关，虽然未能悟道，但无意间却达到了法力的第七重。一到白云下院，他就觉察有异，要求与清月一见，师姐无波却说清月正在练功，暂时不便相见。这明显是说谎，纵然是练功，一周天后仍可与人相见，但张遐哉并未戳破，他只是告诉无波，最近魔族又起，山上也不安静，要她多加防范。离去后，他叮嘱沈乐行盯紧白云下院。

这当然瞒不过清月，她一直就在门后偷窥，张遐哉心中所想，她全都知晓，包括其他人的想法，也没逃过她的眼睛。通过读取张遐哉的心念，她得知进入结界须持有掌门秘符。她轻松躲过盯梢的沈乐行，悄悄潜入了太乙宫，盗取了大师兄张遐哉的秘符。只是，清月低估了张遐哉的道行，他知道清月盗走了秘符，但他决定将网撒出去，让她在众人面前落网。

　　清月进入结界，发现这里有另外一个世界，到处燃烧着火焰，空气中弥漫着硫黄味。一群又一群身形高大的人，穿着黑色的衣服，用黑布遮着脸孔，在火焰中穿行，对于她的出现，每个人都避之唯恐不及，仿佛看见了恶魔。她拉住一个人，用力扯下那人的面巾，那人用绿色的眼睛瞪着她，外翻的嘴唇里尖锐的獠牙闪烁着白光，发出一阵"嘶嘶"的声音，她初一惊，随即就明白了那些声音的含义，因为她听得懂，那是她久违了的声音。而且，她看得懂这怪人内心的想法，她被他们当成了驱魔人，她身上闪烁的金色光芒让他们害怕。她用同样的语言问道："你是谁，为何在这里？"

　　那人听懂了清月的说话方式，显得极为震惊，随即，他看到了清月身上发生巨大的变化，她的眼睛逐渐闪烁出蓝光，两只巨大的黑翼张开，似乎要刺破苍穹，嗓子里发出风吼般的嘶鸣。那人面露喜悦之色，一边跑一边喊，很快清月就被几百号人围了起来。这些人，全都是魔族，有些来自冷山，有些来自溪下寨，还有的来自更远的地方，有的被囚禁了八九年，有些甚至被囚禁了几十年，有一个老魔人，一百年前就被囚在这里。凌云门袭击了他们的村寨，说他们是魔王的子孙，大部分人被杀掉了，剩下的，没有什么法力的，都被囚禁在此。有一个人认出了清月，告诉了她真实的身份，她是大祭司梨落的女儿，她的父亲是魔王甘丁。原来，她是魔族的公主。

　　她愤怒至极，打开结界，让族人们逃离此地。但这些被禁锢在这不见天日的地方很久的人，并未表现出欢呼雀跃的样子，他们踟蹰不前，好像被无形的锁链拴住了一般。清月走到一个老妇人跟前，让她脱下破烂的鹿皮靴，看到脚踝上有一个清晰的疤痕，她小心地切开肌肤，在皮层下，看到一枚近乎透明的镇魂器。其他的魔众们一见，纷纷取出了凌云门在他们身上种下的镇魂器。此物脱身，魔众门身形大变，一改颓废模样，全都变得神采奕奕。只是，她所做的一切都在大师兄张遐哉的掌控中，他在太乙宫中的离魂钟上，看到了这里发生的一切。他下令让弟子们埋伏在大溪边，一等魔众渡水，就迎头痛击。魔族的血染红了溪水，化作血色的浪花奔流而去。

清月想起来了，正是大师兄张遐哉率领弟子们突袭了冷山，放火烧掉了房屋，屠杀了她的族人，她的父亲甘丁为了不让母亲梨落受伤害，向大师兄投降，请求放过他们，但大师兄还是下令让四师兄李栖刺死了母亲。甘丁怒火冲天，发誓要杀光凌云门，上百弟子死在他的刀下。最后，甘丁在张遐哉、沈乐行、李栖、散烟等众多一流高手围攻下不支而死，就连在外围警戒的何云行，也为了救散烟受了伤。那场大战，冷山魔族被荡涤一空，清月的父母和三个姐姐，全部殒命。

仇人就在眼前，清月不再念同门之情，展开两翼，向正在屠杀族人的凌云门弟子扑去，见沈乐行将一个老魔人按在水中淹死，她一声长啸，一剑将他刺死，老四李栖悲愤不已，飞纵身形，试图与清月对战，清月大怒，此人正是杀母的仇人。她的双手变为利爪，抓碎了李栖的剑，将他撕了个粉碎。张遐哉见两位师弟战死，眦睚欲裂，御风而来，挥掌便劈。清月知道张遐哉的"落云三掌"不可小觑，当即收摄心神，全力以赴，剑声掌影，一时难分高下。

南梦溪的大战，当然也惊动了无波，她骑着一只玄鹤赶来，得知三师弟、四师弟战死，悲愤不已，只是她并未加入战团，而是从背囊里取出一支箫，吹了起来。清月听到箫声，直觉神不守舍，手中的剑也就慢了。张遐哉一掌击中她的肩膀，清月顿时如遭雷击，像断了线的风筝一样，倒栽进了大溪中。

这场大战，逃出禁地的魔族人大部分都死了，只有一小部分漏网。张遐哉恨极了何云行，怪他当年太草率，引魔族入山，简直等同于背叛师门，他刺穿了他的琵琶骨，废掉了他的道术，将他丢进了禁地石牢。他虽然未问责大师姐无波，但无波知道这位掌门师弟还是怪自己的，因而径自回了白云下院，不再过问清月的生死。张遐哉本想处死清月，但清月名义上还是师父的弟子，她也被关入了禁地的石牢，张遐哉还亲手设下结界。下令任何人不得靠近，只许散烟一人送饭。

　　清月躺在冰冷的地上，被撕扯成碎片的衣裙包裹着，脸色惨白得像一张纸，脸上的血迹虽被清洗干净，但嘴角还在不停地渗出血迹，很显然她受的伤极重。她赤着脚，白皙的脚趾被冻得乌青。站在门外的散烟望着她，她那无助的神情，唤醒了他心中那些被禁锢的东西。他悄悄走了进去，并排和她躺在一起，抱住了她。

　　"散烟师兄。"

　　"我在这里。"

　　"我做了什么？"

　　"你杀了三师兄、四师兄，还放跑了魔族的人。"

　　"我很害怕。"

　　"你知道自己是谁了？"

　　"嗯，我不该杀了两位师兄，他们往日对我很好，沈师兄还指点过我的剑法。"

　　"可他们也是你的仇人。"

　　"你也是。"

　　"那你恨我吗？"

　　"不恨。无波师姐告诉我，魔族与驱魔人不两立，就算驱魔人不杀魔族，魔族也会杀驱魔人……"

　　清月一直不停地说、不停地说，慢慢地进入了梦乡，依旧喃喃自语。

　　等师父回来后，清月一定会被送上九雷台，灰飞烟灭，散烟想。

　　他决定带她逃走，他从大师兄处偷来了师父留下的丹药，给清月服了下去，又用自己的功法为她疗伤。清月吐出大块黑紫色的血，脸色慢慢变得红润。

　　"你还记不记得我们在禁地说过的话？"散烟问。

　　"什么？"清月问。

　　"你说你想离开这里，去过自己想过的生活。"散烟说。

"自己想过的生活……"清月喃喃地说,"可是怎样才能离开这里?我就要死了,不是吗?"

"不会的,我不会让你死的。"

他打开了结界,清月眼中蓝光暴闪,背上生出黑色的羽翼,飞到了半空,散烟大吃一惊,大声喊道:"师妹,快回来。"清月回头看了他一眼,眼中杀机暴涨,散烟只觉浑身泛起一阵寒意,清月头也不回地飞走了。张遐哉在大溪设伏,必然是预先知道了清月释放魔众的事,他是如何知道的呢?据说太乙宫有各种灵器,全都出自钟馗祖师这位不世出的天才之手,她要躲过这些灵器,只有一个办法,那就是反制。她先前曾听散烟说过,玉佩也是一件灵器,只是他道行尚浅,未能得到师门传授的法门。清月将玉佩举到眼前,反复摩挲,突然玉佩闪烁起一道红光,直射她的胸口,她立刻感到强烈一震,居然在光影里看到了张遐哉,只见他抚摸着离魂钟,钟正不停地转动着,钟面上不断变幻光影。清月恍然大悟,显然她无意间触发了玉佩的秘密。她飞往青华峰,找到一个偏僻的山洞,一边疗伤,一边继续破解玉佩的使用法门。

张遐哉在离魂钟上,追踪到了漏网魔众的位置,将他们落脚的地方一一记了下来。突然,不知为何,一声爆响,离魂钟碎裂成了数块。他顿觉魂丧。这时,清月已潜入青云院,极快地向前殿奔去,张遐哉未反应过来,被清月一剑刺死。原来,清月在山洞中疗伤时,感应到玉佩和另一件强大的法器离魂钟之间也在呼应,不只是与她,还有其他更多的玉佩。离魂钟就像是一棵大树的树干,玉佩就像生长在这棵树干上的树枝,既然彼此相连,能否像拉动树枝一样,扯断树干呢?

凌云门大乱,直到傍晚时分,小师弟阿乐才哭着打开关押何云行的牢门,看着已残废的二师兄,说道:"清月师姐入魔了,杀了大师兄和其他师兄,逃走了。"

何云行第一时间想到的是白云下院,他让阿乐把自己扶上马,狂奔而

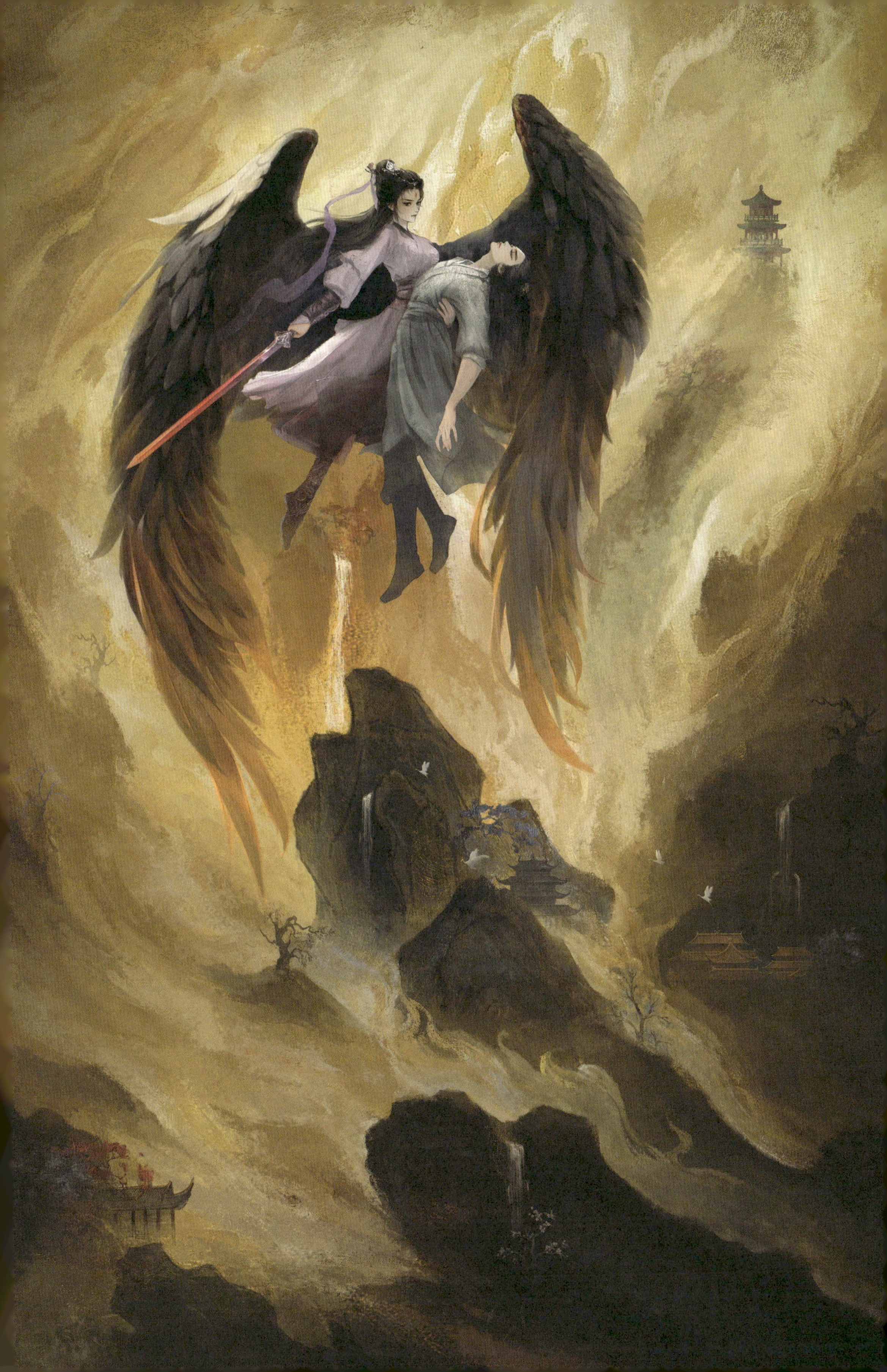

去。到了白云下院，一切都静悄悄的，就连负责应门的哑叔也不见了。何云行顿觉不妙，一脚踹开门，只见哑叔倒毙在院中，他飞速穿过庭院，进入无波师姐的房间，无波师姐歪倒在蒲团上，嘴边挂着一缕血痕，已然说不出一句话，只是微弱地伸出臂膀，摊开了紧攥的拳头，手掌上是一段紫色的丝绳。何云行拿起细看，猛然意识到，这是玉佩上的佩绳，无波师姐的玉佩不见了。极可能是被清月抢走的。

何云行猜得没错，清月抢走了无波师姐的玉佩，也取走了其他师门弟子的玉佩，用玉佩的力量反制离魂钟，并摧毁了它。何云行拿起自己的玉佩，贴在胸口，立刻感应到了清月的位置。他虽然被废了道术，但玉佩并未被剥夺。当年钟馗祖师采集蓝田之玉，无意中发现了一种名叫"蜘蛛玉"的灵石，这种灵石之间，能够传递一种细微的力量，就像蜘蛛结网一般，相互联结在一起。将这种灵石加以炼制，再做成玉佩，佩戴它的人之间不但能够互传消息，还能感应到对方的位置。每一个持有玉佩的人，都像在同一张大网中，不论在什么地方，距离有多么遥远，都能通过相互之间看不见的那根细丝，获得消息。不过，为了避免此物落入魔族之手，暴露门中弟子的行藏，只有道术修行到第六重以上的弟子，才会获得使用玉佩的法门。这种法门，唯师父和掌门师兄可以传授，何云行是凌云门第四个懂得使用玉佩之法的人，而清月未得传授，竟无师自通。何云行匍匐到后院，在那里找到了无波师姐的玄鹤，他爬上鹤背，拍了拍它的头，玄鹤一飞冲天，遵循何云行的指引向南飞去，距离遥远的嘉午峰越来越近，手中的玉佩发出的青光也越来越强烈，并震动了起来，很显然清月就在峰顶。

何云行知道，自己道术全失，暴露行藏，面对清月毫无还手之力，但他已顾不得太多。

玄鹤落在了一块巨岩上，何云行缓慢地从鹤背上滑了下来，几乎站立不稳，一柄锋利的剑已顶在他的后心。

"师姐何罪？你为何杀她？"

"她也是冷山屠杀的凶手，她杀了我的三个姐姐。"

"你是如何知道的？"

"她亲口告诉我的，这些年她一直很后悔，她还想通过照顾我来赎罪。"

"你是不是也想杀了我？"

"我不会杀你。"

"我也参与了冷山大战，我也杀死过你的族人，你不想报仇？"

"我不会杀你。"

"为什么？"

"你还记不记得，你答应过我一件事？"

"什么事？"

"去一个没有人的地方，过我们想过的生活。"

清月收起了剑。

何云行转过身，用剑抵住了她的喉咙。

清月黯然一笑，说道："云行师兄，你终究不肯答应我，对不对？"

何云行不说话。

清月说："我曾问过你，想不想知道自己是谁，你说你知道自己是谁。你当然知道自己是谁，你和我一样，都是魔族人。你和我一样，都被他们杀光了族人。你以为你封印了自己的本心，就和他们一样了吗？师父根本不信任你，你的天资比他们高，法力也比他们强，但师父仍然没有选你当掌门弟子。"

何云行不吭声。

"跟我走吧，别忘了，我们只是众多生命中的幸存者。"

何云行垂下了剑，望着深而浓稠的夜色，徐徐地吐了一口气，他的目光时而澄澈，时而深邃，仿佛有万千回忆在他的脑海里浮现。清月注视着他的眼睛，却读不懂那是什么。突然，他举起剑，朝自己的胸口刺去。大口的血从他的嘴里涌了出来，他张了张嘴，发出艰难的呓语。

"离开这里，活下去，为你自己，活下去，清月。"

清月厉声长啸，抱起何云行的尸体，展翅向夜色中飞去。

纵马而来的散烟，望着消失在天幕上的黑点，泪水迷蒙了他的眼睛。

灵感来源

钟馗的传说由来已久，有研究者认为，钟馗的原型是商代巫师仲傀。敦煌写本《除夕钟馗驱傩文》载："铜头铁额，魂（浑）身总着豹皮。教使朱砂染赤，咸称我是钟馗，捉取浮游浪鬼，积郡扫出三虺。"可见，钟馗是一个形象凶猛、捉鬼驱邪的神灵。

宋代沈括《梦溪笔谈·补笔谈》中记录了另一个故事性很强的信息，云：

> 禁中旧有吴道子画钟馗，其卷首有唐人题记曰："明皇开元讲武骊山，岁翠华还宫，上不怿，因痁作，将逾月，巫医殚伎，不能致良。忽一夕，梦二鬼，一大，一小。其小者衣绛犊鼻，屦一足，跣一足，悬一屦，搢一大筠纸扇，窃太真紫香囊及上玉笛，绕殿而奔。其大者戴帽，衣蓝裳，袒一臂，鞟双足，乃捉其小者，刳其目，然后擘而啖之。上问大者曰：'尔何人也？'奏云：'臣钟馗氏，即武举不捷之士也。誓与陛下除天下之妖孽。'梦觉，痁若顿瘳，而体益壮，乃诏画工吴道子，告之以梦曰：'试为朕如梦图之。'道子奉旨，恍若有睹，立笔图讫以进，上瞠视久之，抚几曰：'是卿与朕同梦耳？何肖若此哉！'"

钟馗的形象十分鲜明，其本身是不得志的，在唐明皇的梦中以"大鬼"形象出现，但在民间传说中，他又化身为驱魔者，上升为正义的象征。就其身份而言，具有双重性，这是很值得研究的。这篇作品的灵感即来源于此。

徐福渡海记

① 徐福

铅灰色的海面上,几只鸥鸟在吟唱。澎湃的海浪减弱了摇撼的力量,强劲的风停息了,一座高峻的山峰,隐隐约约出现在云端,连续几个月来未曾看见陆地的船员们,几近陷于绝望,猛然看到远山与鸥鸣,犹如被判死刑的囚犯听闻大赦,纷纷挤上甲板,狂呼着,跳跃着,不知是谁率先跪下感谢上苍的庇佑,其他人纷纷仿效,甲板上顿时响起一阵"嗡嗡"的祈祷声。就连那些久经战阵的大秦甲士也从船舱涌上了甲板,断了一条腿的左副都尉赵景在士兵的搀扶下,缓缓走出舱门,目光失神地望着远方的山影,士兵们罗列下拜,他视而不见,只发出了一串谁也没听懂的喟叹。

始皇帝二十八年,我被当今陛下任命为海外寻仙使,率领三艘大船,赴海外寻找神仙和不死药。每艘船长三十丈六尺五寸,宽十二丈,高六丈,有三层甲板,每艘船有船员二百名,听命于驾船丞,又从秦军中挑选百战死士三百名,分派于三艘舰船上,由护军都尉统一节制。船上还有医官、木匠、铁匠、裁缝、厨师、养鸽人等各类匠人三十人。当然,此行我还带了二十名弟子,他们都是值得信任的人。秋季,我们从琅琊港出发,这是一年中最好的出海季节,从大陆上吹来的西风,会推动我们的船帆,使我们一路顺风顺水,驶往仙岛。二十年前,我师父齐长生就是这个季节出发的,他在海外遇到了不死仙人谷玄子,谷玄子赠予了他两颗益寿延年的丹药,他服了一颗,另一颗送给了我。

我的座船"遇仙舫"是这支船队的旗舰,由护军都尉第五城节制;跟在我们后面的是"邀仙舫",由左都尉赵景节制;殿后的是"得仙舫",由右都尉莫离支节制。三艘船之间相隔四十丈,呈"一"字形出海,船队在海上走了半日水程,三艘船之间逐渐拉开了距离。傍晚时分,我尚能看见两艘船桅杆的影子,但当夜海上起了大雾,纵然用红色宫灯传递信号,彼此也无法联系上。第二天天亮时，再也看不到另外两艘船了。一年后返航我才知道，"得仙舫"偏离了航向，一路向南航行，撞在了暗礁上，所有人都葬身大海。

十天后，天空出现了一群车轮大的赤色巨鸟，遍体犹如烈火，只有翅膀上有黑色的翎羽。我们到达了一座小岛，这是个方圆约二十里的荒岛，岛上无人居住，也没有高大的树木，好在有一些低矮稀少的灌木，它曾出现在师父的杂记里，名为"歇脚洲"，这意味着我们走对了路线。我决定在岛上停留两天，让被海浪折磨得一直呕吐的士兵和我的弟子们稍作休整。次日拂晓，海面上出现了帆樯的影子，我大喜过望，是"邀仙舫"，它一直尾随着我们，只是隔了一天的水程。在之后的航行中，为了避免再次失联，护军都尉第五城下令两船之间保持六十丈的距离，每隔一个时辰，挥动红色旗帜联系一次，晚上则用红色宫灯。不过，这是一个错误的决定。

离开歇脚洲后，风平浪静的日子结束了，几乎每天都是惊涛骇浪，第五城和他的士兵们是第一次出海，吃下去的食物在胃里装不了多久就被吐个干净，接着开始吐清水，后来吐出的液体散发着强烈的气味，好像把胆汁也吐出来了。两艘船犹如巨浪中的树叶，一会儿到了波峰，一会儿又到了波谷，无论是驾船丞，还是水手们，都知道其中的凶险，全都精神高度紧张，守在自己的位置上，目光紧盯着晦暗的大海。突然，"邀仙舫"失去了控制，向我座船的右舷撞了过来，驾船丞白玉京急忙向左转舵，可惜来不及了，两艘船的距离过近，避险时间不够，我的船艏被撞出一个大洞，"邀仙舫"则更惨，直接折断了龙骨，以看得见的速度快速下沉。我下令士兵和水手们全力出动，营救落水人员，好在当时风浪略缓，除了一名士兵失踪外，其他人都被救了上来，但"邀仙舫"上搭载的粮食、肉干、酒和其他物品则全部沉入水中。

木匠和铁匠们紧急出动，用了两天的时间补上了船艏的洞，我下令重新分配了船上的粮食，将原来每天的量缩减了一半。接下来的四个月里，我们吃尽了苦头，有些士兵变得脸色苍白，牙龈也开始渗出血，像蛙一样在船板上爬来爬去，有的士兵吃饭时牙齿突然掉在碗里，驾船丞白玉京认为这是海上的恶魔作祟，必须祭祀，于是我们杀了一头猪，先将猪血洒进大海，之后又将整头猪也抛入海中，但过了一天，还是有一名士兵死了，我们为他举行了隆重的海葬。日子越来越坏，几乎每天都有人死亡，最多的时候一天死了五名士兵，我们再也悲伤不起来，只将他们草草卷进席子，投入大海。护军都尉第五城认为，我们在海上航行了太久，肯定偏离了去往仙岛的航道，要求立刻掉头向西航行，傍晚时分我仔细看了金星的位置，又读了师父的杂记，否定了他的看法，并叱责了他。第五城十分不悦，当着下属们的面顶撞了我，大声说："再这样下去，谁也无法活着返回大秦！"当天晚上，我与天候师唐文探讨了天象，他认为接下来会迎来一年中最好的天气，我下令司帆师杨峰升起了所有的帆，便回到了自己的舱室。半夜时分，我听到舱门口一阵喧闹，还来不及穿好衣服，门就被粗暴地撞开了。四处飘散着血腥的味道，守门的两名弟子被杀害了。冲进来的士兵用刀环狠狠敲击我的头，我差点晕过去，我被赤裸着捆了起来，扔进三层甲板下的一个杂乱舱室里，一同被扔进来的，还有我的徒弟玄敬亭。我明白了，船上发生了叛乱，叛乱头目恐怕就是早些时候与我产生冲突的护军都尉第五城。

　　起初还有一个士兵盯着我们，后来士兵不见了。舱室里又冷又黑，泛着一股酸味，我猜这里是存放醋糟的地方。适应了黑暗的光线后，我发现舱室里有一架梯子，通往上层甲板。不一会儿，一只小老鼠顺着梯子爬了下来，到处遛了一圈，也没有发现吃的。玄敬亭精通兽语，他抿着嘴，从牙缝里发出"嘶嘶"的声音，老鼠跑了过来，开始啃啮绑在他手上的绳子，可是那绳子实在太粗了，小老鼠咬了半天，也没咬断。玄敬亭让老鼠停了下来，爬上我的鬓角，叼走了我头上的玉簪，去找左都尉赵景。

　　我不知道这个办法管不管用，我与左都尉赵景素无来往，况且他是第五城的属下。后半夜时，梯子顶上的木板被掀开了，赵景出现在我的眼前。我告诉他，没有找到东瀛仙岛和不死药，擅自返航是欺君，皇上封我为海外寻仙使，位在护军都尉之上，第五城擅自拘禁我，这是叛乱。赵景告诉我，第五城已下令返航，驾船丞晏无忌不肯接受他的命令，被他关了起来，目下由原来"邀仙舫"的驾船丞掌舵。大部分士兵都听命于第五城，他自己能指挥的人，不到十个，根本无力反抗。我略一思忖，有了对策，护军都尉的职权是统领士兵保护船员，无权节制驾船丞和水手，自从那怪病出现后，士兵和水手都有发病，但发病的士兵偏多，第五城能指挥的士兵只有约五十名，能够行动的船员却不少于一百人，只要找到被关押的驾船丞晏无忌，再加上赵景的人，进行突然反击，就可以控制局面了。此外，临出发前，皇上给了我一道密诏，允许我便宜行事。我的腰被士兵打伤了，走不了路，我只好让赵景和玄敬亭分头行动，一个人去释放驾船丞晏无忌，另一个人去我的舱室取密诏。

黎明时分，晏无忌悄悄叫醒了水手们，奔向护军都尉的舱室，狡猾的第五城让十个精锐士兵衣不解甲地守在自己舱室里，一场厮杀未能避免，水手们不敌士兵，且战且退，关键时刻，赵景冲了进去，连续砍翻了三个士兵，与第五城在狭窄的舱室里厮斗起来。更多的士兵，从甲板下的舱室涌了出来，紧急关头，玄敬亭取来了皇上的密诏，他高举诏书，宣布道："放下武器，赦免无罪，否则，其罪当诛。"士兵们统统放下了兵器，第五城见局面不可收拾，挥剑自刎。

在这场叛乱中，船上折损了几乎一半的人，左都尉赵景的一条腿被第五城刺伤，我的腰也被士兵打伤了，所有的人都陷于沮丧中。我没有追究叛乱士兵的责任，下令掉转船头继续向东航行，至于能否到达东瀛仙岛，甚至活着回去，谁心里也没有底。赵景的伤腿一直在流血，后来血成了黑色，医官不得不将它锯掉。

那该死的怪病继续在船上肆虐，又有十几个人相继死亡，如果继续这样下去，我怕下一场叛乱很快就会发生。庆幸的是，从前方的云层里出现了一座山脉。三天后，我们登上了陆地，这不是一个凭目力就能看到边际的岛屿，暂时无法确定它的大小。岛上长着各种我们从未见过的奇葩异果，士兵和船员们吃了果子后，怪病开始缓解，我猜这是仙人居住的地方，这些果子是真正的仙果。这里的人，也许是仙人（或仙人的仆人），他们拥有红色的皮肤，头上戴着羽毛冠，骑着一种像骆驼的羊，他们非常友好，赠予我们各种植物的种子，还有不少闪光的石头。不过，这里没有师父杂记中的悬空泉，也许这是别的仙岛，而非东瀛。我们的船靠岸的那一片山脉看起来是黑色的，因而我将这里命名为"玄洲"。我们休整了十天，我率领三十个人从陆路前进，横穿岛屿，命令驾船丞晏无忌掌舵沿着海岸航行，在岛屿的另一端等我们。

② 赵景

始皇帝二十八年，皇上从咸阳出发东巡，先登上泰山，之后到海州湾，在这里皇上与群臣看到了海市，召来博士询问其缘由，博士不能答。丞相李斯向皇上推荐了琅琊方士徐福，说他从海外归来，年龄已经超过了一百岁（实际看起来大概四十岁），是当世的活神仙。皇上问徐福，什么是海市。徐福告诉皇上，深海中有一种大蛤，其寿命一万年，壳广八百丈，每三百年出来一次，吐出的气息能幻化为物，举凡亭台楼阁，车马人流，远山城乡，都栩栩如生，凡世间之物，皆能象形，人们称之为"海市蜃楼"，实则皆是虚幻景象而已。皇上对他的回答很满意，问他可曾见过神仙，他说自己的师父曾到过一个名叫东瀛仙岛的地方，还得到了两枚丹药。皇上很高兴，任命他为海外寻仙使，率三艘大船出海寻仙。

我们在海上经历了种种生死，我还丢了一条腿。我们到了东边的一块大陆（徐福认为这只是一个岛屿），那里有很多红肤色的人，只可惜我听不懂他们说的话，徐福称这里为"玄洲"。当地人建造一种非常高的塔，从很远的地方就能看到，塔的四周全部被浓密的林木遮蔽，只有南部是一片开阔地，有上千根石柱，石柱群的入口处有一座巨大的茅屋，当我们试图踏入时，茅屋里传出一阵咆哮声，一条巨龙蹿了出来，它的样子恐怖极了，浑身被羽毛遮蔽。徐福从腰间解下一个鹿皮匣子，打开匣子盖，喷出一大片粉红色的雾，巨龙似乎十分忌惮，慢慢退回了茅屋中。

徐福告诉我，这不是龙，而是羽蛇，他师父齐长生的书中有过记载。我们进入石柱群后，发现了一条直通高塔的笔直道路，有个浑身长满羽毛的人（后来得知他只是穿了羽毛做的衣服）手执长矛，看到我们后十分惊恐，向高塔狂奔而去。不一会儿，来了一支军团，他们全都穿着白色的袍服，骑着白色的马，走在最前面的人看起来像一位王者，气度不凡，戴着高高的白色羽冠，白色袍子垂到了地上，手中拿着白玉杖，他的样子十分年轻，头发却是白色的，犹如一头银丝，闪烁着光芒。徐福派玄敬亭上前互通消息，玄敬亭只说了几句话，就跑了回来，他告诉我们，这些穿白衣服的人与我们在海岸上看到的红色皮肤的人不同，他们能说中原话，邀请我们进入宫廷。

戴白色羽冠的人自称殷余，他的祖先来自大海西边的大陆，八百多年前发生了一场巨变，一个西边部落的人入侵了他们的都城，他的祖先漂洋过海来到了这里，建立了新的王国。他们崇尚白色，不但衣冠是白色的，就连帷幕、墙壁、宫殿都是白色的，只有神庙里供奉的鸟形石刻是黑色的，看起来像一只巨大的燕子，那是他们的祖神。这些自称殷人的贵族们行动非常优雅，每个人都能演奏音乐，几乎每天都举行宴会，陶器里装满了用粮食和果子酿成的酒。我告诉他，我们来自大洋另一端的大秦帝国，受皇帝陛下的派遣来寻找仙人。殷余告诉我们，这里并不是仙人居住的地方，不过顺着这片大地，沿着海岸线一直向南航行，会到达一片白色的世界，那里的天空经常出现五彩的光焰，也许是仙人居住的地方。

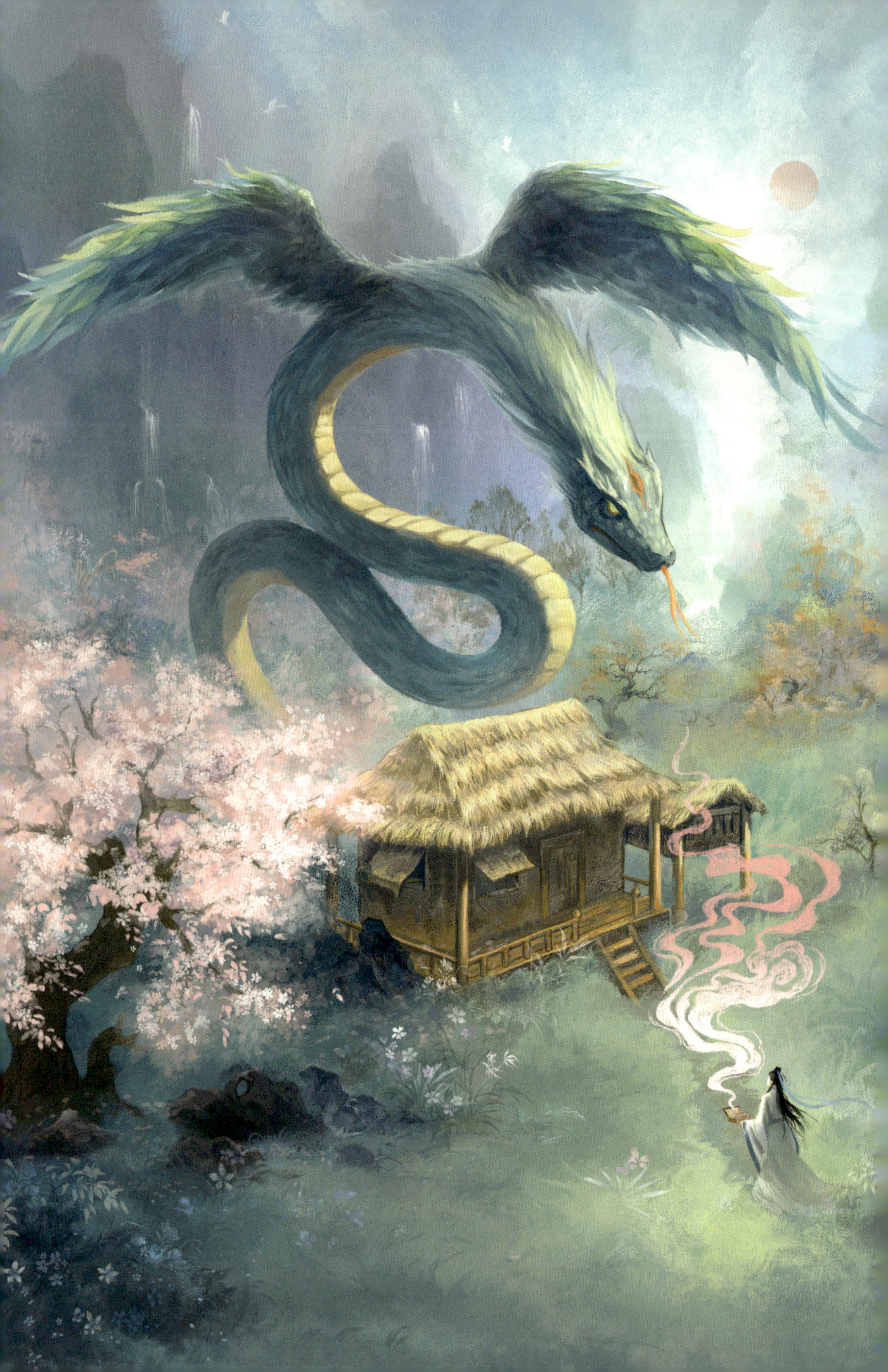

在殷人的宫殿里停留了半个多月，几乎每天都有宴会，临走的时候，殷余赠予我们大量食物和宝物，还着人帮我做了一条假腿。尽管我们交流时依旧有很多话不甚明白，但他坚持认为我们来自他祖先的那片土地。我们坐着殷余赠予的小船，顺着一条大河向南，之后到了入海口，我们再沿着海岸线前进，在一片密林里，我们遭到了一只黑色怪物的袭击。这只怪物像一头巨大的野猪，遍体被黑色的长毛覆盖，长着两颗脑袋，从嘴里暴露出的獠牙有五寸长，咆哮的声音像风在怒吼。我用长矛刺死了它，然后让厨师做了一顿美餐，肉质很粗，还有一股土腥气。徐福说，这种动物的名字叫"并封"，《海外西经》中有记载。

在陆地的最南端，我们与停泊在那里的"遇仙舫"汇合了。我们把殷王赠予的物资装上了船，准备渡海去更南的地方。

③ 晏无忌

这是我一生中最煎熬、最恐怖，也最漫长的一趟航程。我们损失了一艘船，和另一艘船失联，还发生了一次叛乱，三分之二的船员和士兵死于疾病。我们在玄洲（这个名字是徐福大人起的）登陆后，受到那里的红肤人的热情款待，他们赠予我们很多奇异的果子，我们在这里休整了十天，徐福大人打算穿过这个岛，他认为这是一个岛，而我坚持认定这是一片大陆，最后我们兵分两路，他带人从陆地上走，我驾着船带领一部分人顺着海岸线继续向南。

最初的三天，我们贴着海岸线前行，岸边全是陡峭高峻的山脉，连绵千里，白色的云缭绕在山峰上，时聚时散，巨大的山脉间有白色的冰块和雪，雪线以下渐渐有了绿色的植物，山麓布满了浓密的草木，郁郁苍苍。这一段海流十分平稳，入夜后，我将舵交给了我的副手吴阳，带着一壶酒爬上了甲板。甲板上明亮极了，一轮明月挂在海岸边的山上，照亮了幽暗的山岭，两座山仿佛飙升一般，一高一低，像极了骆驼的驼峰，山间的冰雪在月光下闪闪发亮。不知是什么动物，在山顶上移动，也许是一只鹿，它的巨大鹿角在夜色中神秘极了，这让我感到十分疑惑，在这样的夜晚，一只鹿去那样的地方做什么呢？那里大约十分严酷吧，气温很低，道路崎岖，几乎没有吃的，然而竟然有生灵活在那里，真是太不可思议了。不过反过来一想，在这样的夜晚，我又在这里做什么呢？船行驶在平静的海面上，也只是暂时的平静，谁知道那未知的前方还存在多少凶险呢？

　　第四天的时候，我们进入了一个风平浪静的海湾，这里的海岸十分平缓，我决定寻找合适的地方下碇，去岸上寻找补充淡水的地方。凭借经验，我们选了一个没暗礁的地方，将石碇投入了大海，然后我们将平底小船用绳子放入海中，我让副手吴阳驻守在船上，自己带领包括天候师唐文在内的十二个人分乘两条小船上了岸，每个人都带了一只瘪了的水囊，寻找饮用水。上岸走了一个时辰，地势不断抬升，我们爬上了一座六十余丈高的山峰，向远方看去，只见一山比一山高，在最近的地方——目测有四百丈的距离，出现一汪高山湖泊，犹如碧蓝的宝石镶嵌在群山中。我与天候师唐文相视一笑，小心地寻找着路径，快接近湖岸时，忽然听到一声戾叫，犹如金石破裂，令人毛骨悚然。司帆师杨峰手持弩箭，警惕地看着四周，我们全都拔出了刀剑，摆出了戒备阵型，只见一只大如豹、遍体赤红的怪兽奔来，它的头正中有一只独角，身后拖着五条长长的尾巴，奔跑时，五条尾巴冲天而起，好像五个抖擞威风的蛇头，在近得可以看见它嘴巴里白森森的利齿时，杨峰扣动了弩机，一支强劲的弩箭射入了怪兽的嘴巴，贯穿颅骨飞了出去，然而怪兽飞扑的力量并未减弱，一直到距离我们两步的距离才扑倒在地，我们每个人都被吓出了一身冷汗。返回时我们将这只怪物的尸体带到了船上，后来寻仙使大人徐福说，这就是"狰兽"，《山海经·西山经》里有专门的记录。

到了湖边，我命唐文和杨峰二人警戒，用银针检验了湖水，确定可以饮用，大家才动手装满了带来的水囊。返回的路上，我们听到一阵婴儿的哭泣声，这使我非常疑惑，我们循着哭声进入密林，忽然树顶上传来翅膀扇动的声音，巨大的黑影从天而降，我仰面向黑影射出弩箭，唐文则一口气将连弩中的十支箭全部射了出去，只听轰然一声巨响，好像一驾马车坠落在了地上。我们小心地查看，竟然是一只鸟，它的两翼张开足有一丈五尺，样子像雕，头顶有一只独角，眼珠还在翻动，锋利的爪子不停地向天空蹬着，它的脸略微有点像人形，丑陋而脏污，充满了残忍，令人望之不寒而栗，唐文唯恐其未死，又刺了两剑。后来寻仙使大人徐福说，此物就是"蛊雕"，善于模仿婴儿的哭声，诱骗人落入它的圈套。

取水连遇两怪，使我们倍加警惕。回到船上后，吴阳说这海湾里有一些神奇的鱼儿，它们是蓝色的，而且有两对翅膀，味道美极了。他让厨师将一尾未下锅的鱼儿拿给我看，这鱼儿静止时浑身为青色，在水中游动时青色变成了蓝色，碧蓝碧蓝的，长着两对近乎透明的翅膀，前一对大，后一对小，唐文觉得十分新奇，用手指捅了捅，鱼儿挣扎着跃出了水面，拍打着翅膀朝天空飞走了，飞了很远很远又"哧溜"一声落入水中跑掉了。我问吴阳，他是如何捉到这种鱼儿的，他领着我来到左舷，只见水手们一人一根钓线，正在那里钓鱼。原来他们从裁缝那里借了十几根针，折弯改造成了鱼钩。我们高兴坏了，都去裁缝那里借针，我们钓了很多会飞的鱼，将它们养在水缸里，为了防止它们逃走，只好将锅盖盖在缸口上。在此后的十几天里，我们一直有美味的鱼汤喝。

我们在海上航行了三个多月，到达了这片大地的最南端，这验证了我的想法，这不是岛屿，世界上绝不会有如此之大的岛屿。这里的气温很低，海面上经常能看到浮冰。我们在这里停泊了十天，谢天谢地，寻仙使徐福大人终于来了。我们决定渡过这片有浮冰的海域，向更南的地方探索。不过只走了半天，我们就遇上了大麻烦。一种浑身长满触手的巨型怪物在夜晚袭击了我们，好在一直有士兵轮夜，警惕的士兵及时敲响了锣鼓。战士们持弩箭和弓，数百支箭齐射，射杀了那只怪物，一百多人合力，才将它从水中拖了上来，这只怪物九丈多长，有很多细长的触手，犹如缆绳一般，占据了甲板上很大一块地方。寻仙使大人说这是"算袋鱼"，又叫墨鱼或乌鲗，不过像这样大的算袋鱼，他还是第一次见。这种算袋鱼极为诡诈，它们经常漂浮在海面上，让过往的船和鸟儿误以为是死物，去捕捉它，结果反而被它的触手拉下水。若不是及时发现，我们的船虽不会倾覆，但也会有损坏的风险。

在海上航行了三天后，气温越来越低，士兵们不得不穿上麻布罩袍，我和寻仙使大人也穿上了皇上赐的皮裘。海水变得非常清澈，能看到水下有长达几十丈的鱼在游来游去，徐福大人说那是龙，并将这里命名为"龙之海"，他说龙最害怕蛆虫，因为蛆虫会钻进它们的鳞甲，为了避免龙的攻击，他下令向大海里撒入白色的米粒，龙误以为是蛆虫，就会遁去。我们就这样渡过了这片恐怖的水域。

第四天的时候，海面上出现了更加密集的浮冰，远方出现了一片白色的悬崖，晶莹剔透，看样子就像高峻的城墙一样，寻仙使大人说那是"玉城"，他说那就是神仙的居所。我们距离玉城越来越近，浮冰也越来越多，有些撞击上了我们的"遇仙舫"，船板发出"咯吱咯吱"的声音，我担心船被挤碎，但又不愿功亏一篑。

第十天的时候，海面上出现了一条蓝色的巨鱼，寻仙使大人下令射杀它，结果出现了更多的巨鱼，它们攻击我们的船，导致船破裂漏水，我们不得不退出那片海域，同时抓紧修理船只，这时候船上用来修船的木材已经不多了，得力的工匠也在之前的叛乱中死去，只有工匠的徒弟勉强可以凑手。

我们三次尝试穿过漂满浮冰的海面，但都遭到巨鱼的阻拦，那时候我们的弓箭已经射完了，能够战斗的士兵也寥寥无几。我很清楚，如果继续纠缠下去，我们很可能会葬身于此。我向寻仙使大人说出了自己的忧虑，他同意返航。除了殷人所赠的一些看起来并没有多少价值的物品外，我们几乎一无所获。更糟糕的是，返程的路上我们偏离了航向。

返程路过"歇脚洲"后，回家的路更近了，渴望也更加强烈，我们只停留了一天就启程了，狂风推动着帆，船只犹如海上的奔马一般，在浪涛中驰骋了三天三夜，我们并未意识到并不在原来的航线上，船向南边的大海驶去了。船上的果子早已吃完，制作的果脯也消耗殆尽，消失很久的怪病再一次袭击了船员，船员的牙齿掉光了，只能用稀粥维持生命。大海上整天都是弥天大雾，白天看不清太阳，晚上更看不到星星了，不知道船航向了何处。我请求寻仙使徐福大人祭祀海神，我们屠宰了牛、羊、猪三牲，备齐太牢之礼，将水手和士兵们集合在甲板上，面朝南方的大海，集体击掌醒神，将一块青玉璧沉入水中，再将动物的血洒入海中，最后将整只的牛羊猪投入大海。

祭祀后的数日，云雾散去，天气变得通透起来，尽管士兵和水手们的病还没好，但不必在阴霾中的大海上度日了，一群纺锤形的大鱼在船的右舷现身，身体矫健而灵活，不时跃出水面，它们的背部是黑色或灰色，腹部则是洁白的，惊恐的士兵们以为大鱼要攻击船只了，纷纷拿起弩箭，寻仙使大人徐福却喝止了众人，说这些鱼儿是海神派来引路的使者。果然，这些大鱼从右舷游到了船头，并向前方游去，我们跟着鱼群前行，几个时辰后，我在船只的左侧看到了一片陆地。我们把大船停泊在深水区，驾驶着小船上了岸，平阔的陆地上长满了绿油油的植物，一种金黄色的果实长在高大的树木上，散发出酒味的醇香。徐福警告士兵和船员，那些果子可能有毒，但是没人把他的劝告当一回事，纷纷爬上树摘果子，有的干脆就在树上吃了起来。吃了果子的士兵们犹如酒醉一般，在野地里跟跟跄跄。徐福大人说，这种果子名叫"陶醉果"，吃了它的人会像醉酒一般，如果吃得太多，甚至会忘了这世间的一切，严重的不但会忘记自己是谁，甚至会忘了自己是一个人，如果你告诉他他是一棵树，他也会相信的。众人东倒西歪时，大地突然震动起来，一个十余丈高的巨人出现在我们的视线里，巨人浑身披着灰色的毛发，脸上只有一只眼睛，他抓住三名船员，塞进嘴里大嚼了起来，血水四溅，空气里飘着血腥的味道。大家吓得四处狂奔，徐福大人来不及逃走，也被巨人抓住了，生死未卜。

我与左都尉赵景收拢剩下的人，只有五个士兵堪用，就率领他们一起去找徐福大人，我们顺着巨人留下的脚印追踪，到了一座青灰色的山下，整座山草木不生，山坡上有一眼洞窟，脚印朝洞窟方向去了。很明显，那就是独眼巨人的巢穴。我们悄悄潜了进去，看到徐福大人被绑在一根柱子上，准确地说那是一张桌案的腿，与他绑在一起的，还有一个肤色白皙的红衣女子。我猜，她也是被巨人捉来的"猎物"。巨人不知何处去了，我们顺着那巨型桌案的腿爬上去，看到桌上有个铜盆，盆里盛满了遇害者的肢体，我们往里面扔了很多陶醉果，解开徐福大人和那女子，准备逃离，这时洞外传来地震般的脚步声，我们不得不躲到桌下。巨人进来后，端起桌上的铜盆吃了起来，浓烈的血腥气混合着陶醉果浓烈的酒味，立刻在空气里弥漫开来。

有个士兵听见独眼巨人咀嚼骨头的咔嚓声，吓坏了，发出惊叫声，巨人发现了桌下的我们，将脑袋伸了进来，他的独眼闪烁着森怖的光，张大的嘴里散发着血腥气和臭味，我们差点被熏得晕过去。左都尉赵景奋力将长矛刺入独眼巨人的眼睛，巨人愤怒地将桌案掀飞，盲目地四处追打，我们趁机逃了出来，朝海岸奔去。那些吃了陶醉果的伙伴们还在野地里游荡，我们不得不拽着他们狂奔，奔跑时赵景的假腿掉了，我不得不背着他跑。玄敬亭也救下了那个红衣女子，扛着她朝船上跑去。

离开这座岛屿好几里之外，仍然能听到受伤的巨人的吼叫声，徐福大人说巨人大概是少昊的后裔。《山海经·大荒北经》中记载："有人一目，当面中生，一曰是威姓，少昊之子，食黍。"只是不知为何，这个巨人竟然食人。

④ 玄敬亭

我们回到船上后,惊魂甫定,就见十余丈高的巨浪滚滚而来,我们以为此次必死,无不瞠目结舌,却见那被救的红衣女子走向船头,向天空举起双手,仿佛在召唤什么,刹那间巨浪平息。我们感到十分诧异,纷纷询问她的来由。她告诉我,她的名字叫安姬,是红山大岛屿的女祭司,风族人的女儿。红山大岛方圆两千里,其向北九万里才有陆地。寻仙使徐福大人认为,安姬所说的红山大岛屿就是他师父杂记中记录的"炎洲",是神仙的居所。安姬既是女祭司,必定修习仙术,故而能平息风浪。

在安姬的指引下,我们的船在海上行进了三日,一片广袤的大陆出现在眼前,地皆沙漠,有各种异兽奔跑。此处之所以被称为"红山大岛",是因为地之中有一块红色的巨岩,高百余丈,长约六里,通体为赤褐色。岩体下有石穴,穴中有兽,赤红如火。此兽虽大小如鼠,但是动作迅捷,才一现身,迅疾如电,已在几十丈之外。安姬一见,面露喜色,狂追而去,不一会儿竟然不见了踪影。

我们暂时在山下的阴影里扎营,忽然有水手一声惊叫,半只胳膊不知被何物咬断,我与晏无忌立刻奔了过去,只见一只大如狸猫的青兽叼着半截膀子,其形态犹如豹子,举止十分持重,我奋身一跃用披风将它罩下,当即捕获。此物在披风下发出"啾啾"的声音,看样子十分愤怒,只几下就用利爪在披风上划开了一个洞,晏无忌恐它脱身后继续伤人,拔剑便刺,连续刺了十余下,在披风上留下了一片破洞,那青兽却丝毫无伤,利刃刺到了它身上,犹如刺中坚石。追上来的赵景一见,从袖中举起铜锤,奋力在那青兽的脑袋上敲击了几下,青兽方倒地而死,然而一阵风吹过,气息进了青兽的口鼻,它立刻复活了,又站立了起来。赵景又用铜锤连续敲了十几下,才毙命。我赶紧用那件破了的披风将它包裹起来,免得它遇风复活。师父说,有

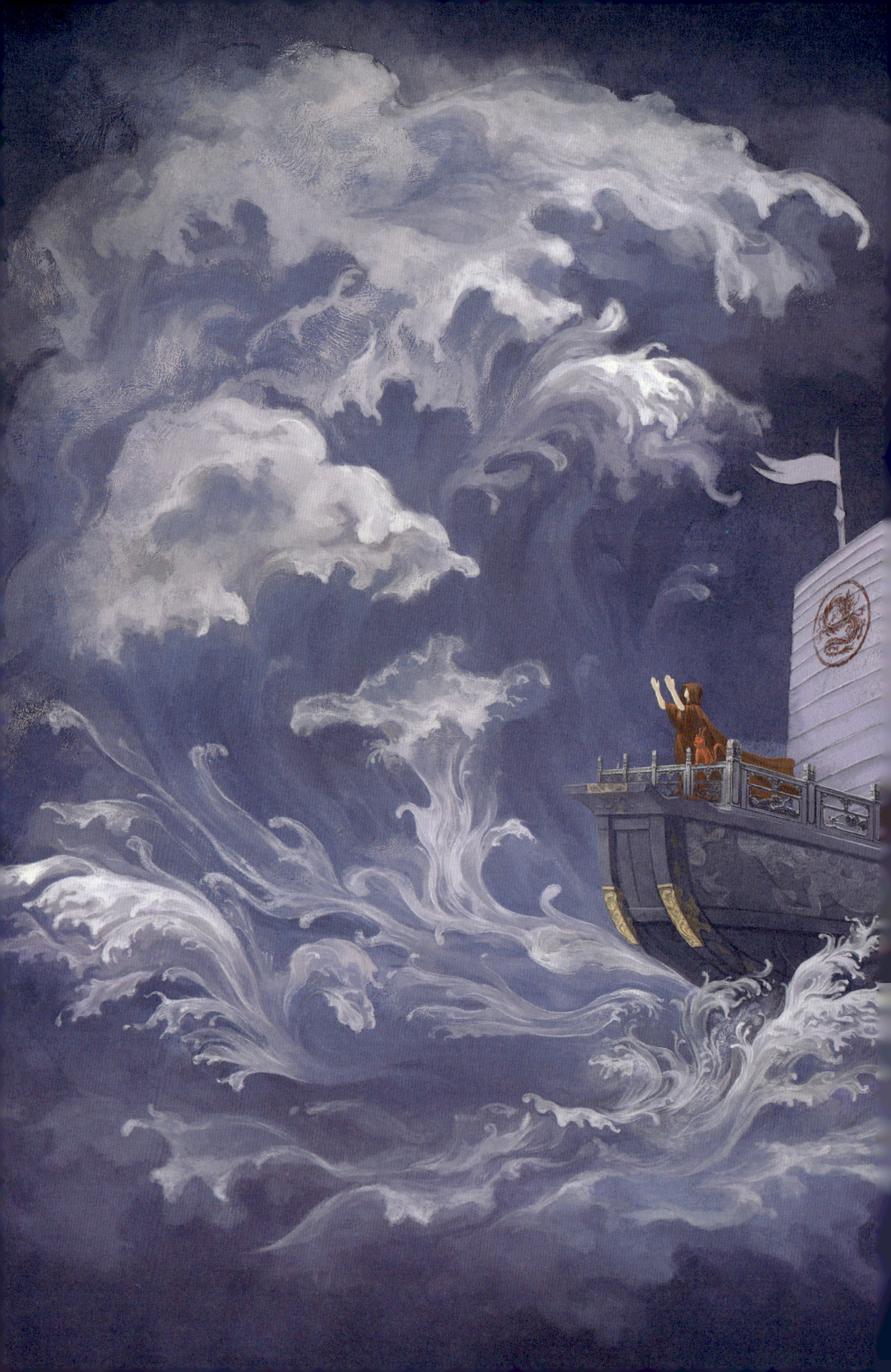

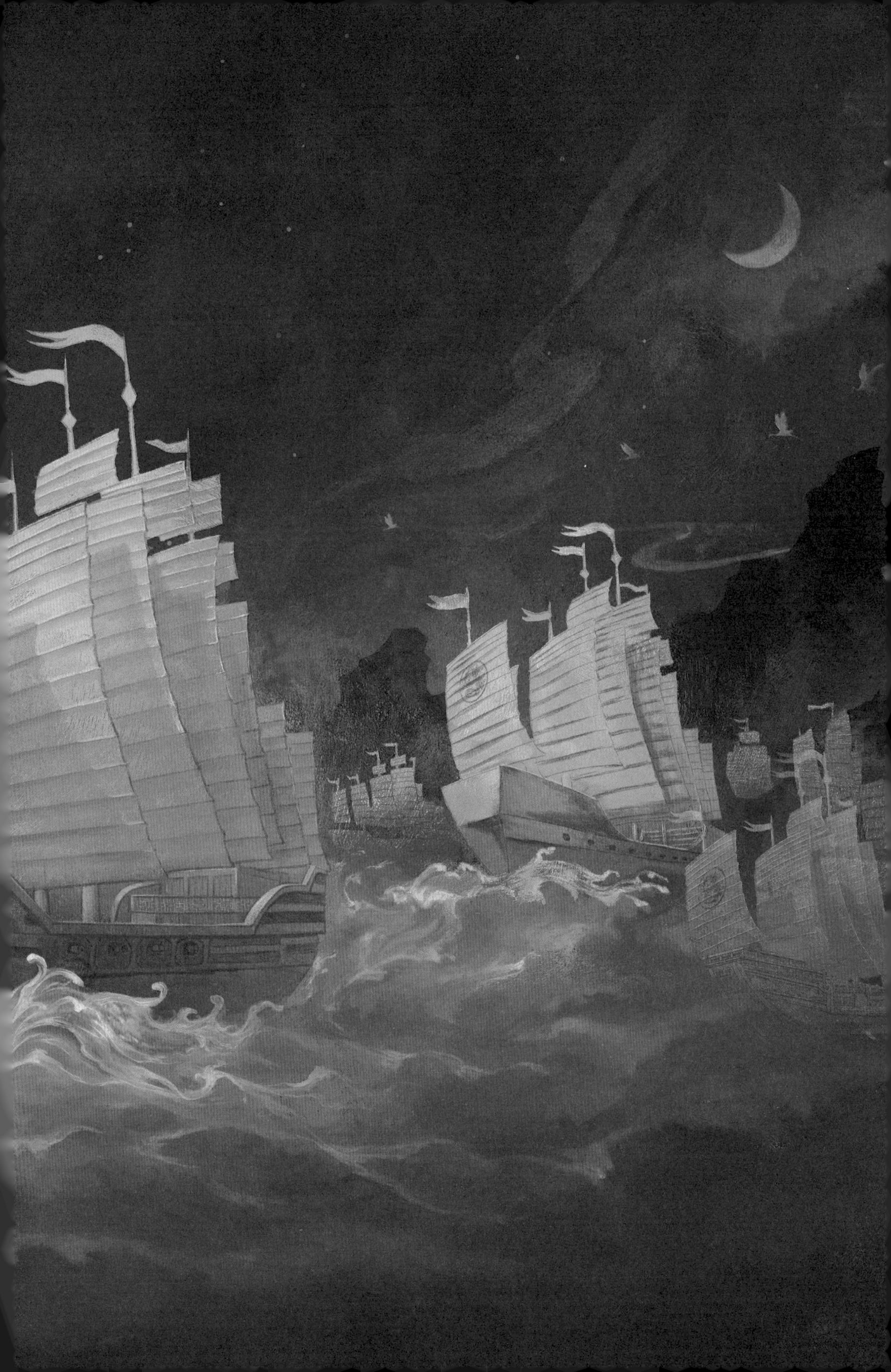

一类兽不惧刀剑，物所不能伤，但是畏惧火，只有用火才能将它们焚烧殆尽。赵景下令士兵们收集干柴，一会儿就收集了两大车。我将那怪兽的尸骸连同披风一起放在柴薪上，一时间风助火威，点燃后火焰冲天而起，然而火焰熄灭后，那青兽却屹立在灰烬中，毛色如新，眼珠子骨碌碌乱转，又复活了。恰在此时，安姬回来了，她顺手从石头上采撷菖蒲，塞入那兽的鼻孔，那兽即刻倒地毙命。安姬说，这种兽名叫风生兽，不畏水火，寿命达五百年，死之日，即生之日，死后遇风即复活，故而无生无死，很难捕获。不过，这种兽却有一个弱点，极其畏惧石上菖蒲，嗅之即死。取此兽之脑，与菊花同食，吃够十斤，可以增加寿命五百年。只是此处菊花难得，今日虽得此兽，但无菊花。我师父听闻后，顿时生了恻隐之心，将那兽鼻孔里的菖蒲去除干净，片刻之间，那兽复活，逃奔而去。

虽未能增寿，但安姬捉住了适才发现的那只鼠形怪，她说此物名为"火光兽"，夜晚时能发出闪亮的光芒，五丈之内，亮如白昼，她的族人们豢养此物为灯，可以照明。取此兽的毛，织成布，不用水洗，脏了之后丢入火中焚烧，两顿饭的时间再拿出来，立刻洁白如雪，世人称之为"火浣布"。安姬将这只小兽赠予我，我赶紧将随身所戴的玉佩回赠给了她。

到了安姬的部落，我们一起拜见了她的父母，这个部落很大，人数达数万人，却没有君主，由十个人共同统治，称他们为长老。安姬的父母，都是长老团的成员。长老团与我们大秦的皇帝和官员不同，他们没有自己的下属和军队，也不可杀人和征收税赋，每个人，包括长老在内都需要狩猎和捕鱼，我们找到与之对应的词语来形容他们，长老的职能只有两项，一项是带领族人们劳作，另一项是裁决部落内部的纷争。安姬告诉她的父母，她很喜欢我，而我也送了礼物给她，所以她要嫁给我。原来，按照他们的习俗，女子遇到了自己喜欢的男子，就去捕捉一只火光兽，并将它送给心仪的男子，如果男子接受，并回赠了礼物，那就是男子接受了她。反之也是一样，男子遇到自己喜欢的女子，也会去捉一只火光兽相赠。他们又把这种兽称为"爱之兽"，它发出的光能够照亮爱人前行的路。

就这样，我与安姬在她的部落里举行了简单的婚礼仪式。细细想来，一路上我俩总是在一起，她喜欢我，我也喜欢她，只是我不敢像她那样表达。这是个神奇的部落，他们不需要父母之命，不需要媒妁之言，只要彼此喜欢，禀明父母，就可以在一起了。安姬还告诉她的父母，她要和我一起去九万里之外的大秦，她必须和我在一起，没有她，我们也无法顺利地回到大秦。就这样，安姬成了我们的领航者。上船时，安姬的父亲送给我一个袋子，说这是用风生兽的皮制成的，是"风袋"，是他们部族的传家之宝，希望我能保存好。我连忙推辞，安姬却建议我收下，父母的礼物不该拒绝，我只好收下了。

⑤ 徐福

两年的海外之行，几近于无功而返，皇帝陛下大怒，将我们所有人都交给了廷尉府审讯，左都尉赵景和驾船丞晏无忌都被判了斩监候，我和弟子们则被投入大狱，等待裁决。这时候发生了一件大事，都城咸阳白天看到一颗巨星坠落，隆隆的声音划过天际，之后地面发生了震动，震落了咸阳皇宫顶上的铜人，始皇帝命人去寻找星星坠落的地方，在蓝田找到了坠落的陨石，长三丈，宽六尺。然而，大臣们不敢禀报，因为官员发现陨石上被人刻上了字："始皇帝死而地分。"这是对皇帝陛下最恶毒的诅咒。过了半个月，事情实在瞒不住了。御史大夫将此事向朝廷禀报，始皇帝怒不可遏，将派去的官员全部处死。他还派人追查诅咒者，可是过了十余天，也没有查到线索，最后下令将居住在陨石坠落地周围村庄里的村民全部坑杀。

坠星事件后，始皇帝病了。征发大量刑徒到骊山为其修筑陵墓，刑徒不够，始皇帝便封赵高的侄子赵仁为绣衣使，命令他查拿百姓中身份是赘婿的人，将这一类人定为"贱民"，凡是隶籍为赘婿者，全部征发往骊山服劳役。赵仁为了得到始皇帝的欢心，扩大缉拿范围，凡父、祖三代以上曾为赘婿者，都在征发之列，隐瞒不报者族诛，凡是向朝廷揭发者，可以获得被揭发者的财物和妻女，人们互相指认朋友和邻居，被征发者多达七十万众。官吏们用绳索系着百姓，从全国各地的驿道上赶往骊山，沿途不断有人倒毙，哀恸之声不绝于道。

　　生病后，始皇帝再也不能去远方巡游，下令在咸阳建造大规模的园林，将全国以及海外进献的珍禽异兽都养在这庞大的园囿中，与建造陵墓的役夫们一样，这些营建园囿的刑徒大多过度劳动，枉死于工地上，尸体暴露于光天化日下，无人掩埋。有一天，从天上飞过一群形似乌鸦的鸟儿，嘴里衔着草木，木叶坠落，覆盖在一个死者脸上，那人竟复活了。主事的官员得知后，立刻将此事上报始皇帝，皇帝陛下命人将我从狱中释放，问我草是何物。北郭鬼谷先生的杂记中曾记载，这种草产自海外的祖洲，名为"养神芝"，形似菰苗，长三尺四寸。人死之后三日，将草覆盖在脸上，即可复活。一株仙草，可复活一人。如果将仙草捣碎，服食六斗，则寿与天齐。始皇帝听了我的回禀，立刻赦免了我，还将左都尉赵景等一众人也放了出来，一起免了死罪。他命内侍呈上鸟儿衔来的仙草，与我说的完全一致，形如菰苗，三尺四寸长。只可惜沾了尸气，已糟朽不堪。

　　始皇帝问我："徐福，尔能再次出海，为朕赴祖洲寻找仙草吗？"

　　我赶紧叩首，表示愿意为皇帝陛下效劳。他在兴乐宫单独召见了我，让我讲述上一次出海的情况，他问得非常仔细，召对时间长达两个时辰，一直到天黑，内侍进来提醒了三次，到用晚膳的时候了，他仍然听得兴致勃勃，要求我留下来陪他用晚膳，我告诉皇帝陛下，仙草圣洁，不可惹世俗尘埃。世间人皆为庸俗所累，名利之心旺盛，唯有童男童女未染俗尘，方可采集仙草。掌灯时分，他召御史大夫入宫拟旨，由丞相亲自主持，建造七十二丈长的巨舰九艘，擢升赵景为护军都尉，领三千人护船，配备强弓硬弩，射杀阻挡海路的大鱼。任命晏无忌为都驾船使，从全国的海港选用有远航经验的人，再度封我为海外寻仙使，封我的弟子玄敬亭为寻仙副使，还让我的五十个弟子陪我一起出海。上一次出海的人员，驾船丞、副丞、天候师、司帆师，就连最普通的水手，也都赐予了爵位，有职位者，还爵升两级。为了加大我的权重，皇帝陛下赐予我金牌和尚方宝剑，允许我便宜行事。此外，皇帝陛下又下了一道诏书，从全国范围内选良家子三千人，也就是童男童女，一同出海。

经过三年又九个月的筹备，到了始皇帝三十年，九艘巨舰全部建造完工，船上还配备了大量粮食、军械、木料、衣物、酒，活的猪、牛、羊、鸡、鸭、狗、鸽子，甚至还有五十匹战马和三十头骆驼……总之，皇帝陛下为此次海外寻仙配备了一支庞大的舰队。

秋季，我们再一次从琅琊港出海。

6 玄敬亭

这一次出海，师父让我的妻子安姬负责领航，安姬发挥她对天候的知识，带领我们避开了一场又一场灾难性的天气。师父的师父，也就是北郭鬼谷先生的那本杂记，对祖洲的记录并不够明确，有的地方说在大海之东，有的地方又说在海西。师父研读了杂记，最后认定在海西，于是我们的舰队先向南行，穿越了一条狭窄的海峡，在这里的岛上，我们看到了很多未曾开化的野人。近岸沼泽里，长满了密密的水草和藻类，近海淡水河道中，塞满了污泥，开遍大朵赤红色的莲花，偶尔有一朵白莲，在风中摇曳生姿。野人们划着独木舟，从烂泥之上轻巧地滑过去。

舰队逶迤穿越海峡，越过了野人们据守的海岛，一个名叫李彦的天候师在左舷发现水花，有巨大的海洋动物正向我们靠近，护军都尉赵景命令士兵们严阵以待，随着浪涛的翻涌，水中露出一只巨蟒的头，像能装两石粮食的谷仓那么大，安姬惊叫道："不好了，不好了，是海蛇！"赵景面色沉着，毫不慌乱，命令弓手向海蛇发射火箭、投石手投掷尖锐的石头，大海蛇受了伤后企图逃走，被挠钩手们用铁钩钩住，最后被射死，这一战虽然有些士兵受了伤，但没有大的伤亡，一艘船也没有损失。海蛇的肉十分味美，只可惜每个人只能分到一杯羹。

经过三十日水程，我们到了一座三千里方圆的大陆，这片土地上到处盛开着美丽的花朵，气候十分湿润，还有八九个人合抱也抱不住的巨树，树干上长着直径一尺多大的灵芝。树根上涌出来的水甘甜如蜜浆，师父认为这些水就是长生泉，我们每人都喝了个饱。师父说，这个岛就是神仙居住的元洲，只因尘气日炽，仙人们移居他处了。

离开元洲后，我们继续航行了十日，进入一片海水十分清澈的海域，眼前出现一个巨大的海港，我们的舰队进港引起了一片骚乱，不一会儿就有官员列队相迎。当地的国王用最高礼仪迎接我们，我们才知此处为林邑国，国王请我们到他的宫廷赴宴，这是一个只有十余万人的国家，但是物资丰饶，人们的生活相当富足。港口城市大约就是他们的都城，这是一个海边的小平原，可以看到远处的山峦，但那些山都不太高，从港口到宫廷的路上，密布着大量的店铺，还有一些非常漂亮的房屋，每所房屋都有前廊，廊下坐着衣饰很夸张的男子和女子，这或许是当地的官员。这里的房屋虽然小巧，但是泥瓦匠似乎很花了一番心思，所有的外墙都被涂成了蓝色，屋顶也做得极为精致，有些还装饰了木雕。国王的宫殿非常豪华，有漂亮的金顶，长长的走廊和悬空的桥与殿阁相连，每一座宫殿都有庭院，有的还带着小型花园，种植着我们从未见过的花卉。

国王非常谨慎地询问了我们此行的目的地，师父告诉他，我们是奉皇帝陛下的使命，到海外寻找仙草的。国王震惊于我们舰队的庞大，对师父和护军都尉赵景表达了极高的敬意。他向师父赠予香丸两枚，大小如鸽子蛋，颜色如桑葚，并说此香是仙人所赠，能够起死回生，一定要善加珍藏。又将一把名为昆吾刀的宝刀赠予赵景，称其为凤麟洲仙人所铸，这柄刀长仅一尺，出鞘后光耀夺目，切金石犹如切烂泥，刀过石断，可谓无坚不摧。

师父得知林邑国人曾去过凤麟洲，大喜过望，命我将皇帝陛下赐予的夜明珠、紫貂皮赠予国王，国王对师父的慷慨大方十分感激，将他珍藏的航海图送给了我们，临别时，还送给我们一匹他豢养的小兽。这匹小兽长二尺，高约一尺，浑身长满了红色的细毛，水滑得像缎子一样，两只眼睛仿佛琉璃，实在是美极了。它的样子看起来十分温顺，我的妻子安姬很喜欢它，师父就将它交给我们照料。自此之后，安姬就经常抱着它，站在船头观察天气。她甚至还给它起了个名字——琉璃。

经过漫长的航行之后，我们越过了一片红色海域，停驻在一个非常简陋的港口。从港口望去，能够看到远处黑色的塔，以及建造在悬崖上的城堡。城堡的主人对我们的到来非常畏惧，派了一千多名士兵守在港口，坚决不允许我们登陆。师父让我告诉他们，我们只想补充一些饮用水，让我们的士兵在陆地上休整几天，绝不入城，但依旧遭到拒绝。护军都尉赵景大怒，下令士兵们对港口发动攻击，港口的守军一触即溃，我们几乎没有费什么力气就占领了港口城市。师父下令将俘虏的人都放掉，并告诉他们，我们并不是为了战争而来，只是想补充粮食和淡水，我们会付钱的。但他们似乎听不懂我们的话，跑得比兔子都快，连师父赠送的礼物都没拿。

占领港口后，我们在附近的村庄购买了粮食，还有一些用果子酿成的酒，这种酒的颜色呈琥珀色，散发着浓郁的香味。护军都尉赵景对这个地方的统治者很不满，骑着马，带着两名士兵往港口纵深去探查，希望与他们的官员或国王交谈。就在赵景离去后半个时辰，一些穿着红袍、骑着赤色的马、牵着白犬的外族士兵陆续会集，不过他们都没带武器，与其说他们是士兵，倒不如说是巫师。他们全都用红色的布蒙着脸，只露出两个眼洞，看起来神秘又阴森。他们的步伐如此一致，以至于他们向前走的时候，仿佛是一片红色的海浪。每个人都手持一件红幡，举着幡跳着舞，点燃大堆的火，轮番向火中撒入黑色的粉末，当一股股绿色的浓烟顺着风向我们飘来时，这些穿红袍的人全都趴在了地上，他们趴着的样子非常诡异，胸口和肚皮几乎都贴着土地，仿佛是为了尽可能近地与地面接触。我们并未意识到其中的危险。

　　绿色的烟散尽后，这些人从地上爬了起来，冲向我们的船，奋力将手中的幡掷入船中，幡顶上有尖锐的矛，扎进船板即刻燃起熊熊烈火，我们不得不紧急起航，师父一面命令灭火，一面下令将士们向港口的敌人反击，近处的敌人被弓弩射杀，远处的敌人也没有逃过船舷上装载的车弓，这种弓由四匹马牵引，箭矢像一支矛，射程非常远，甚至能将一匹奔跑的马射翻。敌人在强大的箭雨攻势下，溃不成军，我们也暂时离开了海港。除了一艘舰船的顶层甲板略有损坏外，其他的船都无大碍。船离港半个时辰后，大家开始头痛、恶心，有的人吐出白色泡沫，师父下令医官治疗，可是舰队上的所有医官都束手无策。仅仅过了半日，就有二十余人病死。到了晚上，死亡者已达百人。整个舰队被恐怖气息笼罩，谁也不知下一个死者是谁。师父愁闷得在甲板上踱步，彻夜未眠。师父认为，这也许是一种相互感染的烈病，他让我将死者的尸骸全部转移到一个船舱，其他任何人都不得靠近，凡是已经病了的人，都被安置在一个船舱里，其他人不得入内。但是，这样做并未有明显效果，我的师弟们也病倒了四五个，就连那些并未接触过亡者的人，也有不少病殁。奇怪的是，与我一起转移尸骸的两位师弟却安然无事。我们三人经常与师父在一起，我猜一定是我们身上有什么东西能够祛病，我把自己的想法告诉了师父。师父从怀中掏出林邑国国王所赠的香丸，问我会不会是此物。我接过一枚香丸，闻了闻，奇香无比。我将香丸给患病的小师弟陈不识闻了闻，他的呕吐立刻止住了，过了一会儿，惨白的脸色也慢慢变得红润。师父让我将香丸掰开，点燃半粒放在患病船员的舱内，另外半粒则放在亡人的舱内，一时间，空气中氤氲着剧烈的香气，一片银色的雾气将整个海面笼罩了起来，亡者船舱内不断传来呻吟声，他们全都醒了过来。

这场疾疫在十天后结束，所有人都恢复了健康，那奇香的味道经久不散，似乎渗透进了舰队的木头里。至此，师父才确信林邑国国王所言不虚，将剩下的那一粒丸香视若至宝，不再示人。

⑦ 赵景

我带着两名骑兵离港后，一路深入，几乎没有遇到什么人，这是一个非常贫瘠的地方，偶尔看到一两个路人，都显得十分惊恐，目光躲躲闪闪，像耗子一样快速溜走。因此，我始终没有找到能交谈的人，不知他们的官员在哪里。我们沿着一条干涸的河床走了大约十里地，忽然闻到一股强烈的恶臭，我与我的伙伴不得不一只手拽着马缰，另一只手掩着口鼻，马儿似乎也受不了臭味，不停地打着响鼻。不一会儿，我们看到了一头死去的牛，牛已经彻底腐烂了，十几只巨大的鸟蹲在腐尸上，不停地啄食着，有一只鸟拖出了牛的肠子，拉出去足足有五尺多长，臭味就是从那里散发出来的，还有一只鸟干脆钻进了牛腹，从暴露的牛肋骨条望进去，仿佛它在一只鸟笼里。我与两名伙伴用鞭子抽着马儿，用极快的速度离开了这里，即便是到了二里外，那臭味依旧时断时续，大约是从背后吹来的风送来的。

绕过一座低矮的丘陵后，我们发现了一座村庄。为了不引起村民的恐慌，我们在村外就下了马，以极其缓慢的速度进了村子，村民们一看见我们，立刻就狂奔而逃，纷纷钻进屋子，关上了门，整个村里寂静极了，偶尔有一两声狗叫。

不过，在那些隐蔽的窗子后面，肯定藏着朝外偷窥的眼睛。我们走到一座大屋前，尽管这座屋子的屋顶是茅草做的，但是墙壁全部用岩石砌成，门楣上还镶嵌了一排红色的贝壳，看起来十分华丽，这也许是主事者的居所。我们没有推门而入，而是静静地站在门外等待，过了很久很久，门发出了"吱吱"声，开了一条小缝，一个不足二尺高的童子钻了出来，眼珠子骨碌碌乱转，盯着我们的腰间，我立刻明白了，解下腰间的佩刀，放在了门口，我的两名同伴也效仿我，解下了自己的武器。这时候，门开了，一个白发苍苍的老人站在门正中间，向我们微微点头，手掌朝上向前伸，一直伸到我们眼皮底下，又缩回去，放在了自己的胸口上。我猜这是他们见面的礼仪，因此照着他的样子做了一遍。老人微微咧嘴，笑了，露出两排牙齿。他的上下门牙都掉了，也可能是故意拔掉的，像敞开的一扇小门。

我们进了老人的屋子，这是一座非常大的长方形石屋，屋子正中用石头砌了一座方形的火塘，火焰熊熊燃烧着，围绕着火塘，有六个老人席地坐在毡子上。最靠内的地方，坐着一个戴金边帽子的老人，缺牙老人对他耳语了一阵，那老人指使人将一块紫色的毡毯放在身边，招呼我过去坐。我无论怎样努力，也听不懂他说的话，同样，他们也听不懂我的话，这让我很后悔，没有带上精通各种语言的玄敬亭。他们也明白了，用语言沟通是徒劳的，我们只好打手势，我很怀疑，我的意思他们是否真的懂，不过这一点也不重要，他们为我们提供了食物，有烤炙好的肉，还有一些不知名目的蔬菜，当然还有酒。蔬菜棒极了，酒尤其好，但是肉实在不敢恭维，不知是什么肉，又腥又骚，我与同伴都只尝了一点，就再也不敢下口了。

饭后，主人为我们安排了一间干净的房间，地上铺着晾干的草叶，还有兽皮，我们勉强入睡，晚上好几次被冻醒。天还未亮，外面突然喧闹起来，我叫醒同伴，穿好衣服，从门缝里向外窥视，只见几十个穿红袍的人，正在向那个戴金边帽子的老人大声吼叫，一边吼一边挥舞着手中的红幡。老人被那群人叫得十分烦闷，大声呼喝了一声，所有人才安静下来，老人朝我们住的房屋看了一眼，用手指了指。我猜事情不妙，赶紧和两个伙伴从屋子后墙的窗户里跳了出去，向屋后的山上跑去，一直跑到山顶为止。从山顶望下去，那群红衣人已经将屋子包围了起来，搜查了一番后，带走了我们的武器，牵走了我们的马儿。

我和两个伙伴沮丧地躲在山上，不知发生了什么，我们丢掉了武器，又没有马，而且昨晚因为食物难以下咽，只喝了酒，此刻已是肚囊空空。山下不停地有红衣骑士奔驰，大约是在巡逻，却始终无人上山来搜索。我们决定继续向山中走去，寻找另外一条路回到港口。这是一座糟糕透顶的山，越往山中走，植物越少，到处是长满硬刺的灌木，我们的衣服被撕得破碎不堪，小腿上也伤痕累累。这里的夜晚是那么寒冷，而白天的太阳又如此酷烈。我们又饥又渴，不知走了多久，终于在前方看到了一棵可以庇荫的大树。走到距离树木五丈开外的地方，我们看到了诡异的一幕。

这棵树周围的草木被清理得干干净净，连一棵草都没有，空白得像一个巨大的圆环，圆环的正中心，就是这棵树。树上的叶子全是赤红色的，一层一层，非常浓密，在这些浓密的赤叶中间，有银色的星星闪烁。距离地面十余丈高的地方，有个树杈，树杈上缠绕着一只怪物，它有九个头，朝向四方，细长的蟒蛇般的身躯缠绕在树干上。在圆环之外，长满硬刺的地方，蹲着一位老人，背着弓，眼中充满了怒火，死盯着那棵树。我和伙伴们走上前去，向老人打手势，老人缓缓地开口了，令我们惊异的是他说的是中土的语言。他说自己的名字叫羿，因为在天界犯了错，被天帝流放到人间的荒漠里。一千年来，他和儿子一直依靠打猎为生，但十年前这里来了一只巨蟒，被他射杀了。很快，来了一只名叫凿齿的九头怪复仇，抓走了他的儿子鸢，因为鸢能够变成风，所以怪物将他锁进了石棺，埋在了地下。为了防止鸢从石棺中溜走，九头怪在棺材上种了一棵树，怪树的根系像一张大网，紧紧地包裹着石棺，连一点缝隙都没有。那九头怪蹲守在树上，就算是睡觉的时候，也有一双眼睛是睁着的。老人想杀死怪物，救出儿子，可是他还未踏入圆环，就如同撞在了铜墙铁壁上，显然这里布下了结界。我想起林邑国国王赠送的宝刀，伸手一摸，幸亏没丢。他说此刀无坚不摧，我决定试一试，当即掣刀在手，向眼前的无物之阵一顿劈砍，仿佛利刃划过丝绸的声音，一阵闪电过后，结界破裂了，九头怪向我们扑了过来，老人当即张弓放箭，射掉了怪物的一颗脑袋。受了伤的怪物只好退回到树上，我们从三个方向朝怪物攻击，但刚一踏入圆环，那棵树的赤叶间就射下无数的箭，使我们无法靠近。我心生一计，让老人继续和那怪物周旋，我和我的两个同伴在远处挖掘地道。就这样挖了四五个时辰，我的同伴掘进到了石棺下，砍断了怪树的根，将棺材撬开了一条缝隙，鸢立刻化作风从缝隙里飘了出来。断了根的怪树枯萎了，叶子落了一地。怪物发觉不妙，正要逃走，被老人连发数箭射死了。

我们向老人询问这里是何处，他告诉我们这里名为陶斯国，这里没有国君，最高统治者是祭司。每个地方的最高管理者，包括村庄也由祭司来管理。我与伙伴们明白了，昨晚我们居住的地方，肯定是村庄里祭司的家。这里的祭司不信任外来人，不欢迎任何企图进入港口的人，我们是千年来唯一踏上这片土地的外族人。羿让他的儿子刮起一阵大风，我们就像被一只大手托了起来，不久就到了港口。我们的舰队不见了，栈桥上到处都是箭矢，还有上百具红袍祭司的尸骸，很显然，这里爆发过一场战斗。

羿让他的儿子到海面上去巡查，果然在港口外发现了我们的舰队。他为了感谢我们，和儿子一起将我们送上了船，当我与三位伙伴从天而降，稳稳地落在甲板上时，所有人都惊呆了。我向寻仙使徐福大人介绍了羿，还有他那只闻其声、不见其人的儿子鸢，徐大人高兴极了，认为羿父子就是他要找的神仙。叙说了舰队离开港口的原委。羿说陶斯国的祭司们最善用毒，尤其是顺风放毒，极其厉害，故而千年来周围的国家都对其敬而远之。他得知徐福大人竟然有起死回生的灵香，请求一饱眼福。徐大人不太乐意地掏了出来，羿看了一眼，面露喜色地说，这是返生香。随即，他对着空中挥舞了一下，就见一个身高过丈，身穿白衣，相貌英俊的少年出现在我们的眼前，那就是他的儿子。原来，他杀死了九头怪相柳的儿子卓鸟，相柳为了复仇，也杀了羿的儿子鸢，鸢的精魂不灭，化为了风，即便是化为了风，相柳也不放过他，将他锁进石棺。鸢丧失了肉身，有形而无体，但只需一丝返生香，就能立刻恢复原来的胎体。当羿得知先前燃尽了一丸香，香云数日不散后，大为叹息，他说："徐大人，点燃一丸香何止能救数百人，就是瘟神过境，救一国之人也足够了。"徐大人听了，连连跌脚，后悔不已。羿说："这也是宿命，那日香云不散，不只是救了众人，只怕是中了毒的鸟、兽、虫，以及种种小生灵也由此得救。"徐福大人听了这番话，这才释怀。

徐大人请求羿告知返生香的来由，羿说此香出自聚窟洲，聚窟洲在西海中，方圆三千里，向北与昆仑山相连，长二十六万里，洲上宫阙无数，殿宇层叠，住着十万众仙人，是仙界第一大胜地。此处不但多仙人，而且多神兽与奇花异草，其中有灵狮子、辟邪兽、长牙兽、铁额兽，还有凿齿天鹿，只需骑着它，就能增寿千年。洲上有一座大山，状如鸟首人身，故称为人鸟山，山上长满了大树，样子与枫树十分相似，枝叶火红，名为返魂树。敲击返魂树的树干，发出的声音好像牛怒吼，令人心胆俱裂。砍伐这种树，取下它的根心，放在锅里煎煮，萃取汁液，再用小火慢熬，七七四十九天后，其状若黑饴糖，将其揉制成香丸，返生香就炼成了。反生香又名惊精香、震灵丸、震檀香、人鸟精、却死香，一物六名，可知其珍贵程度了。

徐大人又叹息了一回，请求羿父子二人与我们一起远航。羿却说他的劫数已满，将要回天界去了。等到徐福大人建立了人间乐土，便来接引他。我们虽不明其意，也知不可挽留，随即道别。羿父子二人化身为白鹤，消失在了渺渺海天之间。

⑧ 安姬

在海上航行一年后，我们到达了海西的若马国，当我们的舰队出现在他们的外海时，与之前的那些国家一样，他们非常震惊，不过却更加从容，他们派使者登上我们的船，向我们询问外交使命，当得知我们无意进攻他们的国家时，他们在港口举行了盛大的欢迎仪式。港口竖立着非常高大的石柱，柱子的顶端，是一只母狼给两个婴儿喂奶的雕塑。这是一个没有君王的国家，他们的统治者是一群贵族，与我们的长老会十分相似。

若马国的创立者名叫罗慕洛，从他开始，先后有七王统治，被称为王政时代，最后一位王十分暴虐，被他的人民赶跑了，从此若马国不再需要王，他们建立了一个像我的部族一样的长老会国家，只是他们比我们大得多，这个国家像东方的大秦帝国一样，拥有辽阔的疆域。接待我们的将军名叫西比，得知我们经过数万里，跨越大洋来到他的国家，对我们的勇气非常佩服，还登上了我们的舰船，请求允许他们画下船内部的构造。徐福大人非常慷慨，不但赠予西比战马和刀剑，还让他进入船舱参观。西比在他的官邸接待了我们，那是一座用白色的石头建造的美丽宫殿，庭院里有漂亮的喷泉，盛开着各种罕见的鲜花。

西比举行了规格极高的外交宴会，席间不断向徐福大人敬酒，还将一头凶猛的狮子带上宴席，那头雄狮抖擞着脖颈上的鬃毛，威风凛凛，简直有一头大公牛那么大，发出的怒吼令席上的人无不神色大变，就连赵景大人这样身经百战的勇士也不例外，这让西比十分得意。他问东方帝国是否有这样的猛兽，一时间竟然无人能够回答，西比更加得意忘形，露出傲慢的神色。这时候我的小兽琉璃钻了出来，朝那巨兽跑了过去，我差点晕过去，我的小野兽就要成为狮子的点心了，我不忍再看，用手遮住了眼睛。不知为何，众人忽然发出了一阵奇异的不可思议的叹息，我睁开眼睛一看，不知何时，我的小野兽琉璃竟然爬上了狮子的头，狮子乖乖地趴在地上，俯首帖耳，脖子上的鬃毛甚至在微微颤抖。琉璃从狮子的头上一跃而下，站在大殿正中，发出一声长啸，犹如龙吟，余音绕梁，久久不散。琉璃回到我的掌中后，西比面有愧色地站了起来，向我献礼说："未曾料到，贵国有这等神兽，看似形态弱小，却能令狮子畏惧。"说完，让侍从将狮子牵走，然而狮子却一动不动，已经毙命了。

我们在若马国停留一月有余，该国正与邻国交战，据说这是第二次大规模的战争。寻仙使徐福大人无意卷入别人的战争，因此我们再一次踏上了航路。一片非常广阔但十分荒凉的大陆阻挡了去路，我们不得不顺着海岸前行，将它绕过去。这片土地上有数不清的王国，但都是一些很小的部族，大的有几万人，小的只有几千人，和我的部族一样小。不同的是，他们都是黑色的皮肤，闪闪发亮，宛若黑珍珠，男子矫健且善于奔跑，女子丰腴而美丽，我多次看到他们手持长矛，在海岸线上追捕猎物。

从东向西，从南向北，我们寻找仙人和他们的居所，也许我们永远也找不到那个地方。但世界如此广阔，犹如亿万颗星辰的宇宙，我们即便只是其中的一颗小小的星子，也要用尽全部的生命，释放自己的光辉，不负这一生。我出身于一个小部族，但这不能阻止我的脚步，我可以走遍整个世界。

⑨ 徐福

始皇帝三十三年冬天，也就是离开琅琊港后的第三年，我们到达了祖洲。这里与师父杂记中所记载的完全相同，我们找到了真正的不死仙草，但我不打算向皇帝陛下进献仙草。第二次入海后，我们去了很多王国，有些国王很残暴，有些国王很仁慈，有些国家则根本没有国王，也没有皇帝。冒天下之大不韪，我敢说，始皇帝完全是一个暴君，他为了修建自己的陵墓，让很多人柱死；为了一个不知来源的诅咒，杀死了好几个村落的无辜之人。如果使他获得了永生，必定会使更多的人遭受苦难，因此我决定留在海外，不上交仙草。

我将自己的想法告知弟子们，得到敬亭的极力赞同，我向所有人征询了意见，大部分人愿意留下来，只有驾船使晏无忌想返回大秦，因为他的家人，尤其是他的母亲还在大秦。我给了他一条船，让愿意回大秦的人跟着他，总共有一百多人上了船。我将金牌和皇帝陛下的尚方宝剑也交给了晏无忌，让他代我向皇帝陛下致歉。我的弟子敬亭将记录海上见闻的日记也交给了他，我将手稿命名为《海内十洲记》，希望皇帝陛下看到后能减轻对我们的怨恨。不过在此之前，敬亭已经毁掉了关于祖洲航线的记录，避免皇帝陛下的追兵找到我们。

望着晏无忌率领着返航船只消失在大海中，我再一次向天空默默祝祷，希望他们能顺利地回到故园。

护军左都尉赵景留了下来，他解散了军队，让他们在祖洲随意选择土地耕种，反正这里的土地足够多，即便是不耕种，树上多得数不清的果实也可以果腹。后来，童男童女们长大了，我让他们自相婚配，找自己喜欢的人结为伴侣，繁育后代。有一段时间，赵景和一些士兵曾拥立我为国王，我想起了仙人羿的话，建立"人间乐土"，因此我放弃了王位，将王位传给了敬亭和他的妻子安姬，在安姬的帮助下，他们建立了一个"长老会"。也就是在那一天，我看到了空中的仙鹤，我知道这是告别的时候了。

⑩ 东方朔

大汉皇帝陛下让我进宫整理藏书，在天禄阁一堆异常破烂的竹简中，我发现了数百片尘封的竹简，大部分文字已经模糊不清，在一片被烟熏得几乎已经发黑的简牍上，我看到了一个人名：玄敬亭。这些竹简上布满了秦篆，大概是秦朝的官方文书遗存。经过几个月的整理，我总算得到了一些有用的信息，这些文字可能只有十分之一，也许是百分之一，有人看了大概会觉得荒诞不经，但我还是郑重其事地抄了下来，并工工整整地写下了书名：《海内十洲记》。当然，我没有忘记写上我的名字。

灵感来源

徐福，又名徐市，字君房，齐地琅琊人，秦朝方士，相传是鬼谷子的弟子。《史记》中记载其出海求仙药无所获，对始皇帝说，海中有巨鱼阻海路，始皇帝即派遣弓弩手射杀大鱼。见于《秦始皇本纪》："方士徐市等入海求神药，数岁不得，费多，恐谴，乃诈曰：'蓬莱药可得，然常为大鲛鱼所苦，故不得至，愿请善射与俱，见则以连弩射之。'始皇梦与海神战，如人状。问占梦，博士曰：'水神不可见，以大鱼蛟龙为候。今上祷祠备谨，而有此恶神，当除去，而善神可致。'乃令入海者赍捕巨鱼具，而自以连弩候大鱼出射之。自琅邪北至荣成山，弗见。至之罘，见巨鱼，射杀一鱼。遂并海西。"

另外，还记载了徐福率三千童男童女入海求取仙药，入海后发现了平原广泽，停留不归的事。见于《淮南衡山列传》：

又使徐福入海求神异物，还为伪辞曰："臣见海中大神，言曰：'汝西皇之使邪？'臣答曰：'然。''汝何求？'曰：'愿请延年益寿药。'神曰：'汝秦王之礼薄，得观而不得取。'即从臣东南至蓬莱山，见芝成宫阙，有使者铜色而龙形，光上照天。于是臣再拜问曰：'宜何资以献？'海神曰：'以令名男子若振女与百工之事，即得之矣。'"秦皇帝大说，遣振男女三千人，资之五谷种种百工而行。徐福得平原广泽，止王不来。

《海内十洲记》传为汉代东方朔所撰，记录了海上种种神异，尤其是关于祖洲、瀛洲、玄洲、炎洲、长洲、元洲、流洲、生洲、凤麟洲、聚窟洲十洲的情况，本篇小说，以"徐福渡海"和《海内十洲记》为灵感来源，创作了徐福通过环球航行，发现海上仙山的故事。

歌吟者之死

1

楚庄王病得很重，似乎只剩下一口气了，然而迟迟不肯咽下这最后一口气。他半睁着早已失去生气的眼睛，望着床前哭成泪人的樊姬，樊姬依旧艳光照人，但他很清楚，自己剩下的时日无多了。王宫的穹顶黑漆漆的，金漆描绘着翱翔的凤凰，犹如黑夜之中的一道金光，刺穿了无数黯淡的岁月，这是他的宫殿，也是历代先王的宫殿，他努力睁大眼睛，回忆起自己的一生。

楚庄王熊旅是楚穆王的小儿子，虽然很得父亲的喜爱，但在他之上，还有两个更为年长的哥哥：大哥熊师，强壮、勇武有力，野心勃勃，是大批老贵族，尤其是若敖氏一族的追随者，也是父王瞩目的继承人；二哥熊垄，足智多谋，统兵有方，是新贵族们的支持者，大哥将来即位后，十有八九会把令尹这个位子交给二哥。令尹是楚国掌管军政的最高官职，历来由王族担任，职同宰相。至于他，这个谁也不看好的王室小公子，会成为楚国贵族中的一员，获得一片土地，相较于其他公子，这片土地可能足够丰饶、足够广阔，但也仅限于此了，做个富贵有余、没有职权的贵族，似乎是他的宿命。

楚穆王八年春天，中原霸主晋国似乎露出了颓势，晋灵公不得人心，与大臣们离心离德，楚穆王准备趁机讨伐晋国的盟国郑国，撬开进取中原的一条缝隙。他任命长子熊师为统帅，率领八万楚国精锐从狼渊出征。狼渊三面被大泽环绕，一面为高山，紧贴着大泽的山下仅有一条通道，狭窄得似乎只能容一匹狼通过，故而得名。这里是楚国最重要的军事重镇，也是楚人的发源地，有祖庙祖陵，故而由太子驻守。大军出征的前一夜，一头大野猪从祖庙里跑了出来，闯进帅帐，钻进了熊师的被窝，受到惊吓的侍卫们挥舞着长戟乱刺，野猪被刺死了，熊师也受了重伤，天没亮就断了气。

楚穆王将兵符转授次子熊垄，继续按计划征讨郑国。这场战斗十分顺利，郑国主帅公子坚被俘，与楚国签订了城下之盟。征讨郑国取胜回国的路上，发生了一个插曲，令尹斗越基强行霸占了一位伶人少女，并屠杀了她的族人。当时斗越基正得到楚穆王的宠信，又是公子熊垒的得力助手，谁也没检举他的罪状。

②

一年后，年轻的赵盾担任晋国上卿，不能容忍郑国倒向楚国，派兵讨伐，郑国立刻向楚国求援，楚穆王命太子熊垒领十万精锐救援，晋国得知楚国动员大军的消息后，没交战就北撤了。熊垒回师的路上，斗越基说："太子您兵符在手，又屡立战功，大王却迟迟不肯传位，不如让我领兵攻取都城，助您登上宝座。"

熊垒充满疑虑地说："这是造反啊？"

斗越基说："太子您一向恭顺，大王绝不会想到您会造反，因此我们一定能成功。再说了，大王春秋正盛，真到给您传位的时候，只怕您已是垂暮之年了，还有何事可为？"

熊垒说："儿子攻打父亲，于理不合。再说，攻下都城，我的父王如何安置？"

斗越基说："大行不拘小节，当年您的祖父成王在世时，您的父亲率兵包围了王宫，逼死了先王，自己登上了王位。父亲能做，儿子为何做不得？拿下都城后，我们可逼迫大王退位，将他迁到狼渊。"

熊垒点点头，同意了斗越基的建议。另一位将军成嘉坚决反对，斗越基就将他囚禁了起来，打算等夺得王权后再处理。随后，大军昼夜不停地向郢都进发。大军到了距郢都六十里开外的天枢河边，熊垒认为拿下都城已是板上钉钉的事，士兵们长途奔袭，应休息一夜。斗越基也觉得此事十拿九稳，便下令扎营。熊垒巡营时，见军营门口有两个穿黑衣的人在窥探，怀疑他们是奸细，于是将他们拘系，带进自己的营帐审问。高个子的那个人相貌十分怪异，额头上长满了尖锐的角，有一张阔大无比的嘴。矮个子的那个人，身材十分纤细，用黑色的面纱遮着脸。

熊垒问："你们是何人，快从实招供。"

高个子不出声，面遮黑纱的矮个子说："我与犬子都是伶人，以变戏法为业。"

熊垒来了兴趣，问道："你会什么戏法？"

矮个子说："吞物。"

熊垒指了指身边的侍女说："你能将她吞下去吗？"

矮个子发出犹如蛇般的"嘶嘶"声，那是一种怪异的语言，似乎在对高个子下达指令。高个子怪人张开嘴，像两扇敞开的门，侍女还没来得及发出惊呼，就被吞进了肚子。熊垒哈哈大笑，连连称妙，先后让怪人吞掉了大帐里十几个人，连身边的侍卫也被吞下去了。恰在这时，斗越基走了进来，怪人一口将他也吞了下去。熊垒赶紧说："这个人很重要，快吐出来。"

矮个子很不情愿地说："此人十分可恶，别人都可以放了，就他不行。"

熊垒很生气，威胁道："你若不听我的命令，我立刻杀了你们。"

矮个子毫不畏惧，大笑着说："你杀了我，他也会烂在我儿子的肚子里。"

熊垒见硬的不行，只好用软的，苦苦哀求，并拿出一大堆珍奇的宝物，让那矮个子自取。矮个子再次向高个子下达指令，高个子怪人这才张开嘴，将侍女、侍卫和斗越基一起吐了出来，带着珍宝准备离去。浑身沾满绿色液体的斗越基愤怒极了，拔出剑，准备刺死这两个讨厌的家伙。但他低估了这两个人的战斗力，他的剑被高个子轻松折断了。斗越基指挥士兵们围杀二人，矮个子跳上高个子的背，不停地给他下命令，战斗整整持续了一夜，在楚军中引起了一场大混乱，成嘉趁乱逃跑，去向楚穆王报告太子谋反的事。

天亮时，熊垒清点人马，发现大军死亡过半，还有很多人逃走了，能够作战的士兵不足万人，至于那两个怪人什么来路，谁也没搞清楚。楚穆王得成嘉的通报后，立刻交给他一支大军平叛。斗越基知道东窗事发，立即将太子熊垒绑了起来，向成嘉邀功。成嘉虽然知道斗越基是叛乱主谋，却放过了他，仅仅卸下了他的兵器和铠甲，因为成嘉和斗越基都是若敖氏一族。

楚穆王处死了太子熊垒，坑杀了叛乱士兵，唯独饶恕了斗越基，将他降职为司马。若敖一族是楚国第十四代先王熊仪的后裔，从血统上来说，与楚穆王是一族。楚王熊仪死后，被安葬在"若敖"这个地方，故而又被称为楚若敖。斗伯比是熊仪的幼子，后来担任了令尹，自此之后，斗氏成了楚国最有权势的家族，被称为"若敖氏"。斗伯比的儿子斗子文、斗子玉先后担任令尹，小儿子斗子良则担任大司马。从楚武王到楚穆王时期，斗氏家族的斗廉、斗祁、斗勃、斗子文、斗般等重臣一直把持着楚国的军政要职，尤其是令尹一职，他们既是楚王离不开的重臣，又威胁着楚王的威权。斗氏家族的开创者斗伯比的另一个儿子成得臣也曾担任令尹，发展出了"若敖氏"的支系成氏家族，成得臣的儿子成大心也曾担任令尹，他的另一个儿子成嘉，也就是向楚穆王报信的那位，后来也担任了令尹。总之，令尹一职一直被若敖氏把持，可以说若敖氏与楚王共同执掌着国政。斗越基背后庞大的家族势力，使得楚穆王也无力撼动，只能杀了自己不争气的儿子。

楚穆王在位十二年，驾崩了，年幼的熊旅成了顺位继承人，是为楚庄王。谁也没想到，登上王位的会是这个最不被看好的公子。熊旅始终为一事所不解，那就是二哥的失败，他才不相信"两个怪物"搅黄了二哥的登基之路这种鬼话。大哥、二哥都是在最接近王位的时候，死于非命，而且死得非常蹊跷，说不定就是若敖氏一族在背后搞的鬼。不过，他暂时还不能去调查两位哥哥的死，他必须示弱，一再示弱，让那些掌权的贵族们误以为他是一个不更事的少年。

在令尹成嘉的支持下，熊旅为楚穆王举行了发丧仪式，之后登上了大位。此时，楚国内部矛盾重重，尤其是新旧贵族之间，随时都可能爆发战争。早在楚穆王十年，就埋下了这场战争的隐患，出身若敖氏一族的令尹成大心病故后，出身于新贵族的公子燮想接手当令尹，但楚穆王却把这个职位给了成大心的胞弟成嘉，这让公子燮恨之入骨。庄王登基后不久，楚国的邻国安、明、敬三国欺负庄王年幼，派兵入侵楚国，夺取了边境上的城池。实际上，这三个小国同样出自芈姓，是楚国先王的后裔，因为立有大功，独立设宗庙，自行祭祀，属于楚国的附庸国。若敖氏担任令尹时，安、明、敬三国长期受制，此次发兵，只是为了摆脱控制。成嘉向庄王建议教训一下这三个不知天高地厚的小国，庄王同意了，战斗很顺利，毫无悬念地俘虏了三个小国的君主，成嘉建议废黜这三个小国，将其地盘纳入楚国版图，但庄王不同意，只是将三国的君主斥责了一顿，放掉了。

楚庄王对三个小国君主的宽恕，让其他附庸国以为他很懦弱，舒、宗、巢等小国也发动了叛乱。在这些国家中，舒国的力量最为强大，从某种意义上来说，舒国不是一个国家，而是一群小国。周武王灭商后，将皋陶的后裔分封在江汉一带，建立了舒国、舒庸国、舒蓼国、舒鸠国、舒龙国、舒鲍国、舒龚国七个小国，这些小国平时各自为政，一旦发生战争则抱为一团，被称为"群舒"。群舒与宗、巢等国的叛乱，令楚庄王大为震惊，再次将兵符交给成嘉，派他远征。这让深自韬晦的公子燮看到了机会，他联合若敖氏另一个不得志的贵族斗克劫持了楚庄王，宣布成嘉有谋反之心，下令让他自裁。没料到成嘉不肯束手，率领大军反攻郢都，公子燮只好带着楚庄王突围，逃到了庐邑。庐邑大夫戢梁假装对公子燮十分恭顺，用极高的规格接待他，实际上却埋伏了兵马，当庄王离席如厕时，埋伏的杀手一拥而上，将公子燮和斗克剁成了肉酱。之后，戢梁护送楚庄王回到都城。

楚庄王似乎被这场叛乱吓坏了，从此再不上朝，把政务完全交给了若敖氏一族的成嘉、斗般、斗越基、斗越椒等贵族。晋国间谍将楚国的情报用飞鸽送达本国后，晋国上卿赵盾认为这是一个打压楚国的机会，立刻命将军郤缺率上、下二军向楚国的盟国蔡国开刀，蔡庄侯打不过强大的晋军，请求楚国救援，楚庄王只顾饮酒作乐，不予理睬。蔡庄侯无奈，与晋国签订城下之盟，不久悲愤而死。

很快，郑国也倒向了晋国。

大夫越明实在看不下去了，身穿白色的袍子入宫进谏。庄王正纵酒行乐，看到越明的装束后十分不悦，大声问："哪里来的乡巴佬，有何事见寡人？"

越明说："臣是来吊孝的。"

楚庄王问："为何人吊孝？"

越明说："为大王您吊孝。"

楚庄王说："寡人不是活得好好的吗？"

越明说："大王不理国政，王权旁落，内为若敖氏所制，外为晋国所欺，不久就要到地下去见先王了，所以臣来吊孝。"

楚庄王大怒，命武士将越明拖出去杀了，将他的头悬挂在宫门口，并竖了一块"进谏者，杀毋赦"的木牌。

再也没有大臣敢进谏了。

楚庄王混乱的后宫生活持续了三年，大夫巫臣请求拜见。躺在樊姬怀中的庄王问道："爱卿，你有何事？"

巫臣说："臣从外地回来，在城外的山上看到一只美丽的大鸟，人们说这只鸟儿来的时候发出地动山摇的声音，落在山上，一落就是三年，不鸣也不飞，我想向大王请教，这是什么鸟？"

楚庄王从樊姬的怀中坐了起来，用充满狐疑的眼神望着巫臣，说道："你说的当真？"

巫臣说："无一字虚言。"

楚庄王说："可画有大鸟的图形？"

巫臣小步前趋，从袖子里拿出一卷帛书，呈递上去。

楚庄王展卷，帛书上用墨笔画着一只奇怪的巨鸟，巨鸟平展两翼，停在

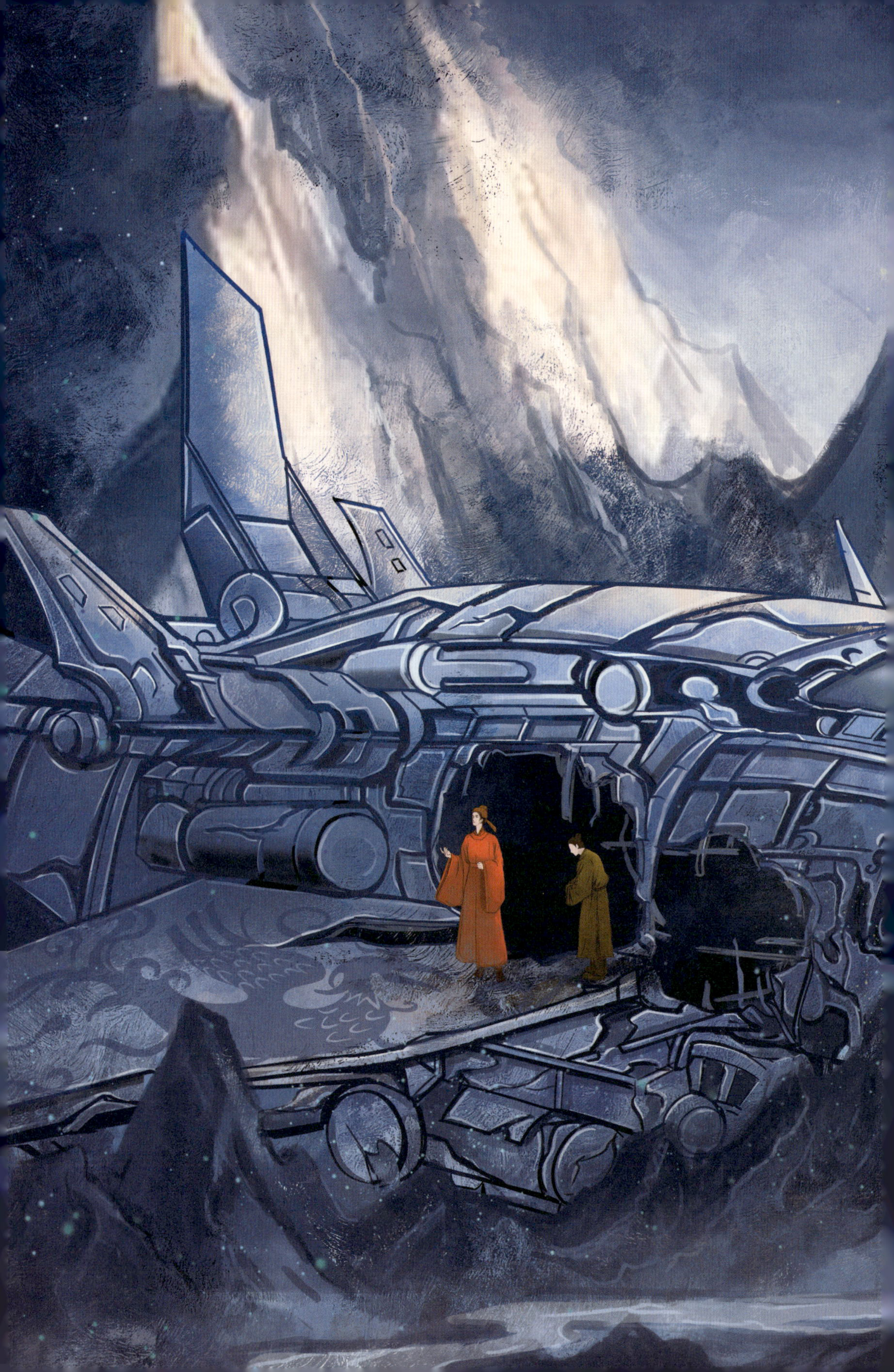

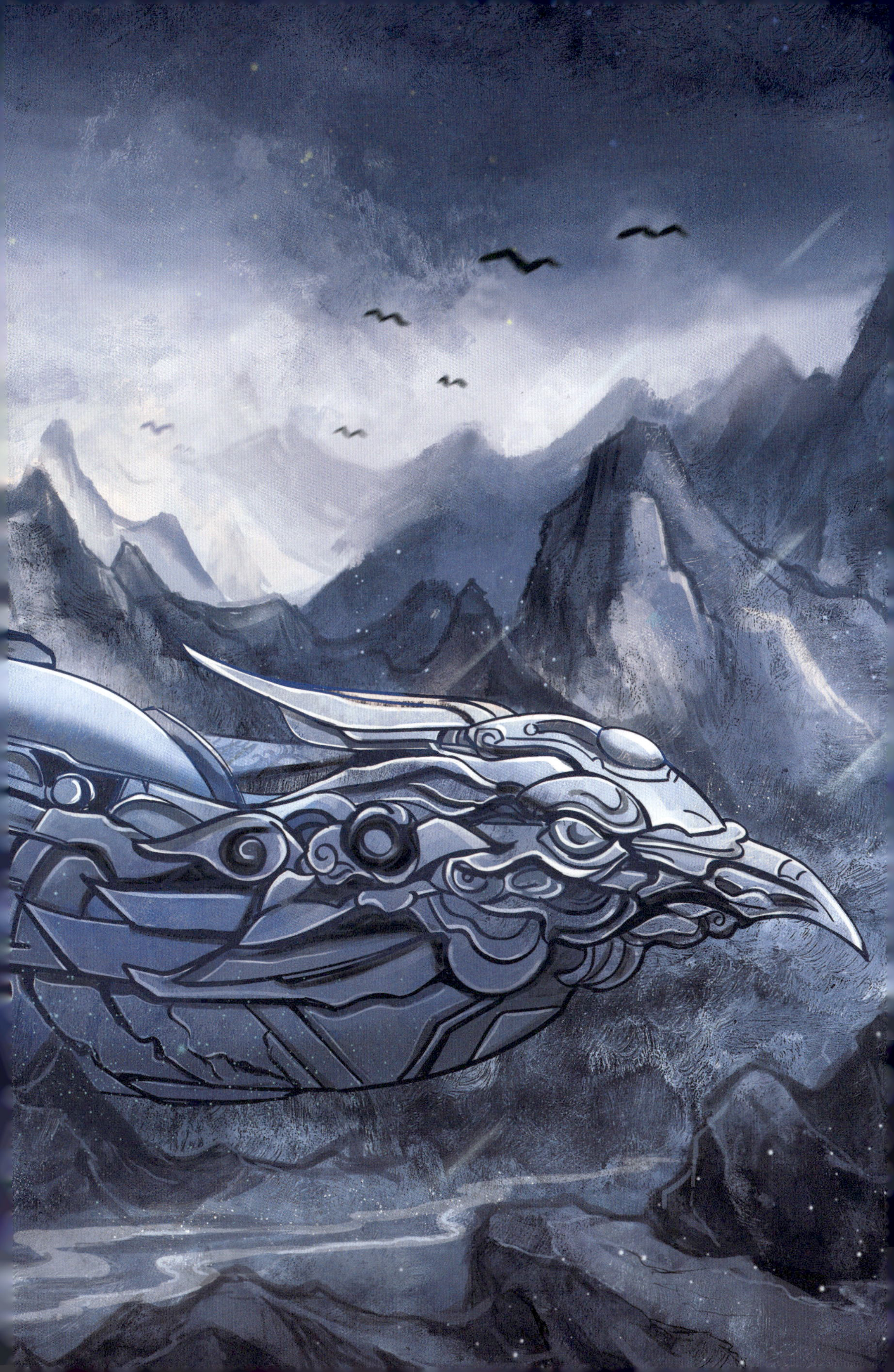

一座山顶上。

楚庄王压低声音问道："巫爱卿，此事有多少人知道？"

巫臣答："臣已封锁消息，外人知之甚少。"

楚庄王说："仔细探查，向寡人回禀。"

巫臣答："臣明白。"

楚庄王环顾四周，见宦者和小内侍们都盯着他与巫臣，便故意大声说："我知道这只鸟，它不飞则已，一飞冲天；不鸣则已，一鸣惊人。"

巫臣面带喜色，离开了宫廷，他只带了一个仆人，登上了"大鸟"栖息的那座山，这只鸟足有三十丈长、六丈多高，周身光亮平滑，反射着太阳的光，只是腹部破了一个大洞，看来死亡已久，然而它的尸身未腐，依旧保持着展翅翱翔的姿态。巫臣和仆人从鸟腹部的破洞向内窥探，令他们讶异的是鸟的腹内是空心的。巫臣踩着仆人的肩膀，爬了进去，鸟腹内的一切令他毛发倒竖，两股战战。到处是死者的白骨，他暗自想道："幸亏这只妖鸟死了，不然不知还要吞噬多少百姓。"他硬着头皮，从死者的骸骨上跨过，一直走到鸟的头部，他意识到，这并不是一只真的鸟，而是一只机括制作的铁鸟。从铁鸟头部的窗口朝外望去，峰峦叠嶂的群山，映入他的眼帘。究竟是谁制作了这只铁鸟呢，它是从哪里飞来的呢？

巫臣向楚庄王秘密禀报了有关铁鸟的一切，庄王授权他召集全国的能工巧匠，甚至向列国重金聘请著名工匠，若有公输班之才，可授爵一等，赐田万顷。

3

巫臣离开宫廷后，楚庄王丝毫没有收敛，继续夜夜笙歌，饮宴不绝。大夫苏从看不下去了，求见庄王，庄王问道："你也是来进谏的吗？"

苏从说："正是。"

庄王说："你不怕死吗？"

苏从说："只要能唤醒大王，我甘愿赴死。"

庄王立刻喝令道："拉下去砍了。"

苏从大声说："请大王听我说完，我再死不迟。"

庄王见苏从意志坚决，高兴地说："我们可以一起办大事了。"

次日，庄王罕见地驾临早朝，将大司马一职一分为二，任命苏从为左司马，分领斗越基的兵权，位在其上，又命成嘉交出令尹的印绶，让巫臣接替。三年来，庄王第一次临朝，就发布了两件重要的人事变更。这让若敖氏一族十分困惑，其中最坐不住的就是斗越基、斗越椒两兄弟。斗越基认为庄王已成年，巫臣、苏从刚履任新职，根基不稳，应立刻发动政变，将庄王赶下台，扶持已故太子熊师的幼子熊怀即位。这样一来，斗氏一族既有拥立之功，还能继续把持大权。斗越椒却认为，应继续观望，搞清楚庄王葫芦里卖的是什么药。

斗越基对哥哥斗越椒的犹豫十分不齿，率兵将苏从囚禁了起来，夺取了他的印绶，率领大军杀向了王宫。王宫的守卫者一触即溃，斗越基手持铜戈，直奔庄王的寝宫。庄王见斗越基满脸杀气，手中的戈刃上不停地滴落鲜血，一点儿也不慌乱，慢慢起身，系好冠带，说道："司马大人未免心急了些。"

斗越基愤怒地说："大王交出印绶，宣布退位，可免一死。"

庄王缓缓地向后退去，冷静地说："说这话还太早。"

斗越基大怒，挺戈刺向庄王，只见空中跃下一道黑色的影子，挡在了庄王的前面，戈尚未刺中那影子，就断了。斗越基后退一步细看，见站在眼前的人身高超过一丈，身穿黑甲，头上戴着布满尖刺的帽子，脸部被黑色的面罩遮住，只有眼部露出两个洞。从头到脚的黑色，散发着一股冷气，以至于他站立的地方结了一层霜。庄王不知逃到哪儿去了，只有这个黑衣甲士挡住了众人的路。斗越基并没有被这怪人吓住，下令士兵们继续进攻，十几个士兵持戈前刺，戈刃距离黑衣怪人的身体约二寸，黑衣人忽然变矮了，像一阵风从脚底掠过，士兵们惨叫着倒在了地上，齐齐被砍断了膝盖，飞溅的鲜血洒在斗越基的脸上。他又惊又怒，下令士兵们放箭，密集的箭雨朝黑衣人飞来，顿时将他射成了刺猬。望着那倒下的巨人，斗越基手持长剑慢慢走了过去，其余的士兵们也小心地围拢了过来，一些绿色的液体从中箭的地方渗了出来，箭矢被融断了，创口以极快的速度愈合，谁也未见过这等怪事，士兵们不约而同地将戈刺了下去，不停地刺着，几乎刺成了一摊泥，然而那些碎片以更加快的速度愈合复原，斗越基越看越惊，挥剑斩向黑衣人的脖颈，黑衣人猛地抬起一只手臂，刺进了他的腹部，那根本不是一只手臂，更准确地说是一只利爪，五根锋利的指爪犹如鹰爪，闪烁着幽暗的光芒。士兵们见斗越基死了，纷纷丢下兵器，仓皇而逃。那黑色的巨人重新站了起来，发出一声震耳欲聋的啸叫，一跃不见了。

斗越基叛乱失败之速，不但令若敖氏一族感到震惊，其他的贵族集团同样震惊，因为参与攻打宫廷的士兵是楚国最精锐的部队，全都是参加过野战的百战死士。那些逃出宫廷幸而未死的士兵，更是散布消息说，庄王身边有个"不死黑武士"，能以一敌百，不，以一敌千。不过，这些士兵很快被庄王下令逮捕处决，关于不死黑武士的传言也就成了空穴来风。

楚庄王三年，庄王打算讨伐庸国，以令尹斗般为首的贵族们不支持，庄王亲率大军作战，将士们无不以一当十，奋力厮杀。楚军人人配备着一件奇怪的筒状武器，喷射出的火焰在一百步外就能杀死敌人，犹如一柄利刃划过豆腐，将庸国的战阵切得四分五裂，庸国国君阵亡，太子被俘。楚军攻入庸国都城，毁掉宗庙，废除祭祀，庸国就此灭亡。灭庸之战，令庄王的威望达到空前，若敖氏也好，霄敖氏也好，都意识到楚庄王这只大鸟起飞了，他们纷纷交出自己掌控的军队部曲，向庄王效忠。

内部力量的整合，使庄王决心与北方霸主晋国一争高下。晋国自晋献公以来，连出雄主，尤其是晋文公在城濮之战中击败楚国令尹成得臣，从此将楚国压住，晋文公的儿子晋襄公又在泜水之战再一次击败楚国，简直成了楚国的克星。当然，西边的秦国、东边的齐国日子也不好过，晋襄公在崤之战打得秦军全军覆没，在彭衙之战打得秦军丢盔弃甲，秦国人灰头土脸，再也不敢一争高下。善于见风使舵的齐国，看到秦国的惨状后，也没了撄晋国之锋的勇气。鹏鸟高飞，需要大风，楚庄王要挑战强晋，需要的是一个机会。

机会很快就来了。

楚庄王四年，身为盟主的晋国与卫、陈等诸侯国在扈邑会盟，但拒绝郑国参与这次外交盛会，晋国上卿赵盾的理由是郑国与楚国私下眉来眼去。郑国一怒之下，转而与楚国会盟。晋国拒绝郑国参与盟会，是一种外交冷落，目的在于让郑国拿出更大的诚意，没想到郑国竟然掉头与敌国结盟，这令晋国大为恼怒，授意宋国入侵郑国。当宋军的一千乘战车以高傲的姿态挺进到郑国边境平原上时，出现在他们正前方的是三百乘楚军的战车，中军士兵全都身穿赤色战甲，打着红色的旗帜，就连驾车的马也是一色的枣红马，左翼是黑色的战车，右翼是白色的战车，他们像一座山一样，安静无声，只有风席卷着旗幡的声音。

楚军的出现虽然令宋军吃惊，但宋军占据兵力优势，因此并未怯阵，然而甫一交战，宋军的主帅华元就明白自己输了。楚军只出动了三十辆战车，他们像燎原的野火一样，杀进了宋军阵中，这是一群不死之人，从战车上跌落后，很快就会爬起来再战，被刀剑刺伤后，伤口会立刻愈合，被砍断手臂后，很快会长出新的手臂。更令他们惊骇的是，他们的头顶上出现了一只巨大的怪鸟，发出隆隆的怒吼声，张开的两翼犹如一大片阴云，附在怪鸟身上的楚军士兵不断从空中投掷巨石，砸得宋军丢盔弃甲。这一战，宋军全军覆没，主帅华元被俘，司寇乐吕战死，四百六十乘战车成了楚军的战利品。没有人看清楚军是如何取胜的，因为看清楚的人都死了。

楚国拥有"神鸟"和"神兵"的消息传遍了中原诸国，在晋国主持的盟会上，陈、卫、齐等诸侯纷纷向宋国求证，宋国国君虽未亲自作战，却说得好像自己亲眼所见一样，他说那只神鸟有一座山那么大，而且有九个头，嘴里喷吐着火焰。晋国执政大臣赵盾闻言，怒斥为无稽之谈。

楚庄王的确拥有一只巨鸟，但并没有宋国国君说的那么玄乎。巫臣在山上发现铁鸟后，召集能工巧匠们进入鸟腹，在鸟腹内发现了更多的器具，还有图纸，他们借助于图纸，修好了铁鸟，最终驾驭着铁鸟飞上了天空。他们还在铁鸟体内发现了一些筒状物，这种筒状物制作非常精良，而且很轻，有个工匠无意中扣动了筒状物上的机括，伴随着剧烈的响声，圆筒里立刻喷射出火焰，站在对面的两个匠人被杀死，还有一个受了轻伤。工匠们向巫臣汇报了他们的发现，巫臣大喜，这肯定是一种威力巨大的武器，他命令工匠们仿造这些筒状武器，并将他们命名为"神枪"，装备楚王的卫队。当然，巫臣掌握的那支"神兵"，也不是空穴来风，他们的确是一群不死之人。

事情还要从巫臣调查两位王子的死因说起，他一直怀疑两位王子的死，不是偶然。

楚穆王八年，太子熊师死于"野猪闯营"事件，熊壬成为新的太子，并立下大功，即位是顺理成章的事，却在斗越基的教唆下，发动叛乱，结果大军在天枢河边突然不战自乱，楚穆王处死了这个儿子，坑杀了活着的全部士兵，使得当年的一切都成了谜。不过，巫臣在调查中找到了一个名叫"狐耳"的伍长，他是斗越基的亲随，那个不战自乱的夜晚，他被吓坏了，逃离楚国后，在楚国的邻国舒国安顿了下来。直到太子叛乱的事过去了半年，他才重回楚国，但楚穆王坑杀叛军成了他心头的阴影，他生怕厄运也降临在自己的头上。他告诉巫臣，熊壬的厄运其实早就注定了，楚穆王八年，太子熊师领兵出战，斗越基本是太子铁杆，但熊壬暗通斗越基，答应他，只要自己上位，就让他担任令尹。斗越基在出兵的凌晨，放纵刺客将一头大野猪驱入主帅营帐，导致太子身死。熊垒成为太子后，立刻请求楚穆王封斗越基为令尹。

第一次征讨郑国，太子熊垒和令尹斗越基逼迫郑国签订耻辱的城下之盟后，准备渡洢河归楚，这时斗越基看到一群着装艳丽的伶人正驾船渡河，他立刻下令士兵扣留伶人的船，将他们带到自己营中来。伶人中有个十八九岁的少女，引起了斗越基的注意。那女子赤着脚，一双纤足十分白皙，赤裸的脚踝上戴着细小的铜铃，每走一步就发出一阵细微的铃声，她看到斗越基的眼神后，害怕地躲到了一个白须老者的身后。斗越基下令将伶人们锁起来，将那少女送到自己的帐篷，伶人们很愤怒，尤其是那个白须老者更是怒发冲冠，用听不懂的语言，戟指着斗越基大骂，斗越基挥戈刺死了老人，引起伶人们的反抗，他们企图抢夺士兵们的兵器，斗越基下令放箭，几十人当场毙命，剩下的人束手就擒，除了那个名叫木月的少女外，斗越基把所有人都处死在了水岸边。

斗越基强占了少女木月后，那女子不久就怀孕了。尚未足月，婴儿早产了，离奇的是，在生产的当晚母子一起失踪了。斗越基一家对此事讳莫如深，其中的隐秘外人自然无从知晓。只有狐耳知道其中的秘密。原来，木月产下了一个硕大的、带着粉色花纹的蛋，斗越基认为这是妖异，命令狐耳将木月杀掉，连同那只蛋一起扔进天枢河。狐耳将木月带到天枢河边准备动手，木月苦苦哀求，请他放了自己，但狐耳不敢违背命令，拔刀准备杀她。木月又请求投河自尽，狐耳答应了。木月怀抱着那颗蛋，缓缓走进了河水中，河水浸过了木月的膝，又浸过了她的腰部，最后只剩下一颗脑袋露在水面，用哀怨的眼神望着他，她的脸颊上有一颗痣，使她看起来十分妩媚，不过浪花很快就将她吞没了，大约沉到了水底。

太子熊垒被诛后，狐耳意识到，木月并未死，也许就隐藏在天枢河附近的某个地方。那晚上，太子熊垒将窥营的两个人带入自己的营帐，派人叫斗越基一起来审问，没料到斗越基一进帐门就被吞了下去，跟随在后的狐耳清楚地看到，那个黑纱遮面的人面巾脱落了，露出了一张十分熟悉的面孔，但他一时没想起是谁。后来他恍然大悟，那是木月，因为她的脸上有一颗俏皮的痣。她甚至用哀怨的眼神，看了他一眼，尽管那眼神里闪烁着极端的酷毒和冷漠。

巫臣将狐耳安置在自己府中，叮嘱他不要将此事告诉任何人。他一个人驾着船，渡过天枢河，去寻找木月的下落。天枢河上游一带是大沼泽，不适合人居住，下游临河的峭壁上挂满了藤萝，也看不出有人迹的样子，不过巫臣还是决定查寻一番。他脱掉靴子，小心地拽着那些藤萝，向峭壁上方攀附，爬了六七丈高，正准备放弃时，忽然看到枯枝上有一缕灰色的毛发，他伸手摘下来，放在鼻下闻了闻，带着一股淡淡的汗腥味，可以确定的是，这是人的头发。谁会到这么高的地方呢？也许这就是线索，他信心大增，奋力向上攀爬，爬到二十余丈高，看见一眼洞窟，洞窟里传来患病者般的哀吟声。他极其小心地爬了进去，尽可能不发出声音。洞窟壁上长着一种紫红色的诡异植物，植物的茎叶仿佛触手，触手的末端刺入石头，在石头上留一下一圈又一圈霉斑，有些石头已经崩裂，脱落后坠落于地，这里一堆，那里一堆，仿佛燃烧后灰白色的灰烬。

最先映入巫臣眼帘的，是一个黑衣人，侧卧在地上，头上长满了尖锐的凸起物，好像动物的角一样，又像是一种尖刺，看起来异常锋利，不过可以确定的是，他已经死了。他的后背上插着一根"舒箭"，这是生活在江汉一带的舒鸠国人制作的箭，这种箭的箭镞是用黑曜石磨制成的，虽然是石镞，但是很锋利，楚国曾用鞣过的牛皮与舒鸠国交换这种箭，用以装备弓兵。不过这种箭的量非常少，自从群舒和楚国交恶后，两国就再也没有交换过了。早先太子熊壄的弓兵，就曾用过这种箭。黑衣人的样子看起来十分恐怖，大张着嘴，露出满嘴的獠牙，几乎不像是人类，不过从他的身形、手和脚来看，却又与人没有分别。他小心地绕过黑衣人的遗体，看到内侧躺着一个人，很明显，那是个女子，满头白发，风烛残年，已经奄奄一息。巫臣一眼就看到了她脸颊上的那颗痣，她就是木月。

巫臣拢了拢袖子，端正自己的帽子，向木月施礼。

木月凝望着他，指了指那死去的黑衣怪人，又指了指地。

巫臣明白了，她是想让他安葬了那怪人。他走到那怪人跟前，拔出自己的剑，就地挖坑，洞内的地面非常坚硬，好在不是石质，他花了大约半个时辰，挖了一个二尺多深的坑，他试图抱起那怪人的遗骸，但实在太重了，只好勉强拖进坑里。就在他准备填土的时候，他又一次看到了那支箭。死者不应该带着伤害他的兵器被安葬，他决定将箭拔下来。箭拔下后，创口涌出一股绿色的液体，液体越涌越多，充满了整个土坑，尸骸漂浮了起来，嗓子里发出一阵"咯咯咯"的声音。巫臣惊恐万分，正要逃走，那怪人已经站了起来，一双巨手捏住了他的喉咙，将他擎在手中，木月大声斥责："我儿，休得伤害。"

怪人手一松，巫臣掉在了地上。他惊恐地看着怪人，那怪人张大嘴，发出蛇般的"嘶嘶"声。

木月艰难地问道："你是何人？"

巫臣听她的口音仿佛郑国一带的口音，狂跳的心慢慢平复，也逐渐控制住了战栗的身体，作礼道："我乃楚国令尹巫臣。"

木月用不屑的口吻说："你与那恶人也是一党。"

巫臣说："尊驾指的恶人，是何人？"

木月说："自然是斗越基那恶棍，不过我会亲手杀了他。"

巫臣点点头说："此人作恶多端，自当如此。"他接着告诉木月，楚王派自己追查两位王子的死因，一旦找到罪证，包括斗越基在内，一定会严惩不贷。不过，他有一事不明，木月年龄看起来至少六七十岁，和狐耳所说的少女木月，完全对不上号。

木月没有正面回答巫臣的话，而是淡淡地说："我儿，还不快去为这位先生打猎。"那怪人一听，立刻出了洞窟，像灵巧的猿猴一般，在峭壁上飞奔而去。

见儿子离去，木月告诉了巫臣一件他闻所未闻的事。她出身于一个巫师家族，祖上传说，他们是随着天空一颗燃烧着火焰的星星坠落到大地上的。她自幼父母双亡，被托付给四处流浪的伶人照顾，那个被杀的老伶人，就是她的养父。她被斗越基占有后，有孕在身，六个月就产下了一颗蛋，斗越基认为她是妖怪，命令狐耳杀了她。那日她投河后，抱着那颗自己所产的蛋在水中浮浮沉沉，被水冲到了对岸的悬崖下，蛋撞在石头上破裂了，里面是个长相怪异的孩子。这孩子长得极快，不一会儿就能奔跑跳跃，背着她在悬崖上跑，发现了这个洞窟，此后他们母子就栖息于此。仅仅几个月，这孩子就长得和成年人一样高了，且他力大无穷，能徒手捉住虎豹，受了伤之后，也能自动愈合复原。有一次，他被一只花斑猛虎咬断了胳膊，未曾料想很快又长出了一只新胳膊。她认为这是上天所赐，得知斗越基出征归来，便与儿子暗藏在渡口，去楚军营中复仇。与熊垒的士兵混战时，她的儿子中了很多箭，拔掉箭后伤口都能很快复原，只有这支石镞的箭，因为在后背，未来得及拔掉，几乎要了命。所幸，被巫臣的无意之举所救。木月自知时日无多，希望巫臣能照顾孩子们。

"孩子们。"巫臣不明所以地望着木月说，"原来不止这一颗。"

木月指了指洞窟深处，只见阴影里布满大大小小上百颗蛋。原来木月到这个洞窟后，便开始不断地生蛋，一颗接一颗，每生一颗蛋，她就衰老一大截，几年间已经从少女变成了老妪，只是这些蛋一颗也没有孵化。望着这些蛋，巫臣的心中诞生了一个计划。

④

楚庄王听了巫臣的禀告后，感到十分惊骇，他意识到，这正是上天赐予他成功的东西，他命巫臣以极其隐秘的方式将那些蛋转移到了宫廷。那时候，木月已经死了，在天枢河向斗越基寻仇的那晚，她身中两箭，虽然并不致命，但她没有儿子那样的自愈能力，加上延误了治疗，最终身亡。临终前，她将儿子托付给了巫臣，她告诉他，她的儿子虽然天生具有异能，但实际上还是一个孩子，说得更加明确一点，她的儿子与人在某些地方有明确的不同。巫臣当时还不能理解木月的话，但他接下了这份托付，答应她竭尽自己所能，照顾她的孩子们。他给木月的儿子、那个身具异能的怪人起名为乌孟，将他时刻带在身边。他无法忘记临终前，木月的目光，她久久地望着她的儿子，带着一股爱意般的眷恋，一滴眼泪从她的眼角滑落，落到了鬓角的发丝上，宛若花木间的一滴露珠。

巫臣伸出手，轻轻替她合上了眼睑。木月的遗体不断地散发出花香般的气味，一团薄薄的雾气将她笼罩，雾气散尽，她重新变回了少女的模样，包裹在闪闪发亮的银丝中，仿佛一只巨大的蚕茧。

大多数时候，乌孟像一尊雕像，坐着或者站着，一动不动，即便是出声的时候，嘴里发出的也是蛇类般的"嘶嘶"声，当然，他能够说话，但从不会盯着巫臣的眼睛说，他似乎永远都是自言自语。巫臣并不知道该如何与他相处，但他记住了木月的话："你不要用看怪物的目光去看他，也不要用看人的目光去看他，你设想他是一座山，你也是一座山，你懂得了山与山如何相处，你也就懂得了如何与我儿子相处。"最初到巫臣府上时，乌孟显得十分焦躁，甚至引起了一场混乱，杀了巫臣的两个仆人，他有着惊人的爆发力与破坏力，然而巫臣很快就意识到，这并非他生来凶残，而是在某个地方，缺失了一件东西。好比一张精良的弓，绷紧弦后能成为射手杀敌的利器，但弓弦断裂时，猛然弹开的弓身也会对射手造成非常严重的伤害，乌孟的凶残，只是弓弦突然断裂而已。在野外的洞穴里，乌孟表现得更加安静，也更容易被人接近，因此巫臣在府中用巨石建造了一座石塔，让他居住在塔中，为了满足乌孟对水的喜好，他还在塔前挖掘了一个巨大的水池。他好几次都发现乌孟不在塔中，直到有一天清晨他造访石塔，发现乌孟从塔前的水池中缓缓浮出，他才知道乌孟整夜都栖息在水底。他似乎明白了，木月母子为何选择居住在天枢河下游的岸边岩穴，乌孟并不住在洞里，他一直都在河底安眠。

乌孟表现出一些人类身上不存在的特质，同时也存在一些人类绝对无法理解的东西，他从不表达自己的渴望，似乎也无意与人建立密切的关系，当巫臣试图表达对他的关爱、照顾与呵护时，他无动于衷。如果巫臣的举动过于亲密，还会令他不安，乃至烦躁。巫臣试图理解他的内心，他盯着他的眼睛，然而什么都没有，看着他的眼睛时，甚至不如看着一只猫或狗的眼睛，与其说那里无物，倒不如说过于廓大，看着他的眼睛时，仿佛在看一片山川一片河流，河川无声，不会对你做出任何响应。你所做出的任何举措，对他的影响也十分微小。

楚庄王的园囿里，有很多珍禽异兽，狮子、老虎、云豹、孔雀、白色的鹭鸟，巫臣是少数几个获准可以在这座园囿里自由往来的人，有一次巫臣带着乌孟在园子里游荡，乌孟忽然停了下来，他的目光盯着一个地方，非常专注。巫臣看着他的神情，心中一动，那是一种人脸上才会出现的神情，准确地说，是一种近似于怜悯的神色，他顺着乌孟的目光望去，发现是一只受伤的老虎。老虎的右后腿几乎断了，不停地流着血，腮帮子也几乎被扯豁了，露出了肉，前肢也有几处轻伤。无疑，这只老虎刚才在什么地方与另一只猛兽打了一架，它的伤情如此严重，恐怕很难活下去。巫臣召唤来园囿使，让他取一些布帛和金创药，并让两名武士按住那只老虎，他用清水为老虎清洗了伤口，撒上了金创药，包扎了前后肢的伤口，但对于扯豁的虎腮，他就蹲踌了，不知如何处理。乌孟目不转睛地盯着老虎，忽然开口说："让我来。"他将自己的手掌放在老虎的伤口上，口中发出歌唱般的声音，无人听懂那些歌谣，那些伤口以极快的速度愈合，一会儿老虎就恢复如常了。

这座到处是野兽的园囿，似乎是一座桥梁，打通了巫臣与乌孟之间的沟通路径。

他知道了如何与他相处，并成为他的老师。

⑤

为了不引起外界的注意，楚庄王以开凿水池之名，在宫廷里挖了一个池子，将那些从山洞里搬来的蛋藏在池子里，并在上面盖了一层茅草做伪装。端午时，宫里的侍人总管随庄王一起去打猎，有个小内侍见水池无水，为了邀功私下引水灌入池中，庄王回来后，发现几百颗蛋都漂浮在水面上，他异常愤怒，下令处死了总管和知道这件事的所有内侍。不过，他很快就后悔了，因为灌水入池的小内侍无意中破解了一个秘密——孵化那些蛋需要水，漂浮在水面上的蛋破裂了，一个个粉色的婴儿钻了出来，他们的样貌各自不同，有的双臂上长着利爪，有的有四只足，有的竟然长着一对肉翅，无一例外的是，他们的头上都长着尖刺一样的角。庄王封巫臣为"申公"，命令他教导这些卵生的异人，还将园囿改造成了一座秘密基地。

尽管巫臣已足够了解乌孟，但他最初面对这些长相怪异的婴儿们时，内心仍然充满了彷徨。他们究竟是什么？这些异人婴儿的表现与乌孟一模一样，大多数时候，他们更愿意接近园囿里的猛兽，能够与动物们和平相处，并且表现得更加自由自在，即便是同类之间（如果卵生异人之间觉得是同类的话），他们也没有表现出更多亲密的关系，他们更加喜欢独处，就像独居的老虎一样。他们经常独自漫游，消失在园囿的密林深处，无人知道他们做些什么。他们天生会唱歌，歌声仿佛山林里飘荡的风，有自己的节奏和旋律，无法学习，也不可模仿。每个人的歌独一无二，绝无雷同。只要听到他们的歌声，巫臣就能找到他们。巫臣反复思索着木月说过的那句话："不要用看怪物的目光去看他，也不要用看人的目光去看他，你设想他是一座山，你也是一座山，你懂得了山与山如何相处，你也就懂得了如何与我儿子相处。"他们也许不是自己所理解的那个意义上的"人"，但无疑他们也是人，区别只在于我们喜欢用固化的一切去理解事物。圣者云，"天地有大美而不言，四时有明法而不议，万物有成理而不说"。我们用成见去理解一切事物。只有放下心中所见，才能看清一切，才能理解并接受一个新的世界。

巫臣给每个婴儿都起了名字，并称他们为"歌吟者"。几个月之后，随着歌吟者成年，一支军团建立了起来。楚庄王用他们打败了斗越基的叛军，也是用他们，击败了宋军，自此之后，他逐步掌控了楚国的局面。楚庄王八年春天，楚庄王打着为周天子"勤王"的旗号，亲率八万大军北进，进攻居住在大河以南、熊耳山以北的陆浑之戎。陆浑之戎姓允氏，故而又被称为允氏之戎，披兽皮，生食，身形高大，不畏死，每个人都是天生的战士，他们原本居住在秦晋之间的山林里，但随着秦国的扩张，不得不向伊水、洛水流域迁移，对周天子的王城造成了威胁。

陆浑之戎的君长允鱼罗得知楚军北上的消息后，立刻向各个部族发出消息，在积云山列阵以待。伊水、洛水流域原本生活着另外两支戎族，一支是古老的巨人部族姜戎，另一支是三头部族伊洛之戎，陆浑之戎的迁入，使得三个部族凝聚在一起，共同推举允鱼罗为王，他们仿照周天子制度，设置了自己的官员和军队，这更使得周天子如芒在背。戎人一向被视为蛮族，然而，秦、齐、晋等大诸侯国为了自己的利益，都不肯与允鱼罗一搏，小诸侯国们就更没有力量与之较量了。楚国的出兵，引起了列国的注意，他们乐于看到庞大的楚国在这群蛮人的铁墙下碰得头破血流。

当楚军的庞大战车群进入积云山时，姜戎的君长墨度骑着巨象率先发起了冲锋，墨度身高五丈，骑在大象身上，犹如一座移动的小山，楚军的战马从未见过这样恐怖的生物，顿时混乱了起来，尤其是遭到冲击的左翼，在战象和巨人的践踏下，几乎成了齑粉。楚庄王欲令歌吟者军团出击，巫臣却站在车辕前，冷静地建议继续观望，当墨度的战象距离庄王的战车还有六十丈时，他拍了拍乌孟的肩膀，乌孟像一支射出去的箭，一跃而起，跳到了巨人之王墨度的肩膀上，将手中的长矛刺入其耳，贯脑而过。墨度一击被杀，从象背上倒栽了下去，犹如一座崩塌的山，失去了控制的战象掉头便跑，撞乱了姜戎的象军，楚庄王趁机挥军掩杀，姜戎军溃如决堤之水，楚军很快占领了积云山的隘口。

允鱼罗得知险要的山口丢失，以为是墨度太过托大，骄兵致败，下令伊洛之戎的君长昊志率一万人马，夺回山口。昊志年近半百，被称为"通灵人"，以足智多谋著称，是最令诸侯们头疼的人物，与其领地毗连的卫国、宋国都吃过他的大苦头。昊志和他的族人一样，都有三颗脑袋、四只手臂，奔跑速度犹如战马。只要一交手，他就能获知对手的一切——内心的想法、身世与来历，没有人知道他是如何做到的。

为了避免损失，楚庄王决定先发制人，他要乌孟斩下昊志的人头。

乌孟犹如一柄出鞘的利刃，冲向了昊志，他几乎冲进了昊志的怀中，他们几乎是脸贴着脸，停了下来。昊志凝视着乌孟的眼睛，仿佛到了一个从未到过的世界，那是一片宁静的、廓大得没有尽头的原野，那是凝固的海洋，没有任何生命的气息，没有风，没有花香，没有任何气味，那是一种巨大的空。乌孟并未将手中的利刃刺入昊志的身体，他一动不动，似乎有一股春风在他的世界里席卷，所有地方，上下左右前后，不遗落任何角落，甚至连每一条缝隙都被填满。他那僵硬的、没有表情的脸上，露出了一丝类似微笑的神情。昊志解下自己腰间的佩刀，赠给了乌孟。乌孟掉转头，跑了回来。巫臣感到十分惊讶，他从未见过乌孟脸上的神态，那是一种接近害羞，但又像犯了错的样子。他双手捧着一柄刀刃呈弧形的弯刀，递给了庄王。按照戎人的习俗，将自己的兵器交给对方，就是投降。

楚庄王将昊志的军队编入自己的右翼，继续向允鱼罗的驻地前进。

允鱼罗从未见过这样的军团，他们一动不动，仿佛一块块石头，或者是一片林木，他们不是血肉之躯，是太古洪荒时期遗留下的古老存在。在第一波战斗中，他目睹了这些战士的诡异战斗力，他们几乎拥有不死之躯，长矛刺入他们的身体，他们不会停下，杀死敌人，然后拔出自己身上的矛，创伤能在片刻间愈合。砍断他们的胳膊，断口上会开出一大朵猩红的花，花朵凋零，立刻便长出一只新的手臂。

允鱼罗是个识时务的人，第一波战斗结束后，他向庄王派出了使者，请求投降。他只有一个要求，尽可能近地看看歌吟者军团。庄王接受了允鱼罗的降书，派乌孟去传达旨意。尽管戎族并不乏巨人族、三头人这样的异种，允鱼罗也算见多识广，然而乌孟仍然令他感到恐惧和不安，他戴着巨大的头盔，脸上的面罩只露出两个孔，他似乎不看任何东西，但显然任何东西都在他的视线之内，那是一种冰一样的寒冷，不带任何感情的冷。自始至终，乌孟没有说一句话，他递交庄王的书信后，默然无言。允鱼罗请求乌孟去掉头盔，拿下面罩，脱掉甲衣，当他看清乌孟的本来面目后，那种寒意更深了。很难说，站在他眼前的是一个人，他的头上长满了尖刺般的角，带着幽幽的光，他的脸像一个长长的倒梯形，嘴巴大得令人难以置信，张开后仿佛是一张马嘴，嘴里布满了尖锐的牙齿，两颗獠牙露在唇外。下颌长了一圈骈体，很难说那是胡须，倒像是某种海鱼的触手，一刻不停地蠕动着。他的双臂很长，像猩猩一样，手指尖锐弯曲，犹如鹰爪，他的双腿非常粗壮，好像熊的腿一样，脚上穿着巨大的铁鞋，更为离奇的是，他有一截短短的尾巴。当然，最令人不寒而栗的还是那双眼睛，他的眼睛被一层灰色的膜覆盖着，只有注视的时候，那层膜才会消失，否则，人们几乎以为他没有眼睛。

楚庄王将允鱼罗的大军编入自己的左翼，向洛水挺近，二十万大军直抵周天子的王城洛邑对岸。周定王得知这一消息后，吓得从王座上跌了下来，面色如土，大臣们也都神色惶惶。允鱼罗已经够让周王室头疼的了，没想到楚庄王竟然征服了这些蛮族，并观兵于周疆。周大夫王孙满以智慧著称，请求作为使者，去慰劳楚军。毕竟，楚庄王是打着"勤王"旗号来的，他征服了允鱼罗，也算是去除了周王室的心腹之患。

楚庄王以极高的规格接见了王孙满，他听说这个看起来年龄不大的贵族是周王室最有智慧的人，而且是一位祭司。他问王孙满："听说周天子拥有九鼎重器，不知这些鼎有多大，有多重？"

一些古老的文献上记录了王孙满的回答：

> 在德不在鼎。昔夏之方有德也，远方图物，贡金九牧，铸鼎象物，百物而为之备，使民知神、奸。故民入川泽山林，不逢不若。螭魅罔两，莫能逢之。用能协于上下，以承天休。桀有昏德，鼎迁于商，载祀六百。商纣暴虐，鼎迁于周。德之休明，虽小，重也。其奸回昏乱，虽大，轻也。天祚明德，有所底止。成王定鼎于郏鄏（指洛阳），卜世三十，卜年七百，天所命也。周德虽衰，天命未改。鼎之轻重，未可问也。

后世的史书中记载，庄王被王孙满的回答折服，放弃了问鼎中原的打算。然而，这并不是真相。

和允鱼罗一样，王孙满对庄王的歌吟者军团也极其感兴趣。为了向王孙满展示军威，楚庄王让百余位歌吟者全部卸甲，集中在大帐中，接受检阅。王孙满望着歌吟者们，仿佛回忆起了一些往事。他用鼻腔呼气，用喉咙发声，发出一连串奇怪的声音，歌吟者们听到他的声音，居然集体回应，那是楚庄王从未听过的歌谣，即便是一直照料歌吟者的巫臣，也从未听过这首歌谣。

王孙满告诉楚庄王，他的祖先周文王、周武王本来是小部族的首领，之所以能够成功翦商，建立周王朝，是因为得到了神秘力量的支持。周武王进军朝歌的路上，一颗巨大的星星坠落在军营里，大地被砸出了巨大的坑，烈火在坑中燃烧了三天三夜，火熄灭后，从坑中走出一位女子，她告诉武王，她是来自"鄂星之界"的女王，周武王将她视为神明，加以供奉。后来，武王听从这位女王的指示，从坠星的土坑里发掘出几百个大大小小的蛋，这些蛋孵化出一群怪人，被武装成战士，周武王称他们为"鄂星死士"，这就是战胜商军的秘密武器。

"鄂星死士"一直是周王朝最精锐的力量，但到了周王朝的第四代天子周昭王时，它们却离奇地消失了。江淮一带生活着大大小小的很多部族，其中荆楚是最大的一个国家，早在周武王建国前，楚就已经存在。周武王建立了宗亲和功臣拱卫的王朝，分封了一大批诸侯，将并无多少来往的楚国也封为子爵，算是纳入了他的统治范围。但楚国与周王朝统治下的诸侯们并不同，它一直桀骜不驯，不服从周天子，乃至当地有"不服周"的谚语。周昭王决定教训一下这个南方蛮子，因而率领大军一路南下，南方的小国纷纷臣服，楚国也献上了贡物。志得意满的周昭王驾着楚国上贡的舟船，载着大量奇珍异宝，沿着大河北返，殊不知楚国进献的船是用胶粘的，在波涛翻涌的江心散了架，周昭王虽然被大臣们救上了岸，但还是因为呛水太多死了。随驾的不死军团"鄂星死士"也落入了水中，葬身于滚滚波涛。这支不死的神秘军团为何会落水团灭，时间过去了六百余年，无人知道真相了。不过，历代周王室的祭司都继承了一项训练，那就是"鄂星谣歌"，据说用这支歌能唤起"鄂星死士"的回应，从楚庄王的歌吟者军团的反应来看，他们无疑与"鄂星死士"有着神秘的联系。

　　王孙满告诫楚庄王，周王室气数未尽，劝他莫打主意。楚庄王见周王室还有王孙满这样的异士，只得率军南归。在后来的岁月里，楚庄王率军灭"群舒"，使得楚国的版图进一步扩张。之后，又迫使郑、宋、许等小国背叛晋国，与楚国结盟，还联齐制晋，饮马黄河，成为中原诸侯的盟主，与齐桓公、晋文公一样，登上了霸主之位。

　　只有一个人，使楚国的霸业最终化为了泡影。

　　一个女人。

⑥

　　株邑别墅门前的林地里停着三乘车驾，驭手坐在树影里打着盹儿，别墅里不断传来鼓声，不时爆发出一阵放肆的大笑，其中夹杂着女子的娇笑。别墅内明堂正北的座席上，坐着一位身穿红衣的中年男子，酒意微醺，他正是陈国国君陈灵公；东首座席上的男子脸色潮红，酒糟鼻也红红的，是陈国大夫孔宁；西侧座席上是个身形长大肥胖的男子，怀中抱着一面鼓，不停地用鼓槌击打，他是陈国的另一个大夫仪行父。伴随着仪行父的鼓点，身材玲珑的女子翩然起舞，她的双腿充满了弹性，足尖准确地踩在每个鼓点上，轻灵的身形恰似游龙，三个男人的目光片刻不离跳舞的女子，口水从陈灵公的嘴角滑了下来，拉出一条长长的透明的线，仿佛是巨蚕吐出的丝。他的目光像无形的触手，从那女子娇俏的足尖上爬了上去，缠绕着紧致白皙的小腿，抚摸过膝盖，攀上了大腿，一寸一寸缠绕到腰间，迅速划过小腹，蹂躏那一对白兔般的酥胸。那女子似乎觉察到了陈灵公的目光，轻抬下巴，向他抛了一个媚眼，眼波仿佛带着温柔的倒刺，勾在了陈灵公的心上。陈灵公放下酒盏，醉醺醺地站了起来，跌跌撞撞地朝那女子走去，像一只刚学会走路的小狗，绕着那女子跳了起来，一边跳还一边摇着尾巴。孔宁和仪行父看着陈灵公的样子，顿时大笑了起来，孔宁显得太过激动，推翻了矮酒樽，酒水像决堤之河，倾泻在几案上，他干脆像一只大狗一样，趴下用舌头舔桌面上的酒水，发出"吸溜吸溜"的声音。陈灵公舞兮蹈兮，忽然一个趔趄，跳舞的女子以为他会摔倒，赶紧去扶他，陈灵公趁势将那女子抱在了怀中。孔宁和仪行父又大笑了起来，望着陈灵公抱着那女子朝明堂后的寝室走去。

女子名叫夏姬，是郑穆公的女儿，早先嫁于陈国司马夏御叔。夏御叔病逝后，一直孀居，与儿子夏徵舒居住在丈夫生前的领地株邑。夏御叔是陈宣公之孙，算起来是陈灵公的叔叔，夏姬自然就是陈灵公的婶婶。不过陈灵公贪图夏姬的美貌，对此毫不在意，借着看望寡婶的名义，让夏姬做了自己的情人。为了安抚夏姬的儿子夏徵舒，陈灵公让他接任司马一职，掌握了兵符。夏徵舒早已知晓母亲与陈灵公私会，每次看到陈灵公的车驾远远出现在株邑的大道上，他就骑马离开，躲到军营里去。有一次他在别墅里听到銮铃响，知道是陈灵公又来了，正欲离开，却与那赤红色车轮的马车碰了个照面，他不得不下马行礼，车帘掀起，从马车里出来的并不是国君，却是大夫仪行父，他看也不看夏徵舒，就大模大样地进了别墅，几乎是小跑着，进了夏姬居住的抱厦。夏徵舒瞬间明白了，不知什么时候，仪行父也成了他母亲的裙下之臣。

夏徵舒袭了父职，尤其是重领父亲的旧部，心中虽然感激陈灵公，但心知这是母亲的缘故，故而一直不肯正面向陈灵公谢恩。夏姬多次要儿子当面表达谢意，夏徵舒才决定举行一场盛大的酒宴，感谢国君的厚恩。陈灵公接到宴席的请柬后，大喜过望，携孔宁与仪行父这两个宠臣一起赴宴。宴席上，陈灵公喝得酩酊大醉，要夏姬跳舞助兴，夏姬看了一眼儿子，夏徵舒将脸别了过去，夏姬不得不羞怯地跳了起来。喝得烂醉的孔宁从席上站了起来，竟然当着众人的面去捉夏姬的裙裾，惹得君臣一阵大笑，这让夏徵舒怒不可遏。陈灵公对孔宁的行径未加阻拦，这使得他更加放肆，他一边追逐着夏姬，一边掏出一件亵衣，顶在自己的头上，谁都看得出来，那件有滚边的银丝亵衣是夏姬的。夏徵舒强忍怒气，准备离席，却被陈灵公叫住了，命他上前斟酒。闹够了的孔宁回到自己的席上，继续挥舞着那件亵衣，觑了一眼夏徵舒，对陈灵公说："君上，以臣看，夏徵舒这小子倒长得像你。"

陈灵公瞟了他一眼，指着仪行父说："以寡人来看，这小子与仪大夫颇似。"

仪行父不甘示弱，对孔宁说："夏徵舒身形高大，这里面就你孔大夫最长大，怕是你儿子吧。"

夏徵舒气得面色犹如猪肝，勃然大怒，抛下手中的酒具离开了筵席，只留下身后一阵哄笑声。离席的夏徵舒驾车直奔军营，穿上甲胄，选了一张硬弓，命令父亲的旧部甲士三十人随自己杀回株邑。国君陈灵公醉醺醺的，正准备登车离去，夏徵舒一箭射杀了驭手，又一箭射中了陈灵公，箭镞贯穿了陈灵公的脖颈，血涌如泉，内侍们惊惶地拔刀抵抗，孔宁情急之下爬上一匹没来得及上马鞍的光背马，狼狈而去。仪行父则跳进一条臭水沟里，才躲过了一难。夏徵舒见陈灵公已死，内侍们也全都被诛杀，他也不去搜寻孔宁和仪行父，带着甲士直奔军营，宣布了陈灵公的罪行。陈灵公荒淫无道，只宠信孔宁与仪行父，早已让有军功的贵族们厌弃。夏徵舒手握兵权，又是陈宣公的曾孙，因此被立为新君。

逃脱的孔宁和仪行父不敢回家，直奔楚国，向楚庄王上奏夏徵舒弑君自立的罪行。楚庄王赏赐了二人，决定讨伐陈国，这遭到巫臣的强烈反对。巫臣认为，臣子诛君窃位，是为弑君；人主残暴，为民众所更立，为诛无道。陈灵公暴虐被杀，夏徵舒是陈国王室血脉，被立为国君，符合道义，楚国师出无名。但楚庄王的弟弟、右司马子反为了立功，极力怂恿楚庄王讨伐陈国。

楚庄王亲率三百乘战车进攻陈国，夏徵舒战死，夏姬和一大批陈国贵族都被歌吟者乌孟俘虏了。楚庄王一见夏姬的容貌，顿时为之神迷，下令将她送入自己的后宫，纳为妃子。巫臣坚决反对，他对楚庄王说："您征讨陈国，是为了伐有罪之人，如今灭陈而纳夏姬，列国会说您贪图美色，才向陈国出兵。"

楚庄王的弟弟子反一听，高兴地说："大王既然不便纳夏姬，不如赏给臣弟吧。"

巫臣立即反对说："夏姬嫁给夏御叔，御叔身死；私通陈灵公，灵公被杀。她是不祥之人，您是国家的重臣，还望您三思。"

子反听了后，不再言语了。

这时，妻子刚去世不久的将军连尹襄老刚好驾车经过，他多看了夏姬几眼，楚庄王叫住他，说道："爱卿且留步，这个陈国女子赐予你如何？"

连尹襄老纵身跳下车，跪在庄王的脚下，喜悦地说："多谢大王。"

巫臣张了张嘴，想说什么，但终究没有开口，一脸失落地望着连尹襄老将夏姬抱上车，绝尘而去。和巫臣一样失落的还有乌孟，他俘虏了夏姬后，脸上一直闪烁着一层紫色的光芒，眼睛一刻也不曾离开过这个女人。连尹襄老将夏姬抱上车时，他的目光中闪烁着一层火焰般的颜色。只是，所有人都以为他只是一件杀器，从未有人注意过他的神情。

⑦

楚军灭陈，班师回国后的第三个月，一代雄主楚庄王走向了他生命的尽头，他将令尹巫臣、右司马子反、左司马苏从、左尹子重一起召集到病榻前，希望他们能共同辅佐太子审。当夜，楚庄王病逝，年幼的太子审即位，是为楚共王。左尹子重、右司马子反素来嫉恨巫臣，不但嫉妒楚庄王赋予他的权力，也讨厌他的巫术，尤其是那只巫师们驾驭的铁鸟，还有那些能够喷射火焰的"神枪",都让他们感到无比恐惧和厌恶。为了打击巫臣,他们反复对楚共王说,主上年少,巫臣掌政、苏从掌兵,二人都不是楚国王室的近支,不利于楚国的社稷。楚共王认为巫臣多年来效忠于庄王,没有不臣之心,但又不想违逆两位叔叔的意见,因而罢免了苏从的职务,从此兵权归于公子子反一人。

晋国得知楚庄王病逝,认为是夺回霸主之位的机会,立刻偷袭了驻扎在陈国的楚军,楚共王命连尹襄老率楚军增援,结果连尹襄老被杀,尸体也成了晋军的战利品。楚国守军失去了将领,溃败逃离了陈国,晋国便立陈国王室后裔为君,陈国复国。巫臣请求亲自率兵反击,但遭到子重、子反的反对,他们认为楚国正处于国丧,不宜出兵。巫臣又提出联齐制晋的策略,早在庄王活着的时候,楚国就与齐国订立了盟约,一起对抗强大的晋国。

子重认为,这是除掉巫臣的一个好机会,他假意支持巫臣为使臣,让他带着大量的礼物去拜见齐王。同时,派子反领兵埋伏在齐楚边境上,截杀巫臣。子反在边境上等了两天也没看到巫臣的影子,只好回到了郢都。他早就垂涎夏姬的美色,连尹襄老战死后,他向楚共王请求娶夏姬为妾,但巫臣总以"不祥"的理由阻挠他。如今巫臣离开了楚国,他立刻直奔连尹襄老的府邸,府邸内空空如也,只有一个看门的老仆人。老仆人告诉子反,主母向楚共王上疏,请求回自己的母国郑国,让郑国做中间人,向晋国讨回丈夫连尹襄老的尸骸,目下并不在家。

子反怏怏不乐,总觉得哪里不对劲,便把这一切告诉了子重。子重大吃一惊,立刻命人去楚郑之间的关口查问。果然,巫臣没有去齐国,而是去了郑国,他已经带着夏姬藏到了郑国边境上一座名叫微邑的偏僻小城。子重指使子反向楚共王诬告:"臣在边境上迎候令尹巫臣,准备犒劳他,但迟迟没看到他的影子,如今他已投奔晋国去了。"楚共王命两位叔叔子重、子反处理巫臣,二人领兵灭了巫臣三族,又纵火焚烧了铁鸟,凡是驾驭过铁鸟的工匠,一律被扣上"巫师"的帽子坑杀。他们还解散了巫臣的"神枪兵",将这些不祥的武器都丢入了汉水中。

⑧

巫臣第一眼看到夏姬时,就爱上了这个女人。让他感到惊异的是,乌孟也爱上了这个女人。当楚庄王将这个女人赐给连尹襄老时,他从乌孟的眼睛里,看到了一种混杂着嫉妒、愤怒和不舍的东西。当然,他还不能确定,那是和人类一样的情感。连尹襄老战死的消息传来后,巫臣偷偷地去见夏姬,向她表露了自己的感情。最初夏姬拒绝了他,但禁不住他一次又一次的求见,便接受了他。不过他很快发现了一件神奇的事,那就是他每次私会夏姬时,乌孟都会在暗中保护他。他离开后,乌孟又去见了夏姬。这是夏姬告诉他的。

夏姬第一次看到乌孟的模样,几乎被吓得昏过去。乌孟告诉她不用害怕,他不会伤害她的,他只想看她一眼。他的声音如此温柔,动作也温柔极了,但的确是只看了她一眼,就离去了。每次巫臣与她私会后,乌孟都会进来看她一眼,尽管他的样子那么恐怖,但始终像小狗一样温驯。有一次,他请求摸摸她,夏姬惊恐地伸出了自己的手。乌孟用粗大的手掌握住了她的手,然后她看到了神奇的一幕。乌孟的头上冒出一片白色的热气,他的皮肤像液体一样涌动了起来,仿佛重新组装一般,不一会儿,站在她眼前的"人"成了一个二十余岁的英俊青年。她以为自己是在做梦,掐了掐自己的腿,又揉了揉自己的眼睛,确信眼前的一切都是真实的。她高兴极了,让他坐在自己的身边。就这样,她接纳了他。然而,下一次来的时候,他又变回了原来那番恐怖模样,只要和她一接触,就会变成英俊青年。她向巫臣隐瞒了这一切,直到他们一起逃到微邑,她才向他坦白。

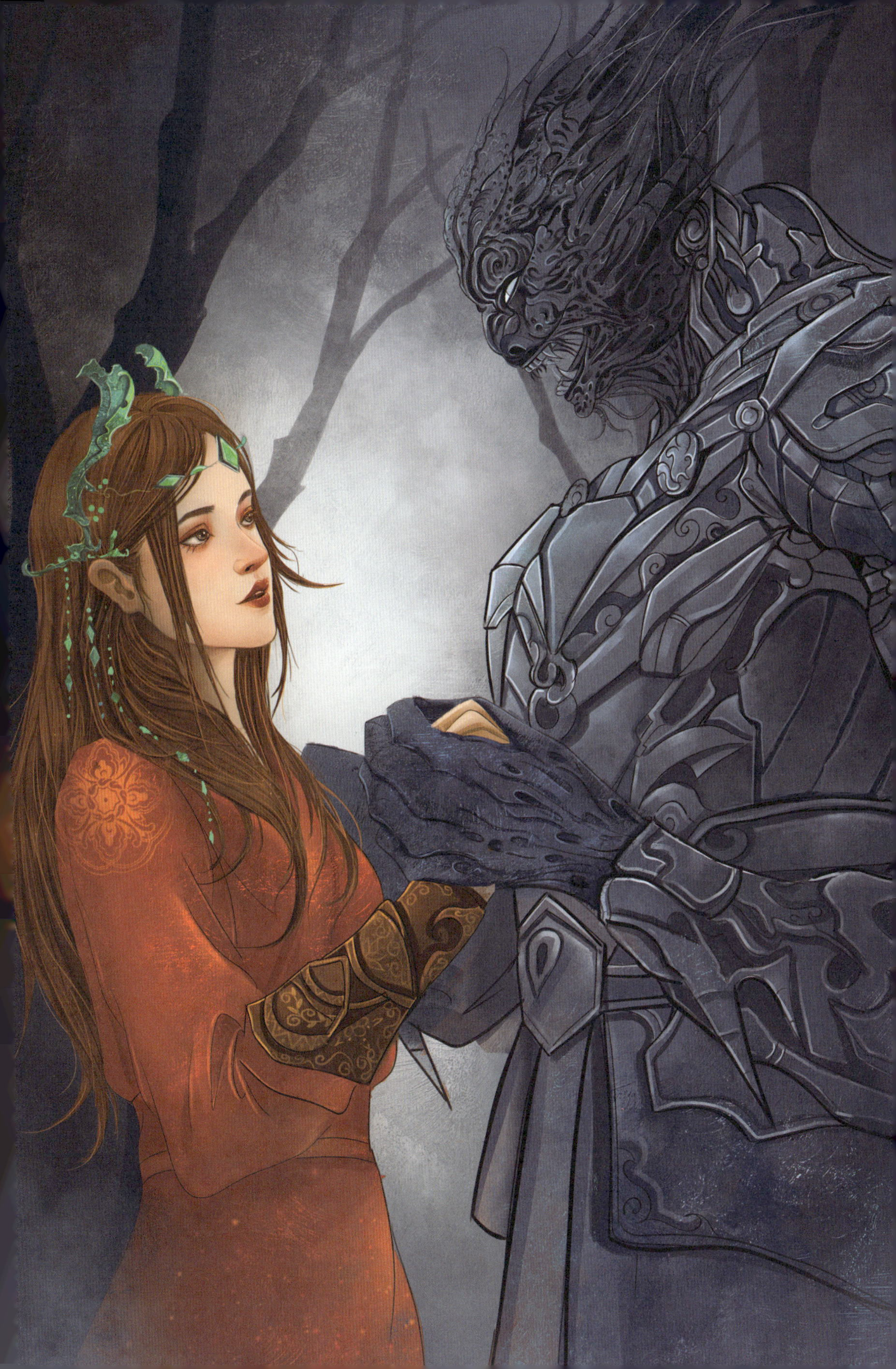

巫臣听闻子反两兄弟杀了自己的家人，大为悲恸，知道再也无法回楚国了，只得带着夏姬和乌孟离开微邑，投奔晋国。晋国执政范文子得知楚国大贤巫臣前来投奔，大喜过望，奏请晋国国君封巫臣为大夫，还将邢邑赐给他为封地。巫臣在晋国站稳了脚跟，开始向子反、子重两兄弟复仇。他告诉范文子，要压制住楚国，必须与楚国的敌人结盟。吴国与楚国是世仇，可与吴国结盟，从背后牵制楚国，但吴国是蛮荒之邦，十分落后，不足以制楚。范文子问巫臣有何妙计，巫臣建议晋国派人去吴国，教会吴国人战守之术。范文子采纳了巫臣的建议，立刻命晋国大夫先虞率领二百名锐卒和五十名工匠一起去吴国，教吴国人制造战车和用战车作战的技术。临别时，巫臣让乌孟与先虞同行，他嘱托乌孟秘密潜回楚国，召集歌吟者军团。

⑨

　　子重与子反兄弟彻底掌控了楚国朝政后，并没有高兴太久，有件事一直令他们如芒在背，那就是歌吟者军团。歌吟者军团是一支恐怖的力量，从组建时就由楚庄王直接掌管，更确切一点说，是由巫臣掌控。他们一直没有对巫臣下手，也是忌惮这支军队。未曾想到，巫臣最后会因为一个女人背叛楚国。庄王临死前，告诉儿子楚共王一个秘密，歌吟者并不是完全不死，用黑曜石做箭镞，穿过他们的心脏，就能将他们彻底杀死。

　　巫臣得知歌吟者军团被子反两兄弟用黑曜石射杀，并烧掉了他们的尸体后，彻底病倒了。他几乎瘦成了一把骨头，透过菲薄的皮肤能看到青色的血管。在他的身上，完全看不到昔日玉树临风的丰姿，他的两只眼睛深陷了下去，眼球几乎一动不动，只能从微微张着的嘴唇以及鼻际呼出的一缕气息判断出，他还活着。他之所以还活着，是为了等一个人。几个月后，乌孟回来了，他直着眼睛看着他，最后目光落在了床边哭成泪人的夏姬身上，什么也没说,又好像说了很多。他想起了那个名叫木月的女人。

木月临死前对他说:"你看到我死了,但我实话告诉你,我并不会真的死,我只是重回大荒梦境。"

巫臣问:"什么是大荒梦境?"

木月让他上前,握住自己的手,她的手像少女的手一样,细腻、微凉,带着巨大的平静与热情。

她死了。

一种仿佛闪电般的东西,穿过了他的心灵,但那不是死者给生者的信号,而是来自另一个空间的东西。就好像你打破一个瓶子,里面还有一个瓶子,不停地敲打下去,瓶子里都还有一个瓶子存在,这是无限的。"大荒梦境,剥开之后是另一个梦境,从一个梦境到另一个梦境,永无尽头,永无损益,相各不同,依然如故。"他似乎明白了,这才是歌吟者不死的秘密。

他伸出干枯的手,握住了乌孟。他瞬间感受到了木月,那个只有过短暂接触的女人,他们没有多少交谈,但他从未忘记过她,从某种程度上来说,他几乎是爱着她的。此时,他深刻地意识到,这一切当然只是他的幻觉,木月不曾给过他任何东西,爱当然不可能,包括临死前传递的信号,都不是给他的,他只是媒介,将信号传给乌孟的媒介,就像沟通人与神的灵媒一样。

死亡,是传递消息的唯一方式。

巫臣死后不久,乌孟和夏姬离开了邢邑。他们隐居在晋国的一座大山里。有一颗大星星白天落在那座山里,引发了大火。此后,再也没有人看见过他们,有人说他们被大火烧死了,也有人说他们乘坐着那颗星星离去了。

子反与晋国作战时,饮酒贻误战机,遭到楚共王责难,自杀身亡。吴国学会了晋国的战守之术后,屡次袭扰楚国,子重疲于应对,心力交瘁而死。

灵感来源

本篇故事，灵感缘于楚庄王"一鸣惊人"的故事。故事见于多种文献典籍，《韩非子·喻老》云："楚庄王莅政三年，无令发，无政为也。右司马御座而与王隐曰：'有鸟止南方之阜，三年不翅，不飞不鸣，嘿然无声，此为何名？'王曰：'三年不翅，将以长羽翼；不飞不鸣，将以观民则。虽无飞，飞必冲天；虽无鸣，鸣必惊人。子释之，不谷知之矣。'处半年，乃自听政。所废者十，所起者九，诛大臣五，举处士六，而邦大治。举兵诛齐，败之徐州，胜晋于河雍，合诸侯于宋，遂霸天下。"

《吕氏春秋》中记载了同样的故事，不过劝谏楚庄王的不是右司马，而是成公贾。在司马迁的《史记》中，同样的场景出现了两次。其一在《楚世家》中，行文逻辑基本和《韩非子》《吕氏春秋》一致，劝谏的人是大夫苏从；其二在《滑稽列传》中，原文是这样：

淳于髡者，齐之赘婿也。长不满七尺，滑稽多辩，数使诸侯，未尝屈辱。齐威王之时喜隐，好为淫乐长夜之饮，沉湎不治，委政卿大夫。百官荒乱，诸侯并侵，国且危亡，在于旦暮，左右莫敢谏。淳于髡说之以隐曰："国中有大鸟，止王之庭，三年不蜚又不鸣，王知此鸟何也？"王曰："此鸟不飞则已，一飞冲天；不鸣则已，一鸣惊人。"于是乃朝诸县令长七十二人，赏一人，诛一人，奋兵而出。诸侯振惊，皆还齐侵地。威行三十六年。

主角不是楚庄王，而是齐威王。"不飞则已，一飞冲天；不鸣则已，一鸣惊人。"也许，这个典故未必是史实，而是古人为了增加说服力而虚构的案例。楚庄王的成就，尤其是实力的突然增强，有着诸多历史谜团，而这些谜团，正是文学创作的材料。我们不妨开个脑洞，也许那只大鸟是一架两千多年后的人类飞机，不知因何缘故，穿梭时空，迫降在了楚国的山上，楚国的能工巧匠通过三年的研究，从中获得了超越于时代的科技，对其他国家形成降维打击，成就霸业。

掠剩使

①

雨下个不停，街面上人影稀少，偶有几个穿着蓑衣、打着油纸伞的人，也是步履匆匆。京师的这场雨已经下了半个多月了，御河水暴涨，城里人心惶惶，雨水再这样肆虐下去，恐怕三年前的那场大洪水又要重演了，不知又要死多少人。街角的瓦肆里，热闹非凡，衣装光鲜的富家公子和几个身穿高阶官员服色的男子正在饮酒，金发碧眼的胡姬扭着纤细的腰肢，在人群里穿来穿去，浑圆的臂膀细腻如脂，肌肤白得发光，高高举起的手鼓发出阵阵响声，与悬挂在腰间的一串铃铛相和，令人心旌摇曳。不大引人注目的角落里坐着四个人，正低声细语。靠里的是个身量极高的粗豪汉子，背着一对巨大的铁笔，两只手像蒲扇，他是剑南捕盗使杜西堂。与杜西堂同坐的，是个身形极瘦削的人，辞采朗然，文辩纷错，乃是京师武扬镖局的二公子白江陵，因他仗义好客，古道热肠，江湖好汉送他一个"小孟尝"的绰号，他也是杜西堂的师弟。坐在二人对面的，是主管刑狱的推官韦元方，与之同坐的是个身材纤细、面容白皙的少年，目光如电，英风逼人，在人堆里未免显得太过扎眼，他将斗笠压得极低，以免被人看清容貌。此四人聚在一起，原来是为了江湖上的一桩大案。

河中府阜民钱庄的主理人甘棠，江湖上人称"千手夜叉"，听这绰号就知道是个狠角色，此人善使一柄刀，尤为厉害的是能一边用刀，一边打暗器，刀势如风，暗器如雨，下手狠辣歹毒，故而得了个"千手夜叉"的绰号。年初的时候，他被人杀了，一剑封喉。现场没有留下任何有用的线索，只在死者的身上发现了一块三寸长、一寸宽的木牌，上书"掠剩使"三个字，无人知晓其意。为了尽快破案，府君大人重金颁布了赏格，然而一年过去了，案件毫无进展。三个月前，凤翔府"聚乐"钱庄的主理人萧无忌又被杀，萧无忌同样是江湖上一等一的高手，然而死时竟似未做任何反抗，要么是杀手太厉害，要么是遇到了偷袭。就在最近，京师又发生了三起刺杀案，遇害者都是钱庄的主理人，杀手的手法一模一样。遇害者身上的钱物丝毫未动，现场都留下一块"掠剩使"的牌子。如此看来，杀手的目的十分明确，只为取命，不为夺财。杜西堂正是一路从河中府、凤翔府调查，追踪到京城来的。他发现所有钱庄主理人被害的线索都指向了同一个地方——京城大通钱庄的主人钱秋寒，已故工部尚书钱豪的儿子。

傍晚时分，雨势渐渐小了。推官韦元方与那少年提前走了，只留下杜西堂和白江陵，二人似乎还在谈些什么。

②

次日，大通钱庄不远处的桥头河道里，出现了一具尸体。白江陵收到韦元方派人送来的急信，让他到案发现场去一趟。他赶到时，尸体已被打捞上来，当他看清死者的脸时，浑身战栗了起来。死者不是别人，正是他的大师兄杜西堂。长安城的仵作也到了。仵作验完尸，告诉白江陵，死者全身衣衫完整，没有伤痕，腰包里的碎银和交子完好，结论是酒醉后落水溺亡。若是匪类劫财，断不会留下腰包里的银钱。

白江陵知道师兄杜西堂嗜酒如命，但绝不相信他会死于溺水，肯定是被歹人所害。他抬头环视四周，桥的东面是一家勾栏，西面则是大通钱庄，如果杜西堂是在勾栏中饮酒，酒后走到桥头需要两千多步，一个酒醉到能落水淹死的人，怎么会走这么远？而从大通钱庄到桥头，不到三十步，若是在钱庄里被人灌了酒，再扛到桥头扔进河里，倒是说得过去。只是这样一来，钱庄就脱不了干系，作案者断不至于如此幼稚。不过，虚则实之，实则虚之，作案犹如作战，杀手若也这么想，未必不会这么干。况且，此次杜西堂查案嫌疑最大的就是大通钱庄，大通钱庄的人作案，也不是没有可能。

为了彻底弄清楚杜西堂的死因，韦元方找到了信丰主簿宋慈，他被刑部调入京师，参与调查一宗大案——刑部郎中李青衿遇害，杀手还盗走了他的头颅。韦元方将杜西堂的遗体交给宋慈，希望他能有所发现。宋慈仔细检查了杜西堂的尸骸，见其皮肤苍白青紫，面部略有肿胀，全身无一处伤痕，也不见内伤，他掏出一柄又窄又锋利的小刀，剖开尸体的喉管和肺部，见肺部有水肿、气肿，还有大量河水吸入，肺内部扩张，已破裂出血，肺叶周边钝而圆，肺表面有肋骨的压痕，还有窒息性点状出血。很显然，杜西堂的死并非外力伤害所致，的确是溺水的症状。连宋慈都得出了"溺水"的结论，韦元方多少有些失望。不过，宋慈打算用他最近发明的一种神器试试，这种器具名叫"察微镜"，镜片由水晶磨制而成，装在一个竹筒里，透过竹筒，一寸寸扫视尸骸，则尸骸上的隐伤清晰可辨。镜下有了新的发现，杜西堂的手掌心有个几乎不被觉察的针孔，那是仅凭肉眼难以察觉的，宋慈又掏出他那又薄又锋利的小刀，从针孔处切开皮肤，最后在掌骨上发现了半截细如发丝的针。这是一种名为"九蚕"的毒虫尾刺，毒无色无味，不会致死，但能使人全身麻痹，丧失反抗能力。如此看来，杜西堂是先中了毒，之后被人灌酒，最后丢入河中淹死的。然而，还有一个疑点，杜西堂是老江湖了，而且是用暗器的高手，警戒心极强，谁能暗算他呢？

　　宋慈用银针挑起九蚕的尾刺，放入锦盒里，将盒子交给了韦元方，说道："这是证物，韦大人收好。"

　　韦元方刚刚离去，白江陵也来了。宋慈正在摆弄一件装了镜子的转盘，头也不回地说："今儿我这里是真热闹啊，走了一个，又来一个。"

　　白江陵问道："谁来过？"

　　"韦元方，韦大人。"

　　白江陵悲伤地说："那我们是为同一件事而来。"

　　宋慈看了一眼杜西堂的尸骸，说道："我明白了。"

白江陵看着他摆弄转盘，问道："宋慈大人，这是何物？"

宋慈微微一笑，说道："这是我花了二十年工夫，制成的'观微仪'。"

白江陵说："此物有何用？"

宋慈没有回答，而是扭动观微仪的转盘，转盘停止转动，他掀起转盘表面的镜子，镜子后面布满了密密麻麻的细小管子，管子里流淌着血液一样的红色液体，这些管子的另一头，是一个漏斗形的银盒子。宋慈从白江陵头上拔了一根头发，放进银盒子，又向盒子中滴入红色的液体，这些液体顺着管子流向转盘深处，宋慈合上镜面，转动转盘，过了一会儿，镜面上出现了螺旋状花纹。

白江陵有些茫然地问道："这些花纹……"

宋慈说："这些花纹，我将它称为魂纹，每个人的魂纹都是唯一的。只要将人的头发、指甲、血……总之身体的任何部位，放进银盒里，注入解魄水，呃，就是我手里的这个红色液体，观微仪就能显示出魂纹。"

白江陵望着这不可思议的神秘器物，似有所悟地说："不知能否用这件宝贝找到杀害我师兄的凶手呢？"

宋慈说："我正想一试，只是必须找到凶手身上之物。"

两人围着杜西堂的尸骸，小心地检查，功夫不负有心人，还真被他们找到了一件东西。杜西堂的右手指甲缝里，有一片灰白的碎屑，宋慈猜测这不是污垢，他用银针小心地挑起，放进了观微仪，不一会儿，镜面上显示出螺旋状的花纹。他将花纹用墨笔临摹了下来，又将杜西堂的一根头发放进观微仪，将镜面上显现的花纹也临摹下来，两相比对，完全不同，这就证明，杜西堂指甲里的碎屑是别人的，那是谁的呢？

白江陵从怀中掏出一个三寸长的木牌，牌子上刻着"掠剩使"三个字，对宋慈说："宋大人不妨将这个牌子也验一验。"

宋慈问道："此物从何而来？"

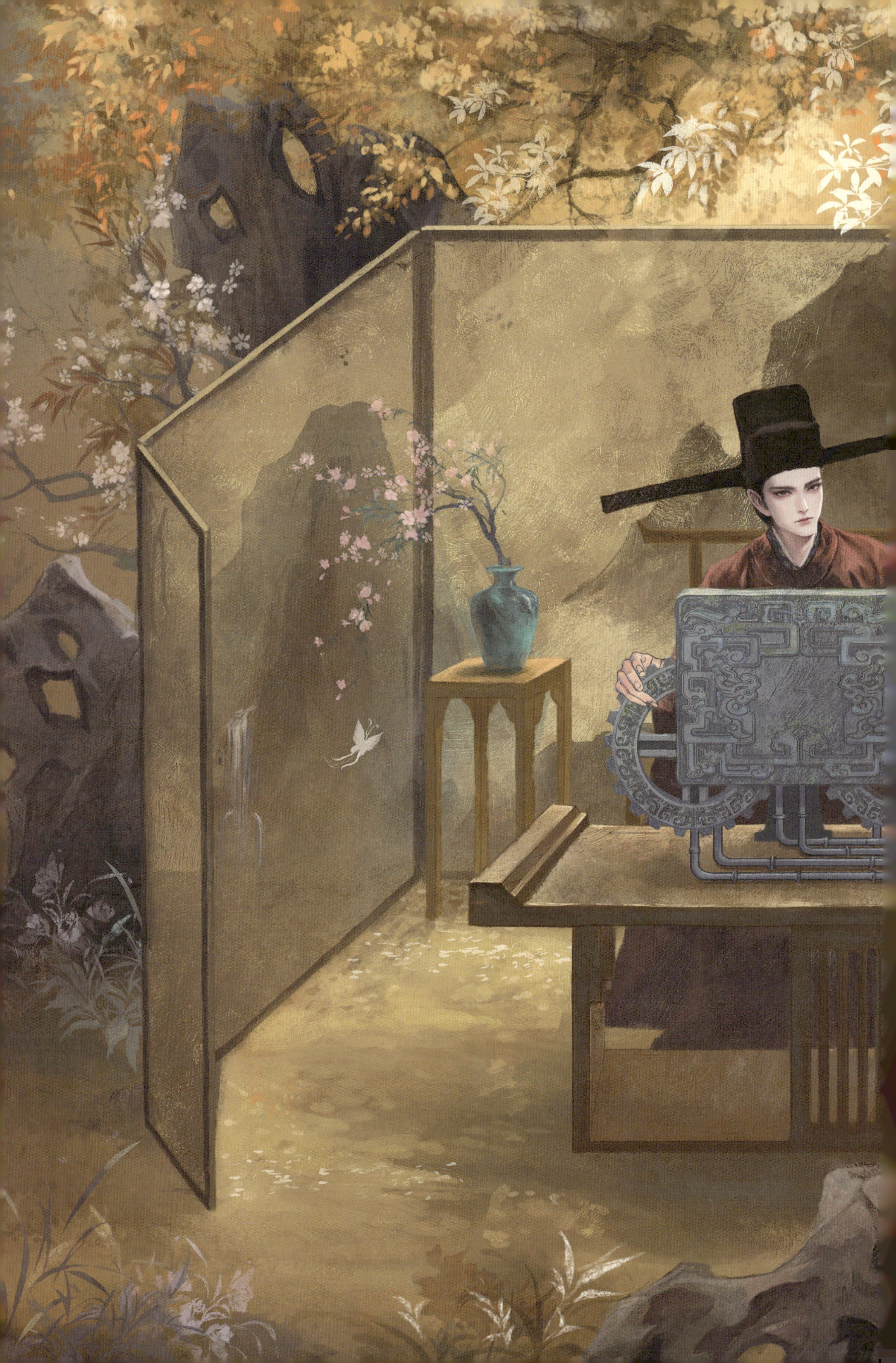

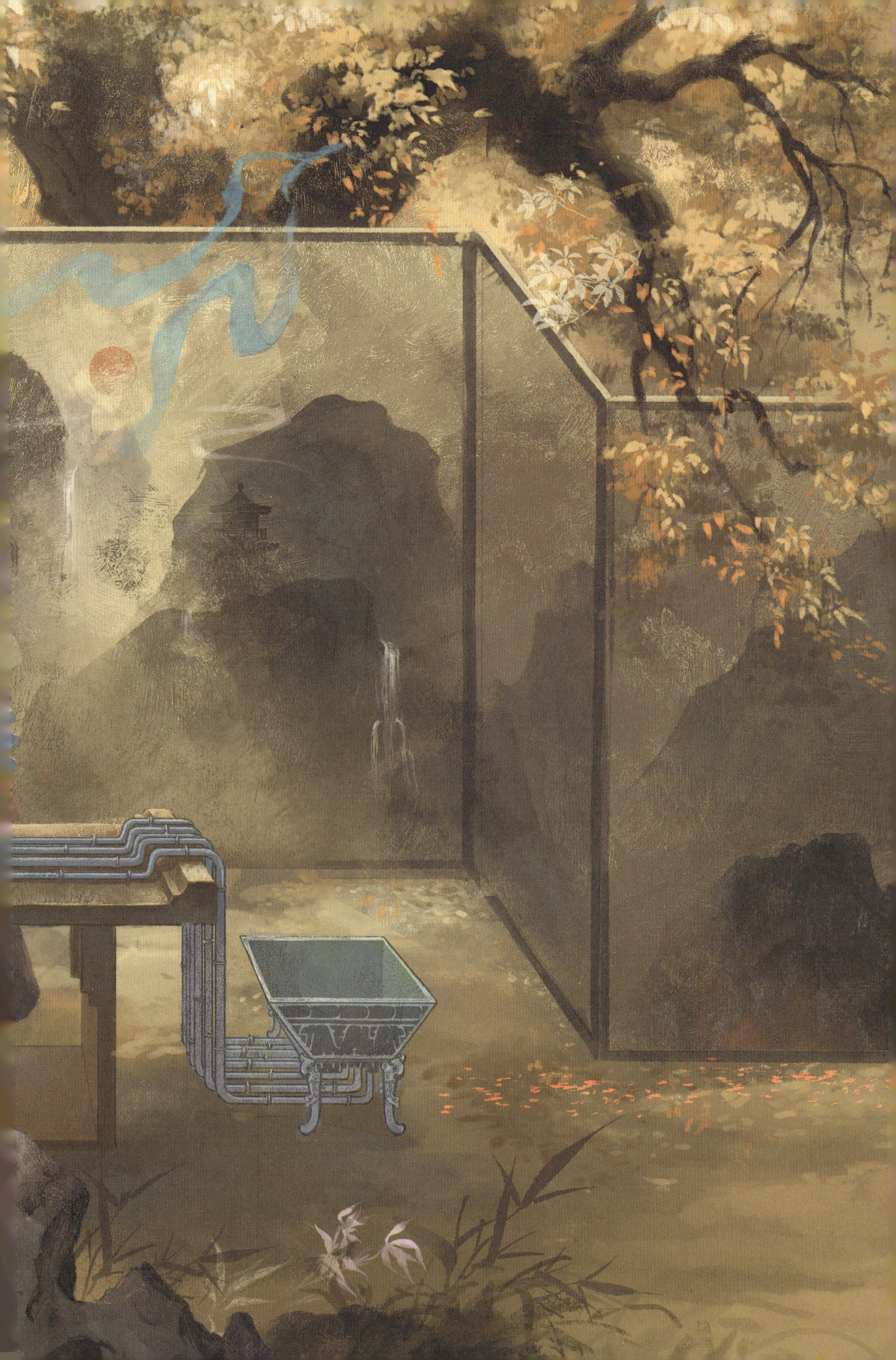

白江陵说:"无意中得来的。"

宋慈说:"宋某倒是在一本古书上见过。"

白江陵说:"宋大人博闻广识,敢问这三个字何意?"

宋慈说:"古贤圣人以为,生人一啄一饮,无非前定。数外之财,或令虚耗,或借横事,使之失去。主掌此事者,谓之'掠剩使',乃是阴司之官。"

白江陵说:"你是说,阴司有个名叫掠剩使的官,专门夺取那些非法之财,使拥有的人不能真正享有?"

宋慈说:"是此理。"

白江陵说:"但此物,是杀手所留啊!"

宋慈说:"也许,掠剩使不止夺财,也取命。"说着,他将木牌放进了方形漏斗,一滴一滴滴入红色液体,不用对比,连白江陵都看出,那转盘上的镜面显现的魂纹,与杜西堂身上发现的碎屑显现的魂纹一样。

③

和韦元方一起的少年透露,大通钱庄的主人钱秋寒虽是官宦子弟,却与江湖上的神秘组织"怡红阁"有着很深的渊源。江湖传闻,怡红阁阁主刘元振是白莲教教首,多年前,被弟子钱秋寒向六扇门告发,说他图谋造反。官兵围剿怡红阁,刘元振被杀,弟子们也逃散,不过事件平息后,钱秋寒收罗残余势力,接管了怡红阁,并成了新的教首。那些追随他的人,并不知是他出卖了刘元振,还继续为他效力。这些年来,怡红阁虽然势力越来越大,但只经营钱庄生意,并无越轨之处,因此刑部撤销了调查。

韦元方压低声音说道:"江湖传闻倒也不是空穴来风,不过有一点却是错的,刘元振并没有死。据我在刑部看到的案卷,当年官兵围剿时,怡红阁发生了一场大火,一切都化为灰烬,无法坐实刘元振的罪名,因此他被长期关在刑部大牢，甚少为外人所知。"

少年眼神一动，目中精光爆闪，说道："多年不闻怡红阁有异动，杜大哥的死，也许正是这个刘元振搞的鬼。"

韦元方决定，去刑部大牢探一探刘元振，看他是否通过秘密渠道与钱秋寒往来，说不定当年钱秋寒告发其师，另有隐衷。

刘元振看起来十分苍老，在狱中关了多年，几乎连腰都直不起来了，纷乱的长发与没有修剪的胡须纠缠在一起，仿佛一棵老树上缠满了藤萝，只是乱发遮挡的一双眸子，依旧十分锐利。韦元方假装无意透露了怡红阁的现状，并说钱秋寒接管怡红阁后，已发展成江湖上最大的势力。刘元振像发怒的老虎，向他扑了过来，怒吼着："小人，小人！"好在两根巨大的粗重铁镣套在他的脚上，未对韦元方造成伤害。看守们见刘元振其状若疯，为了惩戒他，将他关入了地下水牢。

韦元方认为，刘元振嘴里的小人，就是钱秋寒。为了挖掘出新线索，他以刑部推官的身份去大通钱庄询问伙计。

④

据大通钱庄的伙计说，腊月初九那天快要打烊的时候，来了两个人，其中一个人体型高大，手长脚长，有一副漂亮的胡子，显得非常威武。另一个人身形瘦削，行动十分矫健。起初两人想从钱庄提取一大笔银子，但那个壮汉突然反悔了，随后二人走出门，在门口吵了起来，因为吵得非常激烈，他还追出去看了一眼。之后，二人就离去了。为了证实自己的说法，伙计说那个高大的人为了携带方便，还用银子换了一些交子。韦元方猜测，那个壮汉恐怕就是杜西堂，瘦子则是白江陵。也就是说，在杜西堂遇害前，两人曾来过钱庄，并发生过争吵。似乎是为了证实韦元方的思路，伙计拿出了当晚兑换银子的签书，上面果然有杜西堂的花押。

与韦元方一起问询伙计的，还有那个着装十分华丽的少年。走出钱庄后，他低声说："白家二公子有很大的嫌疑。"

韦元方点了点头。白江陵虽是江湖人物，但因镖局与官府往来紧密，官府的红杠一向委托武扬镖局押送，从身份上，倒算是半个官面上的人。杜西堂死因蹊跷，从他中毒一事来看，似乎是遭到了偷袭。一个绝顶高手，会被什么人偷袭成功呢？当然是自己最信任的人，白江陵自然具备这种身份。

在酒馆里，韦元方带着那个年轻人，约见了白江陵，他假装无意问起，杜西堂案发的那天，他在哪里。白江陵先是一惊，随即脸上露出懊悔的神色。他告诉韦元方，那天他与杜西堂在一起。杜西堂来京城后，不知怎么走漏了查案的消息，钱秋寒以故工部尚书府的名义，邀请杜西堂赴宴，杜西堂不得不去，宴席后钱家派人送了一大坛好酒到杜西堂下榻的客栈，次日杜西堂打开酒坛，才发现坛子里装得满满的都是银子。他怕这些银子放在客栈里出事，暂时存进了钱庄，却不知钱庄也是钱秋寒的。白江陵认为，这些银子应该立刻上交刑部，不然说不清楚。杜西堂开始答应了他，但后来他又犹豫了，两人随即吵了起来。杜西堂虽是剑南捕盗使，但俸银很薄，又一向为官清廉，中年后妻子一直病卧在床，使他的生活雪上加霜。这一大笔银子，足以改善他的生活，使他后半生无忧，也能彻底治疗发妻的病。但他也清楚，一旦他拿了这笔银子，他就不再是"铁笔判官"杜西堂了。后来，他还是答应白江陵将银子上交，只是当时天色向晚，刑部衙门已无人，他决定次日再取银子。没想到的是，他看不到次日升起的太阳了。白江陵懊悔自己不该与杜西堂吵架，他先前未曾说明这一切，也是为了保全杜西堂的名声。

韦元方对白江陵的话半信半疑，二人分开后，与他同行的少年说："大哥既然怀疑他，何不到白家查一查？"

韦元方深以为然，二人来到武扬镖局的后门，等到天黑，见白江陵匆匆出来，接过小伙计递上的马缰绳，绝尘而去。随后，韦元方与那少年轻轻一纵，飞身跃上院墙，伏在阴影里，见院子里有几处灯火，护院的镖师们打着灯笼往来巡视，两人静候须臾，摸清了镖师的巡视规律，趁镖师去了院子的另一头，跳下墙头，几个飞纵，进了白江陵居住的小楼。韦元方之所以对这里如此熟悉，是因为白江陵一向将他当朋友，他不止一次拜访镖局，并在这座小楼顶层的居室里，与白江陵抵足而眠，彻夜长谈。如果白江陵不是嫌疑人，此人实在算是一个不错的朋友。

韦元方与那少年穿过廊道，正要往白江陵的居室走去，居室门开了，走出一个人。两人赶紧躲进了廊道，那是个女子，身穿一件朴素的衣裙，但依旧遮挡不住动人的腰身，她的每一个足音，都透着美。望着女子婀娜远去的身影，韦元方目露惊讶的神色，那女子分明是"万花居"的头牌薛玲珑，也是钱秋寒的情人，她怎么会从白江陵的居室出来？二人又在屋外等了片刻，不见有人出入，这才小心地走了进去。刚一进门，与韦元方同行的少年的发冠便触及门首挂钩，发冠坠下，一头秀发犹如瀑布般滑落，原来这少年竟是女子装扮的。韦元方爱怜地看了她一眼，微嗔道："兮儿，你也太不小心了。"原来这女子是韦元方刚过门不久的妻子，名叫简兮。简兮是大儒简文英的女儿，自幼十分调皮，经常女扮男装，即便嫁给韦元方之后，也经常以男子身份与其同行。韦元方帮妻子梳好头发，戴上发冠，这才仔细环视屋内，想查一查有无异常之物。

简兮顺手从桌上拿起一个盒子，小心开启，惊喜地递给了韦元方。盒子里装的，正是九蚕的尾刺，其中一根尾刺断裂了。韦元方取出先前宋慈交给他的九蚕尾刺，竟然与盒内尾刺的断裂处完全吻合，如此看来，白江陵有极大的嫌疑。

为了找到人证，韦元方决定再去大通钱庄询问伙计，却被告知，伙计已经死了，是被人用剑刺死的，只有一处剑伤。这让韦元方更加确定，白江陵就是凶手,只有白江陵能做到一剑封喉。他当即上报刑部,下令缉拿白江陵。白江陵面对刑部来围捕的高手,辩解道:"各位大人,我已查到证据,凶手是刘无双,她是刘元振的女儿。对了,她现在改名简兮,也是韦大人的内人。"

韦元方十分愤怒,拔刀刺向白江陵。白江陵受了伤,自知不敌,一跃跳出围捕的圈子,逃走了。现在可以肯定,杀害杜西堂的,就是白江陵了。

韦元方率领众多高手围住武扬镖局,不让一人离开,同时在全城搜捕白江陵。

⑤

京城里九门紧闭,缇骑四出,白江陵却毫无踪影。过了十余天,他主动归案了,韦元方不但没抓他,还放了他。原来,刘元振从刑部大牢越狱了,韦元方怀疑白江陵说的是对的,简兮才是杀手。

刘元振逃出监狱,是有人用四川唐门的"霹雳弹"炸开了大牢的后墙,用马车接应他,逃离了京师。

白江陵却认为,刘元振不会逃走,他一定还在京城。

事实证明了白江陵的判断。

刘元振越狱时,刑部大牢里弥漫着霹雳弹爆炸后的烟雾,他扒下一个被震晕过去的武弁的衣服,穿上后上了一辆接应的马车,但半路上又跳了下来,偷偷潜回了京城。

钱秋寒得知刘元振越狱的消息,如临大敌,召回了全部高手,埋伏在怡红阁周遭。但刘元振并未去怡红阁,而是去了万花居,绑走了头牌薛玲珑。他派人给钱秋寒送去信息,要他一个人到城西的铁佛寺见面,如果不来,或者不是一个人来,薛玲珑就会死,送来的物品是一枚绿宝石耳环,那正是钱秋寒赠予薛玲珑的定情信物。

白江陵与韦元方潜伏在怡红阁外，见周围静悄悄的，一个人影也没有，不一会儿，钱秋寒驾着马车出来了。二人正要尾随上去，却见一拨人马也上了道，这些人全都身穿劲装，腰悬利器，都是怡红阁一顶一的高手。很显然，钱秋寒并没有按照刘元振的意思办。

钱秋寒命人包围了铁佛寺，带着一众顶尖高手进了寺内，却不见刘元振的身影，就听头顶上有人冷笑说："你以为仗着人多，就能打败我？"

他仰头望去，见刘元振端踞在巨大的佛像肩膀上，俯视着他们。

钱秋寒一挥手，号令众人一起攻杀。

刘元振大喝一声说："且慢。你们看到那炷香了吧，如果一炷香点完了，我还没回去，我的人就会杀了你的女人。"

佛前的香炉里，果然有一炷香冉冉冒着青烟。

众人投鼠忌器，停下了脚步，齐齐望着钱秋寒。

钱秋寒问道："你想怎样？"

刘元振大笑，说道："别忘了，我才是怡红阁的主人。"他从佛像上一跃而下，环顾众人，说道，"你们恐怕不知道吧，当年六扇门的人是怎么知道我与内子藏身处的，是钱秋寒这个叛徒告的密。只要你们重新跟了我，我可以不追究你们叛教的罪责。"

众人一听纷纷倒戈，跪在刘元振脚下，只有二十余个新收的弟子还在钱秋寒身边。刘元振满意地一笑，一声呼啸，带着众人朝门口奔去。钱秋寒愤怒至极，大吼道："老贼，往哪里去！"拔剑刺向刘元振后背，刘元振头也不回，掏出霹雳弹，抛了出去，巨大的爆炸声伴随着号叫声响起，钱秋寒吓得赶紧趴在地上，等烟雾散去后，已不见了刘元振的身影，再看周围，到处是被炸死者的尸骸。寺外守卫的弟子听到爆炸声，纷纷冲了进来。钱秋寒问他们是否看到了刘元振，一名弟子说并未看见，这就意味着刘元振并未出寺，寺内肯定有密道。

韦元方和白江陵伏在暗处，见刘元振朝佛像后奔去，立刻尾随了上去，佛像背后果然有一条密道。密道四通八达，通往京师的地下沟洫，光线十分昏暗，刘元振带领其门徒们匍匐前行，偶尔问几句怡红阁近些年来的状况。走了四五十丈，只听一个俏生生的声音问道："爹爹，是你吗？"韦元方顿时神色一凛，那是妻子简兮的声音。

同时，白江陵也听到身后传来的杂沓脚步声，显然钱秋寒和他的门徒们也进了密道，韦、白二人赶紧躲进了密道内的一间耳室。厮杀声和爆炸声不断传来，夹杂着咒骂，已近乎发疯的钱秋寒指挥弟子们向刘元振发起了攻击。

过了片刻，耳室外的打斗声已经停下，只有一阵阵呻吟与哭泣声，二人悄悄潜了过去，首先看到的是钱秋寒，他被霹雳弹炸飞了半颗脑袋，死状极惨。刘元振胸口钉着一柄飞刀，双目大睁，已是死了。简兮，也就是刘无双，躺在血泊里，嘴角不停地渗出血迹，薛玲珑抱着她，面色惨白，脸上挂满了泪水。韦元方从她怀里抢过简兮，狂奔而去。白江陵也扶起薛玲珑，离开了这是非之地。

简兮死后，韦元方辞去了官职，打算离开京城，找一个没人的地方隐居。虽然简兮欺骗了他，但他对她却丝毫恨不起来。他和她在一起的日子，是他一生中最快乐的日子。不过，他有一事始终没弄明白，白江陵是如何发现简兮身份的。其实，最初白江陵也认为凶手是钱秋寒，故而一直在暗中追踪，发现他出入于万花居。

白江陵在万花居一出现，就被薛玲珑的眼线盯上了，她的另一个身份是怡红阁的分舵舵主。她在白江陵的酒中下了蒙汗药，将他麻翻，拖入自己的卧室，准备杀死。不过，她在白江陵身上发现了一件东西——路清婉画像。

薛玲珑将他弄醒，问他画像从何而来。

几天前，白江陵去韦元方家中拜访，无意间看见简兮给墙上悬挂的一幅女子画像上香，简兮说那是自己的师母。他觉得在哪里见过画中人，然而一时却想不起来。回到家中后，他想起了一个人，为了证实自己的想法，他潜入刑部卷宗室，找到了一幅几乎相同的画像："冰雪姬"路清婉。路清婉是刘元振之妻，二人是江湖上著名的雌雄大盗。刘元振遭弟子钱秋寒出卖后，六扇门前来围捕，路清婉战死，刘元振则被捕。

白江陵反问："路清婉是你什么人？"

薛玲珑坦言："她是我的母亲。"原来，薛玲珑是刘元振的长女，本名刘佩瑶。刘元振被围捕后，佩瑶被官府充入乐籍，改名为薛玲珑，成了万花居的头牌。钱秋寒找到她，说师父已死，要与她联手报仇，在万花居设立了分舵，让她当了舵主。之后，钱秋寒又说要娶她，让她做了自己的情人。

薛玲珑从白江陵口中得知父亲没死，多年来钱秋寒一直欺骗她说父亲被官兵害死了，原来他才是出卖师门的叛徒。她给白江陵解药，并答应和他一起调查杀害杜西堂的凶手。

薛玲珑一生从未遇到过像白江陵这样的人，他的性格像火，他的人也像一团火焰，她爱上了他，他也爱上了她。他们之间的情爱，全无征兆，又自然而然。

"你应该知道，我是个什么样的女人。"薛玲珑说。

"什么样的女人？"白江陵躺在床上，微笑着。

"我是个风尘女子。"薛玲珑半闭着眼睛，似乎要躲开对面的目光。

"我在乎的是你这个人，不是你的身份。"白江陵说。

自此之后，薛玲珑开始与白江陵幽会，这也是韦元方之前看见她出现在镖局的原因。白江陵之所以把凶手的嫌疑从钱秋寒身上排除，转而去刘元振身上找原因，牵出简兮，也是得益于薛玲珑的帮忙。薛玲珑告诉他，她有一个失散多年的妹妹，希望他多留意。这让他想到了简兮，也许墙上的画像并不是她所谓的"师母",而是她的亲生母亲。顺着这条线索,白江陵逐步剥开了简兮身上的谜团。当年围捕怡红阁的副将名叫李青衿,正是不久前被杀且失去头颅的刑部郎中。梳理所有的死者,无不与刘元振一案有关,而凶手也指向了简兮。简兮误导韦元方围捕白江陵,使他无处藏身,只得躲在薛玲珑的密室养伤,他遣薛玲珑潜入韦元方家,找到了一缕简兮的头发,将头发交给了宋慈。没想到头发所显示的魂纹,与杀害杜西堂的人留下的碎屑魂纹完全一致。这就可以肯定,简兮就是杀手。

原来,刘元振一门全部落网后,她的小女儿无双当时躲在地窖里,没有被发现。在之后的六年里,无双苦练父亲留下的剑法。为了伪装身份,她拜在名儒简文英门下,后被收为义女,改名为简兮。一年前,她带着义父简文英的介绍信,回到了京城。与韦元方的胞妹惠儿成为闺中密友,后又在惠儿的引荐下,嫁给了韦元方。河中府、凤翔府,包括京师的几桩案子,杀手都是同一个人——简兮,死者无一不是钱秋寒在各地的分舵舵主。杜西堂来京后,简兮怀疑他追查到了自己的线索,在暗中跟踪,偷听了杜西堂和白江陵的争吵。白江陵离去后,她假装偶遇杜西堂,将折扇递了上去,伪称是韦元方赠予的礼物。杜西堂毫无防备,伸手去接折扇,简兮趁机将九蚕尾针刺入其掌心,使他失去了抵抗能力。杜西堂中毒时,曾试图反抗,只抓下了简兮手背上的一小块油皮。简兮为了造成杜西堂酒醉溺水的假象,将竹筒塞进他的口中,通过竹筒灌了他几大壶酒,将他抛入水中淹死。

简兮深知白江陵的厉害,迟早会查到自己头上,她诱导韦元方,唆使他到白江陵的寓所调查,趁机将装有半截九蚕尾刺的盒子放在白江陵的桌案上,假装是在白宅发现的凶器。之后,她又杀了钱庄伙计,坐实白江陵的罪名。

韦元方大为汗颜,自以为技高一筹,未料到却一直被简兮牵着鼻子走。他还有一事不明,简兮是如何与刑部大牢中的刘元振取得联系的呢?

也许,她杀杜西堂,并非因为杜西堂查到了她的身份,而是利用韦元方和白江陵。杜西堂死后,她故意把嫌疑引向刘元振,从而获悉了刘元振活着的秘密,诱导韦元方去探视,刘元振趁机冲撞韦元方,创造自己被关入水牢的机会。刑部内部监室守卫森严,只有水牢与外面的河流一墙之隔。只有关进水牢,简兮才能炸墙救人。可是,他们究竟是如何互通讯息的呢?

韦元方仿佛想到了什么,拉起白江陵便走,到了简兮的坟前,他疯了似的刨开刚掩埋不久的坟茔,一口崭新的棺材露了出来。白江陵帮他撬开了棺盖,往里一看,顿时倒吸一口冷气,棺材里除了一双鞋子,什么也没有。他们又掘开了旁边刘元振的坟,棺材里同样空空如也。简兮是假死,刘元振也是假死,他们全都被她骗了。白江陵意识到,自己也是局中的棋子。他飞身上马,朝镖局奔去,他隐隐觉得,薛玲珑也许同样失去了踪影。

灵感来源

"掠剩使"的典故,出自唐代人牛僧孺所撰的志怪小说集《玄怪录》。晚清叶氏观古堂刻本《三教源流搜神大全》一书中,专门列出了掠剩使这一神灵,只是将掠剩使误刻为"刷剩使",其故事内容,则承袭《玄怪录》。故事写杜陵人韦元方表兄裴璞曾任新平县尉,元和五年就死了,但长庆初年,韦元方在陇右的一个偏僻茶坊中看见了一个与其长相相同的人,走过去核实,果然是表兄裴璞。裴璞告诉他,自己担任的是阴官,名为"陇右山川掠剩使",并对韦元方说:"始吾之生也,常谓商勤得财,农勤得谷,士勤得禄,只叹其不勤而不得也。夫覆舟之商,旱岁之农,屡空之士,岂不勤乎?而今乃知勤者德之基,学者善之本。德之为善,乃理身之道耳,亦未足以邀财而求禄也……人生有命,时不参差,以道静观,无复违挠,勉之哉!"裴璞告诉韦元方,自己在人间时,人们常说商人勤快,就能多赚钱;农民勤快,就能多